Die Verlage Aufbau und Suhrkamp widmen
diese gemeinsame Ausgabe Helene Brecht-Weigel.

Bertolt Brecht
Werke

Große kommentierte
Berliner und Frankfurter Ausgabe

Herausgegeben von
Werner Hecht
Jan Knopf
Werner Mittenzwei
Klaus-Detlef Müller

Band 11

Bertolt Brecht
Gedichte 1

Sammlungen 1918-1938

Aufbau-Verlag Berlin und Weimar
Suhrkamp Verlag Frankfurt am Main

Bearbeitet von Jan Knopf und Gabriele Knopf

1. Auflage 1988
Aufbau-Verlag Berlin und Weimar
Vertrieb in der DDR und den anderen sozialistischen Ländern

Gedichte 1
Sammlungen 1918-1938

Lieder zur Klampfe von Bert Brecht
und seinen Freunden. 1918
Psalmen
Bertolt Brechts Hauspostille
Die Augsburger Sonette
Die Songs der Dreigroschenoper
Aus dem Lesebuch für Städtebewohner
Geschichten aus der Revolution
Sonette
Englische Sonette
Lieder Gedichte Chöre
Chinesische Gedichte
Studien

Lieder zur Klampfe von Bert Brecht und seinen Freunden. 1918

Baals Lied

Hat ein Weib fette Hüften, tu ich sie ins grüne Gras.
Rock und Hose tu ich lüften, sonnig – denn ich liebe das.

Beißt das Weib vor Ekstase, wisch ich ab mit grünem Gras
Mund und Biß und Schoß und Nase: sauber – denn ich liebe das.

Treibt das Weib die schöne Sache feurig, doch im Übermaß
Geb ich ihr die Hand und lache: freundlich, denn ich liebe das.

Lied der müden Empörer

Wer immer seinen Schuh gespart
Dem ward er nie zerfranst.
Und wer nie müd noch traurig ward
Der hat auch nie getanzt.

Und wenn aus Altersschwäche gar
In Staub zerfällt dein Schuh
Der ganz wie du nur für Fußtritte war
War glücklicher doch noch als du.

Wir tanzten nie mit mehr Grazie
Als über d' Gräber noch.
Gott pfeift die schönste Melodie
Stets auf dem letzten Loch.

Kleines Lied

1
Es war einmal ein Mann
Der fing das Trinken an
Mit achtzehn Jahren und –
Daran ging er zugrund.
Er starb mit achtzig Jahr
Woran, ist sonnenklar.

2
Es war einmal ein Kind
Das starb viel zu geschwind
Mit einem Jahre und –
Daran ging es zugrund.
Nie trank es: das ist klar
Und starb mit einem Jahr.

3
Daraus erkennt ihr wohl
Wie harmlos Alkohol …

Lied der Galgenvögel

Daß euer schlechtes Brot uns nicht tut drucken
Spüln wir's hinab mit eurem schlechten Wein –
Daß wir uns ja nicht schon zu früh verschlucken.
Auch werden einst wir schrecklich durstig sein.

Wir lassen euch für eure schlechten Weine
Neidlos und edel euer Abendmahl …
Wir haben Sünden. – Sorgen han wir keine.
Ihr aber habt dafür eure Moral.

Wir stopfen uns den Wanst mit guten Sachen
Das kost euch Zähren viel und vielen Schweiß.
Wir haben oft das Maul zu voll zum Lachen
Ihr habt es oft zu voll vom Kyrieleis.

Und hängen wir einst zwischen Himmel und Boden
Wie Obst und Glocke, Storch und Jesus Krist
Dann bitte faltet die geleerten Pfoten
Zu einem Vater Eurer, der nicht ist.

Wir haun zusammen wonnig eure Frauen
Und ihr bezahlt uns heimlich eure Schmach …
Sie werden mit Wonne zusammen gehauen
Und laufen uns noch in die Kerker nach.

Den jungen Weibern mit den hohen Busen
Sind wir viel leichter als der Herr Gemahl
Sie *liebt* den Kerl, der ihr vom Bett weg Blusen
Die ihr Gemahl bezahlt, beim Abschied stahl.

Sie heben ihre Augen bis zum Himmel
Und ihre Röcke bis zum Hinterteil.
Und ist er frech, so macht der dümmste Lümmel
Bloß mit dem Adamsapfel sie schon geil.

Dein Rahm der Milch schmeckt schließlich nicht ganz übel
Besonders wenn du selbst ihn für uns kaufst
Wir tauchen dir das Schöpflein in den Kübel
Daß du in der entrahmten Milch versaufst ...

Konnt in den Himmel uns der Sprung nicht glücken
War eure Welt uns schließlich einerlei.
Kannst du herauf schaun Bruder mit dem krummen Rücken?
Wir sind frei Bruder, wir sind frei!

Ein bitteres Liebeslied

Mag es jetzt sein wie es will
Einmal hatt ich sie sehr lieb
Darum weiß ich auch: Einmal
Muß sie sehr schön gewesen sein.

Wohl weiß ich jetzt nicht mehr, wie sie da aussah:
Ein Tag verlöschte, was sieben Monde lang strahlend war

Lied an die Kavaliere der Station D

O wie brannten euch der Liebe Flammen
Als ihr jung und voller Feuer wart.
Ach der Mensch haut halt *das* Mensch zusammen
Das ist nun einmal so seine Art.

Lied von Liebe

Heider Hei saß bei Tine Tippe im Gras
Und helle Sonne schien
Da bat der Hei die Tine um was –
Und sie lachte sehr über ihn.
Und sie lachte sehr über ihn.

[ANHANG]

[Zur Sammlung gehörendes Gedicht]

Der Jüngling und die Jungfrau
Keuschheitsballade in Dur

Ach, sie schmolzen fast zusammen
Und er fühlte: Sie ist mein.
Und das Dunkel schürt die Flammen.
Und sie fühlt: Wir sind allein.
Und er küßte ihr die Stirne
Denn sie war ja keine Dirne –
Und sie wollte keine sein.

Oh, das süße Spiel der Hände!
Oh, ihr Herz ward wild wie nie!
Daß er die Kurasche fände
Betet er und betet sie.
Und sie küßte ihm die Stirne
Denn sie war ja keine Dirne
Und sie wußte nur nicht wie...

Und um sie nicht zu entweihen
Ging er einst zu einer Hur
Und die lernte ihm das Speien
Und die Feste der Natur.
Immerhin ihr Leib war Lethe
Bisher war er kein Askete
Jetzt erst tat er einen Schwur.

Um zu löschen ihre Flammen
Die er schuldlos ihr erregt
Hängt *sie* sich an einen strammen
Kerl, der keine Skrupel hegt.
(Und der haute sie zusammen
Auf die Treppe hingelegt.)
Immerhin sein Griff war Wonne

Und sie war ja keine Nonne
Jetzt erst war die Gier erregt.

Und er lobte sein Gehirne
Daß es klug gewesen sei:
Als er sie nur auf die Stirne
Einst geküßt im sel'gen Mai –
Er als Mucker, sie als Dirne
Sie gestehn Scham auf der Stirne:

Es ist doch nur Sauerei.

[Psalmen]

Vision in Weiss. 1. Psalm

Nachts erwache ich schweißgebadet am Husten, der mir den Hals einschnürt. Meine Kammer ist zu eng. Sie ist voll von Erzengeln.

Ich weiß es: ich habe zuviel geliebt. Ich habe zuviel Leiber gefüllt, zuviel orangene Himmel verbraucht. Ich soll ausgerottet werden.

Die weißen Leiber, die weichsten davon, haben meine Wärme gestohlen, sie gingen dick von mir. Jetzt friere ich. Man deckt mich mit vielen Betten zu, ich ersticke.

Ich argwöhne: Man wird mich mit Weihrauch ausräuchern wollen. Meine Kammer ist überschwemmt mit Weihwasser. Sie sagen: ich habe die Weihwassersucht. Das ist dann tödlich.

Meine Geliebten bringen ein bißchen Kalk mit, in den Händen, die ich geküßt habe. Es wird die Rechnung präsentiert über die orangenen Himmel, die Leiber und das Andere. Ich kann nicht bezahlen.

Lieber sterbe ich. – Ich lehne mich zurück. Ich schließe die Augen. Die Erzengel klatschen.

Hybris. 2. Psalm

Meine Hosen riechen schamlos nach Liebe. Ich wasche mich nie mehr: Ich schwimme im Bassin für Jugendliche, mit dem Gesicht nach unten.

Mein Schutzengel will mich von Zeit zu Zeit an meinem Haar aus dem Wasser ziehen. Dann lasse ich Haare wie ein Hund im November. Aber im Wasser bleibe ich auch kahlköpfig.

Oft pumpt er mir den Kopf voll Luft, daß ich nach oben treiben soll. Aber ich verbeiß mich im Seegras, denn Köpfe sind unzuverlässig.

Nicht eine Monstranz reicht mir, ich verschlucke mich immer an Hostien, sondern aber reicht mir Eier und Kakao, nach welchen meine Seele dürstet: So ist es.

Fracht. 3. Psalm

Ich habe gehört, daß man vom Lieben einen dicken Hals kriegt. Ich mag keinen. Aber vom Schiffschaukeln kriegt man, höre ich, auch einen dicken Hals. Also wird es nicht zu vermeiden sein.

Die roten Plantücher, in die man sich beim Flug samt den Schiffen einwickelt, klatschen Beifall, die Gestänge großer Schiffe knirschen, weil sie hinauf müssen, ich vergleiche sie Tieren, die in die Zäume beißen, aber der Reiter sitzt auf dem Rücken. Er hat sich wie eine Zecke blutdürstig festgesogen, der abscheuliche Polyp, er umklammert das fette Purpurtier und reitet gegen den Himmel an, wo ihn Tücher auffangen. Die gelben Lampen glotzen hinauf, wie hoch man kommt, ohne daß das ganze Instrument platzt.

Vom Schiffschaukeln. 4. Psalm

Man muß die Knie vorwerfen wie eine königliche Dirne, als ob man an Knien hinge. Die sehr groß sind. Und purpurne Todesstürze in den nackten Himmel und man fliegt nach oben, bald mit dem Steiß, bald mit dem vorderen Gesicht. Wir sind völlig nackt, der Wind tastet durch die Gewänder. So wurden wir geboren.

Nie hört die Musik auf. Engel blasen in einem kleinen Panreigen, daß er fast platzt. Man fliegt in den Himmel, man fliegt über die Erde, Schwester Luft, Schwester, Bruder Wind! Die Zeit vergeht und nie Musik.

Nachts um 11 Uhr werden die Schaukeln geschlossen, damit der liebe Gott weiterschaukeln kann.

Gesang aus dem Aquarium. 5. Psalm

Ich habe den Becher geleert bis zur Neige. Ich bin nämlich verführt worden.

Ich war ein Kind und man liebte mich.

Die Welt verzweifelte, denn ich blieb rein. Sie wälzte sich auf dem Boden vor mir, mit weichen Gliedern und lockenden Hinterteilen. Ich blieb standhaft.

Sie zu besänftigen, als sie es zu arg trieb, legte ich mich zu ihr und wurde unrein.

Die Sünde befriedigte mich. Die Philosophie half mir im Morgengrauen, wenn ich wachlag. Ich wurde so, wie man mich wollte.

Ich sah lange nach oben und glaubte, der Himmel sei traurig über mich. Aber ich sah, daß ich *ihm* gleichgültig war. Er liebte sich selbst.

Jetzt bin ich lange ertrunken. Ich liege dick auf dem Grund. Fische wohnen in mir. Das Meer geht zur Neige.

6. Psalm

Ich bin eine Musikkapelle in Chicago. Nigger trommeln auf die Bänke und klatschen mit den fetten Fußsohlen auf den bespieenen Brettern, mit Zigarrenstumpen zwischen den Hauern. Ich spiele die Marseillaise.

Ich bin eine Fleischbank in Nischni Nowgorod. Rote brüllende Burschen kaufen mein Fleisch und verschlingen es in der Sonne. Wenn das Fleisch abends fort ist, wird mir leichter.

Ich bin ein gesunkenes Schiff auf dem Meergrund. In mir logiert ein fetter Zitteraal, den einst ein Holländer frißt, ein paar gedunsene Klumpen Menschen, die schwitzen vor Hochmut und in Hemden schwimmen. Ich habe Maschinen und die Kücheneinrichtung singt, wenn Fische durchklappern. Ich bin es müd, auf der linken Seite zu liegen.

Ich bin ein Schneegipfel des Himalaja zur Höhenluftkur. Ich besinne mich, wozu ich auf der Welt bin.

Der siebente Psalm

1

Ich weiß es, Geliebte: jetzt fallen mir die Haare aus vom wüsten Leben und ich muß auf den Steinen liegen. Ihr seht mich trinken den billigsten Schnaps und ich gehe bloß im Wind.

2

Aber es gab eine Zeit, Geliebte, wo ich rein war.

3

Ich hatte eine Frau, die war stärker als ich, wie das Gras stärker ist als der Stier: Es richtet sich wieder auf.

4

Sie sah, daß ich böse war, und liebte mich.

5

Sie fragte nicht, wohin der Weg ging, der ihr Weg war, und vielleicht ging er hinunter. Als sie mir ihren Leib gab, sagte sie: Das ist alles. Und es wurde mein Leib.

6

Jetzt ist sie nirgends mehr, sie verschwand wie die Wolke, wenn es geregnet hat, ich ließ sie und sie fiel abwärts, denn dies war ihr Weg.

7
Aber nachts, zuweilen, wenn ihr mich trinken seht, sehe ich ihr Gesicht, bleich im Wind, stark und mir zugewandt, und ich verbeuge mich in den Wind.

Lied von meiner Mutter. 8. Psalm

1
Ich erinnere mich ihres Gesichts nicht mehr, wie es war, als sie noch nicht Schmerzen hatte. Sie strich müd die schwarzen Haare aus der Stirn, die mager war, die Hand dabei sehe ich noch.

2
Zwanzig Winter hatten sie bedroht, ihre Leiden waren Legion, der Tod schämte sich vor ihr. Dann starb sie und man fand einen Kinderleib.

3
Sie ist im Wald aufgewachsen.

4
Sie starb zwischen Gesichtern, die ihr zu lang beim Sterben zugeschaut hatten, da waren sie hart geworden. Man verzieh ihr, daß sie litt, aber sie irrte hin zwischen diesen Gesichtern, vor sie zusammenfiel.

4
Viele gehen von uns, ohne daß wir sie halten. Wir sagten ihnen alles, es gab nichts mehr zwischen ihnen und uns, unsere Gesichter wurden hart beim Abschied. Aber das Wichtige haben wir nicht gesagt, sondern gespart am Notwendigen.

5
O warum sagen wir das Wichtige nicht, es wäre so leicht und wir werden verdammt darum. Leichte Worte waren es, dicht hinter den Zähnen, waren herausgefallen beim Lachen und wir ersticken daran in unsrem Halse.

6

Jetzt ist meine Mutter gestorben, gestern, auf den Abend, am 1. Mai! Man kann sie mit den Fingernägeln nicht mehr auskratzen!

Von He. 9. Psalm

1

Hört Freunde, ich singe euch das Lied von He, der Dunkelhäutigen, meiner Geliebten über sechzehn Monate bis zu ihrer Auflösung.

2

Sie wurde nicht alt, sie hatte wahllose Hände, sie verkaufte die Haut für eine Tasse Tee und sich selbst für eine Peitsche! Sie lief sich müd zwischen den Weiden, He!

3

Sie reichte sich dar wie eine Frucht, aber sie wurde nicht angenommen. Viele hatten sie im Maul und spieen sie wieder aus, He, die Gute! He, die Geliebte!

4

Sie wußte, was eine Frau ist im Hirn, aber nicht mit den Knieen, sie wußte den Weg, wo es hell war mit den Augen, aber im Dunkeln wußte sie ihn nicht.

5

Nachts war sie elend, blind vor Eitelkeit, He, und die Frauen sind Nachttiere und sie war kein Nachttier.

6

Sie war nicht weise wie Bi die Liebliche, die Pflanze Bi, sie lief immerfort herum und ihr Herz war ohne Gedanken.

7

Darum starb sie im 5. Monat des Jahres 20, eines schnellen Todes heimlich, als niemand hinsah, und ging hin wie eine Wolke, von der es heißt: sie war nie gewesen.

10. Psalm

1
Ganz gewiß: ich bin wahnsinnig. Es dauert nicht mehr lang bei mir. Ich bin nur noch wahnsinnig geworden.

2
In meinen Untergängen stehen immer noch Frauen, weiße, mit erhobenen Armen, die Handflächen zusammengelegt.

3
Ich betäube mich mit Musik, dem bitteren Absinth kleiner Vorstadtmusiken, Orgeln nach der Elektrizität, davon blieb Kaffeesatz in mir, ich weiß es. Aber es ist meine letzte Zerstreuung.

4
Ich lese die letzten Briefe großer Menschen und stehle den braunen Trikotarabern vor den Leinwandbuden ihre wirksamsten Gesten. Das alles tue ich nur einstweilen.

5
…

Der elfte Psalm

1
Abends am Fluß in dem dunklen Herz der Gesträucher sehe ich manchmal wieder ihr Gesicht, der Frau, die ich liebte: meiner Frau, die nun gestorben ist.

2
Es ist viele Jahre her und zu Zeiten weiß ich nichts mehr von ihr, die einst alles war, aber alles vergeht.

3
Und sie war in mir wie ein kleiner Wacholder in mongolischen Steppen, konkav mit fahlgelbem Himmel und großer Traurigkeit.

4
Wir hausten in einer schwarzen Hütte am Fluß. Die Stechfliegen zerstachen oft ihren weißen Leib und ich las die Zeitung siebenmal oder ich sagte: Dein Haar ist schmutzfarben. Oder: Du hast kein Herz.

5
Doch eines Tages, da ich mein Hemd wusch in der Hütte, ging sie an das Tor und sah mich an und wollte hinaus.

6
Und der sie geschlagen hatte, bis er müde war, sagte: Mein Engel –

7
Und der gesagt hatte: Ich liebe dich, führte sie hinaus und sah lächelnd hin in die Luft und lobte das Wetter und gab ihr die Hand.

8
Da sie nun draußen war in der Luft und es ward öde in der Hütte, schloß er das Tor zu und setzte sich hinter die Zeitung.

9
Seitdem habe ich sie nicht mehr gesehen und einzig von ihr blieb der kleine Schrei, den sie machte, als sie zurück an das Tor kam am Morgen, da es schon zu war.

10
Nun ist die Hütte verfault und die Brust ausgestopft mit Zeitungspapier und ich liege abends am Fluß im dunklen Herz der Gesträuche und erinnere mich.

11
Der Wind hat Grasgeruch im Haar und das Wasser schreit unaufhörlich um Ruhe zu Gott und auf meiner Zunge habe ich einen bitteren Geschmack.

12. Psalm

1
Ich habe schon Gras gefressen, das habe ich und mein Freund Orge aufs Wort geglaubt, das beschwöre ich, ich habe gestohlen, ich leugne es nicht. Aber ihren Leib habe ich nicht genommen, ich konnte nicht.

2
Ich bin kein Neger, das behaupte ich aus Bescheidenheit nicht, aber ich erfülle meine Pflichten mit Fleiß. Aber unsere Leiber sind zwischen Bettlaken zusammengelegen und ich habe sie in den Hals gebissen und bin eingeschlafen.

3
Weil sie im Blute hatte dunkle Autodafés, Lampions und Niggertänze und die Müdigkeit vieler Landstraßen: Ich aber war ein kleiner Idiot.

4
Dicke Tiere schlichen durch die braunschäftige Dschungel um uns, blauer Regen donnerte auf die Platanendächer und wir lagen wie sanfte Pflanzen.

5
Das war Heh die Dunkelhäutige, die starb wie eine Wolke, die fast nie gewesen ist.

Gesang von den Katakomben. 13. Psalm

1
Früher hockten sie wie Fliegen auf meiner Hütte, geschmückt mit ihrem Aussatz, eitel auf Eitergestank, denn ich sagte zu ihnen, so oft ich heraustrat: Geduldet euch, bis ich euch befriedige.

2

Jetzt habe ich Kammern getüncht unter der Hütte in schwarzer Erde. Darein begrabe ich sie alle, in Tücher gewickelt, ich ersticke sie durch die Nachbarschaft von Leichen, ich kann sie vergessen.

3

Nein, ich habe keinen getötet, das gefiele mir nicht. Sie begingen alle Selbstmord und ich begrub sie, bevor sie stanken. Einer lief in die Sonne mit seinem Eiter und da starb er. Einer legte sich in mein Bett mit seinem Aussatz und da erstickte er drinnen. Eine ging hinaus und ein Riegel an der Tür erinnerte an sie und ein Grab in den Katakomben wartet auf sie, wenn sie zurückkommt.

4

Langsam füllt sich die Schlafstelle. Die Luft ist frei von Begeisterung und Bitternis. Sprechen ist verboten.

5

Die Kammern wachsen unheimlich, sie sind schon größer als meine Hütte, in der ich oben wohne und das Gras betrachte, ob es auch wächst, und den Himmel, ob es auch regnet, denn dann ziehe ich mich nackt aus.

Gesang vom Sommer. 14. Psalm

1

Unter einer gelben Ockersonne, die um vier Uhr aufsteht, unter einem Haufen Wind, den man nicht für sieben Millionen aufkaufen kann, entfalten die Wiesen von Kempten bis Passau ihre Propaganda für Lebensfreude.

2

Von Stadt zu Stadt rollen die Eisenbahnzüge, voll von Milch und Passagieren, die Getreidefelder teilen sich wie das gelbe Meer vor ihnen. Um die donnernden Züge, zwischen den großen Versteinerungen steht die Zeit still, der Mittag über den unbewegten Feldern.

3

Die Gestalten in den Feldern, braun in weißen Hemden, lasterhafte Gesichter, reißen mit blanken Schaufeln die Flanken der geduldigen Erde auf und gießen Tierjauche in die Wunden. Die Braunbrüstigen und ihr Vieh arbeiten wie besessen in langsamen Bewegungen für die Bleichgesichter in den Versteinerungen, wie es auf dem Papier vorgesehen ist.

4a

Scharlachene Winde erregen die Ebenen. Die Gerüche werden anfangs Mai maßlos. Ungeheure Gesichte zähnefletschender nackter Männer wandern in großen Höhen südwärts.

4b

Das rote Blut der Menschen gebiert Schreie zum ersten Mal, die dem Schreien von Affen vor dem Verenden gleichen. Rasselnde Heuschreckenschwärme bedecken grün die Gehirne und wir werden aufgeblasen im Kopf und bekommen siebenmal soviel Glieder.

4

Gott hat die Erde geschaffen, daß sie Brot bringe, und uns Steine gegeben für die Häuser und Arme für die Arbeit, daß die Mägen voll würden, und Mägen, die Speisen zu verdauen. Aber für was ist der Wind da, herrlich in den Laubwipfeln?

5

Der Wind schiebt die Wolken, daß es Regen gibt für die Äcker, daß die Äcker Brot geben. Laßt uns jetzt Kinder erzeugen in mannigfachen Lüsten, für das Brot und für den Fall, daß wir sterben!

6

Der Sommer ist die schönste Jahreszeit (außer Frühling, Winter und Herbst! Während er ist, liebe ich ihn am meisten!)

Gesang von mir. 16. Psalm

1
Die Haut hängt mir in Fetzen vom Leib, der ist dünn wie bei einer Heuschrecke, ich bin wie ein Neger im weißen Hemd, meiner Verlockung für die weißen Frauen. Ich bin in warmen Tümpeln gelegen wie ein Haselnußstock, ich bin gut fürs Bett, ich sage es euch.

2
Ich spiele die Gitarre und die Vergangenheit der Saiten wacht wieder auf unter meinen großen Händen: es sind Därme von Vieh, die Gitarre singt viehisch, es ist ein großes Tier, das mir am Leib hängt wie eine Zecke, und es schreit wohltönend, wenn ich es würge. Dazu singe ich kleine Lieder, die ich von den Bäumen pflückte am Morgen.

4
Ich habe ein Verhältnis mit dem Himmel, ich nenne ihn Azorl, herrlich, violett, er liebt mich. Es ist Männerliebe.

6
Ich aber tanze wie die Neger um die Kupfersonne, indem ich mein Darmvieh quäle und das Geschrei der Äcker imitiere sowie das Seufzen der Kühe beim Beischlaf.

7
Meine Kinder sind weiß wie Milch, niemand braucht Angst zu haben, sie haben große Augen und Hände, sie saufen Milch wie junge Lämmer und schreien wie Geier, ich gebe volle Garantie!

Eisenbahnfahrt. 19. Psalm

1
In dem gleitenden Zug zwischen Glasfenstern mitten im Grünen, sitzt ein sanftes Indianergesicht: das bin ich.

2
Den ganzen Sommer ist es in den Eisenbahnzügen zu sehen, in den Ebenen, zwischen schwatzenden Weibern und rauchenden Bleichgesichtern, mit dem Blick über die Wiesen.

3
Ich arbeite nichts im Sommer, ich fahre nur herum und lauf ins Grüne, aber im September schon ist mein Gesicht eine Landschaft und dann bin ich am ruhigsten im Jahr.

4
Von den Wäldern nehme ich das Schweigen mit. Aber von den Wiesen die Aufwärtsbewegung und die Gelassenheit von den Äckern, die unter der Sichel wachsen für die Novembernächte

5
in der Cherrybrandybar.

Der 1. Psalm

1
Wie erschreckend in der Nacht ist das konvexe Gesicht des schwarzen Landes!

2
Über der Welt sind die Wolken, sie gehören zur Welt. Über den Wolken ist nichts.

3
Der einsame Baum im Steinfeld muß das Gefühl haben, daß alles umsonst ist.
Er hat noch nie einen Baum gesehen. Es gibt keine Bäume.

4
Immer denke ich: wir werden nicht beobachtet.
Der Aussatz des einzigen Sternes in der Nacht, vor er untergeht!

5
Der warme Wind bemüht sich noch um Zusammenhänge, der Katholik.

6
Ich komme sehr vereinzelt vor. Ich habe keine Geduld.
Unser armer Bruder That's-all sagte von der Welt: sie macht nichts.

7
Wir fahren mit großer Geschwindigkeit auf ein Gestirn in der Milchstraße zu. Es ist eine große Ruhe in dem Gesicht der Erde. Mein Herz geht zu schnell. Sonst ist alles in Ordnung.

Der 2. Psalm

1
Unter einer fleischfarbenen Sonne, die vier Atemzüge nach Mitternacht den östlichen Himmel hell macht, unter einem Haufen Wind, der sie in Stößen wie mit Leilich bedeckt, entfalten die Wiesen von Füssen bis Passau ihre Propaganda für Lebenslust.

2
Von Zeit zu Zeit teilen die Eisenbahnzüge voll von Milch und Passagieren die Weizenfeldermeere; aber die Luft steht still um die Donnernden, das Licht zwischen den großen Versteinerungen, der Mittag über den unbewegten Feldern.

3
Die Gestalten in den Feldern, lasterhafte Visagen, arbeiten in langsamen Bewegungen für die Bleichgesichter in den Versteinerungen, wie es auf dem Papier vorgesehen ist.

4
Denn Gott hat die Erde geschaffen, daß sie Brot bringe, und uns die Braunbrüstigen gegeben, daß es in die Mägen komme, vermischt mit der Milch der Kühe, die er geschaffen hat. Aber für was ist der Wind da, herrlich in den Baumwipfeln?

5
Der Wind macht die Wolken, daß da Regen ist auf die Äcker, daß das Brot entstehe. Laßt uns jetzt Kinder machen aus Lüsten für das Brot, daß es gefressen werde.

6
Das ist der Sommer. Scharlachene Winde erregen die Ebenen, die Gerüche werden Ende Juni maßlos. Ungeheure Gesichte zähnefletschender nackter Männer wandern in großen Höhen südwärts.

7
In den Hütten ist das Licht der Nächte wie Lachs. Man feiert die Auferstehung des Fleisches.

Der 3. Psalm

1
Im Juli fischt ihr aus den Weihern meine Stimme. In meinen Adern ist Kognak. Meine Hand ist aus Fleisch.

2
Das Weiherwasser gerbt meine Haut, ich bin hart wie eine Haselrute, ich wäre gut fürs Bett, meine Freundinnen!

3
In der roten Sonne auf den Steinen liebe ich die Guitarren: es sind Därme von Vieh, die Klampfe singt viehisch, sie frißt kleine Lieder.

4
Im Juli habe ich ein Verhältnis mit dem Himmel, ich nenne ihn Azurl, herrlich, violett, er liebt mich. Es ist Männerliebe.

5
Er wird bleich, wenn ich mein Darmvieh quäle und die rote Unzucht der Äcker imitiere, sowie das Seufzen der Kühe beim Beischlaf.

Der 4. Psalm

1
Was erwartet man noch von mir?
Ich habe alle Patiencen gelegt, alles Kirschwasser gespien
Alle Bücher in den Ofen gestopft
Alle Weiber geliebt, bis sie wie der Leviathan gestunken haben.
Ich bin schon ein großer Heiliger, mein Ohr ist so faul, daß es nächstens einmal abbricht.

Warum ist also nicht Ruhe? Warum stehen immer noch die
Leute im Hof wie Kehrichttonnen – wartend,
daß man etwas hineingibt?
Ich habe zu verstehen gegeben, daß man das Hohe Lied von mir
nicht mehr erwarten darf.
Auf die Käufer habe ich die Polizei gehetzt.
Wer immer es ist, den ihr sucht: ich bin es nicht.

2
Ich bin der praktischste von allen meinen Brüdern –
Und mit *meinem* Kopf fängt es an!
Meine Brüder waren grausam, ich bin der grausamste –
Und *ich* weine nachts!

3
Mit den Gesetzestafeln sind die Laster entzweigegangen.
Man schläft schon bei seiner Schwester ohne rechte Freude.
Der Mord ist vielen zu mühsam
Das Dichten ist zu allgemein.
Bei der Unsicherheit aller Verhältnisse
Ziehen es viele vor, die Wahrheit zu sagen
Aus Unkenntnis der Gefahr.
Die Kurtisanen pökeln Fleisch ein für den Winter
Und der Teufel holt seine besten Leute nicht mehr ab.

[ANHANG]

[Zu den Psalmen gehörende Gedichte]

Gottes Abendlied

Wenn der blaue Wind des Abends Gottvater weckt, sieht er den Himmel über sich erbleichen und genießt ihn. Sogleich werden seine Ohren durch den großen kosmischen Choral erquickt, dem er sich hingibt:

Der Schrei überschwemmter Wälder, die am Ertrinken sind

Das Ächzen alter brauner Holzhäuser, denen die Last der Möbel und Menschen zu schwer wird

Das trockene Husten erschöpfter Äcker, die man ihrer Kraft beraubt hat

Das gigantische Darmgeräusch, mit dem das letzte Mammut sein hartes und seliges Erdenleben abschloß.

Die angstvollen Gebete der Mütter großer Männer

Das Gletschergebrüll des weißen Himalaja, der in seiner eisigen Einsamkeit sich amüsiert und die Qual Bert Brechts, dem es schlecht geht.

Und zugleich: die verrückten Lieder der Wasser, die in den Wäldern emporkommen.

Das sanfte Atmen schlafender Menschen, von alten Dielen gewiegt.

Das ekstatische Murmeln von Kornfeldern, lange Gebetmühlen.

Die großen Worte großer Männer

Und die wundervollen Gesänge Bert Brechts, dem es schlecht geht.

Psalm im Frühjahr

Jetzt liege ich auf der Lauer nach dem Sommer, Jungens. Wir haben Rum eingekauft und auf die Gitarre neue Därme aufgezogen. Weiße Hemden müssen noch verdient werden.

Unsere Glieder wachsen wie das Gras im Juni und Mitte August verschwinden die Jungfrauen. Die Wonne nimmt um diese Zeit überhand.

Der Himmel füllt sich Tag für Tag mit sanftem Glanz und seine Nächte rauben einem den Schlaf.

Morgen auf dem Berg Ararat

1

Frühe, noch in derselbigen Nacht, erhob ich mich aus ihrem Bette, wie von Tauben beschmutzt, und segelte los. Ich ging vorsichtig, meine Lieben, auf Säbelbeinen, wie eine Schaluppe vor dem Wind mit zu großem Segel, todmüde lief ich umher wie ein kleiner Igel, der Überrest einer stolzen Nacht.

2

Als ich wiederkam, mit Wind geladen, schlief sie noch, wie eine Leiche über den Tüchern, schwarze Luft hing zwischen den Wänden, von dem Geruch der Liebe gesättigt. Ich rauchte eine Havannah.

Bertolt Brechts Hauspostille

ANLEITUNG ZUM GEBRAUCH DER EINZELNEN LEKTIONEN

Diese Hauspostille ist für den Gebrauch der Leser bestimmt. Sie soll nicht sinnlos hineingefressen werden.

Die erste Lektion (Bittgänge) wendet sich direkt an das Gefühl des Lesers. Es empfiehlt sich, nicht zuviel davon auf einmal zu lesen. Auch sollten nur ganz gesunde Leute von dieser für die Gefühle bestimmten Lektion Gebrauch machen. Der in Kapitel 2 erwähnte Apfelböck, geboren zu München 1906, wurde 1919 durch einen von ihm an seinen Eltern begangenen Mord bekannt. Die in Kapitel 3 gezeichnete Marie Farrar, ein Jahr vorher wie der in Kapitel 2 erwähnte Apfelböck zu Augsburg am Lech geboren, kam vor Gericht wegen Kindesmordes in dem zarten Alter von 16 Jahren. Diese Farrar erregte das Gemüt des Gerichtshofes durch ihre Unschuld und menschliche Unempfindlichkeit. Der in Kapitel 9 erwähnte François Villon machte sich einen Namen durch einen Raubmordversuch und einige (wahrscheinlich obszöne) Gedichte.

Die zweite Lektion (Exerzitien = geistige Übungen) wendet sich mehr an den Verstand. Es ist vorteilhaft, ihre Lektüre langsam und wiederholt, niemals ohne Einfalt, vorzunehmen. Aus den darin verborgenen Sprüchen sowie unmittelbaren Hinweisen mag mancher Aufschluß über das Leben zu gewinnen sein. So betrachtet Kapitel 11 (Orges Antwort) gewisse Anfechtungen, die wenigen erspart bleiben, während Kapitel 5 (Historie vom verliebten Schwein Malchus) eine Warnung darstellt, durch Gefühlsüberschwang Ärgernis zu erregen.

Die dritte Lektion (Chroniken) durchblättere man in den Zeiten der rohen Naturgewalten. In den Zeiten der rohen Naturgewalten (Regengüsse, Schneefälle, Bankerotte usw.) halte man sich an die Abenteuer kühner Männer und Frauen in fremden Erdteilen; solche eben bieten die Chroniken, welche so einfach gehalten sind, daß sie auch für Volksschullesebücher in Betracht kommen. Bei einem Vortrag der Chroniken empfiehlt sich das Rauchen; zur Unterstützung der Stimme kann er mit einem Saiteninstrument akkordiert werden. Das Kapitel 2 (Ballade auf vielen Schiffen) ist zu lesen in Stunden der Gefahr: in ihm kommt der Gummimensch in Sicht. Die Männer vom Fort

Donald in Kapitel 4 gehörten zu Eisenbahntrupps, welche quer durch die Wildnis der Rocky Mountains die ersten Schienen legten. Kapitel 6 (Ballade von den Seeräubern) ist hauptsächlich für die hellen Nächte im Juni bestimmt; der zweite Teil dieser Ballade, soweit er den Untergang behandelt, kann jedoch auch noch im Oktober gesungen werden. Die Melodie ist die von L'Etendard de la Pitié. Kapitel 8 (Von der Hanna Cash) gilt für die Zeit einer beispiellosen Verfolgung. (In der Zeit der beispiellosen Verfolgung wird die Anhänglichkeit eines Weibes offenbar werden.)

Die vierte Lektion (Mahagonnygesänge) ist das Richtige für die Stunden des Reichtums, das Bewußtsein des Fleisches und die Anmaßung. (Sie kommt also nur für sehr wenige Leser in Betracht.) Diese können die Gesänge ruhig mit der Höchstleistung an Stimme und Gefühl (jedoch ohne Mimik) anstimmen.

Es wird geben Tagzeiten des Andenkens und der frühen Geschehnisse. Die nachfolgenden fünf Kapitel der fünften Lektion (Die kleinen Tagzeiten der Abgestorbenen) sind für das Angedenken und die frühen Geschehnisse. Das zweite Kapitel von den verführten Mädchen ist zu singen unter Anschlag harter Mißlaute auf einem Saiteninstrument. Es hat als Motto: Zum Dank dafür, daß die Sonne sie bescheint, werfen die Dinge Schatten. Das dritte Kapitel vom ertrunkenen Mädchen ist mit geflüsterten Lippenlauten zu lesen. Das vierte Kapitel vom Liebestod ist gewidmet dem Andenken an das Liebespaar Franz Diekmann und Frieda Lang aus Augsburg. Das fünfte Kapitel vom toten Soldaten ist zum Gedächtnis des Infanteristen Christian Grumbeis, geboren den 11. April 1897 in Aichach, gestorben in der Karwoche 1918 in Karasin (Südrußland).

Nach der Lektüre der etwas düsteren Lektion von den kleinen Tagzeiten der Abgestorbenen sollte man das Schlußkapitel dazu lesen. Überhaupt empfiehlt es sich, jede Lektüre in der Taschenpostille mit dem Schlußkapitel zu beschließen.

Der Anhang (Vom armen B. B.) ist gewidmet George Pfanzelt, Caspar Neher und Otto Müllereisert, sämtliche aus Augsburg.

ERSTE LEKTION: BITTGÄNGE

Vom Brot und den Kindlein

1
Sie haben nicht gegessen
Das Brot im hölzernen Schrein
Sie riefen, sie wollten essen
Lieber die kalten Stein.

2
Es ist das Brot verschimmelt
Weil's keiner essen will.
Es blickte mild zum Himmel
Da sagte der Schrank ihm still:

3
»Die werden sich noch stürzen
Auf ein Stückelein Brot
Mit wenigen Gewürzen
Nur für des Leibes Not.«

4
Es sind die Kindlein gangen
Viele Straßen weit.
Da mußten sie ja gelangen
Außer die Christenheit.

5
Und bei den Heiden da hungern
Kindlein dürr und blaß.
Es geben ihnen die Heiden
Keinem irgend was.

6
Sie würden sich gerne stürzen
Auf ein Stückelein Brot
Mit wenigen Gewürzen
Nur für des Leibes Not.

7
Das Brot aber ist verschimmelt
Gefressen von dem Vieh.
Woll's Gott, es hat einst der Himmel
Ein kleines Gewürzlein für sie.

Apfelböck oder Die Lilie auf dem Felde

1
In mildem Lichte Jakob Apfelböck
Erschlug den Vater und die Mutter sein
Und schloß sie beide in den Wäscheschrank
Und blieb im Hause übrig, er allein.

2
Es schwammen Wolken unterm Himmel hin
Und um sein Haus ging mild der Sommerwind
Und in dem Hause saß er selber drin
Vor sieben Tagen war es noch ein Kind.

3
Die Tage gingen und die Nacht ging auch
Und nichts war anders außer mancherlei
Bei seinen Eltern Jakob Apfelböck
Wartete einfach, komme was es sei.

4
Und als die Leichen rochen aus dem Spind
Da kaufte Jakob eine Azalee
Und Jakob Apfelböck, das arme Kind
Schlief von dem Tag an auf dem Kanapee.

5
Es bringt die Milchfrau noch die Milch ins Haus
Gerahmte Buttermilch, süß, fett und kühl.
Was er nicht trinkt, das schüttet Jakob aus
Denn Jakob Apfelböck trinkt nicht mehr viel.

6
Es bringt der Zeitungsmann die Zeitung noch
Mit schwerem Tritt ins Haus beim Abendlicht
Und wirft sie scheppernd in das Kastenloch
Doch Jakob Apfelböck, der liest sie nicht.

7
Und als die Leichen rochen durch das Haus
Da weinte Jakob und ward krank davon.
Und Jakob Apfelböck zog weinend aus
Und schlief von nun an nur auf dem Balkon.

8
Es sprach der Zeitungsmann, der täglich kam:
Was riecht hier so? Ich rieche doch Gestank.
In mildem Licht sprach Jakob Apfelböck:
Es ist die Wäsche in dem Wäscheschrank.

9
Es sprach die Milchfrau einst, die täglich kam:
Was riecht hier so? Es riecht, als wenn man stirbt!
In mildem Licht sprach Jakob Apfelböck:
Es ist das Kalbfleisch, das im Schrank verdirbt.

10
Und als sie einstens in den Schrank ihm sahn
Stand Jakob Apfelböck in mildem Licht
Und als sie fragten, warum er's getan
Sprach Jakob Apfelböck: Ich weiß es nicht.

11
Die Milchfrau aber sprach am Tag danach
Ob wohl das Kind einmal, früh oder spät
Ob Jakob Apfelböck wohl einmal noch
Zum Grabe seiner armen Eltern geht?

Von der Kindesmörderin Marie Farrar

1
Marie Farrar, geboren im April
Unmündig, merkmallos, rachitisch, Waise
Bislang angeblich unbescholten, will
Ein Kind ermordet haben in der Weise:
Sie sagt, sie habe schon im zweiten Monat
Bei einer Frau in einem Kellerhaus
Versucht, es abzutreiben mit zwei Spritzen
Angeblich schmerzhaft, doch ging's nicht heraus.
Doch ihr, ich bitte euch, wollt nicht in Zorn verfallen
Denn alle Kreatur braucht Hilf von allen.

2
Sie habe dennoch, sagt sie, gleich bezahlt
Was ausgemacht war, sich fortan geschnürt
Auch Sprit getrunken, Pfeffer drin vermahlt
Doch habe sie das nur stark abgeführt.
Ihr Leib sei zusehends geschwollen, habe
Auch stark geschmerzt, beim Tellerwaschen oft.
Sie selbst sei, sagt sie, damals noch gewachsen.
Sie habe zu Marie gebetet, viel erhofft.
Auch ihr, ich bitte euch, wollt nicht in Zorn verfallen
Denn alle Kreatur braucht Hilf von allen.

3
Doch die Gebete hätten, scheinbar, nichts genützt.
Es war auch viel verlangt. Als sie dann dicker war
Hab ihr in Frühmetten geschwindelt. Oft hab sie geschwitzt
Auch Angstschweiß, häufig unter dem Altar.
Doch hab den Zustand sie geheim gehalten
Bis die Geburt sie nachher überfiel.
Es sei gegangen, da wohl niemand glaubte
Daß sie, sehr reizlos, in Versuchung fiel.
Und ihr, ich bitte euch, wollt nicht in Zorn verfallen
Denn alle Kreatur braucht Hilf von allen.

4
An diesem Tag, sagt sie, in aller Früh
Ist ihr beim Stiegenwischen so, als krallten
Ihr Nägel in den Bauch. Es schüttelt sie.
Jedoch gelingt es ihr, den Schmerz geheimzuhalten.
Den ganzen Tag, es ist beim Wäschehängen
Zerbricht sie sich den Kopf; dann kommt sie drauf
Daß sie gebären sollte, und es wird ihr
Gleich schwer ums Herz. Erst spät geht sie hinauf.
Doch ihr, ich bitte euch, wollt nicht in Zorn verfallen
Denn alle Kreatur braucht Hilf von allen.

5
Man holte sie noch einmal, als sie lag:
Schnee war gefallen und sie mußte kehren.
Das ging bis elf. Es war ein langer Tag.
Erst in der Nacht konnte sie in Ruhe gebären.
Und sie gebar, so sagt sie, einen Sohn.
Der Sohn war ebenso wie andere Söhne.
Doch sie war nicht so wie die anderen, obschon:
Es liegt kein Grund vor, daß ich sie verhöhne.
Auch ihr, ich bitte euch, wollt nicht in Zorn verfallen
Denn alle Kreatur braucht Hilf von allen.

6
So will ich also weiter denn erzählen
Wie es mit diesem Sohn geworden ist
(Sie wollte davon, sagt sie, nichts verhehlen)
Damit man sieht, wie ich bin und du bist.
Sie sagt, sie sei, nur kurz im Bett, von Übel-
keit stark befallen worden und, allein
Hab sie, nicht wissend, was geschehen sollte
Mit Mühe sich bezwungen, nicht zu schrein.
Und ihr, ich bitte euch, wollt nicht in Zorn verfallen
Denn alle Kreatur braucht Hilf von allen.

7
Mit letzter Kraft hab sie, so sagt sie, dann
Da ihre Kammer auch eiskalt gewesen

Sich zum Abort geschleppt und dort auch (wann
Weiß sie nicht mehr) geborn ohn Federlesen
So gegen Morgen. Sie sei, sagt sie
Jetzt ganz verwirrt gewesen, habe dann
Halb schon erstarrt, das Kind kaum halten können
Weil es in den Gesindabort hereinschnein kann.
Auch ihr, ich bitte euch, wollt nicht in Zorn verfallen
Denn alle Kreatur braucht Hilf von allen.

8
Dann zwischen Kammer und Abort, vorher sagt sie
Sei noch gar nichts gewesen, fing das Kind
Zu schreien an, das hab sie so verdrossen, sagt sie
Daß sie's mit beiden Fäusten ohne Aufhörn, blind
So lang geschlagen habe, bis es still war, sagt sie.
Hierauf hab sie das Tote noch gradaus
Zu sich ins Bett genommen für den Rest der Nacht
Und es versteckt am Morgen in dem Wäschehaus.
Doch ihr, ich bitte euch, wollt nicht in Zorn verfallen
Denn alle Kreatur braucht Hilf vor allem.

9
Marie Farrar, geboren im April
Gestorben im Gefängnishaus zu Meißen
Ledige Kindesmutter, abgeurteilt, will
Euch die Gebrechen aller Kreatur erweisen.
Ihr, die ihr gut gebärt in saubern Wochenbetten
Und nennt »gesegnet« euren schwangeren Schoß
Wollt nicht verdammen die verworfnen Schwachen
Denn ihre Sünd war schwer, doch ihr Leid groß.
Darum, ich bitte euch, wollt nicht in Zorn verfallen
Denn alle Kreatur braucht Hilf von allen.

Das Schiff

1
Durch die klaren Wasser schwimmend vieler Meere
Löst ich schaukelnd mich von Ziel und Schwere

Mit den Haien ziehend unter rotem Mond.
Seit mein Holz fault und die Segel schlissen
Seit die Seile modern, die am Strand mich rissen
Ist entfernter mir und bleicher auch mein Horizont.

2
Und seit jener hinblich und mich diesen
Wassern die entfernten Himmel ließen
Fühl ich tief, daß ich vergehen soll.
Seit ich wußte, ohne mich zu wehren
Daß ich untergehen soll in diesen Meeren
Ließ ich mich den Wassern ohne Groll.

3
Und die Wasser kamen, und sie schwemmten
Viele Tiere in mich, und in fremden
Wänden freundeten sich Tier und Tier.
Einst fiel Himmel durch die morsche Decke
Und sie kannten sich in jeder Ecke
Und die Haie blieben gut in mir.

4
Und im vierten Monde schwammen Algen
In mein Holz und grünten in den Balken:
Mein Gesicht ward anders noch einmal.
Grün und wehend in den Eingeweiden
Fuhr ich langsam, ohne viel zu leiden
Schwer mit Mond und Pflanze, Hai und Wal.

5
Möw und Algen war ich Ruhestätte
Schuldlos immer, daß ich sie nicht rette.
Wenn ich sinke, bin ich schwer und voll.
Jetzt, im achten Monde, rinnen Wasser
Häufiger in mich. Mein Gesicht wird blasser.
Und ich bitte, daß es enden soll.

6
Fremde Fischer sagten aus: sie sahen
Etwas nahen, das verschwamm beim Nahen.
Eine Insel? Ein verkommnes Floß?
Etwas fuhr, schimmernd von Möwenkoten
Voll von Alge, Wasser, Mond und Totem
Stumm und dick auf den erbleichten Himmel los.

Gesang des Soldaten der roten Armee

1
Weil unser Land zerfressen ist
Mit einer matten Sonne drin
Spie es uns aus in dunkle Straßen
Und frierende Chausseen hin.

2
Schneewasser wusch im Frühjahr die Armee
Sie ist des roten Sommers Kind!
Schon im Oktober fiel auf sie der Schnee
Ihr Herz zerfror im Januarwind.

3
In diesen Jahren fiel das Wort Freiheit
Aus Mündern, drinnen Eis zerbrach.
Und viele sah man mit Tigergebissen
Ziehend der roten, unmenschlichen Fahne nach.

4
Oft abends, wenn im Hafer rot
Der Mond schwamm, vor dem Schlaf am Gaul
Redeten sie von kommenden Zeiten
Bis sie einschliefen, denn der Marsch macht faul.

5
Im Regen und im dunklen Winde
War Schlaf uns schön auf hartem Stein.
Der Regen wusch die schmutzigen Augen
Von Schmutz und vielen Sünden rein.

6
Oft wurde nachts der Himmel rot
Sie hielten's für das Rot der Früh.
Dann war es Brand, doch auch das Frührot kam
Die Freiheit, Kinder, die kam nie.

7
Und drum: wo immer sie auch warn
Das ist die Hölle, sagten sie.
Die Zeit verging. Die letzte Hölle
War doch die allerletzte Hölle nie.

8
Sehr viele Höllen kamen noch.
Die Freiheit, Kinder, die kam nie.
Die Zeit vergeht. Doch kämen jetzt die Himmel
Die Himmel wären ohne sie.

9
Wenn unser Leib zerfressen ist
Mit einem matten Herzen drin
Speit die Armee einst unser Haut und Knochen
In kalte flache Löcher hin.

10
Und mit dem Leib, von Regen hart
Und mit dem Herz, versehrt von Eis
Und mit den blutbefleckten leeren Händen
So kommen wir grinsend in euer Paradeis.

Liturgie vom Hauch

1
Einst kam ein altes Weib einher

2
Die hatte kein Brot zum Essen mehr

3
Das Brot, das fraß das Militär

4
Da fiel sie in die Goss, die war kalte

5
Da hatte sie keinen Hunger mehr.

6
Darauf schwiegen die Vöglein im Walde
Über allen Wipfeln ist Ruh
In allen Gipfeln spürest du
Kaum einen Hauch.

7
Da kam einmal ein Totenarzt einher

8
Der sagte: die Alte besteht auf ihrem Schein

9
Da grub man die hungrige Alte ein

10
So sagte das alte Weib nichts mehr

11
Nur der Arzt lachte noch über die Alte.

12
Auch die Vöglein schwiegen im Walde
Über allen Wipfeln ist Ruh
In allen Gipfeln spürest du
Kaum einen Hauch.

13
Da kam einmal ein einziger Mann einher

14
Der hatte für die Ordnung gar keinen Sinn

15
Der fand in der Sache einen Haken drin

16
Der war eine Art Freund für die Alte

17
Der sagte, ein Mensch müsse essen können, bitte sehr –

18
Darauf schwiegen die Vöglein im Walde
Über allen Wipfeln ist Ruh
In allen Gipfeln spürest du
Kaum einen Hauch.

19
Da kam mit einemmal ein Kommissar einher

20
Der hatte einen Gummiknüppel dabei

21
Und zerklopfte dem Mann seinen Hinterkopf zu Brei

22
Und da sagte auch dieser Mann nichts mehr

23
Doch der Kommissar sagte, daß es schallte:

24
So! jetzt schweigen die Vögelein im Walde
Über allen Wipfeln ist Ruh
In allen Gipfeln spürest du
Kaum einen Hauch.

25
Da kamen einmal drei bärtige Männer einher

26
Die sagten, das sei nicht eines einzigen Mannes Sache allein.

27
Und sie sagten es so lang, bis es knallte

28
Aber dann krochen Maden durch ihr Fleisch in ihr Bein

29
Da sagten die bärtigen Männer nichts mehr

30
Darauf schwiegen die Vögelein im Walde
Über allen Wipfeln ist Ruh
In allen Gipfeln spürest du
Kaum einen Hauch.

31
Da kamen mit einemmal viele rote Männer einher

32
Die wollten einmal reden mit dem Militär

33
Doch das Militär redete mit dem Maschinengewehr

34
Und da sagten die roten Männer nichts mehr.

35
Doch sie hatten auf ihrer Stirn noch eine Falte

36
Darauf schwiegen die Vögelein im Walde
Über allen Wipfeln ist Ruh

In allen Gipfeln spürest du
Kaum einen Hauch.

37
Da kam einmal ein großer roter Bär einher

38
Der wußte nichts von den Bräuchen hier, denn der kam von überm Meer

39
Und der fraß die Vögelein im Walde

40
Da schwiegen die Vögelein nicht mehr
Über allen Wipfeln ist Unruh
In allen Gipfeln spürest du
Jetzt einen Hauch.

Prototyp eines Bösen

1
Frostzerbeult und blau wie Schiefer
Sitzend vor dem Beinerhaus
Schlief er. Und aus schwarzem Kiefer
Fiel ein kaltes Lachen aus.
Ach, er spie's wie Speichelbatzen
Auf das Tabernakel hin
Zwischen Fischkopf, toten Katzen:
Als noch kühl die Sonne schien.

2
Aber

3
Wohin geht er, wenn es nachtet
Der von Mutterzähren troff?
Der der Witwen Lamm geschlachtet

Und die Milch der Waisen soff?
Will er, noch im Bauch das Kälbchen
Vor den guten Hirten, wie?
Tief behängt mit Jungfernskälpchen
Vor die Liebe Frau Marie?

4
Ah, er kämmt sich das veralgte
Haar mit Fingern ins Gesicht?
Meint, man sieht so die verkalkte
Freche Schundvisage nicht?
Ach, wie macht er seine böse
Fresse zittern, arm und nackt?
Daß ihn Gott aus Mitleid löse
Oder weil ihn Schauder packt?

5
Sterbend hat er schnell gesch...
Noch auf seine Sterbestatt.
Aber wird er dort noch wissen
Was er hier gefressen hat?
Kalt hat man ihn mit dem Schlangen-
fraß des Lebens abgespeist.
Will man da von ihm verlangen
Daß er sich erkenntlich weist?

Darum bitt ich hiemit um Erbarmen
Mit den Schweinen und den Schweinetrögen!
Helft mir bitten, daß auch diese Armen
In den Himmel eingehn mögen.

Morgendliche Rede an den Baum Green

1
Ich habe Ihnen heute nacht bitter unrecht getan;
Ich konnte nicht schlafen, weil der Wind so laut war.
Als ich hinaus sah, bemerkte ich, daß Sie schwankten
Wie ein besoffener Affe. Ich schämte mich für Sie, Green.

2
Ich bekenne einfach, daß ich mich geirrt habe:
Sie haben den bittersten Kampf Ihres Lebens gekämpft.
Es interessierten sich Geier für Sie.
Sie wissen jetzt, was Sie wert sind, Green.

3
Heute glänzt die gelbe Sonne in Ihren nackten Ästen
Aber Sie schütteln noch immer Zähren ab, Green?
Sie leben ziemlich allein, Green?
Ja, wir sind nicht für die Masse...

4
Ich konnte gut schlafen, nachdem ich Sie gesehen habe.
Aber Sie sind wohl müd heute? Entschuldigen Sie mein Geschwätz!
Es war wohl keine Kleinigkeit, so hoch heraufzukommen zwischen den Häusern
So hoch herauf, Green, daß der Sturm so zu Ihnen kann, wie heute nacht?

Vom François Villon

1
François Villon war armer Leute Kind
Ihm schaukelte die Wiege kühler Föhn
Von seiner Jugend unter Schnee und Wind
War nur der freie Himmel drüber schön.
François Villon, den nie ein Bett bedeckte
Fand früh und leicht, daß kühler Wind ihm schmeckte.

2
Der Füße Bluten und des Steißes Beißen
Lehrt ihn, daß Steine spitzer sind als Felsen.
Er lernte früh den Stein auf andre schmeißen
Und sich auf andrer Leute Häuten wälzen.
Und wenn er sich nach seiner Decke streckte:
So fand er früh und leicht, daß ihm das Strecken schmeckte.

3
Er konnte nicht an Gottes Tischen zechen
Und aus dem Himmel floß ihm niemals Segen.
Er mußte Menschen mit dem Messer stechen
Und seinen Hals in ihre Schlinge legen.
Drum lud er ein, daß man am Arsch ihm leckte
Wenn er beim Fressen war und es ihm schmeckte.

4
Ihm winkte nicht des Himmels süßer Lohn
Die Polizei brach früh der Seele Stolz
Und doch war dieser auch ein Gottessohn. –
Ist er durch Wind und Regen lang geflohn
Winkt ganz am End zum Lohn ein Marterholz.

5
François Villon starb auf der Flucht vorm Loch
Vor sie ihn fingen, schnell, im Strauch aus List –
Doch seine freche Seele lebt wohl noch
Lang wie dieses Liedlein, das unsterblich ist.
Als er die Viere streckte und verreckte
Da fand er spät und schwer, daß ihm dies Strecken schmeckte.

Bericht vom Zeck

1
Durch unsere Kinderträume
In dem milchweißen Bett
Spukte um Apfelbäume
Der Mann in Violett.

2
Liegend vor ihm im Staube
Sah man: da saß er. Träg.
Und streichelte seine Taube
Und sonnte sich am Weg.

3
Er schätzt die kleinste Gabe
Sauft Blut als wie ein Zeck.
Und daß man nur ihn habe
Nimmt er sonst alles weg.

4
Und gabst du für ihn deine
Und anderer Freude her;
Und liegst dann arm am Steine
Dann kennt er dich nicht mehr.

5
Er spuckt dir gern zum Spaße
Ins Antlitz rein und guckt
Daß er dich ja gleich fasse
Wenn deine Wimper zuckt.

6
Am Abend steht er spähend
An deinem Fenster dort
Und merkt sich jedes Lächeln
Und geht beleidigt fort.

7
Und hast du eine Freude
Und lachst du noch so leis –
Er hat eine kleine Orgel
Drauf spielt er Trauerweis.

8
Er taucht in Himmelsbläue
Wenn einer ihn verlacht

Und hat doch auch die Haie
Nach seinem Bild gemacht.

9
An keinem sitzt er lieber
Als einst am Totenbett.
Er spukt durchs letzte Fieber
Der Kerl in Violett.

ZWEITE LEKTION: EXERZITIEN

Vom Mitmensch

1
Schon als ein Mann die Monde zählend
Ihn auszog wie an einem Stiel
Schrie er laut auf, als er rot, elend
Und klein aus einem Weibe fiel.
Sie warteten. Mit Schwamm und Leinen!
Sie grüßten mit Trompetenschall.
Sie wuschen mit gerührtem Weinen
Den Kot ihm ab. (Auf jeden Fall.)

2
Von nun an sind sie ihm gewogen.
Er ist ihr Kind, er ist ihr Mann.
Sie rühren, wenn er ausgezogen
Den Tünchnerkalk mit Tränen an.
Und wenn er frißt, so sind sie heiter
Sie fressen strahlend seinen Mist.
Er sieht: sie tragen schwarze Kleider
Wenn ihm sein Hund verendet ist.

3
Sie tun ihr Wort in seine Zähne.
Er sagt's. Sie haben's schon gesagt.
Es nagt das Bein an die Hyäne
Und die Hyän ist angenagt.
Und nennt er seine Wolken Schwäne
So schimpfen sie ihn hungrig blind
Und zeigen ihm, daß seine Zähne
Genau wie ihre Zähne sind.

4
Sie setzen sich in seine Träume
(Da, wo er wohnt, sind ihre Räume.)
Sie schlachten ihm ihre letzte Kuh

(Und schauen ihm beim Essen zu.)
Versalzen's mit gerührten Tränen
Und gehen, wenn er's ißt, nicht fort.
Sie zählen grinsend seine Zähne
Und warten gläubig vorm Abort.

5
Und um ihm menschlich nahzukommen,
Drehen sie ihm ihre Schwester an
Und netzen sie mit Bibelsprüchen
So daß er sie besteigen kann.
Und ihm lächelnd das Glück anfeuchtend
Wünschen sie angenehme Ruh.
Und ihn mit Scheinwerfern beleuchtend
Hören sie ihm durch Drähte zu.

6
Denn sie sind keine Ungeheuer
Und er ist nicht der gute Hirt
Sie legen die Hand für ihn ins Feuer
Und weinen, wenn er schwächer wird.
Dann zeigen sie ihm rote Bälge
Und sagen, wenn er sie vertrieb:
Das Ding, das die Geliebte melke
Das sei die Frucht, die von ihm blieb.

7
Er lebt in Furcht vor ihrem Grauen
Wenn sein Gefühl ihn überschwemmt.
Denn nahmen ihm die Haut die Schlauen
So ließen sie ihm doch das Hemd.
Er trug den Leib in manchem Hemde
Verstohlen durch das Tageslicht.
Er starb. Und die Geliebte kämmte
Ihm schnell die Haare ins Gesicht.

8
Sie hat an seinem Leib gelegen
Sie hat ihn satt der Welt gemacht

Sie sah sich seine Lider regen
Sie hat sein Schlafen überwacht.
Sie hat ihm ihre Sklavenkette
Tief in sein mildes Fleisch gewetzt
Er hat ihr auf dem Totenbette
Sein letztes Wort noch übersetzt.

Orges Gesang

Orge sagte mir:

1
Der liebste Ort, den er auf Erden hab
Sei nicht die Rasenbank am Elterngrab.

2
Orge sagte mir: Der liebste Ort
Auf Erden war ihm immer der Abort.

3
Dies sei ein Ort, wo man zufrieden ist
Daß drüber Sterne sind und drunter Mist.

4
Ein Ort sei einfach wundervoll, wo man
Wenn man erwachsen ist, allein sein kann.

5
Ein Ort der Demut, dort erkennst du scharf
Daß du ein Mensch nur bist, der nichts behalten darf.

6
Ein Ort, wo man, indem man leiblich ruht
Sanft, doch mit Nachdruck, etwas für sich tut.

7
Ein Ort der Weisheit, wo du deinen Wanst
Für neue Lüste präparieren kannst.

8
Und doch erkennst du dorten, was du bist:
Ein Bursche, der auf dem Aborte – frißt!

Über den Schnapsgenuss

1
In dem grünen Kuddelmuddel
Sitzt ein Aas mit einer Buddel
Grünem Schnaps. (Grünem Schnaps.)
Sitzt ein Aas mit einer Buddel
Und Herzklaps.
(Und Herzklaps.)

2
Sehet an, Josef, den Keuschen
Zwischen ungeheuren Fleischen
Sitzt und schnullt. Sitzt und schnullt
An den Fingern, an den keuschen, aus Unschuld.
(Aus Unschuld.)

3
Sieben Sterne schmecken bitter.
Süß gezupfte Magenzitter
Macht sie gut. Macht sie gut.
Sieben Lieder, sieben Liter, das gibt Mut.
(Das gibt Mut.)

4
Linsel Klopps ging grad wie'n Meier.
Doch nun ist ihm auch viel freier
Seit er schwankt. Seit er schwankt.
Ach du Schwan in seinem Weiher, sei bedankt.
(Sei bedankt!)

Vorbildliche Bekehrung eines Branntweinhändlers

1
Hinter Gläsern, an dem Schanktisch mit den
Schweren Lidern, Lippen violett
Trüben Augen in dem schweißigen Antlitz
Sitzt ein Branntweinhändler bleich und fett.
Seine schmierigen Finger zählen
Geld in einen Sack hinein:
In des Branntweins ölige Lache
Sinkt sein Kopf, und er schläft ein.

2
Und sein schwerer Leib, er wälzt sich ächzend
Kalter Schweiß klebt auf der Stirn wie Schleim
Und in seinem schwammigen Gehirne
Sucht ein schrecklich böser Traum ihn heim.
Und er träumt: er ist im Himmel
Und er muß vor Gottes Thron
Und trinkt Schnaps vor Angst und ist nun
Bis zum Halse voll davon.

3
Sieben Engel halten ihn umringet
Und er schwankt in seinen beiden Knien
Doch sie führen ihn, den Branntweinhändler
Stumm vor Gottes weißen Thron nun hin.
Seine schweren Lider heben
Kann er nicht in Gottes Licht
Und er fühlt die Zunge kleben
Blau, mit scheußlichem Gewicht.

4
Und er sieht sich um nach einer Hilfe
Und er sieht in grünem Algenlicht:
Vierzehn Waisenkindlein schwimmen weinend
Flußab mit vergehendem Gesicht.
Und er sagt: es sind nur sieben
Weil ich so besoffen bin.

Doch er sagt es nicht: die Zunge
Will nicht an die Zähne hin.

5
Und er sieht sich um nach einer Hilfe
Bei den Männern, die er karten sieht
Und er schreit: Ich bin der Branntweinhändler!
Doch sie schreien ihr besoffen Lied.
Und sie schreien sich um ihre
Seligkeit voll Schnaps und blind.
Und er sieht an grünen Flecken
Daß sie fast verfault schon sind.

6
Und er sieht sich um nach einer Hilfe
Und er sieht: er steht im Hemd am Thron!
Steht im Hemd im Himmel, hört sie fragen:
Hast du all dein Kleid versoffen schon?
Und er sagt: Ich hatte Kleider
Und sie sagen: Keine Scham?
Und er weiß: Hier standen viele
Denen ich die ihren nahm.

7
Und er sieht sich nicht mehr um nach Hilfe
Und er fällt aufs Knie hin, daß es klatscht
Und er fühlt das Schwert im Fleisch am Nacken
Und das Hemd, das naß von Schweiß dran patscht:
Und er schämt sich vor dem Himmel
Und er fühlt im Innern drin:
Gott hat mich verstoßen jetzt, weil
Ich ein Branntweinhändler bin.

8
Und erwacht: mit schweren Lidern, stieren
Augen und den Lippen violett.
Doch er sagt zu sich: Nie wieder je bin
Ich ein Branntweinhändler, bleich und fett.
Sondern nur für Waisenkinder

Säufer, Greis und Dulderin
Gebe ich in Zukunft dieses
Segenlose Schmutzgeld hin.

Historie vom verliebten Schwein Malchus

1
Hört die Mär vom guten Schwein
Und von seiner Liebe!
Ach es wollt geliebet sein
Und bekam nur Hiebe.

2
Weil's dem Schwein noch nie so war
(Erste, grüne Liebe!)
Liebte es mit Haut und Haar.
Und bekam nur Hiebe.

3
Denn die Sonne selber war
Diese große Liebe.
Wie, wenn sie's mit Haut und Haar
Zur Verzweiflung triebe?

4
Einmal nun im Sonnenschein
Kriegt es keine Hiebe
Und es schrie das gute Schwein:
Ist das nun nicht Liebe!?

5
Und das sehr beglückte Schwein
Es beschloß zu handeln
Um im ewigen Sonnenschein
Nun hinfort zu wandeln.

6
Und indem es Schweine fing
Daß sie sich verbeugten
Wenn das Schwein vorüberging
Ehrfurcht ihm bezeugten

7
Hoffte das begabte Schwein
Ihr zu imponieren
Und im guten Sonnenschein
Ständig zu spazieren.

8
Doch die Sonne sieht wohl nicht
Jedes Schwein auf Erden
Und sie wandt ihr Augenlicht
Ließ es dunkel werden.

9
Dunkel um das arme Schwein
Außen und auch innen.
Doch da fiel ihm etwas ein
Um sie zu gewinnen.

10
Und mit einem anderen Schwein
Übte es zusammen
Mit dem Rüssel Gift zu spein
Mit den Augen Flammen.

11
Und ein altes schwarzes Schwein
Zwang es (nur durch Reden)
Ihm und seinen Schweinerein
Algier abzutreten.

12
Und als nun die Sonne kam
Tat es voll Erregung

Halberstickt von edler Scham
Eine Fußbewegung

13
In der alles lag, was je-
mals ein Schwein empfunden
(Liebe läßt vergessen Weh
Und gesalzene Wunden!)

14
Und so legt nun diese Sau
Auf 'ner kleinen Wiesen
Tieferschüttert seiner Frau
Afrika zu Füßen.

15
Und diktiert zur selben Stund
Daß es einfach alle
Die ihm diesen Seelenbund
Störten, niederknalle.

16
Und an dunklen Tagen, wenn
Sie ihm brach die Treue
Lief es finster weg vom Trog
Watschelte ins Freie.

17
Und man sah dort, wie das Vieh
Das erschreckend blaß war
Wütend in die Wolken spie
Bis es selber naß war.

18
Ja, in einer trüben Früh
In der Brunnenkresse
Drohte es ihr, daß es sie
Einstmals doch noch fresse.

19
Da sie alles fressen, meint-
es dies wohl ehrlich;
Aber wo die Sonne scheint
Fressen Schweine schwerlich.

20
Aber jedes Schwein ist schlau
Weiß, die Sonn im Himmelsblau
Ist stets nur die liebe Frau
Von der jeweils größten Sau.

Von der Freundlichkeit der Welt

1
Auf die Erde voller kaltem Wind
Kamt ihr alle als ein nacktes Kind
Frierend lagt ihr ohne alle Hab
Als ein Weib euch eine Windel gab.

2
Keiner schrie euch, ihr wart nicht begehrt
Und man holte euch nicht im Gefährt.
Hier auf Erden wart ihr unbekannt
Als ein Mann euch einst nahm an der Hand.

3
Und die Welt, die ist euch gar nichts schuld:
Keiner hält euch, wenn ihr gehen wollt.
Vielen, Kinder, wart ihr vielleicht gleich.
Viele aber weinten über euch.

4
Von der Erde voller kaltem Wind
Geht ihr all bedeckt mit Schorf und Grind.
Fast ein jeder hat die Welt geliebt
Wenn man ihm zwei Hände Erde gibt.

Ballade von den Selbsthelfern

1
Noch sitzen sie rauchend da
Im grünen Strandgesträuch
Da wird schon ihr Himmel
Verkümmert und bleich.

2
Sie haben mit Branntwein wohl
Ihr Herze kühn gemacht?
Da sehen sie staunend
Die Schwärze der Nacht.

3
Sie trinken? Sie lachen noch?
Gelächter steigt wie Rauch
Und plötzlich, verrückt, hängt
Der Mond rot im Strauch.

4
Ihr Himmel verbleicht wohl schon?
Wie schnell es doch geschah!
Ihr Tag ist schon nicht mehr
Und sie sind noch da?

5
Sie wiehern wohl immer noch?
»Selbst hilft sich der Mann?«
Da weht sie ein Hauch an
Vom morschenden Tann:

6
Die trostlosen Winde wehn
Die Welt hat sie satt!
Und schweigend verläßt sie
Der Abend im Watt.

Über die Anstrengung

1
Man raucht. Man befleckt sich. Man trinkt sich hinüber
Man schläft. Man grinst in ein nacktes Gesicht.
Der Zahn der Zeit nagt zu langsam, mein Lieber!
Man raucht. Man geht k... Man macht ein Gedicht.

2
Unkeuschheit und Armut sind unsere Gelübde
Unkeuschheit hat oft unsere Unschuld versüßt.
Was einer in Gottes Sonne verübte
Das ist's, was in Gottes Erde er büßt.

3
Der Geist hat verhurt die Fleischeswonne
Seit er die haarigen Hände entklaut
Es durchdringen die Sensationen der Sonne
Nicht mehr die pergamentene Haut.

4
Ihr grünen Eilande der tropischen Zonen
Wie seht ihr aus morgens und abgeschminkt!
Die weiße Hölle der Visionen
Ist ein Bretterverschlag, worin Regen eindringt.

5
Wie sollen wir uns, die Bräute, betören?
Mit Zobelfleischen? ah, besser mit Gin!
Einem Lilagemisch von scharfen Likören
Mit bittren ersoffenen Fliegen darin.

6
Man säuft sich hinauf bis zum Riechgewässer.
Die Schnäpse verteilt man mit schwarzem Kaffee.
Dies alles verfängt nicht, Maria, 's ist besser
Wir gerben die köstlichen Häute mit Schnee!

7
Mit zynischer Armut leichter Gedichte
Einer Bitternis mit Orangegeschmack
In Eis gekühlt! malaiisch gepichte
Haare im Auge! oh, Opiumtabak

8
In windtollen Hütten aus Nankingpapier
O du Bitternisfrohsinn der Welt
Wenn der Mond, dieses sanfte, weiße Getier
Aus den kälteren Himmeln fällt!

9
O himmlische Frucht der befleckten Empfängnis!
Was sahest du, Bruder, Vollkommnes allhier?
Man feiert mit Kirsch sich sein Leichenbegängnis
Und kleinen Laternen aus leichtem Papier.

10
Frühmorgens erwacht, auf haarigen Zähnen
Ein Grinsen sich findt zwischen faulem Tabak.
Auch finden wir oft auf der Zunge beim Gähnen
Einen bitterlichen Orangegeschmack.

Vom Klettern in Bäumen

1
Wenn ihr aus eurem Wasser steigt am Abend –
Denn ihr müßt nackt sein und die Haut muß weich sein –
Dann steigt auch noch auf eure großen Bäume
Bei leichtem Wind. Auch soll der Himmel bleich sein.
Sucht große Bäume, die am Abend schwarz
Und langsam ihre Wipfel wiegen, aus!
Und wartet auf die Nacht in ihrem Laub
Und um die Stirne Mahr und Fledermaus!

2
Die kleinen harten Blätter im Gesträuche
Zerkerben euch den Rücken, den ihr fest
Durchs Astwerk stemmen müßt; so klettert ihr
Ein wenig ächzend höher ins Geäst.
Es ist ganz schön, sich wiegen auf dem Baum!
Doch sollt ihr euch nicht wiegen mit den Knien!
Ihr sollt dem Baum so wie sein Wipfel sein:
Seit hundert Jahren abends: Er wiegt ihn.

Vom Schwimmen in Seen und Flüssen

1
Im bleichen Sommer, wenn die Winde oben
Nur in dem Laub der großen Bäume sausen
Muß man in Flüssen liegen oder Teichen
Wie die Gewächse, worin Hechte hausen.
Der Leib wird leicht im Wasser. Wenn der Arm
Leicht aus dem Wasser in den Himmel fällt
Wiegt ihn der kleine Wind vergessen
Weil er ihn wohl für braunes Astwerk hält.

2
Der Himmel bietet mittags große Stille.
Man macht die Augen zu, wenn Schwalben kommen.
Der Schlamm ist warm. Wenn kühle Blasen quellen
Weiß man: ein Fisch ist jetzt durch uns geschwommen.
Mein Leib, die Schenkel und der stille Arm
Wir liegen still im Wasser, ganz geeint
Nur wenn die kühlen Fische durch uns schwimmen
Fühl ich, daß Sonne überm Tümpel scheint.

3
Wenn man am Abend von dem langen Liegen
Sehr faul wird, so, daß alle Glieder beißen
Muß man das alles, ohne Rücksicht, klatschend
In blaue Flüsse schmeißen, die sehr reißen.
Am besten ist's, man hält's bis Abend aus.

Weil dann der bleiche Haifischhimmel kommt
Bös und gefräßig über Fluß und Sträuchern
Und alle Dinge sind, wie's ihnen frommt.

4
Natürlich muß man auf dem Rücken liegen
So wie gewöhnlich. Und sich treiben lassen.
Man muß nicht schwimmen, nein, nur so tun, als
Gehöre man einfach zu Schottermassen.
Man soll den Himmel anschaun und so tun
Als ob einen ein Weib trägt, und es stimmt.
Ganz ohne großen Umtrieb, wie der liebe Gott tut
Wenn er am Abend noch in seinen Flüssen schwimmt.

Orges Antwort, als ihm ein geseifter Strick geschickt wurde

1
Oft sang er, es wäre ihm sehr recht
Wenn sein Leben besser wär:
Sein Leben sei tatsächlich sehr schlecht –
Jedoch sei es besser als er.

2
Strick und Seife nähme er gerne:
Es sei eine Schweinerei
Wie er auf diesem Sterne
Schmutzig geworden sei.

3
Doch gäbe es Höhen und Täler
Die man noch gar nie gesehn:
Es sei desto rentabler, je wähler-
ischer man sei im – Vorübergehn.

4
Solange die Sonne noch nah sei
Sei es noch nicht zu spät:

Und er warte, solang sie noch da sei
Und – solang sie noch untergeht.

5
Es blieben noch Bäume in Mengen
Schattig und durchaus kommun
Um oben sich aufzuhängen
Oder unten sich auszuruhn.

6
Jedoch seine letzte Realie
Gibt ein Mann nur ungern auf.
Ja, auf seine letzte Fäkalie
Legt er seine Hand darauf.

7
Erst wenn er von Ekel und Hasse
Voll bis zur Gurgel sei:
Schneide er sie, ohne Grimasse
Wahrscheinlich lässig, entzwei.

Ballade von den Geheimnissen jedweden Mannes

1
Jeder weiß, was ein Mann ist. Er hat einen Namen.
Er geht auf der Straße. Er sitzt in der Bar.
Sein Gesicht könnt ihr sehn, seine Stimm könnt ihr hören
Und ein Weib wusch sein Hemd und ein Weib kämmt sein Haar.
Aber schlagt ihn tot, es ist nicht schad
Wenn er niemals mehr mit Haut und Haar
Als der Täter seiner Schandtat war
Und der Täter seiner guten Tat.

2
Und der Fleck ohne Haut auf der Brust, oh, den kennen
Sie auch und die Bisse an seinem Hals:
Die weiß, die sie biß, und sie wird es dir sagen
Und der Mann, der die Haut hat: für den Fleck hat er Salz!

Aber salzt ihn ein, es ist nicht schad
Wenn er weint, o werft ihn auf den Mist!
Vor er euch schnell noch sagt, wer er ist.
Macht ihn stumm, wenn er um Schweigen bat!

3
Und doch hat er was auf dem Grund seines Herzens
Und das weiß kein Freund und nicht einmal sein Feind
Und sein Engel nicht und er selbst nicht und einstmals
Wenn ihr weint, wenn er stirbt: das ist's nicht, daß ihr weint.
Und vergeßt ihr ihn, es ist nicht schad
Denn ihr seid betrogen ganz und gar
Weil er niemals, den ihr kanntet, war
Und der Täter nicht nur seiner Tat.

4
Oh, der kindlich sein Brot mit den erdigen Händen
In die Zähne schiebt und es lachend zerkaut:
Die Tiere erbleichten vorm Haifischblicke
Dieser eigentümlichen Augapfelhaut!
Aber lacht mit ihm und seid ihm gut!
Laßt ihn leben, helft ihm etwas auf!
Ach, er ist nicht gut, verlaßt euch drauf
Doch ihr wißt nicht, was man euch noch tut!

5
Ihr, die ihr ihn werft in die schmutzgelben Meere
Ihr, die ihr in schwarze Erde ihn grabt:
In dem Sack schwimmt mehr, als ihr wißt, zu den Fischen
Und im Boden fault mehr, als ihr eingescharrt habt.
Aber grabt nur ein, es ist nicht schad!
Denn das Gras, das er nicht einmal sah
Als er es zertrat, war nicht für Stiere da.
Und der Täter lebt nicht für die Tat!

Lied am schwarzen Samstag in der elften Stunde der Nacht vor Ostern

1
Im Frühjahr unter grünen Himmeln, wilden
Verliebten Winden schon etwas vertiert
Fuhr ich hinunter in die schwarzen Städte
Mit kalten Sprüchen innen tapeziert.

2
Ich füllte mich mit schwarzen Asphalttieren
Ich füllte mich mit Wasser und Geschrei
Mich aber ließ es kalt und leicht, mein Lieber
Ich blieb ganz ungefüllt und leicht dabei.

3
Sie schlugen Löcher wohl in meine Wände
Und krochen fluchend wieder aus von mir:
Es war nichts drinnen als viel Platz und Stille
Sie schrieen fluchend: ich sei nur Papier.

4
Ich rollte feixend abwärts zwischen Häusern
Hinaus ins Freie. Leis und feierlich
Lief jetzt der Wind schneller durch meine Wände
Es schneite noch. Es regnete in mich.

5
Zynischer Burschen arme Rüssel haben
Gefunden, daß in mir nichts ist.
Wildsäue haben sich in mir begattet. Raben
Des milchigen Himmels oft in mich gepißt.

6
Schwächer als Wolken! Leichter als die Winde!
Nicht sichtbar! Leicht, vertiert und feierlich
Wie ein Gedicht von mir, flog ich durch Himmel
Mit einem Storch, der etwas schneller strich!

Grosser Dankchoral

1
Lobet die Nacht und die Finsternis, die euch umfangen!
Kommet zuhauf
Schaut in den Himmel hinauf:
Schon ist der Tag euch vergangen.

2
Lobet das Gras und die Tiere, die neben euch leben und sterben!
Sehet, wie ihr
Lebet das Gras und das Tier
Und es muß auch mit euch sterben.

3
Lobet den Baum, der aus Aas aufwächst jauchzend zum Himmel!
Lobet das Aas
Lobet den Baum, der es fraß
Aber auch lobet den Himmel.

4
Lobet von Herzen das schlechte Gedächtnis des Himmels!
Und daß er nicht
Weiß euren Nam noch Gesicht
Niemand weiß, daß ihr noch da seid.

5
Lobet die Kälte, die Finsternis und das Verderben!
Schauet hinan:
Es kommet nicht auf euch an
Und ihr könnt unbesorgt sterben.

DRITTE LEKTION: CHRONIKEN

Ballade von den Abenteurern

1
Von Sonne krank und ganz von Regen zerfressen
Geraubten Lorbeer im zerrauften Haar
Hat er seine ganze Jugend, nur nicht ihre Träume vergessen
Lange das Dach, nie den Himmel, der drüber war.

2
O ihr, die ihr aus Himmel und Hölle vertrieben
Ihr Mörder, denen viel Leides geschah
Warum seid ihr nicht im Schoß eurer Mütter geblieben
Wo es stille war und man schlief und man war da?

3
Er aber sucht noch in absinthenen Meeren
Wenn ihn schon seine Mutter vergißt
Grinsend und fluchend und zuweilen nicht ohne Zähren
Immer das Land, wo es besser zu leben ist.

4
Schlendernd durch Höllen und gepeitscht durch Paradiese
Still und grinsend vergehenden Gesichts
Träumt er gelegentlich von einer kleinen Wiese
Mit blauem Himmel drüber und sonst nichts.

Ballade auf vielen Schiffen

1
Brackwasser ist braun und die alten Schaluppen
Liegen dick und krebsig darin herum.
Mit Laken, einst weiß, jetzt wie kotige Hemden
Am verkommenen Mast, der verfault ist und krumm.
Die Wassersucht treibt die verschwammten Leiber
Sie wissen nicht mehr, wie das Segeln tut.

Bei Mondlicht und Wind, Aborte der Möwen
Schaukeln sie faul auf der Salzwasserflut.

2
Wer alles verließ sie? Es ziemt nicht zu zählen
Jedenfalls sind sie fort und ihr Kaufbrief verjährt
Doch kommt es noch vor, daß einer sich findet
Der nach nichts mehr fragt und auf ihnen fährt.
Er hat keinen Hut, er kommt nackt geschwommen
Er hat kein Gesicht mehr, er hat zuviel Haut!
Selbst dies Schiff erschauert noch vor seinem Grinsen
Wenn er von oben seiner Spur im Kielwasser nachschaut.

3
Denn er ist nicht alleine gekommen
Aus dem Himmel nicht, Haie hat er dabei!
Haie sind mit ihm den Weg hergeschwommen
Und sie wohnen bei ihm, wo immer er sei.
So stellt er sich ein, der letzte Verführer
So finden sie sich im Vormittagslicht
Und von andern Schiffen löst schwankend sich ein Schiff
Das vor Angst Wasser läßt und vor Reu Salz erbricht.

4
Er schneidet sein letztes Segel zur Jacke
Er schöpft seinen Mittagsfisch aus der See
Er liegt in der Sonne und badet am Abend
In des Schiffsrumpfs Wasser reinlich seinen Zeh.
Mitunter schauend zum milchigen Himmel
Gewahrt er Möwen. Die fängt er mit Schlingen aus Tang.
Mit denen füttert er abends die Haie
Und vertröstet sie so manche Woche lang.

5
Oh, während er kreuzt in den Ostpassatwinden
Liegt er in den Tauen: verfaulend ein Aal
Und die Haie hören ihn oft einen Song singen
Und sie sagen: er singt einen Song am Marterpfahl.
Doch an einem Abend im Monat Oktober

Nach einem Tage ohne Gesang
Erscheint er am Heck und sie hören ihn reden
Und was sagt er? »Morgen ist Untergang.«

6
Und in folgender Nacht, er liegt in den Tauen
Er liegt und er schläft; denn er ist es gewohnt
Da fühlt er: ein neues Schiff ist gekommen
Und er schaut hinab und da liegt es im Mond.
Und er nimmt sich ein Herz und steigt grinsend hinüber
Er schaut sich nicht um, er kämmt sich sein Haar
Daß er schön ist. Was macht es, daß diese Geliebte
Schlechter als jene Geliebte war?

7
Ach, er steht noch einige Zeit an der Bordwand
Und schaut, und es ist ihm vergönnt zu schaun
Wie das Schiff jetzt sinkt, das ihm Heimat und Bett war
Und er sieht ein paar Haie zwischen den Tauen ...

8
So lebt er weiter, den Wind in den Augen
Auf immer schlechteren Schiffen fort
Auf vielen Schiffen, schon halb im Wasser
Und mondweis wechselt er seinen Abort.
Ohne Hut und nackt und mit eigenen Haien.
Er kennt seine Welt. Er hat sie gesehn.
Er hat eine Lust in sich: zu versaufen
Und er hat eine Lust: nicht unterzugehn.

Vom Tod im Wald

1
Und ein Mann starb im Hathourywald
Wo der Mississippi brauste.
Starb wie ein Tier in Wurzeln eingekrallt
Schaute hoch in die Wipfel, wo über den Wald
Sturm seit Tagen ohne Aufhörn sauste.

2
Und es standen einige um ihn
Und sie sagten, daß er stiller werde:
Komm, wir tragen dich jetzt heim, Gefährte.
Aber er stieß sie mit seinen Knien
Spuckte aus und sagte: und wohin?
Denn er hatte weder Heim noch Erde.

3
Wieviel Zähne hast du noch im Maul?
Und wie ist das sonst mit dir, laß sehn!
Stirb ein wenig ruhiger und nicht so faul!
Gestern abend aßen wir schon deinen Gaul
Warum willst du nicht zur Hölle gehn?

4
Denn der Wald war laut um ihn und sie
Und sie sahn: ihn sich am Baume halten
Und sie hörten: wie er ihnen schrie.
Rauchend standen sie im Wald von Hathoury
Und mit Ärger sahn sie ihn erkalten
Denn er war ein Mann wie sie.

5
Du benimmst dich schäbig wie ein Tier!
Sei ein Gentleman, kein Elendshaufen!
Ja, was ist denn das mit dir?
Und er sah sie an, kaputt vor Gier:
Leben will ich! Essen! Faul sein! Schnaufen!
Und im Wind fortreiten so wie ihr!

6
Das war etwas, was kein Freund verstand:
Dreimal riefen sie mit Gentleman ihn an.
Dreimal lachte da der vierte Mann:
Ihm hielt Erde seine nackte Hand
Als er krebsig lag im schwarzen Tann.

7
Als ihn dann der Wald von Hathoury fraß
Gruben sie den sehr vom Tau Durchnäßten
Noch am Morgen durch das dunkle Gras
Voll von Ekel noch und kalt von Haß
In des Baumes unterstes Geäste.

8
Und sie ritten stumm aus dem Dickicht
Und sie sahn noch nach dem Baume hin
Unter den sie eingegraben ihn
Dem das Sterben allzu bitter schien:
Und der Baum war oben voll Licht.
Und sie bekreuzten ihr junges Gesicht
Und sie ritten schnell in die Prärien.

Das Lied von der Eisenbahntruppe von Fort Donald

1
Die Männer von Fort Donald – hohé!
Zogen den Strom hinauf, bis die Wälder ewig und seelenlos sind.
Aber eines Tags ging Regen nieder und der Wald wuchs um sie zum See.
Sie standen im Wasser bis an die Knie.
Und der Morgen kommt nie, sagten sie
Und wir versaufen vor der Früh, sagten sie
Und sie horchten stumm auf den Eriewind.

2
Die Männer von Fort Donald – hohé!
Standen am Wasser mit Pickel und Schiene und schauten zum dunkleren Himmel hinauf
Denn es ward dunkel und Abend wuchs aus dem plätschernden See.
Ach, kein Fetzen Himmel, der Hoffnung lieh
Und wir sind schon müd, sagten sie
Und wir schlafen noch ein, sagten sie
Und uns weckt keine Sonne mehr auf.

3
Die Männer von Fort Donald – hohé!
Sagten gleich: wenn wir einschlafen, sind wir adje!
Denn Schlaf wuchs aus Wasser und Nacht, und sie waren
voll Furcht wie Vieh
Einer sagte: singt »Johnny über der See«.
Ja, das hält uns vielleicht auf, sagten sie
Ja, wir singen seinen Song, sagten sie
Und sie sangen von Johnny über der See.

4
Die Männer von Fort Donald – hohé!
Tappten in diesem dunklen Ohio wie Maulwürfe blind
Aber sie sangen so laut, als ob ihnen wunder was
Angenehmes geschäh
Ja, so sangen sie nie.
Oh, wo ist mein Johnny zur Nacht, sangen sie
Oh, wo ist mein Johnny zur Nacht, sangen sie
Und das nasse Ohio wuchs unten, und oben wuchs Regen
und Wind.

5
Die Männer von Fort Donald – hohé!
Werden jetzt wachen und singen, bis sie ersoffen sind.
Doch das Wasser ist höher als sie bis zur Früh und lauter
als sie der Eriewind schrie
Wo ist mein Johnny zur Nacht, sangen sie
Dieses Ohio ist naß, sagten sie
Früh wachte nur noch das Wasser und nur noch der Eriewind.

6
Die Männer von Fort Donald – hohé!
Die Züge sausen über sie weg an den Eriesee
Und der Wind an der Stelle singt eine dumme Melodie
Und die Kiefern schrein den Zügen nach: hohé!
Damals kam der Morgen nie, schreien sie
Ja, sie versoffen vor der Früh, schreien sie
Unser Wind singt abends oft noch ihren Johnny über der See.

Ballade von des Cortez Leuten

Am siebten Tage unter leichten Winden
Wurden die Wiesen heller. Da die Sonne gut war
Gedachten sie zu rasten. Rollen Branntwein
Von den Gefährten, koppeln Ochsen los.
Die schlachten sie gen Abend. Als es kühl ward
Schlug man vom Holz des nachbarlichen Sumpfes
Armdicke Äste, knorrig, gut zu brennen.
Dann schlingen sie gewürztes Fleisch hinunter
Und fangen singend um die neunte Stunde
Mit Trinken an. Die Nacht war kühl und grün.
Mit heisrer Kehle, tüchtig vollgesogen
Mit einem letzten, kühlen Blick nach großen Sternen
Entschliefen sie gen Mitternacht am Feuer.
Sie schlafen schwer, doch mancher wußte morgens
Daß er die Ochsen einmal brüllen hörte.
Erwacht gen Mittag, sind sie schon im Wald.
Mit glasigen Augen, schweren Gliedern, heben
Sie ächzend sich aufs Knie und sehen staunend
Armdicke Äste, knorrig, um sie stehen
Höher als mannshoch, sehr verwirrt, mit Blattwerk
Und kleinen Blüten süßlichen Geruchs.
Es ist sehr schwül schon unter ihrem Dach
Das sich zu dichten scheint. Die heiße Sonne
Ist nicht zu sehen, auch der Himmel nicht.
Der Hauptmann brüllte wie ein Stier nach Äxten.
Die lagen drüben, wo die Ochsen brüllten.
Man sah sie nicht. Mit rauhem Fluchen stolpern
Die Leute im Geviert, ans Astwerk stoßend
Das zwischen ihnen durchgekrochen war.
Mit schlaffen Armen werfen sie sich wild
In die Gewächse, die leicht zitterten
Als ginge leichter Wind von außen durch sie.
Nach Stunden Arbeit pressen sie die Stirnen
Schweißglänzend finster an die fremden Äste.
Die Äste wuchsen und vermehrten langsam
Das schreckliche Gewirr. Später, am Abend
Der dunkler war, weil oben Blattwerk wuchs

Sitzen sie schweigend, angstvoll und wie Affen
In ihren Käfigen, von Hunger matt.
Nachts wuchs das Astwerk. Doch es mußte Mond sein
Es war noch ziemlich hell, sie sahn sich noch.
Erst gegen Morgen war das Zeug so dick
Daß sie sich nimmer sahen, bis sie starben.
Den nächsten Tag stieg Singen aus dem Wald.
Dumpf und verhallt. Sie sangen sich wohl zu.
Nachts ward es stiller. Auch die Ochsen schwiegen.
Gen Morgen war es, als ob Tiere brüllten
Doch ziemlich weit weg. Später kamen Stunden
Wo es ganz still war. Langsam fraß der Wald
In leichtem Wind, bei guter Sonne, still
Die Wiesen in den nächsten Wochen auf.

Ballade von den Seeräubern

1

Von Branntwein toll und Finsternissen!
Von unerhörten Güssen naß!
Vom Frost eisweißer Nacht zerrissen!
Im Mastkorb, von Gesichten blaß!
Von Sonne nackt gebrannt und krank!
(Die hatten sie im Winter lieb)
Aus Hunger, Fieber und Gestank
Sang alles, was noch übrig blieb:
O Himmel, strahlender Azur!
Enormer Wind, die Segel bläh!
Laßt Wind und Himmel fahren! Nur
Laßt uns um Sankt Marie die See!

2

Kein Weizenfeld mit milden Winden
Selbst keine Schenke mit Musik
Kein Tanz mit Weibern und Absinthen
Kein Kartenspiel hielt sie zurück.
Sie hatten vor dem Knall das Zanken
Vor Mitternacht die Weiber satt:

Sie lieben nur verfaulte Planken
Ihr Schiff, das keine Heimat hat.
O Himmel, strahlender Azur!
Enormer Wind, die Segel bläh!
Laßt Wind und Himmel fahren! Nur
Laßt uns um Sankt Marie die See!

3
Mit seinen Ratten, seinen Löchern
Mit seiner Pest, mit Haut und Haar
Sie fluchten wüst darauf beim Bechern
Und liebten es, so wie es war.
Sie knoten sich mit ihren Haaren
Im Sturm in seinem Mastwerk fest:
Sie würden nur zum Himmel fahren
Wenn man dort Schiffe fahren läßt.
O Himmel, strahlender Azur!
Enormer Wind, die Segel bläh!
Laßt Wind und Himmel fahren! Nur
Laßt uns um Sankt Marie die See!

4
Sie häufen Seide, schöne Steine
Und Gold in ihr verfaultes Holz
Sie sind auf die geraubten Weine
In ihren wüsten Mägen stolz.
Um dürren Leib riecht toter Dschunken
Seide glühbunt nach Prozession
Doch sie zerstechen sich betrunken
Im Zank um einen Lampion.
O Himmel, strahlender Azur!
Enormer Wind, die Segel bläh!
Laßt Wind und Himmel fahren! Nur
Laßt uns um Sankt Marie die See!

5
Sie morden kalt und ohne Hassen
Was ihnen in die Zähne springt
Sie würgen Gurgeln so gelassen

Wie man ein Tau ins Mastwerk schlingt.
Sie trinken Sprit bei Leichenwachen
Nachts torkeln trunken sie in See
Und die, die übrigbleiben, lachen
Und winken mit der kleinen Zeh:
O Himmel, strahlender Azur!
Enormer Wind, die Segel bläh!
Laßt Wind und Himmel fahren! Nur
Laßt uns um Sankt Marie die See!

6
Vor violetten Horizonten
Still unter bleichem Mond im Eis
Bei schwarzer Nacht in Frühjahrsmonden
Wo keiner von dem andern weiß
Sie lauern wolfgleich in den Sparren
Und treiben funkeläugig Mord
Und singen, um nicht zu erstarren
Wie Kinder, trommelnd im Abort:
O Himmel, strahlender Azur!
Enormer Wind, die Segel bläh!
Laßt Wind und Himmel fahren! Nur
Laßt uns um Sankt Marie die See!

7
Sie tragen ihren Bauch zum Fressen
Auf fremde Schiffe wie nach Haus
Und strecken selig im Vergessen
Ihn auf die fremden Frauen aus.
Sie leben schön wie noble Tiere
Im weichen Wind, im trunknen Blau!
Und oft besteigen sieben Stiere
Eine geraubte fremde Frau.
O Himmel, strahlender Azur!
Enormer Wind, die Segel bläh!
Laßt Wind und Himmel fahren! Nur
Laßt uns um Sankt Marie die See!

8
Wenn man viel Tanz in müden Beinen
Und Sprit in satten Bäuchen hat
Mag Mond und zugleich Sonne scheinen:
Man hat Gesang und Messer satt.
Die hellen Sternennächte schaukeln
Sie mit Musik in süße Ruh
Und mit geblähten Segeln gaukeln
Sie unbekannten Meeren zu.
O Himmel, strahlender Azur!
Enormer Wind, die Segel bläh!
Laßt Wind und Himmel fahren! Nur
Laßt uns um Sankt Marie die See!

9
Doch eines Abends im Aprile
Der keine Sterne für sie hat
Hat sie das Meer in aller Stille
Auf einmal plötzlich selber satt.
Der große Himmel, den sie lieben
Hüllt still in Rauch die Sternensicht
Und die geliebten Winde schieben
Die Wolken in das milde Licht.
O Himmel, strahlender Azur!
Enormer Wind, die Segel bläh!
Laßt Wind und Himmel fahren! Nur
Laßt uns um Sankt Marie die See!

10
Der leichte Wind des Mittags fächelt
Sie anfangs spielend in die Nacht
Und der Azur des Abends lächelt
Noch einmal über schwarzem Schacht.
Sie fühlen noch, wie voll Erbarmen
Das Meer mit ihnen heute wacht
Dann nimmt der Wind sie in die Arme
Und tötet sie vor Mitternacht.
O Himmel, strahlender Azur!
Enormer Wind, die Segel bläh!

Laßt Wind und Himmel fahren! Nur
Laßt uns um Sankt Marie die See!

11
Noch einmal schmeißt die letzte Welle
Zum Himmel das verfluchte Schiff
Und da, in ihrer letzten Helle
Erkennen sie das große Riff.
Und ganz zuletzt in höchsten Masten
War es, weil Sturm so gar laut schrie
Als ob sie, die zur Hölle rasten
Noch einmal sangen, laut wie nie:
O Himmel, strahlender Azur!
Enormer Wind, die Segel bläh!
Laßt Wind und Himmel fahren! Nur
Laßt uns um Sankt Marie die See!

Lied der drei Soldaten

1
George war darunter und John war dabei
Und Freddy ist Sergeant geworden.
Und die Armee, sie zeigt, wer sie sei
Und marschierte hinauf in den Norden.

2
Freddy war der Whisky zu warm
Und George hatte nie genug Decken.
Aber Johnny nimmt Georgie beim Arm
Und sagt: die Armee kann nicht verrecken.

3
George ist gefallen und Freddy ist tot
Und Johnny vermißt und verdorben.
Aber Blut ist immer noch rot
Und für die Armee wird jetzt wieder geworben.

Ballade von der Hanna Cash

1
Mit dem Rock von Kattun und dem gelben Tuch
Und den Augen der schwarzen Seen
Ohne Geld und Talent und doch mit genug
Vom Schwarzhaar, das sie offen trug
Bis zu den schwärzeren Zehn:
Das war die Hanna Cash, mein Kind
Die die »Gentlemen« eingeseift
Die kam mit dem Wind und ging mit dem Wind
Der in die Savannen läuft.

2
Die hatte keine Schuhe und die hatte auch kein Hemd
Und die konnte auch keine Choräle!
Und sie war wie eine Katze in die große Stadt geschwemmt
Eine kleine graue Katze zwischen Hölzer eingeklemmt
Zwischen Leichen in die schwarzen Kanäle.
Sie wusch die Gläser vom Absinth
Doch nie sich selber rein
Und doch muß die Hanna Cash, mein Kind
Auch rein gewesen sein.

3
Und sie kam eines Nachts in die Seemannsbar
Mit den Augen der schwarzen Seen
Und traf J. Kent mit dem Maulwurfshaar
Den Messerjack aus der Seemannsbar
Und der ließ sie mit sich gehn!
Und wenn der wüste Kent den Grind
Sich kratzte und blinzelte
Dann spürt die Hanna Cash, mein Kind
Den Blick bis in die Zeh.

4
Sie »kamen sich näher« zwischen Wild und Fisch
Und »gingen vereint durchs Leben«
Sie hatten kein Bett und sie hatten keinen Tisch

Und sie hatten selber nicht Wild noch Fisch
Und keinen Namen für die Kinder.
Doch ob Schneewind pfeift, ob Regen rinnt
Ersöff auch die Savann
Es bleibt die Hanna Cash, mein Kind
Bei ihrem lieben Mann.

5
Der Sheriff sagt, daß es 'n Schurke sei
Und die Milchfrau sagt: er geht krumm.
Sie aber sagt: Was ist dabei?
Es ist mein Mann. Und sie war so frei
Und blieb bei ihm. Darum.
Und wenn er hinkt und wenn er spinnt
Und wenn er ihr Schläge gibt:
Es fragt die Hanna Cash, mein Kind
Doch nur: ob sie ihn liebt.

6
Kein Dach war da, wo die Wiege war
Und die Schläge schlugen die Eltern.
Die gingen zusammen Jahr für Jahr
Aus der Asphaltstadt in die Wälder gar
Und in die Savann aus den Wäldern.
Solang man geht in Schnee und Wind
Bis daß man nicht mehr kann
Solang ging die Hanna Cash, mein Kind
Nun mal mit ihrem Mann.

7
Kein Kleid war arm, wie das ihre war
Und es gab keinen Sonntag für sie
Keinen Ausflug zu dritt in die Kirschtortenbar
Und keinen Weizenfladen im Kar
Und keine Mundharmonie.
Und war jeder Tag, wie alle sind
Und gab's kein Sonnenlicht:
Es hatte die Hanna Cash, mein Kind,
Die Sonn stets im Gesicht.

8
Er stahl wohl die Fische, und Salz stahl sie
So war's. »Das Leben ist schwer.«
Und wenn sie die Fische kochte, sieh:
So sagten die Kinder auf seinem Knie
Den Katechismus her.
Durch fünfzig Jahr in Nacht und Wind
Sie schliefen in einem Bett.
Das war die Hanna Cash, mein Kind
Gott mach's ihr einmal wett.

Erinnerung an die Marie A.

1
An jenem Tag im blauen Mond September
Still unter einem jungen Pflaumenbaum
Da hielt ich sie, die stille bleiche Liebe
In meinem Arm wie einen holden Traum.
Und über uns im schönen Sommerhimmel
War eine Wolke, die ich lange sah
Sie war sehr weiß und ungeheuer oben
Und als ich aufsah, war sie nimmer da.

2
Seit jenem Tag sind viele, viele Monde
Geschwommen still hinunter und vorbei
Die Pflaumenbäume sind wohl abgehauen
Und fragst du mich, was mit der Liebe sei?
So sag ich dir: Ich kann mich nicht erinnern.
Und doch, gewiß, ich weiß schon, was du meinst
Doch ihr Gesicht, das weiß ich wirklich nimmer
Ich weiß nur mehr: Ich küßte es dereinst.

3
Und auch den Kuß, ich hätt ihn längst vergessen
Wenn nicht die Wolke da gewesen wär
Die weiß ich noch und werd ich immer wissen
Sie war sehr weiß und kam von oben her.

Die Pflaumenbäume blühn vielleicht noch immer
Und jene Frau hat jetzt vielleicht das siebte Kind
Doch jene Wolke blühte nur Minuten
Und als ich aufsah, schwand sie schon im Wind.

Ballade vom Mazeppa

1
Mit eigenem Strick verstrickt dem eigenen Pferde
Sie schnürten ihn Rücken an Rücken dem Roß
Das wild aufwiehernd über heimatliche Erde
Gehetzt in den dunkelnden Abend hinschoß.

2
Sie schnürten ihn so, daß den Gaul der Verstrickte
Im Schmerz noch aufpeitschte durch sinnloses Zerrn
Und so, daß er nichts, nur den Himmel erblickte
Der dunkler ward, weiter ward, ferner als fern.

3
Wohl trug ihn der Gaul vor der hetzenden Meute
Blind und verzweifelt und treu wie ein Weib
Ihm riß er, je mehr seine Feinde er scheute
Tiefer den Strick im blutwäßrigen Leib.

4
Auch füllte sich abends dann seltsam der Himmel
Mit fremdem Gevögel: Kräh und Geier, die mit
Lautlosem Flug in dunklem Gewimmel
Im Äther verfolgen den keuchenden Ritt.

5
Drei Tage trug ihn der fleischerne Teller
Wiehernd hinab an den ewigen Start
Wo der Himmel bald dunkler und wo er bald heller
Doch immer unermeßlicher ward.

6
Drei Tage immer gehetzter und schneller
Drei Ewigkeiten lang war die Fahrt
Wo der Himmel dunkler und wo er bald heller
Doch immer unermeßlicher ward.

7
Drei Tage will er zum Sterben sich strecken
Er kann's nicht im Flug zwischen Himmel und Gras
Und die Geier lauern schon auf sein Verrecken
Und sehnen sich wild auf das lebende Aas.

8
Drei Tage, bis seine Stricke sich sträubten
Grün war der Himmel und braun war das Gras!
Ach! es rauften wohl immer zu seinen Häupten
Kräh und Geier sich schon um das lebende Aas!

9
Und ritt er schneller, sie folgten ihm gerne.
Und schrie er lauter, sie schrien mit
Beschattend die Sonn und beschattend die Sterne
Verfolgten sie seinen keuchenden Ritt.

10
Drei Tage, dann mußte alles sich zeigen:
Erde gibt Schweigen und Himmel gibt Ruh.
Einer ritt aus mit dem, was ihm zu eigen:
Mit Erde und Pferd, mit Langmut und Schweigen
Dann kamen noch Himmel und Geier dazu.

11
Drei Tage lang ritt er durch Abend und Morgen
Bis er alt genug war, daß er nicht mehr litt
Als er gerettet ins große Geborgen
Todmüd in die ewige Ruhe eintritt.

Ballade von der Freundschaft

1
Wie zwei Kürbisse abwärts schwimmen
Verfault, doch an einem Stiel
In gelben Flüssen: Sie trieben
Mit Karten und Worten ihr Spiel.
Und sie schossen nach den gelben Monden
Und sie liebten sich und sahn nicht hin:
Blieben sie vereint in vielen Nächten
Und auch: wenn die Sonne schien.

2
In den grünen harten Gesträuchern
Wenn der Himmel bewölkt war, der Hund
Sie hingen wie ranzige Datteln
Einander sanft in den Mund.
Und auch später, wenn die Zähne ihnen
Aus den Kiefern fieln, sie sahen nicht hin:
Blieben doch vereint in vielen Nächten
Und auch: wenn die Sonne schien.

3
In den kleinen räudigen Häusern
Befriedigten sie ihren Leib
Und im Dschungel, wenn daran Not war
Hinterm Strauch bei dem gleichen Weib.
Doch am Morgen wuschen sie die Hemden
Gingen Arm in Arm fort, Knie an Knien
Vereint sie in vielen Nächten
Und auch: wenn die Sonne schien.

4
Als es kälter auf Erden wurde
Dach fehlte und Zeitvertreib
Unter anderen Schlingpflanzen lagen
Umschlungen sie da, Leib an Leib.
Wenn sie reden in den Sternennächten
Hören sie mitunter nicht mehr hin:

Vereint sie in vielen Nächten
Und auch: wenn die Sonne schien.

5
Aber einmal kam jene Insel
Manchen Mond wohnten beide sie dort
Und als sie fort wollten beide
Konnte einer nimmer mit fort.
Und sie sahn nach Wind und Flut und Schiffen
Aber niemals nach dem andern hin
Vereint sie, in vielen Nächten
Und auch: wenn die Sonne schien.

6
»Fahr du, Kamerad, denn ich kann nicht.
Mich frißt die Salzflut entzwei
Hier kann ich noch etwas liegen
Eine Woche noch oder zwei.«
Und ein Mann liegt krank am Wasser
Und blickt stumm zu einem Manne hin
Der ihm einst vereint, in vielen Nächten
Und auch: wenn die Sonne schien.

7
»Ich liege hier gut! Fahr zu, Kamerad!«
»Laß es sein, Kamerad, es hat Zeit!«
»Wenn der Regen kommt und du bist nicht fort
Faulen wir schwarz zu zweit!«
Und ein Hemd weht, und im Salzwind steht ein
Mann und blickt aufs Wasser hin und ihn
Der ihm einst vereint in so vielen Nächten
Und auch: wenn die Sonne schien.

8
Und jetzt kam der Tag, wo sie schieden!
Die Dattel spuck aus, die verdorrt!
Oft sahen sie nachts nach dem Winde
Und am Morgen ging einer fort.
Gingen noch zu zweit in frischen Hemden

Arm in Arm und rauchend, Knie an Knien
Vereint sie, in vielen Nächten
Und auch, wenn die Sonne schien.

9
»Kamerad, der Wind geht ins Segel!«
»Der Wind geht bis morgen früh!«
»Kamerad, ich bitte dich, binde
Mir dort an den Baum meine Knie!«
Und der andre Mann band rauchend fest ihn
Mit dem Strick an jenem Baume ihn
Der ihm einst vereint in vielen Nächten
Und auch: wenn die Sonne schien.

10
»Kamerad, vor dem Mond sind schon Wolken!«
»Der Wind treibt sie weg, es hat Zeit.«
»Kamerad, ich sehe dir nach noch:
Von dem Baum aus sieht man weit.«
Und nach Tagen, als der Strick durchbissen
Schaut er immer noch aufs Wasser hin
In den wenigen und letzten Nächten
Und auch: wenn die Sonne schien.

11
Aber jener, in vielen Wochen
Auf dem Meer, bei der Frau, im Gesträuch:
Es verblassen viele Himmel
Doch der Mann am Baum wird nicht bleich:
Die Gespräche in den Sternennächten
Arm in Arm und rauchend, Knie an Knien
Die sie stets vereint, in vielen Nächten
Und auch: wenn die Sonne schien.

Die Ballade von dem Soldaten

1
Das Schießgewehr schießt und das Spießmesser spießt
Und das Wasser frißt auf, die drin waten.
Was könnt ihr gegen Eis? Bleibt weg, 's ist nicht weis!
Sagte das Weib zum Soldaten.

2
Doch der Soldat mit der Kugel im Lauf
Hörte die Trommel und lachte darauf
Marschieren kann nimmermehr schaden!
Hinab nach dem Süden, nach dem Norden hinauf
Und das Messer fängt er mit Händen auf!
Sagten zum Weib die Soldaten.

3
Ach, bitter bereut, wer des Weisen Rat scheut
Und vom Alter sich nicht läßt beraten!
Ach, zu hoch nicht hinaus, es geht übel aus!
Sagte das Weib zum Soldaten.

4
Doch der Soldat mit dem Messer im Gurt
Lacht ihr kalt ins Gesicht und ging über die Furt
Was konnte das Wasser ihm schaden?
Wenn weiß der Mond überm Mongefluß steht
Kommen wir wieder; nimm's auf ins Gebet!
Sagten zum Weib die Soldaten.

5
Ihr vergeht wie der Rauch, und die Wärme geht auch
Und uns wärmen nicht eure Taten!
Ach, wie schnell geht der Rauch! Gott, behüte ihn auch!
Sagte das Weib vom Soldaten.

6
Und der Soldat mit dem Messer am Gurt
Sank hin mit dem Speer, und mit riß ihn die Furt

Und das Wasser fraß auf, die drin waten.
Kühl stand der Mond überm Mongefluß weiß
Doch der Soldat trieb hinab mit dem Eis
Und was sagten dem Weib die Soldaten?

7
Er verging wie der Rauch, und die Wärme ging auch
Und es wärmten sie nicht seine Taten.
Ach bitter bereut, wer des Weibes Rat scheut!
Sagte das Weib zum Soldaten.

VIERTE LEKTION: MAHAGONNYGESÄNGE

Mahagonnygesang Nr. 1

1
Auf nach Mahagonny
Die Luft ist kühl und frisch
Dort gibt es Pferd- und Weiberfleisch
Whisky- und Pokertisch.
  Schöner grüner Mond von Mahagonny, leuchte uns!
  Denn wir haben heute hier
  Unterm Hemde Geldpapier
  Für ein großes Lachen deines großen dummen Munds.

2
Auf nach Mahagonny
Der Ostwind, der geht schon
Dort gibt es frischen Fleischsalat
Und keine Direktion.
  Schöner grüner Mond von Mahagonny, leuchte uns!
  Denn wir haben heute hier
  Unterm Hemde Geldpapier
  Für ein großes Lachen deines großen dummen Munds.

3
Auf nach Mahagonny
Das Schiff wird losgeseilt
Die Zi-zi-zi-zi-zivilis
Die wird uns dort geheilt.
  Schöner grüner Mond von Mahagonny, leuchte uns!
  Denn wir haben heute hier
  Unterm Hemde Geldpapier
  Für ein großes Lachen deines großen dummen Munds.

Mahagonnygesang Nr. 2

Wer in Mahagonny blieb
Brauchte jeden Tag fünf Dollar
Und wenn er's besonders trieb
Brauchte er vielleicht noch extra.
  Aber damals blieben alle
  In Mahagonnys Pokerdrinksaloon
  Sie verloren in jedem Falle
  Doch sie hatten was davon.

1
Auf der See und am Land
Werden allen Leuten ihre Häute abgezogen
Darum sitzen alle Leute
Und verkaufen alle Häute
Denn die Häute werden jederzeit mit Dollars aufgewogen.
Wer in Mahagonny blieb
Brauchte jeden Tag fünf Dollar
Und wenn er's besonders trieb
Brauchte er vielleicht noch extra.
Aber damals blieben alle
In Mahagonnys Pokerdrinksaloon
Sie verloren in jedem Falle
Doch sie hatten was davon.

2
Auf der See und am Land
Ist drum der Verbrauch von frischen Häuten ungeheuer
Immer beißt es euch im Fleische
Doch wer zahlt euch eure Räusche?
Denn die Häute, die sind billig, und der Whisky, der ist teuer.
Wer in Mahagonny blieb
Brauchte jeden Tag fünf Dollar
Und wenn er's besonders trieb
Brauchte er vielleicht noch extra.
Aber damals blieben alle
In Mahagonnys Pokerdrinksaloon
Sie verloren in jedem Falle
Doch sie hatten was davon.

3
Auf der See und am Land
Siehet man die vielen Gottesmühlen langsam mahlen
Und drum sitzen viele Leute
Und verkaufen viele Häute
Denn sie wolln so gern bar leben und so ungern bar bezahlen.
Wer in seinem Kober bleibt
Braucht nicht jeden Tag fünf Dollar
Und falls er nicht unbeweibt
Braucht er auch vielleicht nicht extra.
Aber heute sitzen alle
In des lieben Gottes billigem Salon
Sie gewinnen in jedem Falle
Und sie haben nichts davon.

Mahagonnygesang Nr. 3

An einem grauen Vormittag
Mitten im Whisky
Kam Gott nach Mahagonny
Kam Gott nach Mahagonny.
Mitten im Whisky
Bemerkten wir Gott in Mahagonny.

1
Sauft ihr wie die Schwämme
Meinen guten Weizen Jahr für Jahr?
Keiner hat erwartet, daß ich käme
Wenn ich komme jetzt, ist alles gar?
Ansahen sich die Männer von Mahagonny.
Ja, sagten die Männer von Mahagonny.
An einem grauen Vormittag
Mitten im Whisky
Kam Gott nach Mahagonny
Kam Gott nach Mahagonny.
Mitten im Whisky
Bemerkten wir Gott in Mahagonny.

2
Lachtet ihr am Freitag abend?
Mary Weemann sah ich ganz von fern
Wie 'nen Stockfisch stumm im Salzsee schwimmen
Sie wird nicht mehr trocken, meine Herrn.
Ansahen sich die Männer von Mahagonny.
Ja, sagten die Männer von Mahagonny.
An einem grauen Vormittag
Mitten im Whisky
Kam Gott nach Mahagonny
Kam Gott nach Mahagonny.
Mitten im Whisky
Bemerkten wir Gott in Mahagonny.

3
Kennt ihr diese Patronen?
Schießt ihr meinen guten Missionar?
Soll ich wohl mit euch im Himmel wohnen
Sehen euer graues Säuferhaar?
Ansahen sich die Männer von Mahagonny.
Ja, sagten die Männer von Mahagonny.
An einem grauen Vormittag
Mitten im Whisky
Kam Gott nach Mahagonny
Kam Gott nach Mahagonny.
Mitten im Whisky
Bemerkten wir Gott in Mahagonny.

4
Gehet alle zur Hölle
Steckt jetzt die Virginien in den Sack!
Marsch mit euch in meine Hölle, Burschen
In die schwarze Hölle mit euch Pack!
Ansahen sich die Männer von Mahagonny.
Ja, sagten die Männer von Mahagonny.
An einem grauen Vormittag
Mitten im Whisky
Kommst du nach Mahagonny
Kommst du nach Mahagonny.

Mitten im Whisky
Fängst an du in Mahagonny!

5
Rühre keiner den Fuß jetzt!
Jedermann streikt! An den Haaren
Kannst du uns nicht in die Hölle ziehen:
Weil wir immer in der Hölle waren.
Ansahen Gott die Männer von Mahagonny.
Nein, sagten die Männer von Mahagonny.

Alabama Song

1
Oh, show us the way to the next whisky-bar
Oh, don't ask why, oh, don't ask why
For we must find the next whisky-bar
For if we don't find the next whisky-bar
I tell you we must die! I tell you we must die!
Oh! Moon of Alabama
We now must say good-bye
We've lost our good old mamma
And must have whisky
Oh! You know why.

2
Oh, show us the way to the next pretty girl
Oh, don't ask why, oh, don't ask why
For we must find the next pretty girl
For if we don't find the next pretty girl
I tell you we must die! I tell you we must die!
Oh! Moon of Alabama
We now must say good-bye
We've lost our good old mamma
And must have a girl
Oh! You know why.

3
Oh, show us the way to the next little dollar
Oh, don't ask why, oh, don't ask why
For we must find the next little dollar
For if we don't find the next little dollar
I tell you we must die! I tell you we must die!
Oh! Moon of Alabama
We now must say good-bye
We've lost our good old mamma
And must have dollars
Oh! You know why.

BENARES SONG

1
There is no whisky in this town
There is no bar to sit us down
Oh!
Where is the telephone?
Is here no telephone?
Oh, Sir, God damn me:
No!
Let's go to Benares
Where the sun is shining
Let's go to Benares!
Johnny, let us go.

2
There is no money in this land
There is no girl with whom to shake hands
Oh!
Where is the telephone?
Is here no telephone?
Oh, Sir, God damn me:
No!
Let's go to Benares
Where the sun is shining
Let's go to Benares!
Johnny, let us go.

3
There is not much fun on this star
There is no door that is ajar
Oh!
Where is the telephone?
Is here no telephone?
Oh, Sir, God damn me:
No!
Worst of all, Benares
Is said to have perished in an earthquake!
Oh! our good Benares!
Oh, where shall we go!
Worst of all, Benares
Is said to have been punished in an earthquake!
Oh! our good Benares!
Oh! where shall we go!

FÜNFTE LEKTION: DIE KLEINEN TAGZEITEN DER ABGESTORBENEN

Choral vom Manne Baal

1
Als im weißen Mutterschoße aufwuchs Baal
War der Himmel schon so groß und still und fahl
Jung und nackt und ungeheuer wundersam
Wie ihn Baal dann liebte, als Baal kam.

2
Und der Himmel blieb in Lust und Kummer da
Auch wenn Baal schlief, selig war und ihn nicht sah:
Nachts er violett und trunken Baal
Baal früh fromm, er aprikosenfahl.

3
In der Sünder schamvollem Gewimmel
Lag Baal nackt und wälzte sich voll Ruh:
Nur der Himmel, aber *immer* Himmel
Deckte mächtig seine Blöße zu.

4
Alle Laster sind zu etwas gut
Und der Mann auch, sagt Baal, der sie tut.
Laster sind was, weiß man, was man will.
Sucht euch zwei aus: eines ist zuviel!

5
Seid nur nicht so faul und so verweicht
Denn Genießen ist bei Gott nicht leicht!
Starke Glieder braucht man und Erfahrung auch:
Und mitunter stört ein dicker Bauch.

6
Zu den feisten Geiern blinzelt Baal hinauf
Die im Sternenhimmel warten auf den Leichnam Baal

Manchmal stellt sich Baal tot. Stürzt ein Geier drauf
Speist Baal einen Geier, stumm, zum Abendmahl.

7
Unter düstern Sternen in dem Jammertal
Grast Baal weite Felder schmatzend ab.
Sind sie leer, dann trottet singend Baal
In den ewigen Wald zum Schlaf hinab.

8
Und wenn Baal der dunkle Schoß hinunterzieht:
Was ist Welt für Baal noch? Baal ist satt.
Soviel Himmel hat Baal unterm Lid
Daß er tot noch grad gnug Himmel hat.

9
Als im dunklen Erdenschoße faulte Baal
War der Himmel noch so groß und still und fahl
Jung und nackt und ungeheuer wunderbar
Wie ihn Baal einst liebte, als Baal war.

Von den verführten Mädchen

1
Zu den seichten, braunversumpften Teichen
Wenn ich alt bin, führt mich der Teufel hinab.
Und er zeigt mir die Reste der Wasserleichen
Die ich auf meinem Gewissen hab.

2
Unter sehr getrübten Himmeln schwammen
Lässig und müde sie in die Hölle hinein
Wie ein Geflechte von Algen, alle zusammen
Wollen dort auf meine Kosten sein.

3
Ihre faulen entzündeten Leiber gaben
Einst mir Glut, die ich selber mir angefacht

Die den orangenen Tag mit mir genossen haben
Sie entzogen sich der düsteren Nacht.

4
Satt und bequem, als die schöne Speisung vorüber
Stießen aus Faulheit sie mich in Gewissensqual
Versauten die Erde mir, machten den Himmel mir trüber
Ließen mir einen entzündeten Leib und kein Bacchanal.

Vom ertrunkenen Mädchen

1
Als sie ertrunken war und hinunterschwamm
Von den Bächen in die größeren Flüsse
Schien der Opal des Himmels sehr wundersam
Als ob er die Leiche begütigen müsse.

2
Tang und Algen hielten sich an ihr ein
So daß sie langsam viel schwerer ward
Kühl die Fische schwammen an ihrem Bein
Pflanzen und Tiere beschwerten noch ihre letzte Fahrt.

3
Und der Himmel ward abends dunkel wie Rauch
Und hielt nachts mit den Sternen das Licht in Schwebe.
Aber früh war er hell, daß es auch
Noch für sie Morgen und Abend gebe.

4
Als ihr bleicher Leib im Wasser verfaulet war
Geschah es (sehr langsam), daß Gott sie allmählich vergaß
Erst ihr Gesicht, dann die Hände und ganz zuletzt erst ihr Haar.
Dann ward sie Aas in Flüssen mit vielem Aas.

Die Ballade vom Liebestod

1
Von schwarzem Regen siebenfach zerfressen
Ein schmieriger Gaumen, der die Liebe frißt
Mit Mullstors, die wie Totenlaken nässen:
Das ist die Kammer, die die letzte ist.

2
Aussätzig die Tapeten, weiß vom Schimmel!
In Hölzer sie gepfercht, verschweißt und hart:
Wie lieblich scheinet der verschlissne Himmel
Dem weißen Paare, das sich himmlisch paart.

3
Im Anfang sitzt er oft in nassen Tüchern
Und lutscht Virginias, schwarz, die sie ihm gibt
Und nützt die Zeit, ihr nickend zu versichern
Mit halbgeschlossenem Lid, daß er sie liebt.

4
Sie fühlt, wie er behaart ist und so weise!
Er sieht im Schlitz des Lids den Tag verschwemmt
Und grün wie Seife wölkt sich das Gehäuse
Des Himmels und ihm schwant: jetzt fault mein Hemd.

5
Sie gießen Kognak in die trocknen Leichen
Er füttert sie mit grünem Abendlicht
Und es entzünden sich schon ihre Weichen
Und es verblaßt schon mählich ihr Gesicht.

6
Sie ist wie eine halbersoffne Wiese
(Sie sind verwaist und taub, im Fleische matt!)
Er will gern schlafen, wenn sie ihn nur ließe!
Ein grüner Himmel, der geregnet hat!

7
Am zweiten Tage hüllen sie die Leichen
In steife Tücher, den verschweißten Stor
Und nehmen schmierige Laken in die Weichen
Weil sie jetzt wissen, daß es sie oft fror.

8
Und ach, die Liebe ging durch sie so schneidend
Wie wenn Gott Hageleis durch Wasser schmiß!
Und tief in ihnen quoll, sie ganz ausweidend
Und dick wie Hefe grüne Bitternis.

9
Von Schweiß, Urin, Geruch in ihren Haaren
Sie wittern ferner nicht mehr Morgenluft.
Es kommt der Morgen wahrlich noch nach Jahren
Vertiert und grau in die Tapetengruft.

10
Ach, ihr zarter Kinderleib perlmuttern!
Holz und Liebe schlugen ihn so rauh
Schmilzt wie Holz salzflutzerschlagner Kutter
Unter Sturmflut! Gras in zuviel Tau!

11
Ach, die Hand an ihrer Brust wie gräsern!
In den Beinen schwarzer Pestgestank!
Milde Luft floß ab an Fenstergläsern
Und sie staken im verfaulten Schrank!

12
Wie Spülicht floß der Abend an die Scheiben
Und die Gardinen räudig von Tabak.
In grünen Wassern zwei Geliebte treiben
Von Liebe ganz durchregnet, wie ein Wrack

13
Am Meergrund, das, geborsten, in den Tropen
Zwischen Algen und weißlichen Fischen hängt

Und von einem Salzwind über die Fläche oben
Tief in den Wassern unten zu schaukeln anfängt.

14
Am vierten Tage, in der Früh, mit Streichen
Knirschender Äxte brachen Nachbarn ein
Und hörten Stille dort und sahen Leichen
(Und munkelten von einem grünen Schein

15
Der von Gesichtern ausgehn kann), auch roch noch
Verliebt das Bett, das Fenster borst vor Frost:
Ein Leichnam ist was Kaltes! Ach, es kroch noch
Ein schwarzer Faden Kälte aus der Brust.

Legende vom toten Soldaten

1
Und als der Krieg im fünften Lenz
Keinen Ausblick auf Frieden bot
Da zog der Soldat seine Konsequenz
Und starb den Heldentod.

2
Der Krieg war aber noch nicht gar
Drum tat es dem Kaiser leid
Daß sein Soldat gestorben war:
Es schien ihm noch vor der Zeit.

3
Der Sommer zog über die Gräber her
Und der Soldat schlief schon
Da kam eines Nachts eine militär-
ische ärztliche Kommission.

4
Es zog die ärztliche Kommission
Zum Gottesacker hinaus

Und grub mit geweihtem Spaten den
Gefallnen Soldaten aus.

5
Und der Doktor besah den Soldaten genau
Oder was von ihm noch da war
Und der Doktor fand, der Soldat war k.v.
Und er drücke sich vor der Gefahr.

6
Und sie nahmen sogleich den Soldaten mit
Die Nacht war blau und schön.
Man konnte, wenn man keinen Helm aufhatte
Die Sterne der Heimat sehn.

7
Sie schütteten ihm einen feurigen Schnaps
In den verwesten Leib
Und hängten zwei Schwestern in seinen Arm
Und sein halb entblößtes Weib.

8
Und weil der Soldat nach Verwesung stinkt
Drum hinkt ein Pfaffe voran
Der über ihn ein Weihrauchfaß schwingt
Daß er nicht stinken kann.

9
Voran die Musik mit Tschindrara
Spielt einen flotten Marsch.
Und der Soldat, so wie er's gelernt
Schmeißt seine Beine vom Arsch.

10
Und brüderlich den Arm um ihn
Zwei Sanitäter gehn
Sonst flög er noch in den Dreck ihnen hin
Und das darf nicht geschehn.

11
Sie malten auf sein Leichenhemd
Die Farben schwarz-weiß-rot
Und trugen's vor ihm her; man sah
Vor Farben nicht mehr den Kot.

12
Ein Herr im Frack schritt auch voran
Mit einer gestärkten Brust
Der war sich als ein deutscher Mann
Seiner Pflicht genau bewußt.

13
So zogen sie mit Tschindrara
Hinab die dunkle Chaussee
Und der Soldat zog taumelnd mit
Wie im Sturm die Flocke Schnee.

14
Die Katzen und die Hunde schrein
Die Ratzen im Feld pfeifen wüst:
Sie wollen nicht französisch sein
Weil das eine Schande ist.

15
Und wenn sie durch die Dörfer ziehn
Waren alle Weiber da.
Die Bäume verneigten sich. Vollmond schien.
Und alles schrie hurra!

16
Mit Tschindrara und Wiedersehn!
Und Weib und Hund und Pfaff!
Und mitten drin der tote Soldat
Wie ein besoffner Aff.

17
Und wenn sie durch die Dörfer ziehn
Kommt's, daß ihn keiner sah

So viele waren herum um ihn
Mit Tschindra und Hurra.

18
So viele tanzten und johlten um ihn
Daß ihn keiner sah.
Man konnte ihn einzig von oben noch sehn
Und da sind nur Sterne da.

19
Die Sterne sind nicht immer da.
Es kommt ein Morgenrot.
Doch der Soldat, so wie er's gelernt
Zieht in den Heldentod.

SCHLUSSKAPITEL

Gegen Verführung

1
Laßt euch nicht verführen!
Es gibt keine Wiederkehr.
Der Tag steht in den Türen;
Ihr könnt schon Nachtwind spüren:
Es kommt kein Morgen mehr.

2
Laßt euch nicht betrügen!
Das Leben wenig ist.
Schlürft es in vollen Zügen!
Es wird euch nicht genügen
Wenn ihr es lassen müßt!

3
Laßt euch nicht vertrösten!
Ihr habt nicht zu viel Zeit!
Laßt Moder den Erlösten!
Das Leben ist am größten:
Es steht nicht mehr bereit.

4
Laßt euch nicht verführen!
Zu Fron und Ausgezehr!
Was kann euch Angst noch rühren?
Ihr sterbt mit allen Tieren
Und es kommt nichts nachher.

ANHANG: VOM ARMEN B. B.

Vom schlechten Gebiss

1
Zahnlos von vielem Brombeernschlecken
Katzbalgerei und Zähneblecken
Unschuldig ein Kind, keusch wie ein Greis
Verfliegt mir mein Leben in solcher Weis:

2
Wohl zermalme ich Steine mit meinem Kiefer
Aber mein Zahnfleisch ist blau wie Schiefer!
Darum jeden Tag mit dem Gaumen gekaut
Daß mir das Pack in den Magen schaut?!

3
Viele Weiber trollten mit mir in Lumpen
Aber seit ich diese verfaulten Stumpen
Im Maul hab, bin für sie ich kein Mann
Der Fleisch einfach zerreißen kann.

4
Viele Jahre ging ich herum, einen Kiefer voll Zähne
Und es dankte mir niemals so eine Hyäne.
Jetzt seh ich, dessen Bild in ihren Hirnen schwankt
Daß ich alles nur meinen Zähnen verdankt.

5
Verachtet und boshaft, wurde ich mit den Jahren kälter
Und begab mich ganz auf die metaphysischen Felder.
Gemieden von mir, bin ich seit Tag und Jahr
Dem Schnaps verfallen mit Haut und Haar.

Von den Sündern in der Hölle

1
Die Sünder in der Hölle
Haben's heißer, als man glaubt.
Doch fließt, wenn einer weint um sie
Die Trän mild auf ihr Haupt.

2
Doch die am ärgsten brennen
Haben keinen, der drum weint
Die müssen an ihrem Feiertag
Drum betteln gehn, daß einer greint.

3
Doch keiner sieht sie stehen
Durch die die Winde wehn.
Durch die die Sonne scheint hindurch
Die kann man nicht mehr sehn.

4
Da kommt der Müllereisert
Der starb in Amerika
Das wußte seine Braut noch nicht
Drum war kein Wasser da.

5
Es kommt der Kaspar Neher
Sobald die Sonne scheint
Dem hatten sie, Gott weiß warum
Keine Träne nachgeweint.

6
Dann kommt George Pfanzelt
Ein unglückseliger Mann
Der hatte die Idee gehabt
Es käm nicht auf ihn an.

7
Und dort die liebe Marie
Verfaulet im Spital
Kriegt keine Träne nachgeweint:
Der war es zu egal.

8
Und dort im Lichte steht Bert Brecht
An einem Hundestein
Der kriegt kein Wasser, weil man glaubt
Der müßt im Himmel sein.

9
Jetzt brennt er in der Höllen
Oh, weint ihr Brüder mein!
Sonst steht er am Sonntagnachmittag
Immer wieder dort an seinem Hundestein.

Vom armen B. B.

1
Ich, Bertolt Brecht, bin aus den schwarzen Wäldern.
Meine Mutter trug mich in die Städte hinein
Als ich in ihrem Leibe lag. Und die Kälte der Wälder
Wird in mir bis zu meinem Absterben sein.

2
In der Asphaltstadt bin ich daheim. Von allem Anfang
Versehen mit jedem Sterbsakrament:
Mit Zeitungen. Und Tabak. Und Branntwein.
Mißtrauisch und faul und zufrieden am End.

3
Ich bin zu den Leuten freundlich. Ich setze
Einen steifen Hut auf nach ihrem Brauch.
Ich sage: es sind ganz besonders riechende Tiere
Und ich sage: es macht nichts, ich bin es auch.

4
In meine leeren Schaukelstühle vormittags
Setze ich mir mitunter ein paar Frauen
Und ich betrachte sie sorglos und sage ihnen:
In mir habt ihr einen, auf den könnt ihr nicht bauen.

5
Gegen abends versammle ich um mich Männer
Wir reden uns da mit »Gentleman« an
Sie haben ihre Füße auf meinen Tischen
Und sagen: es wird besser mit uns. Und ich frage nicht: wann.

6
Gegen Morgen in der grauen Frühe pissen die Tannen
Und ihr Ungeziefer, die Vögel, fängt an zu schrein.
Um die Stunde trink ich mein Glas in der Stadt aus und schmeiße
Den Tabakstummel weg und schlafe beunruhigt ein.

7
Wir sind gesessen ein leichtes Geschlechte
In Häusern, die für unzerstörbare galten
(So haben wir gebaut die langen Gehäuse des Eilands Manhattan
Und die dünnen Antennen, die das Atlantische Meer unterhalten).

8
Von diesen Städten wird bleiben: der durch sie hindurchging, der Wind!
Fröhlich machet das Haus den Esser: er leert es.
Wir wissen, daß wir Vorläufige sind
Und nach uns wird kommen: nichts Nennenswertes.

9
Bei den Erdbeben, die kommen werden, werde ich hoffentlich
Meine Virginia nicht ausgehen lassen durch Bitterkeit
Ich, Bertolt Brecht, in die Asphaltstädte verschlagen
Aus den schwarzen Wäldern in meiner Mutter in früher Zeit.

Die Augsburger Sonette

Sonett Nr. 1. Über Mangel an Bösem

Ich war von Kindheit immer für das Böse
Die Menschheit ist ja haltbar: ohne Wunden
Ging sie dumm grinsend über alle Runden
Mit ihrem Timur: harmloses Getöse!

Öffnet doch eurer Timure Vermächtnis –
Ein Pazifik von Milch für Waisenknaben!
Und ihre Untat wird in Erz gegraben!
Der Ruhm fließt nur aus löchrigem Gedächtnis.

Die Menschheit hat umsonst nach dem geschielt
Der ihr den Kopf endlich vom Rumpfe trennte.
Wo blieb er? Ach! Die wenigen Momente

Der Erde: ausgeheilte Narben!
Von drei, vier Timurs so mühsam erzielt
Daß sie vorm Endspurt an Entkräftung starben.

Lehrstück Nr. 2.
Ratschläge einer älteren Fohse an eine jüngere

Wenn ich dir sag, wie man als Fohse liebt
So hör mir zu mit Fleiß und ohn Verdruß
Weil ich schon lang durch Kunst ersetzen muß
Was dir die Jugend einige Zeit noch gibt
Doch wisse, daß du desto jünger bleibst
Je weniger mechanisch du es treibst.

Es ist noch keinem einer abgegangen
Bei Fohsen, welche nackt Zigarren rauchen
Und wenn die Herrn sich drin den Schwanz verstauchen
Mit ihrer Fotze schläfrig Fliegen fangen
Dafür gibt einer seinem Weibe Draht
Doch eine Fohse ist kein Automat.

Und kost es, was es kost, komm einem Schwein
Um Gottes Willen nicht mit Schicklichkeit!
Der Herr verliert mit dir nur seine Zeit
Er kommt nicht mehr, den schmier dir nur ans Bein!
Der Mensch ist so unsachlich wie ein Christ
Was ist die Fohse, die nicht menschlich ist?

Mit Faulheit ist's bei jedem gleich verhunzt
Riskier nur, daß er dich zusammenstaucht
Und er, wenn du ihn fickst, daß dir die Fotze raucht
Stinkfaul am Arsch liegt und: »Mehr Demboh« grunzt.
Und nennt der Herr die beste Arbeit schlecht
Halt deinen Rand: der Herr hat immer recht.

Klug mußt du sein wie Pfaffen, nur genauer
Sie zahlen dir nicht das für dich Bequeme!
Und ihre Schwänze sind für dich Probleme
Genau wie Pfeifen für den Orgelbauer
Jung ahnt man nicht, was alles daran hängt
Doch was ist eine Fohse, die nicht denkt?

Was seinem Weib nicht frommt, der Fohse frommt's
Drum – mußt du ihn hereinziehn auch am Strick –
Seufz, wenn er drinnen ist: »Ihrer ist dick!«
Und wenn's ihm kommt, dann stöhne schnell: »Mir kommt's!«
Denn bei den Jungen grad wie bei den Alten
Du mußt sie immerfort im Aug behalten.

Sonett Nr. 5. Kuh beim Fressen

Sie wiegt die breite Brust an holziger Krippe
Und frißt. Seht, sie zermalmt ein Hälmchen jetzt!
Es schaut noch eine Zeitlang spitz aus ihrer Lippe
Sie malmt es sorgsam, daß sie's nicht zerfetzt.

Ihr Leib ist dick, ihr trauriges Aug bejahrt;
Gewöhnt des Bösen, zaudert sie beim Kauen
Seit Jahren mit emporgezognen Brauen –
Die wundert's nicht, wenn ihr dazwischenfahrt!

Und während sie sich noch mit Heu versieht
Entzieht ihr einer Milch. Sie duldet stumm
Daß seine Hand an ihrem Euter reißt:

Sie kennt die Hand. Sie schaut nicht einmal um.
Sie will nicht wissen, was mit ihr geschieht
Und nützt die Abendstimmung aus und scheißt.

Sonett Nr. 6. Ein Mann bringt sich zu Bett

Solang es dämmert, liest er noch die Zeitung
Doch ist er schon im Hemd um diese Zeit. Bestimmt
Steht er jetzt bald auch an der Wasserleitung
Schaut in die Schüssel, ob drin etwas schwimmt.

In diese Schüssel steckt er seinen Kopf und trocknet nach genauer
Prüfung des Handtuchs ihn am unbenutzten Eck
Dann schlürft er blinzelnd zum Kalender an der Mauer
Und reißt mit aufgerißnen Lidern ein Blatt weg.

Er stopft mit dickem Daumen einen Pfeifenkopf
Schiebt in ein gelbliches Gebiß den Stiel mit einem Knack
Läßt ganz abwesend den Urin in einen Topf

Sperrt ihn in einen Kasten und entzündet den Tabak
Und plötzlich merkt er, daß er nichts mehr sieht
Steigt schnell ins Bett und zieht hervor sein Glied.

Sonett Nr. 7. Über eine alte Fohse

Als unsre Mütter mit uns niederkamen
Haben die Väter mit dem Mensch geschlafen
Das wir gedunsen hinterm Ofen trafen
Noch immer überschwemmt von Männersamen.

Bei einem Gläschen grünlichen Chartreuses
Erzählte sie, eintunkend eine Schrippe

Mit abgeübter eingesunkner Lippe
Für etwas Geld uns von den Menschen Böses.

Doch sah ich sie bei mir darüber wachen
Wie eine Mutter, daß ich leichter kotze
Und hörte selbst von ihr mit rohem Lachen.

Ich kann jetzt schon bald Hunde fangen mit der Fotze!
Sie selbst sah ihre Zukunft drum in trübem Lichte:
Alter und Übung machen Kunst zunichte.

Sonett Nr. 10. Über die Notwendigkeit der Schminke

Die Frauen, welche ihren Schoß verstecken
Vor aller Aug gleich einem faulen Fisch
Und zeigen ihr Gesicht entblößt bei Tisch
Das ihre Herren öffentlich belecken

Sie geben schnell den Leib dem, der mit rauher
Hand lässig ihnen an den Busen kam
Schließend die Augen, stehend an der Mauer
Sehen sie schaudernd nicht, welcher sie nahm.

Wie anders jene, die mit leicht bemaltem Munde
Und stummem Auge aus dem Fenster winkt
Dem, der vorübergeht, und sei es einem Hunde

Wie wenig lag doch ihr Gesicht am Tage!
Wie höflich war sie doch, von der ich sage
Sie muß gestorben sein: sie ist nicht mehr geschminkt.

Sonett Nr. 11. Vom Genuss der Ehemänner

Ich liebe meine ungetreuen Frauen:
Sie sehn mein Auge starr auf ihrem Becken
Und müssen den gefüllten Schoß vor mir verstecken
(Es macht mir Lust, sie dabei anzuschauen).

Im Mund noch den Geschmack des andern Manns
Ist die gezwungen, mich recht geil zu machen
Mit diesem Mund mich lüstern anzulachen
Im kalten Schoß noch einen andern Schwanz!

Und während ich sie tatenlos betrachte
Essend die Tellerreste ihrer Lust
Erwürgt sie den Geschlechtsschlaf in der Brust

Ich war noch voll davon, als ich die Verse machte!
(Doch wär es eine teure Lust gewesen
Wenn dies Gedicht hier die Geliebten läsen.)

Sonett Nr. 12. Vom Liebhaber

Gestehn wir's: leider sind wir schwach im Fleische
Ich, seit ich meines Freundes Frau geschwächt
Meid ich mein Zimmer jetzt und schlafe schlecht
Und merke nachts: ich horche auf Geräusche!

Dies kommt daher, weil dieser beiden Zimmer
An meines stößt. Das ist es, was mich schlaucht
Daß ich stets höre, wenn er sie gebraucht
Und hör ich nichts, so denk ich: desto schlimmer!

Schon abends, wenn wir drei beim Weine sitzen
Und ich bemerke, daß mein Freund nicht raucht
Und ihm, wenn er sie sieht, die Augen schwitzen

Muß ich ihr Glas zum Überlaufen bringen
Und sie, wenn sie nicht will, zum Trinken zwingen
Damit sie nachts dann nichts zu merken braucht.

Sonett Nr. 14. Von der inneren Leere

Als ich sie auf den Märkten von mir sagen hörte
Ich sei ein Mensch von innerlicher Leere

Sagte ich schnell: dies sei's, was ich gern wäre
Ich sagt es nicht nur, daß es sie empörte

Und nicht nur sagt ich's, weil es vielleicht neu ist.
Leer bin ich und drum hungrig und drum säum ich:
Mein Mittagessen blöckt noch und schon träum ich
Wie ich den Ochsen scheiße, der noch Heu frißt.

In mir muß Platz sein, dann bin ich nicht satt!
Das hoff ich dringend, daß ich das nicht werde
Und eines ist's, worauf ich jetzt noch laure:

Ich muß noch platt sein, daß ich alle überdaure!
Wie werd ich platter? Keine Ochsenherde
Zertritt den leeren Pfennig: Er ist platt.

Sonett Nr. 15. Über den Gebrauch gemeiner Wörter

Mir, der ich maßlos bin und mäßig lebe
Gestattet, Freunde, es euch zu verweisen
Mit rohen Wörtern so um euch zu schmeißen
Als ob es daran keinen Mangel gäbe!

Beim Vögeln können Wörter Lust erregen:
Den Vögler freut es, daß das vögeln heißt.
Wer mit dem Wort zum Beispiel um sich schmeißt
Kann sich auf löchrige Matratzen legen.

Die reinen Vögler sollte man nur henken!
Wenn sich ein Weib mitunter auspumpt: gut.
Den Baum spült sauber keine Meeresflut!

Nur nicht dem Geiste eine Spülung machen!
Die Kunst der Männer ist's: vögeln und denken.
(Der Männer Luxus aber ist's: zu lachen).

Sonett Nr. 1

Zur Erinnerung an Josef Klein, enthauptet wegen Raubmord im Untersuchungsgefängnis zu Augsburg am 2. Juli 1927

Ich widme dies Sonett Herrn Josef Klein
Für den ich sonst nichts tun kann, denn man schnitt
Ihm seinen Kopf ab heute früh. Damit
Man weiß, die Welt fällt nicht durch eine Untat ein.

So machten die's mit was aus Fleisch und Bein
Dieweil es angeschnallt auf einem Holzbrett ritt
(Ein Pfaff gab ihm was aus der Bibel mit
Weil der doch weiß, es sieht kein Gott nach Klein.)

Ich aber denke, daß es sich sehr häuft.
Ich wollte wohl, daß solches nicht geschäh
Denn wahrlich, ihre Untat hat kein Z!

Ich möcht nicht, daß man mich mit solchen sitzen säh!
(Höchstens so lang noch, bis das Geld einläuft
Das sie mir schuldig sind für dies Sonett.)

Sonett Nr. 2. Von Vorbildern

Durch Jahre suchend, wen ich mir zum Vorbild nähme
Doch nicht, weil ich für einen Guten einen Bessern suche
Ich bin nicht gut, wenn ich mich auch nicht schäme
Fand ich mir keinen, lebend noch im Buche.

Am meisten sucht ich Unempfindlichkeit
Doch fand ich einen, der nicht sein Gesicht verlor
In roher Welt, so hatte der kein Ohr.
Verlor er nicht sein Herz, so war er nicht gescheit.

Nur die kein Wasser hatten, hatten keine Träne
(Den Hunger sah ich sich von Steinen nähren!)
Und keinen fand ich glücklich – nur zufrieden.

Am Schlusse dacht ich, daß gerade jene
Die für mich mehr als ich gewesen wären
Gerade mich (den sie wohl kannten) mieden.

Sonett Nr. 10. Von der Scham beim Weibe

Ich lieb es nicht, wenn Weiber lange brauchen
Die mir gefällt, die unersättlich kam
Und rasch gestillt wird, ihre schnelle Scham
Zwischen Durst und Abwehr pausenlos verhauchen.

Der Liebesakt muß sie von Grund verändern
Bis zur Entstellung! Mit vermischten Leibern
Sei'n bei den Männern und sei'n bei den Weibern
Die Köpfe so entfernt wie in verschiedenen Ländern.

Zu große Scham, dem Mann ans Fleisch zu greifen
Zu große Lust, es ganz sich zu verkneifen
Das Weib soll sein an seiner Lust gemessen.

Zu schön, sich nicht zum Warten zu bequemen
Zu unersättlich, nicht alles zu nehmen
Ist es gestattet ihr, sich zu vergessen.

Die Songs der Dreigroschenoper

Die Moritat von Mackie Messer

Und der Haifisch, der hat Zähne
Und die trägt er im Gesicht
Und Macheath, der hat ein Messer
Doch das Messer sieht man nicht.

Und es sind des Haifischs Flossen
Rot, wenn dieser Blut vergießt
Mackie Messer trägt 'nen Handschuh
Drauf man keine Untat liest.

An der Themse grünem Wasser
Fallen plötzlich Leute um
Es ist weder Pest noch Cholera
Doch es heißt: Mackie geht um.

An 'nem schönen blauen Sonntag
Liegt ein toter Mann am Strand
Und ein Mensch geht um die Ecke
Den man Mackie Messer nennt.

Und Schmul Meier bleibt verschwunden
Und so mancher reiche Mann
Und sein Geld hat Mackie Messer
Dem man nichts beweisen kann.

Jenny Towler ward gefunden
Mit 'nem Messer in der Brust
Und am Kai geht Mackie Messer
Der von allem nichts gewußt.

Wo ist Alfons gleich, der Fuhrherr?
Kommt das je ans Sonnenlicht?
Wer es immer wissen könnte
Mackie Messer weiß es nicht.

Und das große Feuer in Soho
Sieben Kinder und ein Greis

In der Menge Mackie Messer, den
Man nichts fragt, und der nichts weiß.

Und die minderjähr'ge Witwe
Deren Namen jeder weiß
Wachte auf und war geschändet
Mackie welches war dein Preis?

Morgenchoral für jedermann

Wach auf, du verrotteter Christ!
Mach dich an dein sündiges Leben
Zeig, was für ein Schurke du bist
Der Herr wird es dir dann schon geben.

Verkauf deinen Bruder, du Schuft!
Verschacher dein Ehweib, du Wicht!
Der Herrgott, für dich ist er Luft?
Er zeigt dir's beim jüngsten Gericht!

Der Anstatt-dass-Song

»Anstatt daß, anstatt daß
Sie zu Hause bleiben und im warmen Bett
Brauchen sie Spaß, brauchen sie Spaß
Grad als ob man für sie eine Extrawurst gebraten hätt.«

»Das ist der Mond über Soho
Das ist der verdammte ›Fühlst du mein Herz schlagen‹-Text
Das ist das ›Wenn du wohin gehst, geh ich auch wohin Johnny!‹
Wenn die Liebe anhebt und der Mond noch wächst.«

»Anstatt daß, anstatt daß
Sie was täten, was 'nen Sinn hat und 'nen Zweck
Machen sie Spaß, machen sie Spaß
Und verrecken dann natürlich glatt im Dreck.«
»Was nützt dann dein (der) Mond über Soho?

Wo bleibt dann ihr verdammter ›Fühlst du mein Herz schlagen‹-Text?
Wo ist denn das: ›Wenn du wohin gehst, geh ich auch wohin, Johnny!‹?
Wenn die Liebe aus ist und allein du verreckst!«

Hochzeitslied

Bill Lawgen und Mary Syer
Wurden letzten Mittwoch Mann und Frau.
Als sie drin standen vor dem Standesamt
Wußte er nicht, woher ihr Brautkleid stammt
Aber sie wußte seinen Namen nicht genau.
Wissen Sie, was Ihre Frau treibt? – Nein!
Lassen Sie Ihr Lasterleben sein? – Nein!
Billy Lawgen sagte neulich mir:
»Mir genügt ein kleiner Teil von ihr.«
Das Schwein!

Die Seeräuberjenny

Meine Herrn, heute sehn Sie mich Gläser abwaschen
Und ich mache das Bett für jeden
Und Sie geben mir einen Penny und ich bedanke mich schnell
Und Sie sehen meine Lumpen und dies lumpige Hotel
Und Sie wissen nicht, mit wem Sie reden.
Aber eines Abends wird ein Geschrei sein am Hafen
Und man fragt: »Was ist das für ein Geschrei?«
Und man wird mich lächeln sehn bei meinen Gläsern
Und man sagt: »Was lächelt die dabei?«
Und ein Schiff mit acht Segeln
Und mit fünfzig Kanonen
Wird liegen am Kai.

Man sagt: »Geh, wisch deine Gläser, mein Kind«
Und man reicht mir den Penny hin
Und der Penny wird genommen und das Bett wird gemacht

Es wird keiner mehr drin schlafen in dieser Nacht
Und sie wissen immer noch nicht, wer ich bin.
Aber eines Abends wird ein Getös sein am Hafen
Und man fragt: »Was ist das für ein Getös?«
Und man wird mich stehen sehn hinterm Fenster
Und man fragt: »Was lächelt die so bös?«
Und das Schiff mit acht Segeln
Und mit fünfzig Kanonen
Wird beschießen die Stadt.

Meine Herren, da wird wohl ihr Lachen aufhörn
Denn die Mauern werden fallen hin
Und die Stadt wird gemacht dem Erdboden gleich
Nur ein lumpiges Hotel wird verschont von jedem Streich
Und man fragt: »Wer wohnt Besonderer darin?«
Und in dieser Nacht wird ein Geschrei um das Hotel sein
Und man fragt: »Warum wird das Hotel verschont?«
Und man wird mich sehen treten aus der Tür gen Morgen
Und man sagt: »Die hat darin gewohnt?«
Und das Schiff mit acht Segeln
Und mit fünfzig Kanonen
Wird beflaggen den Mast.

Und es werden kommen Hundert gen Mittag an Land
Und werden in den Schatten treten
Und fangen einen jeglichen aus jeglicher Tür
Und legen in Ketten und bringen zu mir
Und fragen: »Welchen sollen wir töten?«
Und an diesem Mittag wird es still sein am Hafen
Wenn man fragt, wer wohl sterben muß
Und dann werden sie mich sagen hören: »Alle!«
Und wenn dann der Kopf fällt, sag ich: »Hoppla!«
Und das Schiff mit acht Segeln
Und mit fünfzig Kanonen
Wird entschwinden mit mir.

Der Kanonen-Song

John war darunter und Jim war dabei
Und Georgie ist Sergeant geworden
Doch die Armee, sie frägt keinen, wer er sei
Und marschierte hinauf nach dem Norden.
Soldaten wohnen
Auf den Kanonen
Vom Cap bis Couch-Behar.
Wenn es mal regnete
Und es begegnete
Ihnen 'ne neue Rasse
'ne braune oder blasse
So machten sie vielleicht daraus Beefsteak-Tartar.

Johnny war der Whisky zu warm
Und Jimmy hatte nie genug Decken
Aber Georgie nahm beide beim Arm
Und sagte: die Armee kann nicht verrecken.
Soldaten wohnen
Auf den Kanonen
Vom Cap bis Couch-Behar.
Wenn es mal regnete
Und es begegnete
Ihnen 'ne neue Rasse
'ne braune oder blasse
So machten sie vielleicht daraus Beefsteak-Tartar

John ist gestorben und Jim ist tot
Und Georgie ist vermißt und verdorben.
Aber Blut ist immer noch rot
Und für die Armee wird jetzt wieder geworben.
Soldaten wohnen
Auf den Kanonen
Vom Cap bis Couch-Behar.
Wenn es mal regnete
Und es begegnete
Ihnen 'ne neue Rasse
'ne braune oder blasse
So machten sie vielleicht daraus Beefsteak-Tartar

Der Barbara-Song

Einst glaubte ich, als ich noch unschuldig war
Und das war ich einst grad so wie du –
Natürlich kommt auch zu mir einmal einer
Und dann muß ich wissen, was ich tu.
Und wenn er Geld hat, und wenn er nett ist
Und sein Kragen ist auch werktags rein
Und wenn er weiß, was sich bei einer Dame schickt
Dann sage ich ihm: Nein!
Da behält man seinen Kopf oben
Und man bleibt ganz allgemein.
Sicher scheint der Mond die ganze Nacht
Sicher wird das Boot am Ufer festgemacht
Aber weiter kann nichts sein.
Ja, da kann man sich doch nicht nur hinlegen
Ja, da muß man kalt und herzlos sein
Ja, da könnte doch viel geschehen
Ach, da gibt's überhaupt nur: Nein!

Der erste, der kam, war ein Mann aus Kent
Der war, wie ein Mann sein soll.
Der zweite hatte drei Schiffe im Hafen
Und der dritte war nach mir toll.
Und als sie Geld hatten und als sie nett waren
Und ihr Kragen war auch werktags rein
Und als sie wußten, was sich bei einer Dame schickt
Da sagte ich ihnen: Nein.
Da behielt ich meinen Kopf oben
Und ich blieb ganz allgemein.
Sicher schien der Mond die ganze Nacht
Sicher war das Boot am Ufer festgemacht
Aber weiter konnte nichts sein.
Ja, da kann man sich doch nicht nur hinlegen
Ja, da mußt ich kalt und herzlos sein.
Ja, da konnte doch viel geschehen
Ach, da gab's überhaupt nur: Nein!

Jedoch eines Tags, und der Tag war blau
Kam einer, der mich nicht bat.
Und er hängte seinen Hut an den Nagel in meiner Kammer
Und ich wußte nicht mehr, was ich tat.
Und als er kein Geld hatte, und als er nicht nett war
Und sein Kragen war auch am Sonntag nicht rein
Und als er nicht wußte, was sich bei einer Dame schickt
Zu ihm sagte ich nicht: Nein.
Da behielt ich meinen Kopf nicht oben
Und ich blieb nicht allgemein.
Ach, es schien der Mond die ganze Nacht
Ach, es ward das Boot vom Ufer losgemacht
Und es konnte gar nicht anders sein.
Ja, da muß man sich doch einfach hinlegen
Ach, da kann man doch nicht kalt und herzlos sein.
Ach, da mußte so viel geschehen
Ja, da gab's überhaupt kein Nein!

1. Dreigroschenfinale

POLLY:
Was ich möchte, ist es viel?
Einmal in dem tristen Leben
Einem Mann mich hinzugeben
Ist das ein zu hohes Ziel?

PEACHUM:
Das Recht des Menschen ist's auf dieser Erden
Da er doch nur kurz lebt, glücklich zu sein.
Teilhaftig aller Lust der Welt zu werden
Zum Essen Brot zu kriegen und nicht einen Stein.
Dies ist des Menschen nacktes Recht auf Erden.
Doch leider hat man bisher nie vernommen
Daß etwas recht war, und dann war's auch so.
Wer hätte nicht gern einmal recht bekommen?
Doch die Verhältnisse – sie sind nicht so.

FRAU PEACHUM:
Wie gern wär ich zu dir gut!
Alles möchte ich dir geben!
Daß du etwas hast vom Leben
Weil man das doch gerne tut!

PEACHUM:
Ein guter Mensch sein? Ja, wer wär's nicht gern?
Sein Gut den Armen geben? Warum nicht?
Wenn alle gut sind, ist Sein Reich nicht fern!
Und wer säß nicht sehr gern in Seinem Licht?
Ein guter Mensch sein! Ja, wer wär's nicht gern!
Doch leider sind auf diesem Sterne eben
Die Mittel kärglich und die Menschen roh.
Wer möchte nicht in Fried und Eintracht leben?
Doch die Verhältnisse – sie sind nicht so!

POLLY UND FRAU PEACHUM:
Da hat er eben leider recht:
Die Welt ist arm. Der Mensch ist schlecht.

PEACHUM:
Natürlich hab ich leider recht
Die Welt ist arm. Der Mensch ist schlecht.
Wer möcht auf Erden nicht ein Paradies?
Doch die Verhältnisse – gestatten sie's?
Nein, sie gestatten's eben nicht!

POLLY UND FRAU PEACHUM:
Ja, das ist eben schade.
Das ist das riesig Fade.

PEACHUM:
Freigebig sein, wer wollt es nicht?
Dein Bruder, der doch an dir hangt
Wenn halt für zwei das Fleisch nicht langt
Tritt er dir eben ins Gesicht.
Beständig sein, wer wollt es nicht?
Und deine Frau, die an dir hangt

Wenn deine Liebe ihr nicht langt
Tritt sie dir eben ins Gesicht.
Ja, dankbar sein, wer wollt es nicht?
Und auch dein Kind, das an dir hangt
Wenn dir das Altersbrot nicht langt
Tritt es dir eben ins Gesicht.

POLLY UND FRAU PEACHUM:
Ja, das ist eben schade
Das ist das riesig Fade.
Die Welt ist arm, der Mensch ist schlecht
Da hat er eben leider recht.

PEACHUM:
Natürlich hab ich leider recht
Die Welt ist arm, der Mensch ist schlecht
Wir wären gut – anstatt so roh
Doch die Verhältnisse, sie sind nicht so.

POLLY UND FRAU PEACHUM:
Ja dann ist's freilich nichts damit
Dann ist das eben alles Kitt!

PEACHUM:
Die Welt ist arm, der Mensch ist schlecht
Da hab ich eben leider recht!

ALLE DREI:
Und das ist eben schade
Das ist das riesig Fade
Und darum ist es nichts damit
Und darum ist das alles Kitt.

Zuhälterballade

In einer Zeit, die jetzt vergangen ist
Lebten wir schon zusammen: sie und ich.
Und zwar von meinem Kopf und ihrem Bauch:

Ich schützte sie und sie ernährte mich.
Es geht auch anders, doch so geht's auch.
Und wenn ein Freier kam, kroch ich aus unserm Bett
Und drückte mich zu'n Kirsch und war sehr nett
Und wenn er blechte, sprach ich zu ihm: »Herr
Wenn Sie mal wieder wollen – bitte sehr.«
So hielten wir's ein gutes halbes Jahr
In dem Bordell, wo unser Haushalt war.

In jener Zeit, die jetzt vergangen ist
Hat er mich manches liebe Mal gestemmt.
Nur wenn kein Zaster war, hat er mich angehaucht
Da hieß es gleich: »Du, ich versetz dein Hemd!
Ein Hemd, ganz gut, doch ohne geht es auch!«
Da wurd ich aber tückisch, ja, na weißte
Ich fragt ihn manchmal direkt, was er sich erdreiste
Da hat er mir aber eine ins Zahnfleisch gelangt
Da bin ich manchmal direkt darauf erkrankt.
Das war so schön in diesem halben Jahr
In dem Bordell, wo unser Haushalt war.

Die 3. Strophe behandelt den heiklen Zustand, in den das Paar durch die Schwangerschaft des Mädchens gerät. Sie soll wegen ihrer Unfeinheit nicht gedruckt werden.

Ballade vom angenehmen Leben

Ihr Herrn, urteilt jetzt selbst: ist das ein Leben?
Ich finde nicht Geschmack an alledem
Als kleines Kind schon hörte ich mit Beben:
Nur wer im Wohlstand lebt, lebt angenehm.

Da preist man uns das Leben großer Geister
Das lebt mit einem Buch und nichts im Magen
In einer Hütte, daran Ratten nagen.
Mir bleibe man vom Leib mit solchem Kleister!
Das simple Leben lebe, wer da mag!
Ich habe (unter uns) genug davon

Kein Vögelchen, von hier bis Babylon
Vertrüge diese Kost nur einen Tag.
Was hilft da Freiheit, es ist nicht bequem
Nur wer im Wohlstand lebt, lebt angenehm.

Die Abenteurer mit dem kühnen Wesen
Und ihrer Gier, die Haut zu Markt zu tragen
Die stets so frei sind und die Wahrheit sagen
Damit die Spießer etwas Kühnes lesen
Wenn man sie sieht, wie das am Abend friert
Mit kalter Gattin stumm zu Bette geht
Und horcht, ob niemand klatscht und nichts versteht
Und trostlos in das Jahr fünftausend stiert –
Jetzt frag ich Sie nur noch: ist das bequem?
Nur wer im Wohlstand lebt, lebt angenehm.

Ich selber könnte mich durchaus begreifen
Wenn ich mich lieber groß und einsam sähe
Doch sah ich solche Leute aus der Nähe
Da sagt ich mir: das mußt du dir verkneifen.
Armut bringt außer Weisheit auch Verdruß
Und Kühnheit außer Ruhm auch bittre Mühn.
Jetzt warst du arm und einsam, weis und kühn
Jetzt machst du mit der Größe aber Schluß.
Dann löst sich ganz von selbst das Glücksproblem:
Nur wer im Wohlstand lebt, lebt angenehm.

Eifersuchtsduett

»Komm heraus, du Schönheit von Soho!
Zeig doch mir mal deine schönen Beine!
Ich möchte auch mal was Schönes sehen,
Denn so schön wie du gibt es doch keine.
Du sollst auf meinen Mann solch einen Eindruck machen.«
»Soll ich das? Soll ich das?«
»Na, da muß ich aber wirklich lachen.«
»Mußt du das? Mußt du das?«
»Ha, das wäre ja gelacht?«

»So, das wäre also gelacht?«
»Wenn sich Mac aus dir was macht!«
»Wenn sich Mac aus mir was macht?«
»Hahaha, mit so einer,
Befaßt sich sowieso keiner.«
»Na, das werden wir ja sehn!«
»Ja, das werden wir schon sehn!«
»Mackie und ich, wir lebten wie die Tauben
Er liebt nur mich, das lass ich mir nicht rauben.
Da muß ich schon so frei sein
Das kann doch nicht vorbei sein
Wenn da so'n Mistvieh auftaucht.
Lächerlich!«

2. Dreigroschenfinale

Ihr Herrn, die ihr uns lehrt, wie man brav leben
Und Sünd und Missetat vermeiden kann
Zuerst müßt ihr uns schon zu fressen geben
Dann könnt ihr reden: damit fängt es an.
Ihr, die ihr euren Wanst und unsere Bravheit liebt
Das Eine wisset ein für allemal:
Wie ihr es immer dreht und immer schiebt
Erst kommt das Fressen, dann kommt die Moral.
Erst muß es möglich sein auch armen Leuten
Vom großen Brotlaib sich ihr Teil zu schneiden.

Denn wovon lebt der Mensch? Indem er stündlich
Den Menschen peinigt, auszieht, anfällt, abwürgt und frißt.
Nur dadurch lebt der Mensch, daß er so gründlich
Vergessen kann, daß er ein Mensch doch ist.

Ihr Herren bildet euch nur da nichts ein:
Der Mensch lebt nur von Missetat allein.

Ihr lehrt uns, wann ein Weib die Röcke heben
Und ihre Augen einwärts drehen kann?
Zuerst müßt ihr uns schon zu fressen geben

Dann könnt ihr reden: damit fängt es an!
Ihr, die auf unsere Scham und eure Lust besteht
Das eine wisset ein für allemal:
Wie ihr es immer schiebt und immer dreht
Erst kommt das Fressen, dann kommt die Moral.
Erst muß es möglich sein, auch armen Leuten
Vom großen Brotlaib sich ihr Teil zu schneiden.

Denn wovon lebt das Mensch? Indem es stündlich
Den Menschen peinigt, auszieht, anfällt, abwürgt und frißt.
Denn nur so lebt das Mensch, daß es so gründlich
Vergessen kann, daß es ein Mensch doch ist.

Ach, bildet euch ihr Herren da nichts ein:
Der Mensch lebt nur von Missetat allein.

Ballade von der Unzulänglichkeit menschlichen Planens

Der Mensch lebt durch den Kopf.
Sein Kopf reicht ihm nicht aus.
Versuch es nur, von deinem Kopf
Lebt höchstens eine Laus.
Denn für dieses Leben
Ist der Mensch nicht schlau genug.
Niemals merkt er eben
Diesen Lug und Trug.

Ja, mach nur einen Plan!
Sei nur ein großes Licht!
Und mach dann noch 'nen zweiten Plan
Gehn tun sie beide nicht.
Denn für dieses Leben
Ist der Mensch nicht schlecht genug.
Doch sein höhres Streben
Ist ein schöner Zug.

Ja, renn nur nach dem Glück
Doch renne nicht zu sehr
Denn alle rennen nach dem Glück
Das Glück rennt hinterher.
Denn für dieses Leben
Ist der Mensch nicht anspruchslos genug.
Drum ist all sein Streben
Nur ein Selbstbetrug.

Der Mensch ist gar nicht gut
Drum hau ihm auf den Hut.
Hast du ihm auf den Hut gehaun
Dann wird er vielleicht gut.
Denn für dieses Leben
Ist der Mensch nicht gut genug
Darum haut ihm eben
Ruhig auf den Hut!

Die Ballade von den Prominenten

Ihr saht den weisen Salomon
Ihr wißt, was aus ihm wurd
Dem Mann war alles sonnenklar
Er verfluchte die Stunde seiner Geburt
Er sah, daß alles eitel war.
Wie groß und weis war Salomon
Und seht, da war es noch nicht Nacht
Da sah die Welt die Folgen schon:
Die Weisheit hatte ihn so weit gebracht.
Beneidenswert, wer frei davon!

Ihr saht die schöne Kleopatra
Ihr wißt, was aus ihr wurd
Zwei Kaiser fielen ihr zum Raub
Da hat sie sich zu Tod gehurt
Und welkte hin und wurde Staub.
Wie schön und groß war Babylon
Und seht, da war es noch nicht Nacht

Da sah die Welt die Folgen schon:
Die Schönheit hatte sie so weit gebracht.
Beneidenswert, wer frei davon!

Ihr saht den kühnen Cäsar dann
Ihr wißt, was aus ihm wurd
Der saß wie'n Gott auf 'nem Altar
Und wurde ermordet, wie ihr erfuhrt
Und zwar, als er am größten war.
Wie schrie der laut: Auch du, mein Sohn!
Denn seht, da war es noch nicht Nacht
Da sah die Welt sein Ende schon:
Die Kühnheit hatte ihn so weit gebracht.
Beneidenswert, wer frei davon!

Und jetzt seht ihr Macheath und mich
Gott weiß, was aus uns wird!
So groß war unsere Leidenschaft
Wo haben wir uns hin verirrt
Daß man ihn jetzt zum Galgen schafft!
Da seht jetzt unserer Sünde Lohn
Denn seht, jetzt ist es noch nicht Nacht
Da seht ihr unser Ende schon:
Die Leidenschaft hat uns soweit gebracht.
Beneidenswert, wer frei davon!

Ballade aus dem Gefängnis

Nun hört die Stimme, die um Mitleid ruft!
Macheath liegt hier nicht unterm Hagerdorn
Nicht unter Buchen, nein, in einer Gruft!
Hierher verschlug ihn des Geschickes Zorn.
Gott geb, daß ihr sein letztes Wort noch hört
Die dicksten Mauern schließen ihn jetzt ein.
Fragt ihr denn gar nicht, Freunde, wo er sei?
Ist er gestorben, kocht euch Eierwein.
Solang er aber lebt, steht ihm doch bei!
Wollt ihr, daß seine Marter ewig währt?

Jetzt kommt und seht, wie es ihm dreckig geht
Jetzt ist er wirklich, was man pleite nennt
Die ihr als oberste Autorität
Nur eure schmier'gen Gelder anerkennt!
Seht, daß er euch nicht in die Grube fährt!
Ihr müßtet gleich zur Königin und in Haufen
Und müßtet mit ihr über ihn was sprechen
Wie Schweine eines hinterm andern laufen.
Ach, seine Zähne sind schon lang wie Rechen
Wollt ihr, daß seine Marter ewig währt?

Ballade, in der allen verziehen wird

Ihr Menschenbrüder, die ihr nach uns lebt
Laßt euer Herz nicht gegen uns verhärten
Und lacht nicht, wenn man uns zum Galgen hebt
Ein dummes Lachen hinter euren Bärten.
Und flucht auch nicht, und sind wir auch gefallen
Seid nicht auf uns erbost wie das Gericht:
Gesetzten Sinnes sind wir alle nicht
Hier, Menschen, lasset allen Leichtsinn fallen
Hier, Menschen, laßt euch uns zur Lehre sein
Und bittet Gott, er möge uns verzeihn.

Der Regen wäscht uns ab und wäscht uns rein
Und wäscht das Fleisch, das wir zu gut genährt
Und die zuviel gesehn und mehr begehrt:
Die Augen hacken eure Raben ein!
Und niemals sind wir festgehängt und wiegen
Bald hin, bald her, ganz wie aus Übermut!
Zerpickt von einer gierigen Vögelbrut
Wie Pferdeäpfel, die am Wege liegen.
Ach, Brüder, laßt euch uns zur Warnung sein
Und bittet Gott, er möge uns verzeihn.

Die Mädchen, die die Brüste zeigen
Um leichter Männer zu erwischen.
Die Strolche, die nach ihnen äugen

Um ihren Sündenlohn zu fischen
Die Lumpen, Huren, Hurentreiber
Die Tagediebe, Vogelfrein
Die Mordgesellen, Abtrittweiber
Ich bitte sie, mir zu verzeihn.
Nicht so die Polizistenhunde
Die jeden Abend, jeden Morgen
Nur Rinde ließen meinem Munde
Auch sonst verursacht Mühn und Sorgen.
Ich könnte sie ja jetzt verfluchen
Doch will ich heute nicht so sein.
Um weitre Händel nicht zu suchen
Bitt ich auch sie, mir zu verzeihn.
Man schlage ihnen ihre Fressen
Mit schweren Eisenhammern ein.
Im übrigen will ich vergessen
Und bitte sie, mir zu verzeihn.

Schlusschoral

»Verfolgt das Unrecht nicht zu sehr. In Bälde
Erfriert es schon von selbst, denn es ist kalt.
Bedenkt das Dunkel und die große Kälte
In diesem Tale, das von Jammer schallt.«

[ANHANG]

[Neufassungen einzelner Songs von 1949]

Der neue Kanonen-Song

1
Fritz war SA, und Karl war Partei
Und Albert bekam doch den Posten.
Aber auf einmal war all dies vorbei
Und man fuhr nach dem Westen und Osten.
Der Schmitt vom Rheine
Braucht die Ukraine
Und Krause braucht Paris.
Wenn es nicht regnete
Und man begegnete
Nicht fremdem Militäre
Dem oder jenem Heere
Dann kriegte Meier aus Berlin
Bulgarien gewiß.

2
Schmitt, dem wurde die Wüste zu heiß
Und das Nordkap zu kalt dem Krause
Aber das Böse ist: keiner mehr weiß
Wie kommt man jetzt wieder nach Hause?
Aus der Ukraine
Zurück zum Rheine
Nach Ulm heim aus Algier?
Weil es stark regnete
Und man begegnete
Ganz fremdem Militäre
So manchem großen Heere
Der Irreführer weiß es nicht –
Er ist nicht mehr hier.

3
Schmitt kam nicht mehr heim, und Deutschland war hin
Hat nach Leichen und Ratten gerochen
Aber in dem zerstörten Berlin
Wird vom d r i t t e n Weltkrieg gesprochen.
Köln liegt in Scherben
Hamburg im Sterben
Und Dresden liegt zerschellt.
Doch wenn Amerika
Sah diese Russen da
Vielleicht, daß die sich krachten?
Dann gibt's ein neues Schlachten
Und Krause, wieder im grauen Fell
Kriegt doch noch die Welt!

Die Ballade vom angenehmen Leben der Hitlersatrapen

1
Der süchtige Reichsmarschall, der Clown und Schlächter
Erst saht ihr halb Europa ihn stibitzen;
Dann saht ihr ihn in Nürnberg dafür schwitzen
Noch immer fetter da als seine Wächter.
Und auf die Frag, warum er es gemacht
Sagt uns der Mann, er tat's für Deutschlands Ehr
Als ob er davon fett geworden wär!
Ich möchte da das Huhn sehn, das nicht lacht.
Warum der Nazi war, ist kein Problem:
Nur wer im Wohlstand lebt, lebt angenehm.

2
Der Ribbentropf, ein Schieber nicht von Pappe
Zur Zeit, als er noch sich und Wein verkaufte
Bevor der Führer ihn zum Bismarck taufte – –
Wenn ihr ihm zeigt Europas blutige Mappe
Erzählt er euch, er war dem Führer treu
Und steckt die blutigen Hände untern Steiß.
Doch fragtet ihr ein Pferd perfiderweis:
Warum so treu? es sagte: Nun, für Heu!

Warum der treu war, ist so kein Problem:
Nur wer im Wohlstand lebt, lebt angenehm.

3
Der lange Schacht, in dem euer Geld verschwunden
Mit dem mir lang nicht lang genugen Kragen:
Hat dem Bankier man manchen Kranz gewunden
Hängt man den Bankrotteur nicht an den Schragen.
Dabei war dieser Mann ein Demokrat!
Doch fragt ihr heut den eingestürzten Schacht
Warum er beim Bescheißen mitgemacht
Sagt er, der Ehrgeiz habe ihn gepackt.
Warum der mittat, ist doch kein Problem:
Nur wer im Wohlstand lebt, lebt angenehm.

4
Der Streicher, den die andern stark verachten
Als Peitschenschwinger und als Judenschinder
(Mit einer Schwäche, heißt's, für arische Kinder)
Er predigte, was andre stets nur machten
Weil er der dümmste ist. Nun, gebet acht:
Er ist kein Bankier, und er ist kein Graf
Er tat es aus Gesinnung, schlicht und brav – –
Sie hat ihn freilich nicht grad arm gemacht.
Sein tiefer Glaube ist so kein Problem:
Nur wer im Wohlstand lebt, lebt angenehm.

5
Und der La-Keitel, der Ukrainebrenner
Der dem Gefreiten wild die Stiefel leckte
Weil der den Wehrmachtshunger in ihm weckte –
Wenn ihr den fragt, den Tank- und Kognakkenner
Was ihn getrieben, sagt er euch: Die Pflicht!
Aus Pflichtgefühl vergoß er all das Blut
Beileibe nicht nur für ein Rittergut!
Das nimmt man, aber davon spricht man nicht.
Das ist's, man nimmt es. Und wer fragt schon, wem?
Nur wer im Wohlstand lebt, lebt angenehm.

6
Sie haben alle große Intentionen
Und sprechen nur von allerhöchster Warte
Und keiner je erwähnt die Speisekarte;
Doch jeder ringt allnächtlich mit Dämonen.
Denn jeder ward im Grund ein Lohengrin
Und hatte einiges vom Parzifal:
's ging nicht um Leningrad, 's ging um den Gral
Und nur Walhall ging unter, nicht Berlin.
Gelöst für sie war das Privatproblem:
Nur wer im Wohlstand lebt, lebt angenehm.

Schlussgesang

Verfolgt das kleine Unrecht nicht zu sehr, in Bälde
Erfriert es schon von selbst, denn es ist kalt:
Bedenkt das Dunkel und die große Kälte
In diesem Tale, das von Jammer schallt.
Zieht gen die großen Räuber jetzt zu Felde
Und fällt sie allesamt und fällt sie bald:
Von ihnen rührt das Dunkel und die Kälte
Sie machen, daß dies Tal von Jammer schallt.

Aus dem Lesebuch für Städtebewohner

1

Trenne dich von deinen Kameraden auf dem Bahnhof
Gehe am Morgen in die Stadt mit zugeknöpfter Jacke
Suche dir Quartier und wenn dein Kamerad anklopft:
Öffne, o öffne die Tür nicht
Sondern
Verwisch die Spuren!

Wenn du deinen Eltern begegnest in der Stadt Hamburg oder sonstwo
Gehe an ihnen fremd vorbei, biege um die Ecke, erkenne sie nicht
Zieh den Hut ins Gesicht, den sie dir schenkten
Zeige, o zeige dein Gesicht nicht
Sondern
Verwisch die Spuren!

Iß das Fleisch, das da ist! Spare nicht!
Gehe in jedes Haus, wenn es regnet, und setze dich auf jeden Stuhl, der da ist
Aber bleibe nicht sitzen! Und vergiß deinen Hut nicht!
Ich sage dir:
Verwisch die Spuren!

Was immer du sagst, sag es nicht zweimal
Findest du deinen Gedanken bei einem andern: verleugne ihn.
Wer seine Unterschrift nicht gegeben hat, wer kein Bild hinterließ
Wer nicht dabei war, wer nichts gesagt hat
Wie soll der zu fassen sein!
Verwisch die Spuren!

Sorge, wenn du zu sterben gedenkst
Daß kein Grabmal steht und verrät, wo du liegst
Mit einer deutlichen Schrift, die dich anzeigt
Und dem Jahr deines Todes, das dich überführt!
Noch einmal:
Verwisch die Spuren!

(Das wurde mir gesagt.)

2

Wir sind bei dir in der Stunde, wo du erkennst
Daß du das fünfte Rad bist
Und deine Hoffnung von dir geht.
Wir aber
Erkennen es noch nicht.

Wir merken
Daß du die Gespräche rascher treibst
Du suchst ein Wort, mit dem
Du fortgehen kannst
Denn es liegt dir daran
Kein Aufsehen zu machen.

Du erhebst dich mitten im Satz
Du sagst böse, du willst gehen
Wir sagen: bleibe! und erkennen
Daß du das fünfte Rad bist.
Du aber setzest dich.

Also bleibst du sitzen bei uns in der Stunde
Wo wir erkennen, daß du das fünfte Rad bist.
Du aber
Erkennst es nicht mehr.

Laß es dir sagen: du bist
Das fünfte Rad
Denke nicht, ich, der ich's dir sage
Bin ein Schurke
Greife nicht nach einem Beil, sondern greife
Nach einem Glas Wasser.

Ich weiß, du hörst nicht mehr
Aber
Sage nicht laut, die Welt sei schlecht
Sage es leis.

Denn nicht die vier sind zu viel
Sondern das fünfte Rad
Und nicht schlecht ist die Welt
Sondern
Voll.

(Das hast du schon sagen hören.)

3

Wir wollen nicht aus deinem Haus gehen
Wir wollen den Ofen nicht einreißen
Wir wollen den Topf auf den Ofen setzen.
Haus, Ofen und Topf kann bleiben
Und du sollst verschwinden wie der Rauch im Himmel
Den niemand zurückhält.

Wenn du dich an uns halten willst, werden wir weggehen
Wenn deine Frau weint, werden wir unsere Hüte ins Gesicht ziehen
Aber wenn sie dich holen, werden wir auf dich deuten
Und werden sagen: das muß er sein.

Wir wissen nicht, was kommt, und haben nichts Besseres
Aber dich wollen wir nicht mehr.
Vor du nicht weg bist
Laßt uns verhängen die Fenster, daß es nicht morgen wird.

Die Städte dürfen sich ändern
Aber du darfst dich nicht ändern.
Den Steinen wollen wir zureden
Aber dich wollen wir töten
Du mußt nicht leben.
Was immer wir an Lügen glauben müssen:
Du darfst nicht gewesen sein.

(So sprechen wir mit unsern Vätern.)

4

Ich weiß, was ich brauche.
Ich sehe einfach in den Spiegel
Und sehe, ich muß
Mehr schlafen; der Mann
Den ich habe, schädigt mich.

Wenn ich mich singen höre, sage ich:
Heute bin ich lustig; das ist gut für
Den Teint.

Ich gebe mir Mühe
Frisch zu bleiben und hart, aber
Ich werde mich nicht anstrengen; das
Gibt Falten.

Ich habe nichts zum Verschenken, aber
Ich reiche aus mit meiner Ration.
Ich esse vorsichtig; ich lebe
Langsam; ich bin
Für das Mittlere.

(So habe ich Leute sich anstrengen sehen.)

5

Ich bin ein Dreck. Von mir
Kann ich nichts verlangen, als
Schwäche, Verrat und Verkommenheit
Aber eines Tages merke ich:
Es wird besser; der Wind
Geht in mein Segel; meine Zeit ist gekommen, ich kann
Besser werden als ein Dreck –
Ich habe sofort angefangen.

Weil ich ein Dreck war, merkte ich
Wenn ich betrunken bin, lege ich mich

Einfach hin und weiß nicht
Wer über mich geht; jetzt trinke ich nicht mehr –
Ich habe es sofort unterlassen.

Leider mußte ich
Rein um mich am Leben zu erhalten, viel
Tun, was mir schadete; ich habe
Gift gefressen, das vier
Gäule umgebracht hätte, aber ich
Konnte nur so
Am Leben bleiben; so habe ich
Zeitweise gekokst, bis ich aussah
Wie ein Bettlaken ohne Knochen
Da habe ich mich aber im Spiegel gesehen –
Und habe sofort aufgehört.

Sie haben natürlich versucht, mir eine Syphilis
Aufzuhängen, aber es ist
Ihnen nicht gelungen; nur vergiften
Konnten sie mich mit Arsen: ich hatte
In meiner Seite Röhren, aus denen
Floß Tag und Nacht Eiter. Wer
Hätte gedacht, daß so eine
Je wieder Männer verrückt macht? –
Ich habe damit sofort wieder angefangen.

Ich habe keinen Mann genommen, der nicht
Etwas für mich tat, und jeden
Den ich brauchte. Ich bin
Fast schon ohne Gefühl, beinah nicht mehr naß
Aber
Ich fülle mich immer wieder, es geht auf und ab, aber
Im ganzen mehr auf.

Immer noch merke ich, daß ich zu meiner Feindin
Alte Sau sage und sie als Feindin erkenne daran, daß
Ein Mann sie anschaut.
Aber in einem Jahr
Habe ich es mir abgewöhnt –
Ich habe schon damit angefangen.

Ich bin ein Dreck; aber es müssen
Alle Dinge mir zum besten dienen, ich
Komme herauf, ich bin
Unvermeidlich, das Geschlecht von morgen
Bald schon kein Dreck mehr, sondern
Der harte Mörtel, aus dem
Die Städte gebaut sind.

(Das habe ich eine Frau sagen hören.)

6

Er ging die Straße hinunter, den Hut im Genick!
Er sah jedem Mann ins Auge und nickte
Er blieb vor jedem Ladenfenster stehen
(Und alle wissen, daß er verloren ist!)

Sie hätten ihn hören müssen, wie er sagte, er werde noch
Mit seinem Feind ein ernstes Wort sprechen
Der Ton seines Hausherrn behage ihm nicht
Die Straße sei schlecht gekehrt
(Seine Freunde haben ihn schon aufgegeben!)

Er will allerdings noch ein Haus bauen
Er will allerdings noch alles beschlafen
Er will allerdings nicht zu schnell urteilen
(Ach er ist schon verloren, es steht doch nichts mehr hinter ihm!)

(Das habe ich schon Leute sagen hören.)

7

Reden Sie nichts von Gefahr!
In einem Tank kommen Sie nicht durch ein Kanalgitter:
Sie müssen schon aussteigen.
Ihren Teekocher lassen Sie am besten liegen
Sie müssen sehen, daß Sie selber durchkommen.

Geld müssen Sie eben haben
Ich frage Sie nicht, wo Sie es hernehmen
Aber ohne Geld brauchen Sie gar nicht abzufahren.
Und hier können Sie nicht bleiben, Mann.
Hier kennt man Sie.
Wenn ich Sie recht verstehe
Wollen Sie doch noch einige Beefsteaks essen
Bevor Sie das Rennen aufgeben!

Lassen Sie die Frau, wo sie ist!
Sie hat selber zwei Arme
Außerdem hat sie zwei Beine
(Die Sie nichts mehr angehen, Herr!)
Sehen Sie, daß Sie selber durchkommen!

Wenn Sie noch etwas sagen wollen, dann
Sagen Sie es mir, ich vergesse es.
Sie brauchen jetzt keine Haltung mehr zu bewahren:
Es ist niemand mehr da, der Ihnen zusieht.
Wenn Sie durchkommen
Haben Sie mehr getan als
Wozu ein Mensch verpflichtet ist.

Nichts zu danken.

8

Laßt eure Träume fahren, daß man mit euch
Eine Ausnahme machen wird.
Was eure Mutter euch sagte
Das war unverbindlich.

Laßt euren Kontrakt in der Tasche
Er wird hier nicht eingehalten.

Laßt nur eure Hoffnungen fahren
Daß ihr zu Präsidenten ausersehen seid.
Aber legt euch ordentlich ins Zeug

Ihr müßt euch ganz anders zusammennehmen
Daß man euch in der Küche duldet.

Ihr müßt das ABC noch lernen.
Das ABC heißt:
Man wird mit euch fertig werden.

Denkt nur nicht nach, was ihr zu sagen habt:
Ihr werdet nicht gefragt.
Die Esser sind vollzählig
Was hier gebraucht wird, ist Hackfleisch.

Aber das soll euch
Nicht entmutigen!

9

VIER AUFFORDERUNGEN AN EINEN MANN
VON VERSCHIEDENER SEITE ZU VERSCHIEDENEN ZEITEN

Hier hast du ein Heim
Hier ist Platz für deine Sachen
Stelle die Möbel um nach deinem Geschmack
Sage, was du brauchst
Da ist der Schlüssel
Hier bleibe.

Es ist eine Stube da für uns alle
Und für dich ein Zimmer mit einem Bett
Du kannst mitarbeiten im Hof
Du hast deinen eigenen Teller
Bleibe bei uns.

Hier ist deine Schlafstelle
Das Bett ist noch ganz frisch
Es lag erst ein Mann drin.
Wenn du heikel bist
Schwenke deinen Zinnlöffel in dem Bottich da
Dann ist er wie ein frischer
Bleibe ruhig bei uns.

Das ist die Kammer
Mach schnell, oder du kannst auch dableiben
Eine Nacht, aber das kostet extra.
Ich werde dich nicht stören
Übrigens bin ich nicht krank.
Du bist hier so gut aufgehoben wie woanders.
Du kannst also dableiben.

10

Wenn ich mit dir rede
Kalt und allgemein
Mit den trockensten Wörtern
Ohne dich anzublicken
(Ich erkenne dich scheinbar nicht
In deiner besonderen Artung und Schwierigkeit)

So rede ich doch nur
Wie die Wirklichkeit selber
(Die nüchterne, durch deine besondere Artung unbestechliche
Deiner Schwierigkeit überdrüssige)
Die du mir nicht zu erkennen scheinst.

[ANHANG]

[Zum Lesebuch gehörende Gedichte]

Über den Ohm

1
Immer noch in unseren Städten
Trotz aller Mühe und aller Erfindung
Gibt es haufenweis Unrat
Trotz Schwemmkanalisation und Baupolizei
Halten sich die Ecken, die den Unrat schützen.
(Sein Geruch ist schon schwach
Daß er ihn nicht mehr verrät.)
Trotz der Bemühungen der Millionen
Geht der Schmutz nicht weg
Der aus alter Zeit stammt.
Das ist das eine.

2
Und das andere ist:
Der rätselhafte OHM.
(Nicht zu verwechseln mit dem Olm
Einem farblosen Tier
In den unterirdischen Gewässern des Karstes.)
Nämlich: es wird in unseren Städten
Zwischen guter und schlechter Rasse
Keiner von beiden zugehörig
Immer noch gesichtet der Ohm.
Viele, die den Ohm noch sahn
Haben den Mond nicht mehr gesehn.

In den Listen wird der Ohm allerdings
Nicht mehr geführt.
Seine Existenz ist rätselhaft
Aber es findet sich niemand
Der das Rätsel lösen will
Obwohl er mit Gütern noch versehen ist

Und unsere Zeit sehr gierig ist
Findet sich keiner
Der ihn beerben will.

Der Ohm ist vielleicht das einzige Tier
Von dem man nicht weiß, was es frißt
Es ist sogar möglich, daß es nichts frißt
Dann müßte es ein Organ entwickelt haben, das
Ihm ermöglicht
Speise 40 Jahre bei sich zu behalten.
Darauf ließe auch seine Fähigkeit schließen
Über Dinge noch auszusagen
Die nicht mehr bekannt sind, von denen man aber weiß
Daß sie in einem früheren Zeitalter gegessen wurden.

Da das menschenähnliche Tier blind zu sein scheint, verrichtet es
Auf öffentlichen Plätzen seine Notdurft
Vor dem grinsenden Pöbel.
Darunter leidet
Die Ehrfurcht, die das einfache Volk
Sonst fremden Erscheinungen erweist.

Es ist wohl ein Mangel
Unserer schnellebigen Zeit
Daß über ein Tier nicht mehr geforscht wird
Nur weil es ausstirbt.
So ist über die Lebensweise des Ohm
Tatsächlich nichts zu erfahren
Und über seine Wünsche innerhalb des Gemeinwesens
(Soweit es noch Wünsche haben sollte)
Ist höheren Ortes
Nichts mehr bekannt.

WARUM ESSE ICH BROT, das zu teuer ist?
Ist nicht das Getreide zu teuer in Illinois?
Wer hat mit wem ausgemacht
Daß die Traktoren nicht haben soll
Der Mann in Irkutsk

Sondern der Rost?
Ist es falsch, daß ich esse?

Ich will nicht behaupten, daß Rockefeller ein Dummkopf ist
Aber Sie müssen zugeben
Daß an der Standard Oil ein allgemeines Interesse bestand
Was ein Mann hätte dazu hergehört
Das Zustandekommen der Standard Oil zu verhindern!
Ich behaupte
Solch ein Mann muß erst geboren werden.

Wer will beweisen, daß Rockefeller Fehler gemacht hat
Da doch Geld eingekommen ist
Wissen Sie:
Es bestand Interesse daran, daß Geld einkam.

Sie haben andere Sorgen?
Aber ich wäre froh, wenn ich einen fände
Der kein Dummkopf ist, und ich
Kann es beweisen

Sie haben schon den richtigen Mann ausgewählt
Hatte er nicht Sinn für Geld?
Wurde er nicht alt?
Konnte er nicht Dummheiten machen und
Die Standard Oil kam doch zustande?

Meinen Sie, wir hätten die Standard Oil billiger haben können?
Denken Sie, ein anderer Mann
Hätte sie mit weniger Mühe zustande gebracht?
(Da ein allgemeines Interesse an ihr bestand?)

Sind Sie auf jeden Fall gegen Dummköpfe?
Halten Sie etwas von der Standard Oil?

Hoffentlich glauben Sie nicht
Ein Dummkopf ist
Ein Mann, der nachdenkt.

Hätten Sie die Zeitungen aufmerksam gelesen wie ich
Würden Sie Ihre Hoffnungen begraben, daß
Eine Besserung noch möglich ist.

Von selber stirbt doch niemand!
Und was hat der Krieg genützt?
Ein paar Leute haben wir natürlich angebracht
Und wie viele sind erzeugt worden?
Und wir können noch nicht einmal
Jedes Jahr einen solchen Krieg zustande bringen.

Was soll ein Hurrikan schon ausrichten
Miami und ganz Florida zusammengenommen
Und dazu zwei Hurrikane berücksichtigt
Dann heißt es zuerst: 50 000 Tote und dann
Am nächsten Tag stellt es sich heraus:
3700.

Das können sie doch ohne weiteres nachschaffen.
Selbst für die Bewohner von Miami selber
Ist das kaum ein Aufatmen und
Was sollen wir sagen, die wir
So weit davon entfernt sind!

Es ist wie ein Hohn!
Sollen wir auch noch verhöhnt werden?
Wir hätten zumindest das Recht auf
Eine *ungestörte* Bitterkeit.

Unbezahlbar ist
Ein breiter Kopf.
Er tut das, was Sie auch getan hätten.
Er tut viel weniger, als Sie annehmen!
Er ist im Bilde.

Wo andere noch einen Ausweg sehen
Da gibt er auf.
An eine Sache, die Schwierigkeiten macht

Glaubt er nicht. Warum
Sollte eine Sache, die im allgemeinen Interesse liegt
Schwierigkeiten machen?

Einen breiten Kopf erkennt man daran
Daß er Appetit an Äpfeln hat
Wenn genügend Leute
Appetit nach Äpfeln haben und
Für alle diese genug Äpfel da sind.

Sind Sie ein breiter Kopf?
Dann sehen Sie zu, daß die Stadt wächst
Das Geschäftsleben blüht und
Die Menschheit sich noch vermehrt!

Es war leicht, ihn zu bekommen.
Es war möglich am zweiten Abend.
Ich wartete auf den dritten (und wußte
Das heißt etwas riskieren)
Dann sagte er lachend: das Badesalz ist es
Nicht dein Haar!
Aber es war leicht, ihn zu bekommen.

Ich ging einen Monat lang gleich nach der Umarmung.
Ich blieb jeden dritten Tag weg.
Ich schrieb nie.
Aber bewahre einen Schnee im Topf auf!
Er wird schmutzig von selbst.
Ich tat noch mehr, als ich konnte
Als es schon aus war.

Ich habe die Mentscher hinausgeworfen
Die bei ihm schliefen, als sei es in der Ordnung
Ich habe es lachend getan und weinend.
Ich habe den Gashahn geöffnet
Fünf Minuten bevor er kam, ich habe
Geld auf seinen Namen geliehen:
Es hat nichts geholfen.

Aber eines Nachts schlief ich
Und eines Morgens stand ich auf
Da wusch ich mich vom Kopf bis zum Zeh
Aß und sagte zu mir:
Das ist fertig.

Die Wahrheit ist:
Ich habe noch zweimal mit ihm geschlafen
Aber, bei Gott und meiner Mutter:
Es war nichts.
Wie alles vorübergeht, so verging
Auch das.

Immer wieder
Wenn ich diesen Mann ansehe
Er hat nicht getrunken und
Er hat sein altes Lachen
Denke ich: es geht besser.
Der Frühling kommt, eine gute Zeit kommt
Die Zeit, die vergangen ist
Ist zurückgekehrt
Die Liebe beginnt wieder, bald
Ist es wie einst.

Immer wieder
Wenn ich mit ihm geredet habe
Er hat gegessen und geht nicht weg
Er spricht mit mir und
Hat seinen Hut nicht auf
Denke ich: es wird gut
Die gewöhnliche Zeit ist um –
Mit einem Menschen
Kann man sprechen, er hört zu
Die Liebe beginnt wieder, bald
Ist alles wie einst.

Der Regen
Kehrt nicht zurück nach oben

Wenn die Wunde
Nicht mehr schmerzt
Schmerzt die Narbe.

Blasphemie

Wenn es etwas gibt
Was du haben kannst für Geld
Dann nimm dir das Geld
Wenn einer vorüber geht und hat Geld
Schlage ihn auf den Kopf
Und nimm dir sein Geld
Du darfst es.

Willst du wohnen in einem Haus?
Gehe in ein Haus
Lege dich in ein Bett
Wenn die Frau herein kommt
Beherberge sie.
Wenn das Dach durchbricht, gehe weg.
Du darfst es.

Wenn es einen Gedanken gibt
Den du nicht kennst
Denke den Gedanken
Kostet er dich Geld
Verlangt er dein Haus
Denke ihn, denke ihn.
Du darfst es.

Im Interesse der Ordnung
Zum Besten des Staates
Für die Zukunft der Menschheit
Zu deinem eigenen Wohlbefinden
Darfst du.

Anleitung für die Oberen

1
An dem Tag, an dem der unbekannte gefallene Soldat
Unter Kanonenschüssen beerdigt wurde
Ruhte von London bis Singapore
Mittags zur selben Zeit
Von zwölf Uhr zwei bis zwölf Uhr vier
Volle zwei Minuten lang alle Arbeit.
Einzig zum Zweck der Ehrung des
Gefallenen unbekannten Soldaten.

2
Aber trotz alledem sollte man
Vielleicht doch anordnen
Daß dem unbekannten Mann
Aus den großen Städten der bevölkerten Kontinente
Endlich eine Ehrung bereitet wird.
Irgendein Mann aus dem Netz des Verkehrs
Dessen Gesicht nicht wahrgenommen
Dessen geheimnisvolles Wesen unbeachtet
Dessen Name nicht deutlich gehört worden ist
Ein solcher Mann sollte
In unser aller Interesse
Mit einer Ehrung von Ausmaß bedacht werden
Mit einer Radioadresse
»Dem Unbekannten Mann«
Und
Mit einer Arbeitsruhe der sämtlichen Menschen
Über den ganzen Planeten!

Anrede

Du bist erschossen worden
Ordnungsgemäß. Ich habe das Protokoll gesehen.
In der Stadt weiß man die Stunde.
Mache uns nichts vor.

Während du redest, weiß jedermann
Daß du doch nichts mehr siehst.
Gib es zu:
Du hast
In Gewehrläufe geschaut.

Die Salve war abgefeuert. Die Mannschaft
Marschierte ab. Der Rauch an der Mauer
Erhob sich:
Du
Bliebst liegen.

Wasche nur, wasche!
An deinem Gesicht der Kalk
Wird nicht weggehn.

Sprich mich
Bitte nicht an!
Wenn ich sehe dein Gesicht
Erinnere ich mich an dich:
Du bist
Erschossen worden.

700 Intellektuelle beten einen Öltank an

1
Ohne Einladung
Sind wir gekommen
700 (und viele sind noch unterwegs)
Überall her, wo kein Wind mehr weht
Von den Mühlen, die langsam mahlen, und
Von den Öfen, hinter denen es heißt
Daß kein Hund mehr vorkommt.

2
Und haben dich gesehen
Plötzlich über Nacht
Öltank.

3
Gestern warst du noch nicht da
Aber heute
Bist nur du mehr.

4
Eilet herbei, alle!
Die ihr absägt den Ast, auf dem ihr sitzet
Werktätige!
Gott ist wiedergekommen
In Gestalt eines Öltanks.

5
Du Häßlicher
Du bist der Schönste!
Tue uns Gewalt an
Du Sachlicher!
Lösche aus unser Ich!
Mache uns kollektiv!
Denn nicht, wie wir wollen:
Sondern, wie du willst.

6
Du bist nicht gemacht aus Elfenbein
Und Ebenholz, sondern aus
Eisen.
Herrlich! Herrlich! Herrlich!
Du Unscheinbarer!

7
Du bist kein Unsichtbarer
Nicht unendlich bist du!
Sondern sieben Meter hoch.
In dir ist kein Geheimnis
Sondern Öl.
Und du verfährst mit uns
Nicht nach Gutdünken noch unerforschlich
Sondern nach Berechnung.

8
Was ist für dich ein Gras?
Du sitzest darauf.
Wo ehedem ein Gras war
Da sitzest jetzt du, Öltank!
Und vor dir ist ein Gefühl
Nichts.

9
Darum erhöre uns
Und erlöse uns von dem Übel des Geistes.
Im Namen der Elektrifizierung
Des Fordschritts und der Statistik!

Geschichten aus der Revolution

I

Die Bolschewiki entdecken im Sommer 1917 im Smolny, wo das Volk vertreten war: in der Küche

Als die Revolution des Februar um war und die Bewegung der Massen stillstand
War der Krieg noch nicht aus. Ohne Land waren die Bauern
Und unterdrückt und ausgehungert die Arbeiter in den Betrieben.
Aber die Räte waren von Allen gewählt und vertraten die Wenigen.
Als so alles beim alten blieb und nichts wurde anders
Gingen die Bolschewiki wie Verbrecher herum in den Räten
Denn sie verlangten immer wieder, daß die Gewehre
Gegen den eigentlichen Feind des Proletariats: die Herrschenden gerichtet würden.
Als Verräter wurden sie da geachtet und für Konterrevolutionäre gehalten
Räuberisches Gesindel vertretend. Ihr Führer Lenin
Gekaufter Spion genannt, verbarg sich in einer Scheune.
Wohin immer sie blickten, da
Wichen die Blicke aus, Schweigen empfing sie.
Unter anderen Fahnen sahen sie die Massen marschieren.
Groß erhob sich die Bourgeoisie der Generäle und Kaufleute
Und verloren erschien die Sache der Bolschewiki.
In dieser Zeit nun arbeiteten sie wie gewöhnlich
Achteten nicht des Geschreis und kaum des offenen Abfalls
Derer, für die sie doch kämpften. Sondern
Immer von neuem
Traten sie ein mit immer neuem Bemühen
Für die Sache der Untersten.
Wohl aber achteten sie, wie sie selber berichten, auf solcherlei:
In der Kantine des Smolny bemerkten sie
Bei der Ausgabe der Speisen, Kohlsuppe und Tee, daß der
Buffetier im Exekutivkomitee, ein Soldat, den Bolschewiki
Heißeren Tee gab und besser belegte Brote
Als allen andern: es ihnen hinreichend

Schaute er an ihnen vorbei. So erkannten sie: dieser
Sympathisierte mit ihnen und verbarg es
Vor den Vorgesetzten, und so auch neigte
Das gesamte untere Personal des Smolny
Wächter, Kuriere und Posten, sichtlich zu ihnen.
Als sie aber dies sahen, sagten sie:
»Unsere Sache ist zur Hälfte gewonnen.«
Solcher Menschen kleinste Regung nämlich
Aussage und Blick, doch auch Schweigen und Wegsehen
Schien ihnen wichtig. Und von diesen
Freunde genannt zu werden: das war ihr Hauptziel.

II

Die Teppichweber von Kujan-Bulak

I

Oftmals wurde geehrt und ausgiebig
Der Genosse Lenin. Büsten gibt es und Standbilder.
Städte werden nach ihm benannt und Kinder, Reden werden gehalten in vielerlei Sprachen
Versammlungen gibt es und Demonstrationen
Von Schanghai bis Chikago, Lenin zu Ehren.
So aber ehrten ihn die
Teppichweber von Kujan-Bulak
Kleiner Ortschaft im südlichen Turkestan:

Zwanzig Teppichweber stehn dort abends
Fiebergeschüttelt auf von dem ärmlichen Webstuhl.
Fieber geht um: die Bahnstation
Ist erfüllt von dem Summen der Stechmücken dicker Wolke
Die sich erhebt aus dem Sumpf hinter dem alten Kamelfriedhof.
Aber die Eisenbahn, die
Alle zwei Wochen Wasser und Rauch bringt, bringt
Eines Tages die Nachricht auch
Daß der Tag der Ehrung des Genossen Lenin bevorsteht
Und es beschließen die Leute von Kujan-Bulak
Teppichweber, arme Leute
Daß dem Genossen Lenin auch in ihrer Ortschaft
Aufgestellt werde eine gipserne Büste.
Als aber das Geld eingesammelt wird für die Büste
Stehen sie alle
Geschüttelt vom Fieber und zahlen
Ihre mühsam erworbenen Kopeken mit fliegenden Händen.
Und der Rotarmist Stepa Gamaleew, der
Sorgsam zählende und genau schauende
Sieht die Bereitschaft, Lenin zu ehren, und freut sich
Aber er sieht auch die unsicheren Hände.
Und er macht plötzlich den Vorschlag
Mit dem Geld für die Büste Petroleum zu kaufen und

Es auf den Sumpf zu gießen hinter dem Kamelfriedhof
Von dem her die Stechmücken kommen, welche
Das Fieber erzeugen.
So also das Fieber zu bekämpfen in Kujan-Bulak, und zwar
Zu Ehren des gestorbenen, aber
Nicht zu vergessenden
Genossen Lenin.

Sie beschlossen es. An dem Tage der Ehrung trugen sie
Ihre zerbeulten Eimer, gefüllt mit dem schwarzen Petroleum
Einer hinter dem andern
Hinaus und begossen den Sumpf damit.

So nützten sie sich, indem sie Lenin ehrten und
Ehrten ihn, indem sie sich nützten und hatten ihn
Also verstanden.

2

Wir haben gehört, wie die Leute von Kujan-Bulak
Lenin ehrten. Als nun am Abend
Das Petroleum gekauft und ausgegossen über dem Sumpf war
Stand ein Mann auf in der Versammlung, und der verlangte
Daß eine Tafel angebracht würde an der Bahnstation
Mit dem Bericht dieses Vorgangs, enthaltend
Auch genau den geänderten Plan und den Eintausch der
Leninbüste gegen die fiebervernichtende Tonne Petroleum.
Und dies alles zu Ehren Lenins.
Und sie machten auch das noch
Und setzten die Tafel.

[Sonette]

Das erste Sonett

Als wir zerfielen einst in DU und ICH
Und unsere Betten standen HIER und DORT
Ernannten wir ein unauffällig Wort
Das sollte heißen: ich berühre dich.

Es scheint: solch Redens Freude sei gering
Denn das Berühren selbst ist unersetzlich
Doch wenigstens wurd »sie« so unverletzlich
Und aufgespart wie ein gepfändet Ding.

Blieb zugeeignet und wurd doch entzogen
War nicht zu brauchen und war doch vorhanden
War wohl nicht da, doch wenigstens nicht fort

Und wenn um uns die fremden Leute standen
Gebrauchten wir geläufig dieses Wort
Und wußten gleich: wir waren uns gewogen.

Das zweite Sonett

Uns beiden gleichend, würd er keinem gleichen
Nicht dir noch mir, so daß ihn keiner kennt.
Er finge an und wäre niemands End
Er hätte nichts und könnte viel erreichen.

Sein Vater wär es freilich nicht gewesen –
Doch seine Mutter wäre ein Soldat.
So einer wüßte seinen Freunden Rat
Und seine Feinde hätten große Spesen!

Und wenn er käme: an dem guten Tage
Würd er versteckt. Und würde er gefunden
Er sagte »knif«, das heißt »kommt nicht in Frage«.

So stritten über ihn sich die Gelehrten
Solang er wäre, bliebe er verschwunden –
Solang er noch nicht ist, muß er noch werden.

Das dritte Sonett

Als ich schon dachte, daß wir einig wären
Gebrauchte ich, fast ohne drauf zu achten
Die Wörter, welche meinten, was wir machten
Und zwar die allgemeinsten, ganz vulgären.

Da war's, als ob von neuem du erschrakst
Als sähst du jetzt erst, was das, was wir machten, sei
In vielen Wochen, die du bei mir lagst
Lehrt ich von diesen Wörtern dich kaum zwei.

Mit solchen Wörtern rufe ich den Schrecken
Von einst zurück, als ich dich frisch begattet
Es läßt sich länger nunmehr nicht verdecken:
Das Allerletzte hast du da gestattet!
Wie konntest du dich nur in so was schicken:
Das Wort für das, was du da tatst, war

Das vierte Sonett

Den du so freundlich eingeladen hast:
Du hattest keinen Ort, ihn zu empfangen.
Bevor er ging, beschwerte sich dein Gast
Gekommen eilig, eilig auch gegangen.

Fandst du ihm, den du einludst, keinen Raum?
Der ärmste Bettler findet seinem Gast ein Brot!
Hier tat kein Haus und keine Kammer not
Nur ein klein Obdach hinter einem Baum!

Denn ohne das war seiner man nicht froh
Schnell abgefertigt, schien er unwillkommen
Ihn da zu haben, schien recht unerquicklich!

So ward der Mut ihm, da zu sein, genommen
All seine Wünsche schienen ihm jetzt roh
Und seine Eile schien ihm nicht mehr schicklich.

Das fünfte Sonett

So wie man Preise hochtreibt auf dem Markt
Indem man auf die vielen Käufer weist
Zeigt manches Weib, wie man sich um sie reißt.
Ich find es richtig, daß man's ihr verargt.

Sie sollte es nicht tun. Sie sollte zeigen
Daß sie nicht mehr die Wahl hat. Und gewählt ist.
Wenn nicht mit ihm, dann mit dem Nichts vermählt ist.
Als gäb's für sie, wenn er nicht spräch, nur Schweigen.

Möglich, daß sie ihn durch Entweichen hält
Doch es verführt ihn mehr, daß sie ihn braucht!

Auch muß sie wissen: wer in Feuer faucht
Der macht, daß es sich mehrt und dann erlischt.
Der wünsch ich nur, daß sie nicht Durst befällt
Die da so im betrübten Wasser fischt!

Das sechste Sonett

Als ich vor Jahr und Tag mich an dich hing
War ich darauf nicht allzu sehr erpicht:
Wenn man nicht wünscht, vermißt man vielleicht nicht
Gab's wenig Lust, ist auch der Gram gering.

Und besser ist: kein Gram als: viele Lust
Und besser als verlieren: sich bescheiden.
Der Männer Wollust ist es: nicht zu leiden.
Gekonnt ist gut, doch allzu schlimm: gemußt.

Natürlich ist das eine schäbige Lehre
Der war nie reich, der niemals was verlor!
Ich sag auch nicht, daß ich verdrießlich wäre...

Ich meine nur: wenn einer an nichts hinge
Dem stünd auch keine schlimme Zeit bevor.
Indessen sind wir nicht die Herrn der Dinge.

Das siebente Sonett

Ich riete dir, dich mir zu überlassen
Und keinen Handel mehr mit dir zu treiben
Doch fürchte ich, du sagst: das laß ich lieber bleiben
Wenn ich das tät, das könnte dir so passen!

Daß du mich dann behandelst wie ein Essen
Das außer *einem* keine Esser hat:
Er schiebt's vom Teller, denn er ist ja satt.
Was keiner stehlen kann, wird leicht vergessen!

Ich denke so: nach dem Gesetz der Märkte
Das vorschreibt, den Geschlechtsteil auszunützen
Bestünd hier ein Verdacht, den solch ein Rat verstärkte ...

Dein Rat mag gut sein, wirst du sagen, schad
Er ist verdächtig, auch zu unterstützen
Den, der ihn gibt. Gut, ich verschweig den Rat.

Das neunte Sonett

Als du das Vögeln lerntest, lehrt ich dich
So vögeln, daß du mich dabei vergaßest
Und deine Lust von meinem Teller aßest
Als liebtest du die Liebe und nicht mich.

Ich sagte: tut nichts, wenn du mich vergißt
Als freutest du dich eines andern Manns!
Ich geb nicht mich, ich geb dir einen *Schwanz*
Er tut dir nicht nur gut, weil's meiner ist.

Wenn ich so wollte, daß du untertauchst
In deinem eignen Fleische, wollt ich nie
Daß du mir eine wirst, die da gleich schwimmt
Wenn einer aus Versehn hinkommt an sie.
Ich wollte, daß du nicht viel Männer brauchst
Um einzusehn, was dir vom Mann bestimmt.

Das zehnte Sonett

Am liebsten aber nenne ich dich Muck
Weil du mir, wenn du aufmuckst, so gefällst
Wenn du den Klassiker zur Rede stellst
Sei's, daß du Seiten ordnest für den Druck
Sei's, daß er dich schnell anlangt an den Beinen.

Sogleich bestreitest du, daß du mich kennst
Und was wir tun, mit meinem Worte nennst
Wie kann ich Tölpel so was von dir meinen?

Zornig und fremd sitzt du mir gegenüber
»Was wagt der Mensch, er ist mir unbekannt!«

Und mein Erstaunen ist noch nicht vorüber
Wenn in dir sichtlich eine Freude wächst
Und streng noch schreibst du hin den neuen Text
Und plötzlich holst du dir dann meine Hand.

Das elfte Sonett

Als ich dich in dies fremde Land verschickte
Sucht ich dir, rechnend mit sehr kalten Wintern
Die dicksten Hosen aus für den (geliebten) Hintern
Und für die Beine Strümpfe, gut gestrickte!

Und für die Brust und für unten am Leibe
Und für den Rücken sucht ich reine Wolle
Damit sie, was ich liebe, wärmen solle
Und etwas Wärme von mir bei dir bleibe.

So zog ich diesmal dich mit Sorgfalt an
Wie ich dich manchmal auszog (viel zu selten!
Ich wünscht, ich hätt das öfter noch getan!)

Mein Anziehn sollt dir wie mein Ausziehn gelten!
Nunmehr ist, dacht ich, alles gut verwahrt
Daß es auch nicht erkalt, so aufgespart!

Das zwölfte Sonett
(Über die Gedichte des Dante auf die Beatrice)

Noch immer über der verstaubten Gruft
In der sie liegt, die er nicht vögeln durfte
Sooft er auch um ihre Wege schlurfte
Erschüttert doch ihr Name uns die Luft.

Denn er befahl uns, ihrer zu gedenken
Indem er auf sie solche Verse schrieb
Daß uns fürwahr nichts andres übrigblieb
Als seinem schönen Lob Gehör zu schenken.

Ach, welche Unsitt bracht er da in Schwang
Als er mit so gewaltigem Lobe lobte
Was er nur angesehen, nicht erprobte!

Seit dieser schon beim bloßen Anblick sang
Gilt, was hübsch aussieht und die Straße quert
Und was nie naß wird, als begehrenswert.

Das dreizehnte Sonett

Das Wort, das du mir oft schon vorgehalten
Kommt aus dem Florentinischen, allwo
Die Scham des Weibes Fica heißt. Sie schalten
Den großen Dante schon deswegen roh
Weil er das Wort verwandte im Gedichte.
Er wurd beschimpft drum, wie ich heute las
Wie einst der Paris wegen Helenas
(Der aber hatte mehr von der Geschichte!)

Jedoch du siehst jetzt, selbst der düstere Dante
Verwickelte sich in den Streit, der tobt
Um dieses Ding, das man doch sonst nur lobt.
Wir wissen's nicht nur aus dem Machiavelle:
Schon oft, im Leben wie im Buch entbrannte
Der Streit um die mit Recht berühmte Stelle.

[ANHANG]

[Zur Sammlung gehörendes Sonett]

Achtes Sonett

Nachts, wo die Wäsche an der Hecke hing...
Am Bach im Wald, du standest, rings war Wildnis...
Im kleinen Holzbett, unterm Bronzebildnis...
Auf schwedischem Bett im Arbeitsraum; er fing

Eben zu trocknen an... am Hang, bei großer Schräge...
Im Eck der Schreibstub, zwischen Fenster und Schrank...
Im Gasthof, der Petroleumofen stank...
Im Lagereck der Schreibstub, essensträge...

Im Kloster, durch Klaviere aufgebracht...
Möbliert, du warfst den Schlüssel vom Balkon...
Im einen Zimmer des Hotels... in beiden...

Im Vaterland der Werktätigen... schon
Zu jeder Stund des Tags... und auch der Nacht...
In gut vier Ländern... allen Jahreszeiten...

Englische Sonette

Der Orangenkauf

Bei gelbem Nebel in Southamptonstreet
Plötzlich ein Karren Obst mit einer Lampe
An Tüten zupfend eine alte Schlampe
Ich blieb stumm stehn wie einer, der was sieht
Nach was er lief: nun wurd's ihm hingestellt.

Orangen mußten es doch immer sein!
Ich haucht in meine Hand mir Wärme ein
Und fischte in der Tasche schnell nach Geld

Doch zwischen dem, daß ich die Pennies griff
Und nach dem Preis sah, der auf Zeitungsblatt
Mit schmieriger Kohle aufgeschrieben war
Bemerkte ich, daß ich schon leise pfiff
Mit einem wurd's mir nämlich bitter klar:
Du bist ja gar nicht da in dieser Stadt.

Fragen

Schreib mir, was du anhast! Ist es warm?
Schreib mir, wie du liegst! Liegst du auch weich?
Schreib mir, wie du aussiehst! Ist's noch gleich?
Schreib mir, was dir fehlt! Ist es mein Arm?

Schreib mir, wie's dir geht! Verschont man dich?
Schreibt mir, was sie treiben! Reicht dein Mut?
Schreib mir, was du tust! Ist es auch gut?
Schreib mir, woran denkst du? Bin es ich?

Freilich hab ich dir nur meine Fragen!
Und die Antwort hör ich, wie sie fällt!
Wenn du müd bist, kann ich dir nichts tragen.

Hungerst du, hab ich dir nichts zum Essen.
Und so bin ich grad wie aus der Welt
Nicht mehr da, als hätt ich dich vergessen.

Liebesgewohnheiten

Es ist nicht so, daß der Genuß nur bleibt.
Oftmals verspürt, steigt er noch oftmals an.
Das noch einmal zu tun, was wir schon oft getan
Das ist es, was uns so zusammentreibt.

Dies kleine Zucken deines Hintern, längst
Erwartet schon! O deines Fleisches List!
Dies angenehme, was das Zweite ist
Wonach du mit erstickter Stimme drängst!

Dies Aufgehn deiner Knie! Dies sich Begattenlassen!
Dies Zittern dann, durch das mein Fleisch erfährt
Daß kaum gestillte Lust dir wiederkehrt!
Dies faule Drehn! Dies lässig nach mir fassen
Wenn du schon lächelst!
Ach, so oft man's tut:
Wär's nicht schon oft getan, wär's nicht so gut!

Lieder Gedichte Chöre

1918-1933

Legende vom toten Soldaten

1
Und als der Krieg im vierten Lenz
Keinen Ausblick auf Frieden bot
Da zog der Soldat seine Konsequenz
Und starb den Heldentod.

2
Der Krieg war aber noch nicht gar
Drum tat es dem Kaiser leid
Daß sein Soldat schon gestorben war:
Es war noch nicht an der Zeit.

3
Der Sommer zog über die Gräber her
Und der Soldat schlief schon
Da kam eines Nachts eine militär-
ische ärztliche Kommission.

4
Es zog die ärztliche Kommission
Zum Gottesacker hinaus
Und grub mit geweihtem Spaten den
Gefallenen Soldaten aus.

5
Und der Doktor besah den Soldaten genau
Oder was von ihm noch da war
Und der Doktor fand, der Soldat war k.v.
Und er drückte sich vor der Gefahr.

6
Und sie nahmen sogleich den Soldaten mit
Die Nacht war blau und schön
Man konnte, wenn man keinen Helm aufhatte
Die Sterne der Heimat sehn.

7
Sie schütteten ihm einen feurigen Schnaps
In den verwesten Leib
Und hängten zwei Schwestern in seinen Arm
Und ein halb entblößtes Weib.

8
Und weil der Soldat nach Verwesung stinkt
Drum hinkt ein Pfaffe voran
Der über ihn ein Weihrauchfaß schwingt
Daß er nicht stinken kann.

9
Voran die Musik mit Tschingdrara
Spielt einen flotten Marsch
Und der Soldat, so wie er's gelernt
Schmeißt seine Beine vom Arsch.

10
Und brüderlich den Arm um ihn
Zwei Sanitäter gehn
Sonst flög er noch in den Dreck ihnen hin
Und das darf nicht geschehn.

11
Sie malten auf sein Leichenhemd
Die Farben schwarz-weiß-rot
Und trugen's vor ihm her; man sah
Vor Farben nicht mehr den Kot.

12
Ein Herr im Frack schritt auch voran
Mit einer gestärkten Brust
Der war sich als ein deutscher Mann
Seiner Pflicht genau bewußt.

13
So zogen sie mit Tschingdrara
Hinab die dunkle Chaussee

Und der Soldat zog taumelnd mit
Im Sturm eine blasse Flocke Schnee.

14
Die Katzen und die Hunde schrein
Die Ratzen im Feld pfeifen wüst:
Sie wollen nicht französisch sein
Weil das eine Schande ist.

15
Und wenn sie durch die Dörfer ziehn
Waren alle Weiber da.
Die Bäume verneigten sich. Vollmond schien.
Und alles schrie hurra!

16
Mit Tschingdrara und Wiedersehn
Und Weib und Hund und Pfaff
Und mitten drin der tote Soldat
Wie ein besoffner Aff.

17
Und wenn sie durch die Dörfer ziehn
Kommt's, daß ihn keiner sah
So viele waren herum um ihn
Mit Tschingdrara und Hurra.

18
So viele tanzten und johlten um ihn
Daß ihn keiner sah
Man konnte ihn einzig von oben noch sehn
Und da sind nur Sterne da.

19
Die Sterne sind nicht immer da.
Es kommt ein Morgenrot.
Doch der Soldat, so wie er's gelernt
Zieht in den Heldentod.

Gedicht vom Unbekannten Soldaten unter dem Triumphbogen

1
Wir kamen von den Gebirgen und vom Weltmeer
Um ihn zu erschlagen.
Wir fingen ihn mit Stricken, langend
Von Moskau bis zur Stadt Marseille.
Wir stellten auf Kanonen, ihn erreichend
An jedem Punkt, wo er hinfliehen konnte
Wenn er uns sah.

2
Wir versammelten uns vier Jahre lang
Ließen liegen unsere Arbeit und standen
In den zerfallenden Städten, uns zurufend in vielen Sprachen
Von den Gebirgen bis zum Weltmeer
Wo er sei.
So erschlugen wir ihn im vierten Jahr.

3
Dabei waren:
Die er war geboren zu sehen
Um sich stehend zur Zeit seines Todes:
Wir alle.
Und
Dabei war eine Frau, die ihn geboren hatte
Und die geschwiegen hatte, als wir ihn holten.
Der Schoß sei ihr ausgerissen!
Amen!

4
Als wir ihn aber erschlagen hatten
Richteten wir ihn zu, daß er sein Gesicht verlor
Durch die Spuren unserer Fäuste.
Also machten wir ihn unkenntlich
Daß er keines Menschen Sohn sei.

5
Und gruben ihn aus unter dem Erz
Trugen ihn heim in unsere Stadt und
Begruben ihn unter Stein, und zwar einem Bogen, genannt
Bogen des Triumphs.
Welcher wog 1000 Zentner, daß
Der Unbekannte Soldat
Keinesfalls aufstünde am Tag des Gerichts
Und unkenntlich
Wandelte vor Gott
Dennoch wieder im Licht
Und bezeichnete uns Kenntliche
Zur Gerechtigkeit.

Zweites Gedicht vom Unbekannten Soldaten unter dem Triumphbogen

6
Alles, was wir euch sagten
Über Ermordung und Tod des Unbekannten Soldaten
Und die Verwüstung seines Gesichtes
Auch was wir euch sagten über die Bemühung seiner Mörder
Ihn zu hindern am Wiederkommen
Ist wahr, aber:
Er kommt nicht wieder.

7
Sein Gesicht war lebendig wie unseres
Bis es zerschmettert wurde und nicht mehr war
Und es wird
Nicht mehr gesehen auf dieser Welt
Weder ganz noch zerschmettert
Und sein Mund
Wird nicht reden am Jüngsten Gericht:
Es wird
Kein solches Gericht sein.

8
Sondern, unser Bruder
Ist tot und tot
Ist der Stein über ihm
Und wir bedauern
Jeglichen Hohn und ziehen zurück unsre Klage.

9
Da doch lange
Wer er auch war, an seiner
Schüssel ein neuer Mann ißt und
Ein anderer sitzt im Stuhl, der
Sein Stuhl war
Auch das Gespräch über ihn
Bei seinen Freunden schon verstummt ist.

10
Freuen wir uns doch selber
Über jeden neuen Morgen, der uns
Geschenkt ist.

11
Aber wir bitten euch, die ihr ihn
Nun einmal erschlagen habt
– Still! Fangt nicht von neuem an
Mit Streiten, da er doch tot ist –
Aber doch bitten wir, da ihr ihn also
– Warum immer, Freunde –
Erschlagen habt:
Entfernt wenigstens
Diesen Stein über ihm
Denn dieses Triumphgeheul
Ist doch nicht nötig und macht
Uns Kummer, denn uns
Die wir den Erschlagenen
Schon vergessen hatten, erinnert er
Täglich aufs neue an euch, die ihr noch
Lebt und die ihr
Immer noch nicht erschlagen seid –
Warum denn nicht?

Zu Potsdam unter den Eichen

Zu Potsdam unter den Eichen
Im hellen Mittag ein Zug
Vorn eine Trommel und hinten eine Fahn
In der Mitte einen Sarg man trug.

Zu Potsdam unter den Eichen
In dem hundertjährigen Staub
Da trugen sechse einen Sarg
Mit Helm und Eichenlaub.

Und auf dem Sarg mit Mennigerot
Stand geschrieben ein Reim
Die Buchstaben sahen häßlich aus:
»Jedem Krieger sein Heim!«

Das war zum Angedenken
An manchen toten Mann
Geboren in der Heimat
Gestorben am Chemin des Dames.

Gekrochen einst mit Herz und Hand
Dem Vaterland auf den Leim
Belohnt mit dem Sarge vom Vaterland:
Jedem Krieger sein Heim!

So zogen sie durch Potsdam
Für den Mann am Chemin des Dames
Da kam die grüne Polizei
Und haute sie zusamm.

Grabschrift 1919

Die rote Rosa nun auch verschwand.
Wo sie liegt, ist unbekannt.
Weil sie den Armen die Wahrheit gesagt
Haben die Reichen sie aus der Welt gejagt.

Wiegenlieder

1

Als ich dich gebar, schrieen deine Brüder
Schon um Suppe und ich hatte sie nicht.
Als ich dich gebar, hatten wir kein Geld für den Gasmann
So empfingst du von der Welt wenig Licht.

Als ich dich trug all die Monate
Sprach ich mit deinem Vater über dich
Aber wir hatten das Geld nicht für den Doktor
Das brauchten wir für den Brotaufstrich.

Als ich dich empfing, hatten wir
Fast schon alle Hoffnung auf Brot und Arbeit begraben
Und nur bei Karl Marx und Lenin stand
Wie wir Arbeiter eine Zukunft haben.

2

Als ich dich in meinem Leib trug
War es um uns gar nicht gut bestellt
Und ich sagte oft: der, den ich trage
Kommt in eine schlechte Welt.

Und ich nahm mir vor, zu sorgen
Daß er sich da etwa auch nicht irrt.
Den ich trage, der muß sorgen helfen
Daß sie endlich besser wird.

Und ich sah da Kohlenberge
Mit 'nem Zaun drum. Sagt ich: nicht gehärmt!
Den ich trage, der wird sorgen
Daß ihn diese Kohle wärmt.

Und ich sah Brot hinter Fenstern
Und es war den Hungrigen verwehrt.
Den ich trage, sagt ich, der wird sorgen
Daß ihn dieses Brot da nährt.

Sah ich sie im Auto fahren
Sprach ich leise zu mir: wart du erst!
Den ich trage, der wird sorgen
Helfen, daß du nicht mehr fährst.

Als ich dich in meinem Leib trug
Sprach ich leise oft in mich hinein:
Du, den ich in meinem Leibe trage
Du mußt unaufhaltsam sein.

3

Ich hab dich ausgetragen
Und das war schon Kampf genug.
Dich empfangen hieß etwas wagen
Und kühn war es, daß ich dich trug.

Der Moltke und der Blücher
Die könnten nicht siegen, mein Kind
Wo schon ein paar Windeln und Tücher
Riesige Siege sind.

Brot und ein Schluck Milch sind Siege!
Warme Stube: gewonnene Schlacht!
Eh ich dich da groß kriege
Muß ich kämpfen Tag und Nacht.

Denn für dich ein Stück Brot zu erringen
Das heißt Streikposten stehn
Und große Generäle bezwingen
Und gegen Tanks angehn.

Doch hab ich im Kampf dich Kleinen
Erst einmal groß gekriegt
Dann hab ich gewonnen einen
Der mit uns kämpft und siegt.

4

Mein Sohn, was immer auch aus dir werde
Sie stehn mit Knüppeln bereit schon jetzt
Denn für dich, mein Sohn, ist auf dieser Erde
Nur der Schuttablagerungsplatz da, und der ist besetzt.

Mein Sohn, laß es dir von deiner Mutter sagen:
Auf dich wartet ein Leben, schlimmer als die Pest
Aber ich habe dich nicht dazu ausgetragen
Daß du dir das einmal ruhig gefallen läßt.

Was du nicht hast, das gib nicht verloren.
Was sie dir nicht geben, sieh zu, daß du's kriegst.
Ich, deine Mutter, hab dich nicht geboren
Daß du einst des Nachts unter Brückenbögen liegst.

Vielleicht bist du nicht aus besonderem Stoffe
Ich habe nicht Geld für dich noch Gebet
Und ich baue auf dich allein, wenn ich hoffe
Daß du nicht an Stempelstellen lungerst und deine Zeit vergeht.

Wenn ich nachts schlaflos neben dir liege
Fühle ich oft nach deiner kleinen Faust.
Sicher, sie planen mit dir jetzt schon Kriege
Was soll ich nur machen, daß du nicht ihren dreckigen Lügen traust?

Deine Mutter, mein Sohn, hat dich nicht betrogen
Daß du etwas ganz Besonderes seist
Aber sie hat dich auch nicht mit Kummer aufgezogen
Daß du einst im Stacheldraht hängst und nach Wasser schreist.

Mein Sohn, darum halte dich an deinesgleichen
Damit ihre Macht wie ein Staub zerstiebt.
Du, mein Sohn, und ich und alle unsresgleichen
Müssen zusammenstehn und müssen erreichen
Daß es auf dieser Welt nicht mehr zweierlei Menschen gibt.

Das Lied vom SA-Mann

Als mir der Magen knurrte, schlief ich
Vor Hunger ein.
Da hört ich sie ins Ohr mir
Deutschland erwache! schrein.

Da sah ich viele marschieren
Sie sagten: ins dritte Reich.
Ich hatte nichts zu verlieren
Und lief mit, wohin war mir gleich.

Als ich marschierte, marschierte
Neben mir ein dicker Bauch
Und als ich »Brot und Arbeit« schrie
Da schrie der Dicke das auch.

Der Staf hatte hohe Stiefel
Ich lief mit nassen Füßen mit
Und wir marschierten beide
In gleichem Schritt und Tritt.

Ich wollte nach links marschieren
Nach rechts marschierte er
Da ließ ich mich kommandieren
Und lief blind hinterher.

Und die da Hunger hatten
Marschierten matt und bleich
Zusammen mit den Satten
In irgendein drittes Reich.

Sie gaben mir einen Revolver
Und sagten: schieß auf unsern Feind!
Und als ich auf ihren Feind schoß
Da war mein Bruder gemeint.

Jetzt weiß ich: drüben steht mein Bruder.
Der Hunger ist's, der uns eint
Und ich marschiere, marschiere
Mit seinem und meinem Feind.

So stirbt mir jetzt mein Bruder
Ich schlacht ihn selber hin
Und weiß doch, daß, wenn er besiegt ist
Ich selber verloren bin.

Das Lied vom Klassenfeind

1
Als ich klein war, ging ich zur Schule
Und ich lernte, was mein und was dein
Und als da alles gelernt war
Schien es mir nicht alles zu sein.
Und ich hatte kein Frühstück zu essen
Und andre, die hatten eins:
Und so lernte ich doch noch alles
Vom Wesen des Klassenfeinds.
Und ich lernte, wieso und weswegen
Da ein Riß ist durch die Welt!
Und der bleibt zwischen uns, weil der Regen
Von oben nach unten fällt.

2
Und sie sagten mir: wenn ich brav bin
Dann werd ich dasselbe wie sie.
Doch ich dachte: wenn ich ihr Schaf bin
Dann werd ich ein Metzger nie.
Und manchen von uns sah ich
Der ging ihnen auf den Strich

Und geschah ihm, was dir und was mir geschah
Dann wunderte er sich.
Mich aber, mich nahm es nicht wunder
Ich kam ihnen frühzeitig drauf:
Der Regen fließt eben herunter
Und fließt eben nicht hinauf.

3
Da hört ich die Trommel rühren
Und alle sprachen davon:
Wir müßten jetzt Kriege führen
Um ein Plätzlein an der Sonn.
Und heisere Stimmen versprachen
Uns das Blaue vom Himmel herab
Und herausgefressene Bonzen
Schrien: macht jetzt nicht schlapp!
Und wir glaubten: jetzt sind's nur mehr Stunden
Dann haben wir dies und das.
Doch der Regen floß wieder nach unten
Und wir fraßen vier Jahre lang Gras.

4
Und einmal, da hieß es auf einmal:
Jetzt machen wir Republik!
Und der eine Mensch ist da dem andern gleich
Ob er mager ist oder dick.
Und was vom Hungern matt war
War so voll Hoffnung nie.
Doch was vom Essen satt war
War hoffnungsvoll wie sie.
Und ich sagte: da kann was nicht stimmen
Und war trüber Zweifel voll:
Das stimmt doch nicht, wenn der Regen
Nach aufwärts fließen soll.

5
Sie gaben uns Zettel zum Wählen
Wir gaben die Waffen her
Sie gaben uns ein Versprechen

Und wir gaben unser Gewehr.
Und wir hörten: die es verstehen
Die würden uns helfen nun
Wir sollten an die Arbeit gehen
Sie würden das übrige tun.
Da ließ ich mich wieder bewegen
Und hielt, wie's verlangt wurd, still
Und dachte: das ist schön von dem Regen
Daß er aufwärts fließen will.

6
Und bald darauf hörte ich sagen:
Jetzt sei alles schon eingerenkt
Wenn wir das kleinere Übel tragen
Dann wird uns das größere geschenkt.
Und wir schluckten den Pfaffen Brüning
Damit's nicht der Papen sei
Und wir schluckten den Junker Papen
Denn sonst war am Schleicher die Reih.
Und der Pfaffe gab es dem Junker
Und der Junker gab's dem General
Und der Regen floß nach unten
Und er floß ganz kolossal.

7
Während wir mit Stimmzetteln liefen
Sperrten sie die Fabriken zu
Wenn wir vor Stempelstellen schliefen
Hatten sie vor uns Ruh.
Wir hörten Sprüche wie diese:
Immer ruhig! Wartet doch nur!
Nach einer größeren Krise
Kommt eine größere Konjunktur!
Und ich sagte meinen Kollegen:
So spricht der Klassenfeind!
Wenn der von guter Zeit spricht
Ist seine Zeit gemeint.
Der Regen kann nicht nach aufwärts
Weil er's plötzlich gut mit uns meint

Was er kann, das ist: er kann aufhören
Nämlich dann, wenn die Sonne scheint.

8
Eines Tags sah ich sie marschieren
Hinter neuen Fahnen her
Und viele der Unsrigen sagten:
Es gibt keinen Klassenfeind mehr.
Da sah ich an ihrer Spitze
Fressen, die kannte ich schon
Und ich hörte Stimmen brüllen
In dem alten Feldwebelton.
Und still durch die Fahnen und Feste
Floß der Regen Nacht und Tag
Und jeder konnte ihn spüren
Der auf der Straße lag.

9
Sie übten sich fleißig im Schießen
Und sprachen laut vom *Feind*
Und zeigten wild über die Grenze
Und uns haben sie gemeint.
Denn wir und sie, wir sind Feinde
In einem Krieg, den nur einer gewinnt
Denn sie leben von uns und verrecken
Wenn wir nicht mehr die Kulis sind.
Und das ist es auch, weswegen
Ihr euch nicht wundern dürft
Wenn sie sich werfen auf uns, wie der Regen
Sich auf den Boden wirft.

10
Und wer von uns verhungert ist
Der fiel in einer Schlacht
Und wer von uns gestorben ist
Der wurde umgebracht.
Den sie holten mit ihren Soldaten
Dem hat Hungern nicht behagt
Dem sie den Kiefer eintraten

Der hatte nach Brot gefragt.
Dem sie das Brot versprochen
Auf den machen sie jetzt Jagd
Und den sie im Zinksarg bringen
Der hat die Wahrheit gesagt.
Und wer ihnen da geglaubt hat
Daß sie seine Freunde sind
Der hat eben dann erwartet
Daß der Regen nach oben rinnt.

11
Denn wir sind Klassenfeinde
Was man uns auch immer sagt:
Wer von uns nicht zu kämpfen wagte
Der hat zu verhungern gewagt.
Wir sind Klassenfeinde, Trommler!
Das deckt dein Getrommel nicht zu!
Fabrikant, General und Junker
Unser Feind, das bist du!
Davon wird nichts verschoben
Da wird nichts eingerenkt!
Der Regen fließt nicht nach oben
Und das sei ihm auch geschenkt!

12
Da mag dein Anstreicher streichen
Den Riß streicht er uns nicht zu!
Einer bleibt und einer muß weichen
Entweder ich oder du.
Und was immer ich auch noch lerne
Das bleibt das Einmaleins:
Nichts habe ich jemals gemeinsam
Mit der Sache des Klassenfeinds.
Das Wort wird nicht gefunden
Das uns beide jemals vereint:
Der Regen fließt von oben nach unten
Und du bist mein Klassenfeind.

1933

(Motto: Sie tragen ein Kreuz voran
Auf blutroten Flaggen
Das hat für den armen Mann
Einen großen Haken)

Das Lied vom Anstreicher Hitler

1
Der Anstreicher Hitler
Sagte: Liebe Leute, laßt mich ran!
Und er nahm einen Kübel frische Tünche
Und strich das deutsche Haus neu an.
Das ganze deutsche Haus neu an.

2
Der Anstreicher Hitler
Sagte: Diesen Neubau hat's im Nu!
Und die Löcher und die Risse und die Sprünge
Das strich er einfach alles zu.
Die ganze Scheiße strich er zu.

3
O Anstreicher Hitler
Warum warst du kein Maurer? Dein Haus
Wenn die Tünche in den Regen kommt
Kommt der Dreck drunter wieder raus
Kommt das ganze Scheißhaus wieder raus.

4
Der Anstreicher Hitler
Hatte bis auf Farbe nichts studiert
Und als man ihn nun eben ran ließ
Da hat er alles angeschmiert.
Ganz Deutschland hat er angeschmiert.

Hitler-Choräle

1
(Melodie: Nun danket alle Gott!)

1
Nun danket alle Gott
Der uns den Hitler sandte
Der aufräumt mit dem Schutt
Im ganzen deutschen Lande.
Aus ist der alte Trott!
Er streicht das Haus neu an.
Drum danket alle Gott
Daß wir den Hitler han!

2
Das Haus war gar zu alt
Mit Sprüngen und mit Rissen.
Wir hätten wirklich bald
Ein neues bauen müssen.
Das Haus war übel dran
Wir dachten schon, es fällt!
Der Hitler streicht's uns an
So daß es wieder hält.

3
Der Hunger, der ist groß
Kein Brot ist in der Lade.
Wir gingen nackt und bloß
Als uns der Hitler nahte.
Wärn wir jetzt noch so matt
Und hungrig ohne Maß
ER machte tausend satt
Mit einem Büschel Gras.

4
Was arm ist, das bleibt arm
Das Brot gehört den Reichen.
Es ist zum Gott erbarm

Da braucht's ein groß Anstreichen!
Sonst fällt der arme Mann
Nur weil er Hunger hat
Uns noch den reichen an
Und frißt sich einmal satt!

5
Doch wenn der Hitler kommt
Der ist uns ein Anstreicher!
Bleibt jeder, was ihm frommt
Als Armer oder Reicher!
Er macht, daß Klassen sind
Jedoch kein Klassenhaß.
Er macht, daß Regen rinnt
Doch wird ihm keiner naß.

6
Er macht die Gurken süß
Und macht den Zucker sauer
Er macht aus einem Riß
Uns eine neue Mauer!
Er streicht den Dreck und Schutt
Uns überall neu an.
Drum danket alle Gott
Daß wir den Hitler han!

2
(Melodie: Lobet den Herren, den mächtigen König der Erde!)

1
Bittet den Anstreicher, daß er den Zinsfuß uns senke!
Und ihn zugleich
Auch noch erhöh in sei'm Reich
Ohne daß der sich verrenke!

2
Mög er dem Landvolk den höheren Brotpreis bewilligen!
Aber zugleich

Mög er uns Städtern im Reich
Doch auch das Brot recht verbilligen!

3
Mög er den Siedlungsgedanken in Deutschland befestigen!
Aber zugleich
Mög er die Junker im Reich
Auch nicht um Brachland belästigen!

4
Mög er der Löhne der Arbeiter gnädig gedenken!
Sorg er für sie!
Doch auch für die Industrie!
Mög er den Arbeitslohn senken!

5
Mög er dem Kleinhandel helfen aus drückenden Schulden!
Aber zugleich
Mög er für die, so nicht reich
Doch auch das Warenhaus dulden!

6
Bittet den Anstreicher, daß er verschaffe uns Posten!
Posten her! Wenn's
Sein muß von der Konkurrenz!
Und es mög keinem was kosten!

7
Lobet den Führer, den jeder durch Mark und durch Bein spürt!
Dort ist der Sumpf
Und hier erwarten wir dumpf
Daß uns ein Führer hineinführt!

3
(Melodie: Befiehl du deine Wege)

1
Befiehl du deine Wege
O Kalb, so oft verletzt
Der allertreusten Pflege
Des, der das Messer wetzt!
Der denen, die sich schinden
Ein neues Kreuz ersann
Der wird auch Wege finden
Wie ER dich schlachten kann.

2
Du hast IHM sehr gefallen
O Kalb voll Angstgeschnauf!
Gerade dich vor allen
Nimmt ER am liebsten auf.
Du brauchst dich nicht zu drängeln
Stell dich nur hoffend an:
ER muß sein Messer dengeln
Dann kommst du schleunigst dran.

3
ER hat da seinen Haufen
Von großen Helfern zu
Die IHM das Haus einlaufen
Stehn mit IHM du auf du.
Und diesen Wirtschaftsriesen
Führt ER dich zu, mein Sohn!
ER hat dich sehr gepriesen
Sie wissen von dir schon.

4
Die großen Kapitäne
Auf dich gewiesen an!
Für ihre großen Pläne
Braucht es dich kleinen Mann!
Daß man, o Kalb, dich schlachtet

Gereicht dir nur zur Ehr
Das zeigt, wie man dich achtet
Du, Kalb, bist irgendwer!

5
So tu denn auch dergleichen
Frag nicht nach schnödem Lohn!
Du wirst mehr Ehr erreichen
Mit: Herr, da bin ich schon!
ER wird zu dir sich neigen
Dich anschaun inniglich
Wird dir die Schlachtbank zeigen:
»Dein Platz erwartet dich!«

6
O Kalb, von IHM erwählet!
Du irrtest kreuz und quer
Du hast IHN oft verfehlet
Nun fandst du zu IHM her.
Nun bist du eingetroffen
Nun bist du endlich da.
Des Metzgers Arm sind offen
Seit er, o Kalb, dich sah.

7
O Kalb, fast schon verführet
Nur auf dich selbst zu baun
Dem, der die Trommel rühret
Mußt du dich anvertraun
Dem gib dich in die Hände.
Verlaß dich ruhig drauf:
ER macht der Not ein Ende
Und räumet mit dir auf!

4

(Melodie: So nimm denn meine Hände)

1
Sieh, wie er dir schon schwanket
Und fast schon fällt!
Nur dir hat er verdanket
Sein Gut und Geld.
Was wär der große Thyssen
Ganz ohne dich?
Er hätte hungern müssen
Elendiglich.

2
Er kann allein nicht gehen
Nicht einen Schritt
Da mußt du für ihn sehen
Auf den Profit.
O Mann du aus der Gosse
Dein Krupp baut auf dich fest
Er ist dein Volksgenosse
Den du nicht hungern läßt.

3
So nimm denn deine Hände
Und schaff für ihn!
Bis an dein saures Ende
Auch künftighin.
Leih deinen starken Nacken
Dem schwanken Fuß
Laß alles auf dich packen
Was raufgehen muß!

5

(Melodie: Ein feste Burg ist unser Gott)

1

Ein große Hilf war uns SEIN Maul
Ein gute Wehr und Waffen
ER nannt den Feind und war nicht faul
Ihn uns vom Hals zu schaffen.
Der Feind stand im Land
Kommune war genannt!
Vernunft und viel List
Sein grausam Rüstzeug ist
Dagegen ist kein leicht Reden.

2

Wir sollten, blies der Feind uns ein
Uns unseres Elends schämen
Und sollten nicht mehr zaghaft sein
Fabriken und Acker nehmen
Und sei's mit Gewalt.
Da gibt es kein Halt
Vor man all das hat
Würd man niemals satt.
Das wollt er uns einblasen.

3

Mit unserer Kraft war's fast am End
Wir wollten schon erliegen
Aufrichten unser Regiment
Und Brot und Arbeit kriegen
Der Feind allbekannt
Marxismus genannt
Ohn Maulaufgereiß
Mit Gründen schwarz auf weiß
Hat er uns fast verführet.

4

Da hat der Hitler dreingehaun
Ein Licht uns aufgestecket

Den Feind verdrängt, mit vielem Braun
Sein Schwarz auf Weiß verdecket.
Mit kräftiger Hand
Ohn großen Verstand
Und ohn Argument
Mit Reden ohn End
Hat ER den Feind bedränget.

5
ER wies uns all mit Strenge an
Die Kohl nicht anzutasten
Das Brot, wir mußten's lassen stahn
Wir müssen lieber fasten
Und wär's noch so schwer
Viel Hunger – viel Ehr!
Der Feind allbekannt
Kommune genannt
Der ist uns ausgetrieben.

6
(Melodie: Ein strenger Herr ist unser Gott!)

1
Ein strenger Herr ist unser Herr
Hat uns in Zucht genommen
Und wenn ER anders zu uns wär
Wir möchten stracks verkommen.
Wir hätten plötzlich manches satt
Und wollten Arbeit kriegen
Und wenn der Staat nicht Arbeit hat
Ihm auf dem Halse liegen.

2
Wir möchten jeder Thyssen sein
Schön wohnen und satt essen
Wir möchten allesamt dann rein
Den Opfermut vergessen.
Wir möchten werden faul und dick

Im Dienen ganz erlahmen!
Drum setz ER uns auf das Genick
Den Fuß! Schluß mit uns! Amen!

Die Ballade vom Baum und den Ästen

1
Und sie kamen in ihren Hemden von braunem Schirting daher
Und Brot und Brotaufstrich war rar.
Und sie fraßen mit unverschämten Reden die Töpfe leer
In denen schon fast nichts mehr war.
Hier werden wir's recht toll treiben, sagten sie
Hier können wir wundervoll bleiben, sagten sie
Mindestens tausend Jahr.
Gut, das sagen die Äste
Aber der Baumstamm schweigt.
Mehr her, sagen die Gäste
Bis der Wirt die Rechnung zeigt.

2
Und sie suchten sich dicke Posten, neue Schreibtische wurden bestellt.
Und sie fühlten sich gänzlich zu Haus.
Sie fragten nicht nach den Kosten, sie sahen nicht auf das Geld:
Sie waren aus dem Gröbsten heraus.
Hier werden wir's recht toll treiben, sagten sie
Hier können wir wundervoll bleiben, sagten sie
Und sie zogen die Stiefel aus.
Gut, das sagen die Äste
Aber der Baumstamm schweigt.
Mehr her, sagen die Gäste
Bis der Wirt die Rechnung zeigt.

3
Und sie schießen ihre Pistolen in jeden bessern Kopf
Und sie kommen mindestens zu zweit.
Und dann gehen sie drei Mark abholen aus ihrem goldnen Topf.
Jetzt waren sie endlich so weit.

Der wird immer schön voll bleiben, sagten sie
Da können wir's lang toll treiben, sagten sie
Bis ans Ende der Zeit.
Schön, so sagen die Äste
Aber der Baumstamm schweigt.
Mehr her, sagen die Gäste
Bis der Wirt die Rechnung zeigt.

4
Und ihr Anstreicher strich die Sprünge im Haus mit brauner Tünche zu
Und sie schalteten alles gleich.
Und wenn es nach ihnen ginge, dann wären wir auf du und du:
Sie dachten, da springen wir gleich!
Wir müssen es nur toll treiben, sagten sie
Dann können wir wundervoll bleiben, sagten sie
Und uns bauen ein drittes Reich.
Gut, das sagen die Äste
Aber der Baumstamm schweigt.
Mehr her, sagen die Gäste
Bis der Wirt die Rechnung zeigt.

Sonnenburg

1
Es steht zu Sonnenburg
Ein deutsches Lager
Insassen und Posten
Sind beide mager.

2
Die hungrig draußen gehn
Bewachen die drinnen
Daß die nicht aufstehn
Und dem Hunger entrinnen.

3
Sie zeigen auch Waffen her:
Ruten und Pistolen
Damit gehen sie in der Nacht
Hungernde holen.

4
Wenn sie den Führer sehn
Stehn sie wie Wände
Und strecken die Arme hoch
Und zeigen die Hände

5
Daß er sieht, wie sie Tag und Nacht
Hinter ihren Brüdern her sind
Ihre blutigen Hände aber
Immer noch leer sind.

6
Wären sie klüger, dann
Rissen sie aus den Ketten
Schleunigst den magern Mann
Und holten den fetten!

7
Dann hätte in Sonnenburg
Das Lager einen Nutzen
Wenn die Fetten den Magern
Die Stiefel putzen.

Ein Bericht

Von einem Genossen, der in die Hände der Hitlerischen
gefallen ist, berichten die Unseren:

Er wurde im Gefängnis gesehen.
Er sieht mutig und tapfer aus und *hat noch*
Ganz schwarzes Haar.

An die Kämpfer in den Konzentrationslagern

Kaum Erreichbare, ihr!
In den Konzentrationslagern begraben
Abgeschnitten von jedem menschlichen Wort
Unterworfen den Mißhandlungen
Niedergeknüppelte, aber
Nicht Widerlegte!
Verschwundene, aber
Nicht Vergessene!

Hören wir wenig von euch, so hören wir doch: ihr seid
Unverbesserbar.
Unbelehrbar, heißt es, seid ihr der proletarischen Sache ergeben
Unabbringbar davon, daß es immer noch in Deutschland
Zweierlei Menschen gibt: Ausbeuter und Ausgebeutete
Und daß nur der Klassenkampf
Die Menschenmassen der Städte und des Landes aus dem Elend befreien kann.
Nicht durch Stockschläge, noch durch Aufhängen, hören wir, seid ihr
So weit zu bringen, zu sagen, daß
Zwei mal zwei jetzt fünf ist.

Also seid ihr
Verschwunden, aber
Nicht vergessen
Niedergeknüppelt, aber
Nicht widerlegt
Zusammen mit allen unverbesserbar Weiterkämpfenden
Unbelehrbar auf der Wahrheit Beharrenden
Weiterhin die wahren
Führer Deutschlands.

Begräbnis des Hetzers im Zinksarg

Hier, in diesem Zink
Liegt ein toter Mensch

Oder seine Beine und sein Kopf
Oder noch weniger von ihm
Oder nichts, denn er war
Ein Hetzer.

Er ist erkannt worden als der Urgrund des Übels.
Verscharrt ihn. Am besten
Geht nur seine Frau mit auf den Schindanger
Denn wer da mitgeht
Der ist auch erkannt.

Das da in dem Zink
Hat euch zu vielerlei verhetzt:
Zum Sattessen
Und zum Trockenwohnen
Und zum Diekinderfüttern
Und zum Aufdempfennigbestehen
Und zur Solidarität mit allen
Unterdrückten euresgleichen und
Zum Denken.

Das da in dem Zink hat gesagt
Daß es eines anderen Systems in der Produktion bedarf
Und daß ihr, die Millionenmassen der Arbeit
Die Führung übernehmen müßt.
Vorher wird es nicht besser für euch.

Und weil das in dem Zink das gesagt hat
Darum kam es in das Zink und muß verscharrt werden
Als ein Hetzer, der euch verhetzt hat
Und wer da vom Sattessen spricht
Und wer da von euch trocken wohnen will
Und wer da von euch auf dem Pfennig besteht
Und wer da von euch seine Kinder füttern will
Und wer da denkt und sich solidarisch erklärt
Mit allen, die unterdrückt sind
Der soll von nun an bis in Ewigkeit
In das Zink kommen wie dieser da
Als ein Hetzer und verscharrt werden.

Adresse an den Genossen Dimitroff, als er in Leipzig vor dem faschistischen Gerichtshof kämpfte

Genosse Dimitroff!

Seit Du vor dem faschistischen Gerichtshof kämpfst
Spricht, umstellt von den Haufen der SA-Banditen und Würger
Durch das Sausen der Stahlruten und Gummiknüppel
Laut und deutlich die Stimme des Kommunismus
Mitten in Deutschland.

Hörbar in allen Ländern Europas, die
Über die Grenzen hinweg in das Dunkel hineinhorchen, selber im Dunkel
Aber auch hörbar
Allen Ausgeplünderten und Niedergeknüppelten und
Unabbringbar Kämpfenden
In Deutschland.

Voller Geiz benutzt Du, Genosse Dimitroff, jede Minute
Die Dir gegeben ist, und den kleinen Platz, der noch
Öffentlich ist, benutzt Du
Für uns alle.

Kaum mächtig der fremden Sprache
Immer aufs neue niedergeschrieen
Mehrmals abgeschleppt
Geschwächt durch Fesselung
Stellst Du immer aufs neue Deine gefürchteten Fragen
Beschuldigst die Schuldigen und
Bringst sie zum Schreien und daß sie Dich abschleppen und so
Eingestehen, daß sie nicht recht und nur Gewalt haben
Du aber nur zu erschlagen und nicht zu besiegen bist.
Denn so wie Du widerstehen doch
Wenn auch nicht sichtbar wie Du
Tausend Kämpfer, noch die
Blutiggeschlagenen in ihren Kellern
Dieser Gewalt
Wohl zu töten, aber
Nicht zu besiegen.

Wie Du verdächtigt, gegen den Hunger zu kämpfen
Beschuldigt des Aufruhrs gegen die Ausbeuter
Angeklagt des Kampfes gegen die Unterdrückung
Überführt der
Gerechtesten Sache.

LIEDER UND CHÖRE AUS DEN STÜCKEN »DIE MUTTER« UND »DIE MASSNAHME«

An die Frauen

Bürste den Rock
Bürste ihn zweimal!
Wenn du ihn gebürstet hast
Ist er ein sauberer Lumpen.

Koche mit Sorgfalt
Scheue keine Mühe!
Wenn der Pfennig fehlt
Ist die Suppe nur Wasser.

Arbeite, arbeite mehr!
Spare, teile besser ein!
Rechne, rechne genauer!
Wenn der Pfennig fehlt
Kannst du nichts machen.

Was immer du tust
Es wird nicht genügen.
Die Lage ist schlecht
Sie wird schlechter.
So geht es nicht weiter
Aber was ist der Ausweg?

Wie die Krähe, die ihr Junges
Nicht mehr zu füttern vermag
Machtlos gegen den winterlichen Schneesturm
Keinen Ausweg mehr sieht und jammert:
Siehst du auch keinen Ausweg
Und jammerst.

Was immer du tust
Es wird nicht genügen.
Deine Lage ist schlecht

Sie wird schlechter.
So geht es nicht weiter
Aber was ist der Ausweg?

Fruchtlos arbeitet ihr und scheut die Mühe nicht
Zu ersetzen das Unersetzbare
Und einzuholen das
Nichteinzuholende.
Wenn der Pfennig fehlt, ist keine Arbeit genug.
Über das Fleisch, das euch in der Küche fehlt
Wird nicht in der Küche entschieden.

Was immer ihr tut
Es wird nicht genügen.
Eure Lage ist schlecht
Sie wird schlechter.
So geht es nicht weiter
Aber was ist der Ausweg?

Das Lied von der Suppe

1
Wenn du keine Suppe hast
Wie willst du dich da wehren?
Da mußt du den ganzen Staat
Von unten nach oben umkehren
Bis du deine Suppe hast.
Dann bist du dein eigener Gast.

2
Wenn für dich keine Arbeit zu finden ist
Da mußt du dich doch wehren!
Da mußt du den ganzen Staat
Von unten nach oben umkehren
Bis du dein eigener Arbeitgeber bist.
Worauf für dich Arbeit vorhanden ist.

3
Wenn man über deine Schwäche lacht
Darfst du keine Zeit verlieren.
Da mußt du dich kümmern drum
Daß alle, die schwach sind, marschieren.
Dann seid ihr eine große Macht.
Worauf keiner mehr lacht.

Lob des Lernens

Lerne das Einfachste! Für die
Deren Zeit gekommen ist
Ist es nie zu spät!
Lerne das ABC, es genügt nicht, aber
Lerne es! Laß es dich nicht verdrießen!
Fang an! Du mußt alles wissen!
Du mußt die Führung übernehmen.

Lerne, Mann im Asyl!
Lerne, Mann im Gefängnis!
Lerne, Frau in der Küche!
Lerne, Sechzigjährige!
Du mußt die Führung übernehmen!
Suche die Schule auf, Obdachloser!
Verschaffe dir Wissen, Frierender!
Hungriger, greif nach dem Buch: es ist eine Waffe.
Du mußt die Führung übernehmen.

Scheue dich nicht, zu fragen, Genosse!
Laß dir nichts einreden
Sieh selber nach!
Was du nicht selber weißt
Weißt du nicht.
Prüfe die Rechnung
Du mußt sie bezahlen.
Lege den Finger auf jeden Posten
Frage: wie kommt er hierher?
Du mußt die Führung übernehmen.

Lob des Kommunismus

Er ist vernünftig, jeder versteht ihn. Er ist leicht.
Du bist doch kein Ausbeuter, du kannst ihn begreifen.
Er ist gut für dich, erkundige dich nach ihm.
Die Dummköpfe nennen ihn dumm, und die Schmutzigen nennen ihn schmutzig.
Er ist gegen den Schmutz und gegen die Dummheit.
Die Ausbeuter nennen ihn ein Verbrechen
Aber wir wissen:
Er ist das Ende ihrer Verbrechen.
Er ist keine Tollheit, sondern
Das Ende der Tollheit.
Er ist nicht das Rätsel
Sondern die Lösung.
Er ist das Einfache
Das schwer zu machen ist.

Lob der Partei

Der einzelne hat zwei Augen
Die Partei hat tausend Augen.
Die Partei sieht sieben Staaten
Der einzelne sieht eine Stadt.
Der einzelne hat seine Stunde
Aber die Partei hat viele Stunden.
Der einzelne kann vernichtet werden
Aber die Partei kann nicht vernichtet werden
Denn sie ist der Vortrupp der Massen
Und führt ihren Kampf
Mit den Methoden der Klassiker, welche geschöpft sind
Aus der Kenntnis der Wirklichkeit.

Wer aber ist die Partei?

Wer aber ist die Partei?
Sitzt sie in einem Haus mit Telefonen?

Sind ihre Gedanken geheim, ihre Entschlüsse unbekannt?
Wer ist sie?

Wir sind sie.
Du und ich und ihr – wir alle.
In deinem Anzug steckt sie, Genosse, und denkt in deinem Kopf.
Wo ich wohne, ist ihr Haus, und wo du angegriffen wirst, da kämpft sie.

Zeige uns den Weg, den wir gehen sollen, und wir
Werden ihn gehen wie du, aber
Gehe nicht ohne uns den richtigen Weg
Ohne uns ist er
Der falscheste.
Trenne dich nicht von uns!

Wir können irren, und du kannst recht haben, also
Trenne dich nicht von uns!

Daß der kurze Weg besser ist als der lange, das leugnet keiner
Aber wenn ihn einer weiß
Und vermag ihn uns nicht zu zeigen, was nützt uns seine Weisheit?
Sei bei uns weise!
Trenne dich nicht von uns!

Lob der illegalen Arbeit

Schön ist es
Das Wort zu ergreifen im Klassenkampf.
Laut und schallend aufzurufen zum Kampf der Massen.
Zu zerstampfen die Unterdrücker, zu befreien die Unterdrückten.
Schwer ist und nützlich die tägliche Kleinarbeit
Zähes und heimliches Knüpfen
Des Netzes der Partei vor den
Gewehrläufen der Unternehmer:

Reden, aber
Zu verbergen den Redner
Siegen, aber
Zu verbergen den Sieger.
Sterben, aber
Zu verstecken den Tod.
Wer täte nicht viel für den Ruhm, aber wer
Tut's für das Schweigen?
Denn der Ruhm fragt umsonst
Nach den Tätern der großen Tat.
Tretet vor
Für einen Augenblick
Unbekannte, verdeckten Gesichtes und empfangt
Unsern Dank!

Bericht über den Tod eines Genossen

Aber als er zur Wand ging, um erschossen zu werden
Ging er zu einer Wand, die von seinesgleichen gemacht war
Und die Gewehre, gerichtet auf seine Brust, und die Kugel
War von seinesgleichen gemacht. Nur fortgegangen
Waren sie also oder vertrieben, aber für ihn doch da
Und anwesend im Werk ihrer Hände. Nicht einmal
Die auf ihn schossen, waren andere als er und nicht ewig
auch unbelehrbar.
Freilich er ging noch gefesselt mit Ketten, geschmiedet
Von den Genossen und angelegt dem Genossen, doch
Dichter wuchsen die Werke, er sah es vom Weg aus
Schornstein an Schornstein, und da es am Morgen war
Denn man führt sie am Morgen hinaus für gewöhnlich
Waren sie leer, aber er sah sie angefüllt
Mit jenem Heer, das immer gewachsen war
Und noch wuchs.

Lob des Revolutionärs

Viele sind zuviel
Wenn sie fort sind, ist es besser.
Aber wenn er fort ist, fehlt er.

Er organisiert seinen Kampf
Um den Lohngroschen, um das Teewasser
Und um die Macht im Staat.
Er fragt das Eigentum:
Woher kommst du?
Er fragt die Ansichten:
Wem nützt ihr?

Wo immer geschwiegen wird
Dort wird er sprechen
Und wo Unterdrückung herrscht und von Schicksal die Rede ist
Wird er die Namen nennen.

Wo er sich zu Tisch setzt
Setzt sich die Unzufriedenheit zu Tisch
Das Essen wird schlecht
Und als eng wird erkannt die Kammer.

Wohin sie ihn jagen, dorthin
Geht der Aufruhr, und wo er verjagt ist
Bleibt die Unruhe doch.

Lob der Dialektik

Das Unrecht geht heute einher mit sicherem Schritt.
Die Unterdrücker richten sich ein auf zehntausend Jahre.
Die Gewalt versichert: So, wie es ist, bleibt es.
Keine Stimme ertönt außer der Stimme der Herrschenden
Und auf den Märkten sagt die Ausbeutung laut: Jetzt beginne ich erst.
Aber von den Unterdrückten sagen viele jetzt:
Was wir wollen, geht niemals.

Wer noch lebt, sage nicht: niemals!
Das Sichere ist nicht sicher.
So, wie es ist, bleibt es nicht.
Wenn die Herrschenden gesprochen haben
Werden die Beherrschten sprechen.
Wer wagt zu sagen: niemals?
An wem liegt es, wenn die Unterdrückung bleibt? An uns.
An wem liegt es, wenn sie zerbrochen wird? Ebenfalls an uns.
Wer niedergeschlagen wird, der erhebe sich!
Wer verloren ist, kämpfe!
Wer seine Lage erkannt hat, wie soll der aufzuhalten sein?
Denn die Besiegten von heute sind die Sieger von morgen
Und aus Niemals wird: Heute noch!

ANHANG

Ballade von der Billigung der Welt

1
Ich bin nicht ungerecht, doch auch nicht mutig
Sie zeigten mir da heute ihre Welt
Da sah ich nur den Finger, der war blutig
Da sagt ich eilig, daß sie mir gefällt.

2
Den Knüppel über mir, die Welt vor Augen
Stand ich vom Morgen bis zur Nacht und sah.
Sah, daß als Metzger Metzger etwas taugen
Und auf die Frage: freut's dich? sagt ich: ja.

3
Und von der Stunde sagt ich ja zu allen
Lieber ein feiger als ein toter Mann
Nur um in diese Hände nicht zu fallen
Billigte ich, was man nicht billigen kann.

4
Ich sah den Junker mit Getreide wuchern
Hohlwangig Volk zog vor ihm tief den Hut.
Ich sagte laut, umringt von Wahrheitssuchern:
Er ist ein wenig teuer, aber gut.

5
Die Unternehmer dort: nur jeden dritten
Können sie brauchen und verwerten sie.
Ich sagte den Nichtunternommenen: Die müßt ihr bitten
Ich selbst versteh nichts von Ökonomie.

6
Sah ihre Militärs, Raubkriege planend
Die man aus Feigheit frei herumgehn ließ
Ich trat vom Gehsteig und rief, Böses ahnend:
Hut ab! Die Herrn sind technische Genies!

7
Die Volksvertreter, die den hungrigen Wählern
Versichern, daß es durch sie besser wird
Ich nenn sie gute Redner, sag: sie haben
Gelogen nicht, sie haben sich geirrt.

8
Sah die Beamten, schimmelangefressen
Ein Riesenjauchenschöpfrad halten sie in Schwung
Selbst schlecht entlohnt für Treten und für Pressen:
Ich bitt für sie hiemit um Aufbesserung.

9
Dies soll die Polizisten nicht verstören
Ihnen und selbst den Herren vom Gericht
Reich ich das Handtuch für die blutigen Hände
Damit sie sehn, auch sie verleugn ich nicht.

10
Die Richter, die das Eigentum verteidigen
Versteckend unterm Richtertisch die blutigen Schuh
Will ich, da ich nicht darf, auch nicht beleidigen
Doch tu ich's nicht, weiß ich nicht, was ich tu.

11
Ich sag: die Herren kann man nicht bestechen!
Durch keine Summe! Und zu keiner Zeit!
Zu achten das Gesetz und Recht zu sprechen.
Ich frag: ist das nicht Unbestechlichkeit?

12
Dort, drei Schritt vor mir, seh ich einige Rüpel
Die schlagen ein auf Weib und Greis und Kind.
Da seh ich eben noch: sie haben Gummiknüppel
Da weiß ich, daß es keine Rüpel sind.

13
Die Polizei, die mit der Armut kämpft
Damit das Elend uns nicht überschwemmt

Hat alle Hände voll zu tun. Wenn sie mich
Vor Diebstahl schützt – für sie mein letztes Hemd.

14
Nachdem ich so bewiesen, daß in mir kein Arg ist
Hoff ich, daß ihr mir durch die Finger seht
Wenn ich mich jetzt zu jenen auch bekenne
Von denen Schlimmes in der Zeitung steht.

15
Den Zeitungsschreibern. Mit dem Blut der Opfer
Schmieren sie's hin: Die Mörder sind es nicht gewesen.
Ich reiche euch die frisch bedruckten Blätter
Und sag: ihr Stil ist aber gut, ihr müßt es lesen.

16
Der Dichter gibt uns seinen Zauberberg zu lesen.
Was er (für Geld) da spricht, ist gut gesprochen!
Was er (umsonst) verschweigt: die Wahrheit wär's gewesen.
Ich sag: der Mann ist blind und nicht bestochen.

17
Der Händler dort, beschwörend die Passanten:
Nicht meine Fische stinken, sondern ich!
Braucht selber keinen faulen Fisch zu fressen. So, den
Halt ich mir warm, vielleicht verkauft er mich.

18
Dem Mann, halb von Furunkeln aufgegessen
Kaufend ein Mädchen mit gestohlenem Geld
Drück ich die Hand vorsichtig, aber herzlich
Und danke ihm, daß er das Weib erhält.

19
Die Ärzte, die den kranken Armen
Wie Angler den zu kleinen Fisch
Wegwerfen, kann ich krank nicht missen
Ich leg mich ihnen hilflos auf den Tisch.

20
Die Ingenieure, die das Fließband legen
Das den Arbeitenden Lebenskraft entführt
Lob ich des technischen Triumphes wegen.
Der Sieg des Geistes ist's, der mich zu Tränen rührt

21
Ich sah die Lehrer, arme Steißbeintrommler
Formen das Kind nach ihrem Ebenbild.
Sie kriegen ihr Gehalt dafür vom Staate.
Sie müßten hungern sonst. Daß sie mir keiner schilt!

22
Und Kinder seh ich, die sind vierzehn Jahre
Sind groß wie sechs und reden wie ein Greis.
Ich sag: so ist's. Doch auf die stumme Frage
Warum ist's so? sag ich, daß ich's nicht weiß.

23
Die Professoren, die mit schönen Worten
Rechtfertigen, was ihr Auftraggeber macht
Von Wirtschaftskrisen sprechend statt von Morden:
Sie sind nicht schlimmer, als ich mir's gedacht.

24
Die Wissenschaft, stets unser Wissen mehrend
Welches dann wieder unser Elend mehrt
Verehre man wie die Religion, die unsere
Unwissenheit vermehrt und die man auch verehrt.

25
Sonst nichts davon. Die Pfaffen stehn mir nahe.
Sie halten hoch durch Krieg und Schlächterein
Den Glauben an die Lieb und Fürsorg droben
Es soll dies ihnen nicht vergessen sein.

26
Sah eine Welt Gott und den Wucher loben
Hörte den Hunger schrein: wo gibt's was? Sah

Sehr feiste Finger deuteten nach oben.
Da sagt ich: seht ihr, es ist etwas da!

27
Gewisse Sattelköpfe, die vor Zeiten
Mein Freund George Grosz entwarf, sind, hör ich, auf dem Sprung
Der Menschheit jetzt die Gurgel durchzuschneiden.
Die Pläne finden meine Billigung.

28
Ich sah die Mörder und ich sah die Opfer
Und nur des Muts und nicht des Mitleids bar
Sah ich die Mörder ihre Opfer wählen
Und schrie: ich billige das, ganz und gar!

29
Ich seh sie kommen, seh den Zug der Schlächter
Will doch noch brüllen: Halt! Und da, nur weil
Ich weiß: es stehen, Hand am Ohr, da Wächter
Hör ich mich ihm entgegenbrüllen: Heil!

30
Da Niedrigkeit und Not mir nicht gefällt
Fehlt meiner Kunst in dieser Zeit der Schwung
Doch zu dem Schmutze eurer schmutzigen Welt
Gehört – ich weiß es – meine Billigung.

Verschollener Ruhm der Riesenstadt New York

1
Wer erinnert sich wohl noch
An den Ruhm der Riesenstadt New York
In dem Jahrzehnt nach dem großen Krieg?

2
Welch ein episch gefeiertes Becken war doch dieses Amerika damals!

God's own country!
Nur mit den Anfangsbuchstaben seiner Vornamen genannt:
U S A.
Wie unser, jedermann bekannter, unverwechselbarer
Jugendfreund!

3
Dieses unerschöpfliche Becken, hieß es
Nahm alles auf, was hineinfiel, und verwandelte es
In zweimal zwei Wochen bis zur Kenntlichkeit!
Alle Rassen, an diesem lustvollen Kontinent gelandet
Gaben sich eifrigst auf, ihre eingewurzelten
Eigenarten vergessend
Wie schlechte Gewohnheiten
Um
Schleunigst so zu werden wie die hierorts so sehr Anwesenden!
Die aber nahmen sie großmütig und unbesorgt auf, wie
allzu Unterschiedliche
(Unterschiedlich nur durch die Unterschiedlichkeit ihrer
kümmerlichen Existenzen!)
Wie ein guter Sauerteig fürchteten sie nicht
Jede auch noch so große Masse von Teig: sie wußten
Sie durchdrangen alles!
Welch ein Ruhm! Welch ein Jahrhundert!

4
Ach, diese Stimmen ihrer Frauen aus den Schalldosen!
So sang man (bewahrt diese Platten auf!) im goldnen Zeitalter!
Wohllaut der abendlichen Wasser von Miami!
Unaufhaltsame Heiterkeit der über nie endende Straßen
schnell fahrenden Geschlechter!
Machtvolle Trauer singender Weiber in Zuversicht
Breitbrüstige Männer beweinend, aber immer noch
umgeben von
Breitbrüstigen Männern!

5
Seltene Menschenexemplare stellten sie zusammen in
ganzen Parks

Fütterten sie sachkundig, badeten sie und ließen sie wiegen
Damit ihre unvergleichlichen Bewegungen im Lichtbild
festgehalten würden
Für alle Nachkommenden.

6
Ihre riesigen Bauwerke führten sie auf mit unvergleichlicher
Verschwendung
Besten Menschenmaterials. Vollkommen offen, vor aller Welt
Holten sie aus ihren Arbeitern heraus, was in ihnen war
Schossen mit Flinten in die Kohlenschächte und warfen ihre
abgebrauchten Knochen und
Vernutzten Muskeln auf die Straße mit
Gutmütigem Lachen.
Aber mit sportlicher Anerkennung berichteten sie
Von der gleichen groben Unerbittlichkeit der Arbeiter bei
den Streiks
Mit homerischem Ausmaß.

7
Armut galt dort für schimpflich!
In den Filmen dieser gesegneten Nation verübten Männer
Ins Unglück geraten, beim Anblick von Armenwohnungen,
die Klaviere und Ledersofas enthielten
Kurzerhand Selbstmord.

8
Welch ein Ruhm! Welch ein Jahrhundert!
Ach, auch wir verlangten solche breitspurigen Anzüge aus
groben Stoffen
Mit den Wattewülsten an den Schultern, welche die Männer
so breit machen
Daß drei von ihnen den ganzen Gehsteig beanspruchen.
Auch wir versuchten, unsere Bewegungen zu bremsen
Die Hände langsam in die Taschen zu stecken, und uns
aus den Stühlen
In denen wir (wie für alle Ewigkeit) gelegen hatten, langsam
herauszuarbeiten
Wie ein ganzes Staatswesen, das sich umwälzt

Und auch wir stopften uns den Mund voll Kaugummi (Beechnut)
Von dem es hieß, daß er die Kinnladen auf die Dauer vortrieb
Und saßen mit ewig mahlenden Kiefern wie in unaufhörlicher Freßgier.
Auch unseren Gesichtern wünschten wir jene gefürchtete Undurchsichtigkeit zu verleihen
Des »poker face man«, der sich seinen Mitbürgern als unlösliches Rätsel aufgab.
Auch wir lächelten ständig wie vor oder nach guten Geschäften
Die der Beweis einer gut funktionierenden Verdauung sind
Auch wir tappten unseren Gegenübers (lauter zukünftigen Kunden)
Gerne an die Arme, Schenkel und zwischen die Schulterblätter
Ausprobierend, wie man solche Burschen in die Hand bekommt
Mit schmeichelnden und zupackenden Griffen wie nach Hunden.
So eiferten wir diesem berühmten Menschenschlag nach, welcher bestimmt schien
Die Erde zu beherrschen, indem er sie vorwärts brachte!

9
Welch eine Zuversicht! Was für ein Ansporn!
Diese Maschinenhallen: die größten der Welt!
Zeugungspropaganda betrieben die Autofabriken: sie bauten schon Autos
Für die Ungeborenen! Denen, die
Beinahe ungebrauchte Kleidungsstücke wegwarfen (aber so
Daß sie sofort verdarben, am besten in Kalk!)
Wurden Prämien bezahlt! Diese Brücken:
Blühendes Land verbanden sie mit blühendem Land! Endlos!
Die längsten der Welt! Diese Hochhäuser:
Die so hoch ihre Steine geschichtet hatten
Daß sie alles überragten, betrachteten von ihrer Höhe sorgenvoll die Neubauten
Die eben erst aus dem Boden wuchsen und die
Ihren Mammutbau überragen würden.
(Manche befürchteten schon, das Wachstum dieser Städte

Könnte nicht mehr gestoppt werden, sie müßten
Ihre Tage beschließen mit zwanzig Etagen anderer Städte über sich
Und würden in Särgen verstaut, die übereinander
Eingegraben werden!)

10
Aber sonst: welche Zuversicht! Selbst die Toten
Wurden geschminkt und mit wohligem Lächeln versehen
(Ich verzeichne solche Züge aus dem Gedächtnis, andere
Habe ich vergessen) nicht einmal
Den Entronnenen wurde Hoffnungslosigkeit gestattet!

11
Was für Menschen! Ihre Boxer die stärksten!
Ihre Erfinder die praktischsten! Ihre Züge die schnellsten!
Auch die bevölkertsten!
Und das alles schien 1000 Jahre zu dauern
Sprengten doch die Leute der Stadt New York selber aus:
Ihre Stadt sei auf Felsgrund gebaut und also
Unzerstörbar!

12
Wahrlich, ihr ganzes System des Gemeinlebens war das bestmögliche!
Welch ein Ruhm! Welch ein Jahrhundert!

13
Leider dauerte dieses Jahrhundert
Nur knappe acht Jahre.

14
Aber eines Tags durchlief die Welt das Gerücht seltsamer Zusammenbrüche
Auf einem berühmten Kontinent, und seine noch gestern gehamsterten Geldscheine
Wurden wie faule stinkende Fische mit Ekel weggewiesen.

15
Heute, wo es sich herumgesprochen hat
Daß diese Leute bankrott sind
Sehen wir, auf den anderen Kontinenten (die zwar auch bankrott sind)
Allerhand anders, wie es uns vorkommt, schärfer.

16
Was ist das mit den Hochhäusern?
Wir betrachten sie kühler.
Was für verächtliche Schuppen sind Hochhäuser, welche keine Miete mehr abwerfen!
So hoch hinauf voller Armut? Bis unter die Wolken voll von Schulden?
Was ist das mit den Eisenbahnzügen?
In den Eisenbahnzügen, die rollenden Hotels gleichen, heißt es
Wohnt jetzt oft kein Mensch
Er fährt *nirgends hin*
Mit einer *unvergleichlichen Schnelligkeit!*
Was ist das mit den Brücken? Sie verbinden
Die längsten der Welt! Schuttplätze jetzt mit Schuttplätzen!
Und was ist mit den Menschen?

17
Immer noch, hören wir, schminken sich diese, aber
Jetzt: um Stellen zu ergattern, die 22jährigen
Frauen schnupfen jetzt Kokain, bevor sie sich anstellen
Einen Platz an der Schreibmaschine für sich zu erobern.
Ganze Familien jagen den Töchtern das Gift in die Schenkel
Das sie feurig aussehen macht.

18
Noch werden Schallplatten verkauft, freilich wenige
Doch was erzählen uns diese Ziegen eigentlich, die nicht
Singen gelernt haben? Was
Ist der Sinn dieser Gesänge? Was haben sie uns
Eigentlich vorgesungen all diese Jahre lang?
Warum mißfallen uns jetzt diese einstmals gefeierten Stimmen? Warum

Machen uns diese Lichtbilder der Städte so gar keinen Eindruck
mehr?
Nur weil es sich herumgesprochen hat
Daß diese Leute bankrott sind!

19
Ihre Maschinen nämlich, heißt es, liegen in riesigen Haufen
(den größten der Welt!)
Und rosten
Wie die Maschinen unseres Kontinents (in kleineren Haufen).

20
Noch finden Weltmeisterschaftskämpfe vor ein paar zerstreut
sitzengebliebenen Zuschauern statt:
Der jeweils stärkste Mann
Kommt nicht auf gegen das geheimnisvolle Gesetz
Das die Menschen aus den gestopft vollen Läden treibt!

21
Ihr Lächeln festhaltend (nichts sonst mehr!) stehen die
ausgedienten Weltmeister
Den paar letzten verkehrenden Trams im Wege.
Drei dieser breitspurigen Leute füllen den Gehsteig, aber
Was wird *sie* füllen, vor die Nacht kommt?
Nur die Schultern wärmt Watte denen, die in unaufhörlichen
Zügen
Tag und Nacht die leeren Schluchten der leblosen Steinhaufen
durcheilen.
Ihre Bewegungen sind langsam wie die hungriger und
geschwächter Tiere.
Wie ein ganzes Staatswesen langsam, das sich umwälzt
Arbeiten sie sich aus den Gossen heraus, in denen sie zu liegen
scheinen wie für die Ewigkeit.
Ihre Zuversichtlichkeit, heißt es
Ist noch da; sie begründet sich auf die Hoffnung
Daß der Regen morgen von unten nach oben fließen wird.
Ihre Heiterkeit, heißt es, ist unaufhaltsam
Wenn sie ein Stück Fleisch in einer Auslage hängen sehen.

22

Aber etliche, hören wir, können immer noch Arbeit finden:
da, wo man
Den Weizen in ganzen Zugladungen in das Meer schüttet, welches
Das pazifische genannt wird.
Und die auf den Bänken übernachten, hören wir, sollen
Mit ganz besonderen Gedanken
Diese leeren Hochhäuser sehen vor dem Einschlafen.

23

Welch ein Bankrott! Wie ist da
Ein großer Ruhm verschollen! Welch eine Entdeckung:
Daß ihr System des Gemeinlebens denselben
Jämmerlichen Fehler aufweist wie das
Bescheidenerer Leute!

Lied der Lyriker

(als schon im ersten Drittel des 20. Jahrhunderts für Gedichte nichts mehr gezahlt wurde.)

1

Das, was ihr hier lest, ist in Versen geschrieben!
Ich sage das, weil ihr vielleicht nicht mehr wißt
Was ein Gedicht und auch: was ein Dichter ist!
Wirklich, ihr habt es mit uns nicht zum besten getrieben!

2

Sagt, habt ihr nichts bemerkt? Habt ihr gar nichts zu fragen?
Fiel's euch nicht auf, daß schon lang kein Gedicht mehr erschien?
Wißt ihr warum? Nun schön, ich will es euch sagen:
Früher las man den Dichter und man bezahlte ihn.

3

Heute wird nichts mehr bezahlt für Gedichte. Das ist es.
Darum wird heut auch kein Gedicht mehr geschrieben!
Denn der Dichter fragt auch: wer bezahlt es? Und nicht *nur:*
wer liest es?
Und wenn er nicht bezahlt wird, dann dichtet er nicht! So weit
habt ihr's getrieben!

4
Aber warum nur? so fragt er, was hab ich verbrochen?
Hab ich nicht immer getan, was verlangt wurd von denen, die zahlen?
Hielt ich ihnen nicht immer das, was ich versprochen?
Und jetzt höre ich auch von denen, die Bilder malen

5
Daß kein Bild mehr gekauft wird! Und auch die Bilder
Waren doch immer geschmeichelt! Jetzt stehn sie im Speicher...
Habt ihr was gegen uns? Warum wollt ihr nicht zahlen?
Wie wir doch lesen, werdet ihr reicher und reicher...

6
Haben wir nicht, wenn wir genügend im Magen
Hatten, euch alles besungen, was ihr auf Erden genossen?
Daß ihr es nochmals genösset: das Fleisch eurer Weiber!
Trauer des Herbstes! Den Bach und wie er durch Mondlicht geflossen...

7
Eurer Früchte Süße! Geräusch des fallenden Laubes!
Wieder das Fleisch eurer Weiber! Das Unsichtbare
Über euch! Selbst: euer Gedenken des Staubes
In den ihr euch einst verwandelt am End eurer Jahre!

8
Und nicht nur das habt ihr gerne bezahlt! Auch das, was wir denen
Sagten, die nicht wie ihr auf die goldenen Stühle gesetzt sind
Habt ihr sonst immer bezahlt! Dies Trocknen der Tränen!
Und dies Trösten derer, die von euch verletzt sind!

9
Vieles haben wir euch geleistet! Und nie uns geweigert!
Stets unterwarfen wir uns! Und sagten doch höchstens: Bezahl es!
Wieviel Untat haben wir so verübt! Für euch! Wieviel Untat!
Und wir begnügten uns stets mit den Resten des Mahles!

10
Ach, vor eure in Dreck und Blut versunkene Karren
Haben wir noch immer unsere großen Wörter gespannt!
Euren Viehhof der Schlachten haben wir »Feld der Ehre«
Eure Kanonen »erzlippige Brüder« genannt.

11
Auf die Zettel, die für euch Steuern verlangten
Haben wir die erstaunlichsten Bilder gemalt
Unsere anfeuernden Lieder brüllend
Haben sie euch immer wieder die Steuern bezahlt!

12
Wir haben die Wörter studiert und gemischt wie Drogen
Und nur die besten und allerstärksten verwandt
Die sie von euch bezogen, haben sie eingesogen
Und waren wie Lämmer in eurer Hand!

13
Euch selber haben wir stets mit was ihr nur wolltet verglichen
Meistens mit solchen, die auch schon mit Unrecht gefeiert wurden von solchen
Die wie wir ohne Warmes im Magen Gönner umstrichen
Und eure Feinde verfolgten wir wild mit Gedichten wie Dolchen.

14
Warum also besucht ihr plötzlich nicht mehr unsre Märkte?
Sitzt nicht so lange beim Essen! Uns werden die Reste ja kalt!
Warum bestellt ihr nichts mehr bei uns? kein Bild? nicht ein Loblied?
Glaubt ihr etwa auf einmal, daß ihr so, wie ihr seid, gefallt?

15
Hütet euch, ihr! ihr könnt uns durchaus nicht entbehren!
Wenn wir nur wüßten, wie euer Aug auf uns lenken!
Glaubt uns, ihr Herren, daß wir heut billiger wären!
Freilich können wir euch unsere Bilder und Verse nicht schenken!

16
Als ich das, was ihr hier lest (ach, lest ihr's), begonnen
Wollte ich auch jede dritte Zeile in Reimen verfassen
Aber da war mir die Arbeit zu groß. Ich gesteh es nicht gerne
Und ich dachte: wer soll das bezahlen? und hab es gelassen.

Deutschland

Mögen andere von ihrer Schande
sprechen, ich spreche von der meinen

O Deutschland, bleiche Mutter!
Wie sitzest du besudelt
Unter den Völkern.
Unter den Befleckten
Fällst du auf.

Von deinen Söhnen der ärmste
Liegt erschlagen.
Als sein Hunger groß war
Haben deine anderen Söhne
Die Hand gegen ihn erhoben.
Das ist ruchbar geworden.

Mit ihren so erhobenen Händen
Erhoben gegen ihren Bruder
Gehen sie jetzt frech vor dir herum
Und lachen in dein Gesicht
Das weiß man.

In deinem Hause
Wird laut gebrüllt was Lüge ist
Aber die Wahrheit
Muß schweigen.
Ist es so?

Warum preisen dich ringsum die Unterdrücker, aber
Die Unterdrückten beschuldigen dich?
Die Ausgebeuteten
Zeigen mit Fingern auf dich, aber
Die Ausbeuter loben das System
Das in deinem Hause ersonnen wurde!

Und dabei sehen dich alle
Den Zipfel deines Rockes verbergen, der blutig ist
Vom Blut deines
Besten Sohnes.

Hörend die Reden, die aus deinem Hause dringen, lacht man.
Aber wer dich sieht, der greift nach dem Messer
Wie beim Anblick einer Räuberin.

O Deutschland, bleiche Mutter!
Wie haben deine Söhne dich zugerichtet
Daß du unter den Völkern sitzest
Ein Gespött oder eine Furcht!

Chinesische Gedichte

SECHS CHINESISCHE GEDICHTE. ÜBERTRAGUNGEN

Unbekannter Dichter (100 v. Chr.):

Die Freunde

Wenn du in einer Kutsche gefahren kämst
Und ich trüge eines Bauern Rock
Und wir träfen uns eines Tags so auf der Straße
Würdest du aussteigen und dich verbeugen.
Und wenn du Wasser verkauftest
Und ich käme spazieren geritten auf einem Pferd
Und wir träfen uns eines Tags so auf der Straße
Würde ich absteigen vor dir.

Po (772-846):

Die Decke

Der Gouverneur, von mir befragt
Was, den Frierenden unserer Stadt zu helfen, nötig sei
Antwortete: Eine zehntausend Fuß lange Decke
Welche die ganzen Vorstädte einfach zudeckt.

Der Politiker

Ich ging zur Stadt, die Kräuter zu verkaufen
Die ich gepflückt. Da es noch früh am Tag war
Verschnaufte ich vom Weg mich unter ein
Paar Pflaumenbäumen am östlichen Tor.
Dort war's, daß ich die Wolke Staubs gewahrte.
Herab die Straße kam ein Reiter geritten.
Gesicht: grau. Blick: gejagt. Ein kleiner Haufe
Wohl Freunde und Verwandte, die auf ihn
Gewartet hatten, Lebewohl zu sagen
Drängten sich eifrig um ihn. Aber

Er wagte nicht zu halten. Ich, erstaunt
Fragte die Leute um mich, wer er war
Und was ihm zugestoßen war. Sie sagten:
Das war ein Staatsrat. Einer von den größten.
Zehntausend Käsch Diäten jährlich auf den Tisch. Der Kaiser
Kam dreimal täglich in sein Haus. Erst gestern
Aß er zur Nacht noch mit Heroen. Heute
Ist er verbannt ins hinterste Yai-chou.
So ist es immer mit den Räten der Könige.
Gunst und Ungnade zwischen zwölf Uhr und Mittag.
Grün, grün das Gras der östlichen Vorstadt, durch das
Die Straße zu den Hügeln führt! Zuletzt
Hat er den »Coup« gemacht, der nicht fehlgehn kann.

Der Drache des schwarzen Pfuhls

Tief sind die Wasser des schwarzen Pfuhls und
Tintenfarbig. Es heißt, ein sehr heiliger Drache
Wohne hier. Kein menschliches Auge
Hat ihn je gesehn, aber neben dem Pfuhl
Hat man einen Schrein gebaut und die Behörden
Haben ein Ritual eingerichtet. Ein Drache
Bleibt vielleicht ein Drache, aber die Menschen
Können aus ihm einen Gott machen. Die Dorfbewohner
Betrachten gute Ernten und Mißwachs
Heuschreckenschwärme und kaiserliche Kommissionen
Steuern und Seuchen als Schickungen des sehr heiligen Drachen. Alle
Opfern ihm kleine Ferkel und Krüge mit Wein, je nach den Ratschlägen
Eines der ihrigen, der das Zweite Gesicht hat.
Er bestimmt auch die Morgengebete und die
Feierabendhymnen.

Gegrüßt seist du, Drache, voll der Gaben!
Heil dir im Siegerkranz
Retter des Vaterlands, du
Bist erwählt unter den Drachen und erwählt ist
Unter allem Wein der Opferwein.

Fleischstücke liegen auf den Steinen am Pfuhl herum
Das Gras vor dem Schrein ist von Wein befleckt.
Ich weiß nicht, wieviel von seinen Opfergaben
Der Drache ißt. Aber die Mäuse des Gehölzes
Und die Füchse der Hügel sind beständig betrunken
und überfressen.

Warum sind die Füchse so glücklich?
Was haben die kleinen Ferkel getan?

Daß sie geschlachtet werden sollen Jahr für Jahr, nur
Um die Füchse zu hofieren? Der sehr heilige Drache
In der neunfältigen Tiefe Seines Pfuhles, weiß Er
Daß die Füchse Ihn berauben und fressen Seine kleinen Ferkel
Oder weiß Er es nicht?

Ts'ao Sung (870-920):

EIN PROTEST IM SECHSTEN JAHRE DES CHIEN FU

Die Hügel und Bäche der Ebene
Machtet ihr zu eurem Schlachtfeld.
Wie, glaubt ihr, wird das Volk, das hier lebt
Sich versorgen mit »Brennholz und Heu«?
Bitte verschont mich mit eurem Gewäsch
Von Ernennungen und Titeln.
Eines einzigen Generals Reputation
Heißt: zehntausend Leichen.

Su Tung-p'o (1036-1101):

BEI DER GEBURT SEINES SOHNES

Familien, wenn ihnen ein Kind geboren ist
Wünschen es sich intelligent.
Ich, der ich durch Intelligenz
Mein ganzes Leben ruiniert habe

Kann nur hoffen, mein Sohn
Möge sich erweisen als
Unwissend und denkfaul.
Dann wird er ein ruhiges Leben haben
Als Minister im Kabinett.

CHINESISCHE GEDICHTE

Die Freunde

Wenn du in einer Kutsche gefahren kämst
Und ich trüge eines Bauern Rock
Und wir träfen uns eines Tags so auf der Straße
Würdest du aussteigen und dich verbeugen.
Und wenn du Wasser verkauftest
Und ich käme spazieren geritten auf einem Pferd
Und wir träfen uns eines Tags so auf der Straße
Würde ich absteigen vor dir.

Die grosse Decke

Der Gouverneur, von mir befragt, was nötig wäre
Den Frierenden in unsrer Stadt zu helfen
Antwortete: Eine Decke, zehntausend Fuß lang
Die die ganzen Vorstädte einfach zudeckt.

Der Blumenmarkt

In der Königlichen Hauptstadt ist der Frühling fast vorüber
Wenn die Gassen sich füllen mit Kutschen und Reitern: die Zeit
Der Päonienblüte ist da. Und wir mischen uns
Mit dem Volk, das zum Blumenmarkt drängt. »Heranspaziert!
Wählen Sie Ihre diesjährigen Blumen. Preise verschieden.
Je mehr Blüten natürlich, desto höher der Preis.
Diese weißen – fünf Stückchen Seide.
Diese roten – zwanzig Ellen Brokat.
Gegen die Sonne ein Schirmchen drüber
Gegen den Nachtfrost das Wattekörbchen.
Besprengt mit Wasser und die Wurzeln mit Schlamm bedeckt
Werden sie, umgepflanzt, ihre Schönheit behalten.«
Gedankenlos folgt jeder Haushalt dem teueren Brauch.
Einen alten Landarbeiter, zur Stadt gekommen

Zwei, drei Ämter aufzusuchen, hörten wir
Kopfschüttelnd seufzen. Er dachte wohl:
»Ein Büschel solcher Blumen
Würde die Steuern von zehn armen Höfen bezahlen.«

Der Politiker

Wie üblich, meine frisch gepflückten Kräuter
Zum Markt zu bringen, ging ich in die Stadt.
Da es noch früh am Tage war
Verschnaufte ich mich unter einem Pflaumenbaum
Am Osttor.
Dort war's, daß ich die Wolke Staubs gewahrte.
Herauf die Straße kam ein Reiter.
Gesicht: grau. Blick: gejagt. Ein kleiner Haufe
Wohl Freunde und Verwandte, die am Tor
Schlaftrunken und verstört auf ihn gewartet, drängten sich
Um ihn, ihm Lebewohl zu sagen, aber
Er wagte nicht zu halten. Ich, erstaunt
Fragte die Leute um mich, wer er war
Und was ihm zugestoßen sei. Sie sagten:
Das war ein Staatsrat, einer von den Großen.
Zehntausend Käsch Diäten jährlich. Noch im Herbst kam
Der Kaiser täglich zweimal in sein Haus. Noch gestern
Aß er zur Nacht mit den Ministern. Heute
Ist er verbannt ins hinterste Yai-chou.
So ist es immer mit den Räten der Herrscher.
Gunst und Ungnade zwischen zwölf Uhr und Mittag.
Grün, grün das Gras der östlichen Vorstadt
Durch das der Steinpfad in die Hügel führt, die friedlichen
Unter den Wolkenzügen.

Der Drache des schwarzen Pfuhls

Tief sind die Wasser des schwarzen Pfuhls und
Tintenfarbig. Es heißt, ein sehr heiliger Drache
Wohne hier. Kein menschliches Auge

Hat ihn je gesehen, aber neben dem Pfuhl
Hat man einen Schrein gebaut und die Behörden
Haben ein Ritual eingerichtet. Ein Drache
Bleibt vielleicht ein Drache, aber die Menschen
Können aus ihm einen Gott machen. Die Dorfbewohner
Betrachten gute Ernten und Mißwachs
Heuschreckenschwärme und kaiserliche Kommissionen
Steuern und Seuchen als Schickungen des sehr heiligen Drachen. Alle
Opfern ihm kleine Ferkel und Krüge mit Wein, je nach den Ratschlägen
Eines der ihrigen, der das Zweite Gesicht hat.
Er bestimmt auch die Morgengebete und die
Feierabendhymnen.
  Gegrüßt seist Du, Drache, voll der Gaben!
  Heil Dir im Siegerkranz
  Retter des Vaterlands, Du
  Bist erwählt unter den Drachen und erwählt ist
  Unter allem Wein der Opferwein.
Fleischstücke liegen auf den Steinen am Pfuhl herum.
Das Gras vor dem Schrein ist von Wein befleckt.
Ich weiß nicht, wieviel von seinen Opfergaben
Der Drache ißt. Aber die Mäuse des Gehölzes
Und die Füchse der Hügel sind beständig betrunken und überfressen.
  Warum sind die Füchse so glücklich?
  Was haben die kleinen Ferkel getan?
Daß sie geschlachtet werden sollen Jahr für Jahr, nur
Um die Füchse zu hofieren? Der sehr heilige Drache
In der neunfältigen Tiefe seines Pfuhls, weiß Er
Daß die Füchse Ihn berauben und fressen Seine kleinen Ferkel
Oder weiß Er es nicht?

Ein Protest im sechsten Jahre des Chien Fu

Die Hügel und Bäche der Ebene
Machtet ihr zu eurem Schlachtfeld.
Wie, glaubt ihr, wird das Volk, das hier lebt

Sich versorgen mit »Brennholz und Heu«?
Bitte verschont mich mit eurem Gewäsch
Von Ernennungen und Titeln.
Eines einzigen Generals Reputation
Heißt: Zehntausend Leichen.

Bei der Geburt seines Sohnes

Familien, wenn ihnen ein Kind geboren ist
Wünschen es sich intelligent.
Ich, der ich durch Intelligenz
Mein ganzes Leben ruiniert habe
Kann nur hoffen, mein Sohn
Möge sich erweisen als
Unwissend und denkfaul.
Dann wird er ein ruhiges Leben haben
Als Minister im Kabinett.

Ansprache an einen toten Soldaten des Marschalls Chiang Kai-Shek

Der Marsch in die vier Windrichtungen
Ist für dich zu Ende. Jetzt liegst du
Zwischen vier Fichtenbrettern.

Durch die sehr große Großmut deines Korporals
Trägst du noch immer
Deine sehr dünne Uniform.

Der Korporal nahm einen langen Spaten.
Der Feldwebel griff nach einer Waffe.
Vier Kameraden hoben dich auf.

Ihre Gesichter sind mürrisch
Obwohl du doch leicht bist:
Haut und Knochen.

Wenn der Zug vor der Stadt ist
Ladet der Feldwebel sein Gewehr
Und der Korporal reicht den Trägern den Spaten.

Und der Korporal, er setzt sich an den Abhang
Ans Verhökern ihrer Reisrationen denkt er.
Das wird Fleisch und Branntwein für ihn geben.
Und der Feldwebel, überm Abhang
Sein Gewehr hält er im Anschlag.

Doch die Viere graben schwitzend
Ein Erdloch so lang wie du groß bist.
Und sie loben sich den vom siebten Zug
Den man kurzerhand in den Fluß warf
Daß er von alleine wegtrieb, ohne Hilfe.

Und so liegst du, rechts und links die Kameraden
Kameraden unter dir und Kameraden
Bald auch über dir und in paar Wochen
Graben Wind und Regen eure Knochen aus, und die ihr
Auf die Freiheit wartetet ein kurzes Leben
Die ihr hier nicht liegen wolltet, liebe Freunde
Kommen werden dann die wilden Hunde, welche
Weg von hier euch tragen werden.

Gedanken bei einem Flug über die Grosse Mauer

Unter mir das Bild der Nördlichen Landschaft.
Zehntausend Meilen geflügelter Schnee.
Unbeweglich
Der Gelbe Fluß, von solcher Höhe
Nicht mehr reißend. Zwischen ihm und uns
Hauchzarte Wolkenbündel aus Weiß und aus Purpur.
Weidland und Äcker zu beiden Seiten
Der Großen Mauer. Wie viele Freier schon
Sich vor ihnen verbeugten!

 Alle die armseligen
Könige der Tsch'in und der Han
Die nur wenig wußten.
Die Tang und die Sung, mit dem Leichtsinn im Übermaß!
Und der hochmütige
Einzige Sohn einer Dynastie, der Tschingis-Khan
Mehr als den Bogen spannen

Konnte auch er nicht.
Alle verdarben.
Aber auch heute
Seht euch die großen Herren an: immer noch
Voll der alten schlimmen Begehrlichkeit!

Studien

Über die Gedichte des Dante auf die Beatrice

Noch immer über der verstaubten Gruft
In der sie liegt, die er nicht haben durfte
Sooft er auch um ihre Wege schlurfte
Erschüttert doch ihr Name uns die Luft.

Denn er befahl uns, ihrer zu gedenken
Indem er solche Verse auf sie schrieb
Daß uns fürwahr nichts andres übrigblieb
Als seinem schönen Lob Gehör zu schenken.

Ach, welche Unsitt bracht er da in Schwang
Als er mit so gewaltigem Lobe lobte
Was er nur angesehen, nicht erprobte.

Seit dieser schon beim bloßen Anblick sang
Gilt, was hübsch aussieht, wenn's die Straße quert
Und was nie naß wird, als begehrenswert.

Über Shakespeares Stück »Hamlet«

In diesem Korpus, träg und aufgeschwemmt
Sagt sich Vernunft als böse Krankheit an
Denn wehrlos unter stahlgeschientem Clan
Steht der tiefsinnige Parasit im Hemd.

Bis sie ihn dann die Trommel hören lassen
Die Fortinbras den tausend Narren rührt
Die er zum Krieg um jenes Ländchen führt
»Zu klein, um ihre Leichen ganz zu fassen«.

Erst jetzt gelingt's dem Dicken, rot zu sehn.
Es wird ihm klar, er hat genug geschwankt.
Nun heißt's, zu (blutigen) Taten übergehn.

So daß man finster nickt, wenn man erfährt
Er hätte sich, wär er hinaufgelangt
Unfehlbar noch höchst königlich bewährt.

Über Kants Definition der Ehe in der »Metaphysik der Sitten«

Den Pakt zu wechselseitigem Gebrauch
Von den Vermögen und Geschlechtsorganen
Den der die Ehe nennt, nun einzumahnen
Erscheint mir dringend und berechtigt auch.

Ich höre, einige Partner sind da säumig.
Sie haben – und ich halt's nicht für gelogen –
Geschlechtsorgane kürzlich hinterzogen:
Das Netz hat Maschen und sie sind geräumig.

Da bleibt nur: die Gerichte anzugehn
Und die Organe in Beschlag zu nehmen.
Vielleicht wird sich der Partner dann bequemen

Sich den Kontrakt genauer anzusehn.
Wenn er sich nicht bequemt – ich fürcht es sehr –
Muß eben der Gerichtsvollzieher her.

Über das bürgerliche Trauerspiel »Der Hofmeister« von Lenz

Hier habt ihr Figaro diesseits des Rheins!
Der Adel geht beim Pöbel in die Lehre
Der drüben Macht gewinnt und hüben Ehre:
So wird's ein Lustspiel drüben und hier keins.

Der Arme will, statt in die Literatur
Der reichen Schülrin in die Bluse schaun.
Doch statt den Gordischen Knoten zu durchhaun
Haut er, Lakai, nur über seine Schnur.

Nun er gewahrt, daß sich mit seinem Glied
Zugleich sein Brotkorb in die Höhe zieht.
So heißt es denn zu wählen und er wählt.

Sein Magen knurrt, doch klärt auch sein Verstand sich.
Er flennt und murrt und lästert und entmannt sich.
Des Dichters Stimme bricht, wenn er's erzählt.

Über Schillers Gedicht »Die Glocke«

Ich les, daß Feuer eine Wohltat ist
Solang der Mensch es zähmet und bewacht
Daß es ihn aber, ungezügelt, frißt.
Ich frage mich: an was hat der gedacht?

Was ist es, das er euch zu zähmen bittet?
Dies Element, das er so nützlich nennt
Gesittung fördernd, selber nicht gesittet –
Was für ein Element ist wohl dies Element?

Dies Feuer, diese Tochter der Natur
Die, ihrer Zügel los, durch eure Gassen wandelt
Mit roter Mütze auf, wer ist das nur?

Das ist nicht mehr die gute alte Magd!
Ihr habt wohl die Person zu mild behandelt?
Ich seh, sie hat euch nach dem Lohn gefragt.

Über Schillers Gedicht »Die Bürgschaft«

O edle Zeit, o menschliches Gebaren!
Der eine ist dem andern etwas schuld.
Der ist tyrannisch, doch er zeigt Geduld
Und läßt den Schuldner auf die Hochzeit fahren.

Der Bürge bleibt. Der Schuldner ist heraus.
Es weist sich, daß natürlich die Natur
Ihm manche Ausflucht bietet, jedoch stur
Kehrt er zurück und löst den Bürgen aus.

Solch ein Gebaren macht Verträge heilig.
In solchen Zeiten kann man auch noch bürgen.
Und, hat's der Schuldner mit dem Zahlen eilig

Braucht man ihn ja nicht allzustark zu würgen.
Und schließlich zeigte es sich ja auch dann:
Am End war der Tyrann gar kein Tyrann!

Über Goethes Gedicht »Der Gott und die Bajadere«

O bittrer Argwohn unsrer Mahadöhs
Die Huren möchten in den Freudenhäusern
Wenn sie die vorgeschriebne Wonne äußern
Nicht ehrlich sein. Das wäre aber bös.

Wie schön singt jener, der das alles weiß
Von jener einzigen, um die's ihm leid war
Die für ihn auch zu sterben noch bereit war
Um den von Anfang ausgemachten Preis.

Wie streng er prüfte, ob sie ihn auch liebte!
Ausdrücklich heißt's, er hab ihr Pein bereitet...
Sechs waren schon geprüft, doch erst die siebte

Vergoß die Tränen, als sie ihn verlor!
Doch wie belohnte er sie auch: beneidet
Von allen hob er sie am Schluß zu sich empor!

Über Kleists Stück »Der Prinz von Homburg«

O Garten, künstlich in dem märkischen Sand!
O Geistersehn in preußischblauer Nacht!
O Held, von Todesfurcht ins Knien gebracht!
Ausbund von Kriegerstolz und Knechtsverstand!

Rückgrat, zerbrochen mit dem Lorbeerstock!
Du hast gesiegt, doch war's dir nicht befohlen.

Ach, da umhalst nicht Nike dich. Dich holen
Des Fürsten Büttel feixend in den Block.

So sehen wir ihn denn, der da gemeutert
Mit Todesfurcht gereinigt und geläutert
Mit Todesschweiß kalt unterm Siegeslaub.

Sein Degen ist noch neben ihm: in Stücken.
Tot ist er nicht, doch liegt er auf dem Rücken
Mit allen Feinden Brandenburgs in Staub.

Anhang

INHALTSVERZEICHNISSE

Brecht: Hauspostille [1922]

Erste Lektion. Bittgänge

1. Legende vom Brod und dem Kindelein
2. Apfelböck oder die Lilie auf dem Felde
3. Ballade von der Kindesmörderin Marie Farrar
4. Das Schiff
5. Der Gesang der Soldaten der roten Armee
   (Absatz neue Seite!)
6. Kleine Ballade von der Kälte
7. Die Ballade von der roten Rosa
8. Vom Prototyp eines Bösen
   (Absatz neue Seite)
9. Morgendliche Rede an den Baum Green
10. Ballade vom François Villon
11. Bericht vom Zeck

Zweite Lektion. Exerzitien

1. Ballade vom Mitmensch
2. Jung Orges Gesang
3. Über den Schnapsgenuß
4. Vorbildliche Bekehrung eines Branntweinhändlers den U.S.A. gewidmet
5. Lied für Unmündige
6. Historie vom verliebten Schwein Malchus
7. Ermahnung für die kleinen Leute
8. Ballade von den Männern im Holz
9. Über die Anstrengung
10. Vom Klettern in Bäumen
11. Vom Schwimmen in Seen und Flüssen
12. Orges Antwort / als ihm ein geseifter Strick geschickt wurde
13. Vom Kalender
14. Ballade von den Geheimnissen
15. Lied am schwarzen Samstag / in der elften Stunde der Nacht vor Ostern
16. (Choral)

Dritte Lektion. Chroniken

1. Ballade von den Abenteurern
2. Ballade auf vielen Schiffen
3. Ballade vom Tod im Wald
4. Larrys Ballade von der Mama Armee
5. Ballade vom Fort Donald
6. Ballade von des Cortez Leuten
7. Ballade von den Seeräubern
8. Ballade von der Evelyn Rue
9. Ballade von der Hannah Cash
10. Erinnerung an die Marie A.
11. Ballade vom Mazeppa
12. Ballade von der Freundschaft
13. Ballade von den Soldaten

(Fünfte Lektion) Anhang

1. Von den Sündern in der Hölle
2. Bericht vom schlechten Gebiß
3. Die Geburt im Baum
4. Der siebente Psalm
5. Der elfte Psalm
6. … (In den eisern schallenden Eisenbahnzügen)
7. Letzte Warnung (Laßt euch nicht verführen!)
8. Ballade vom Bert Brecht

Bertolt Brechts Taschenpostille. Mit Anleitungen, Gesangsnoten und einem Anhange [1926]

1. Lektion: Bittgänge

1. Vom Brot und den Kindlein
2. Apfelböck oder die Lilie auf dem Felde
3. Von der Kindesmörderin Marie Farrar
4. Das Schiff
5. Gesang der Soldaten der roten Armee
6. Liturgie vom Hauch
7. Prototyp eines Bösen
8. Morgendliche Rede an den Baum Green
9. Vom François Villon
10. Bericht vom Zeck

2. Lektion: Exerzitien

1. Vom Mitmensch
2. Orges Gesang
3. Über den Schnapsgenuß
4. Vorbildliche Bekehrung eines Branntweinhändlers
5. Historie vom verliebten Schwein Malchus
6. Von der Freundlichkeit der Welt
7. Ballade von den Selbsthelfern
8. Über die Anstrengung
9. Vom Klettern in Bäumen
10. Vom Schwimmen in Seen und Flüssen
11. Orges Antwort, als ihm ein geseifter Strick geschickt wurde
12. Ballade von den Geheimnissen jedweden Mannes
13. Lied am schwarzen Samstag in der elften Stunde der Nacht vor Ostern
14. Großer Dankchoral

3. Lektion: Chroniken

1. Ballade von den Abenteurern
2. Ballade auf vielen Schiffen
3. Vom Tod im Wald
4. Das Lied von der Eisenbahntruppe vom Fort Donald
5. Ballade von des Cortez Leuten
6. Ballade von den Seeräubern
7. Lied der drei Soldaten
8. Ballade von der Hanna Cash
9. Erinnerung an die Marie A.
10. Ballade vom Mazeppa
11. Ballade von der Freundschaft
12. Ballade von dem Soldaten. Nach einer englischen Soldatenballade

4. Lektion: Mahagonnygesänge

1. Auf nach Mahagonny!
2. Wer in Mahagonny blieb
3. Gott in Mahagonny
4. Alabama Song
5. Benares Song

5. Lektion: Die kleinen Tagzeiten der Abgestorbenen
1. Choral vom Manne Baal
2. Von den verführten Mädchen
3. Vom ertrunkenen Mädchen
4. Die Ballade vom Liebestod
5. Legende vom toten Soldaten

6. Schlußkapitel
Gegen Verführung

7. Anhang: Vom armen Bidi
1. Vom schlechten Gebiß
2. Von seiner Sterblichkeit
3. Von den Sündern in der Hölle
4. Vom armen B. B.
Notenanhang

HAUSPOSTILLE. MIT ANLEITUNGEN UND EINEM ANHANGE
[Malik-Fahnen, Korrekturabzüge, 1938]

Erste Lektion: Bittgänge
1. Vom Brot und den Kindlein
2. Apfelböck oder Die Lilie auf dem Felde
3. Von der Kindesmörderin Marie Farrar
4. Das Schiff
5. Liturgie vom Hauch
6. Prototyp eines Bösen
7. Morgendliche Rede an den Baum Green
8. Vom François Villon
9. Bericht vom Zeck

Zweite Lektion: Exerzitien
1. Vom Mitmensch
2. Orges Gesang
3. Historie von der Witwe Queck
4. Vorbildliche Bekehrung eines Branntweinhändlers
5. Historie vom verliebten Schwein Malchus
6. Armen Mannes Pfund

Sechste Lektion: Die kleinen Tagzeiten der Abgestorbenen
1. Choral vom Manne Baal
2. Von den verführten Mädchen
3. Vom ertrunkenen Mädchen
4. Die Ballade vom Liebestod
5. Legende vom toten Soldaten

Schlußkapitel
Gegen Verführung

Anhang:
Vom armen B. B.

HAUSPOSTILLE. MIT ANLEITUNG UND EINEM ANHANGE
[Neuanordnung in den Malik-Fahnen, 1956]

Erste Lektion: Bittgänge
1. Vom Brot und den Kindlein
2. Apfelböck oder die Lilie auf dem Felde
3. Von der Kindesmörderin Marie Farrar
4. Das Schiff
5. Liturgie vom Hauch
6. Prototyp eines Bösen
7. Morgendliche Rede an den Baum Green
8. Vom François Villon
9. Bericht vom Zeck

Zweite Lektion: Exerzitien
1. Vom Mitmensch
2. Herrn der Fische
3. Willfährigkeit
4. Junges Mädchen beim Wäschefalten
5. Vorbildliche Bekehrung eines Branntweinhändlers
6. Historie vom verliebten Schwein Malchus
7. Von der Freundlichkeit der Welt
8. Ballade von den Selbsthelfern
9. Über die Anstrengung
10. Vom Klettern in Bäumen

11. Vom Schwimmen in Seen und Flüssen
12. Orges Antwort, als ihm ein geseifter Strick geschickt wurde
13. Ballade von den Geheimnissen jedweden Mannes
14. Lied am schwarzen Samstag in der elften Stunde der Nacht vor Ostern
15. Über die Städte
16. Großer Dankchoral

Dritte Lektion: Chroniken

1. Ballade von den Abenteurern
2. Ballade auf vielen Schiffen
3. Ballade vom Tod im Wald
4. Ballade von des Cortez Leuten
5. Ballade von den Seeräubern
6. Lied der drei Soldaten
7. Ballade von der Hanna Cash
8. Ballade vom Mazeppa
9. Ballade von der Freundschaft
10. Ballade von dem Soldaten

Vierte Lektion: Mahagonnygesänge und Psalmen

1. Auf nach Mahagonny!
3. Gott in Mahagonny
5. Benares Song

Sechste Lektion: Die kleinen Tagzeiten der Abgestorbenen

Erinnerung an die Marie A.
1. Choral vom Manne Baal
2. Von den verführten Mädchen
3. Vom ertrunkenen Mädchen
4. Die Ballade vom Liebestod
5. Legende vom toten Soldaten

Schlußkapitel

Gegen Verführung

Anhang:

Vom armen B. B.

Bertolt Brechts Hauspostille
[Inhaltsverzeichnis 1956]

Erste Lektion: Bittgänge
1. Vom Brot und den Kindlein
2. Apfelböck oder Die Lilie auf dem Felde
3. Von der Kindesmörderin Marie Farrar
4. Das Schiff
5. Liturgie vom Hauch
6. Morgendliche Rede an den Baum Griehn
7. Bericht vom Zeck

Zweite Lektion: Exerzitien
1. Vom Mitmensch
2. Der Herr der Fische
3. Von der Willfährigkeit der Natur
4. Lied eines jungen Mädchens beim Wäschefalten
5. Vorbildliche Bekehrung eines Branntweinhändlers
6. Historie vom verliebten Schwein Malchus
7. Von der Freundlichkeit der Welt
8. Ballade von den Selbsthelfern
9. Über die Anstrengung
10. Vom Klettern in Bäumen
11. Vom Schwimmen in Seen und Flüssen
12. Orges Antwort, als ihm ein geseifter Strick geschickt wurde
13. Orges Wunschliste
14. Lied am schwarzen Samstag in der elften Stunde der Nacht vor Ostern
15. Über die Städte
16. Großer Dankchoral

Dritte Lektion: Chroniken
1. Ballade von den Abenteurern
2. Ballade von den Geheimnissen jedweden Mannes
3. Ballade auf vielen Schiffen
4. Ballade von den Cortez Leuten
5. Ballade von den Seeräubern
6. Ballade von der Hanna Cash
7. Erinnerung an die Marie A.

1933. Lieder Gedichte Chöre
[Malik-Fahnen 1938]

1933
Das Lied vom Anstreicher Hitler
Hitler-Choräle
Moritat vom Reichstagsbrand
Die Ballade vom Baum und den Ästen
Sonnenburg
Ein Bericht
An die Kämpfer in den Konzentrationslagern
Begräbnis des Hetzers im Zinksarg
Adresse an den Genossen Dimitroff, als er in Leipzig vor dem faschistischen Gerichtshof kämpfte
Deutschland

Lieder und Chöre aus den Stücken »Die Mutter« und »Die Maßnahme«
An die Frauen
Das Lied von der Suppe
Lob des Lernens
Lob des Kommunismus
Lob der Partei
Wer aber ist die Partei?
Lob der illegalen Arbeit
Bericht über den Tod eines Genossen
Lob des Revolutionärs
Lob der Dialektik

Chroniken
Ballade von der Billigung der Welt
Verschollener Ruhm der Riesenstadt New York
Lied der Lyriker, als schon im ersten Drittel des 20. Jahrhunderts für Gedichte nichts mehr bezahlt wurde

Kommentar

LIEDER ZUR KLAMPFE VON BERT BRECHT UND SEINEN FREUNDEN. 1918

Textgrundlage

Lieder zur Klampfe von Bert Brecht und seinen Freunden. 1918, Manuskript aus dem Nachlaß. – Anhang: *Der Jüngling und die Jungfrau*, Typoskript aus dem Nachlaß.

Entstehung

1918 beschreibt Brecht in einem – bis auf ein weiteres Blatt – leer gebliebenen Notizbuch dreizehn Blätter mit Notenskizzen und Gedichten. Er gibt ihnen auf einem gesonderten Blatt den Titel und kennzeichnet sie auf diese Weise als seine erste Sammlung von Liedern. Die *Lieder zur Klampfe* bilden zwar eine selbständige Einheit, sind möglicherweise aber als Auftakt bzw. erstes Kapitel zu einer geplanten *Klampfenfibel* gedacht gewesen, die Brecht mit den Freunden im Januar 1919 verfaßt hat (von dieser Fibel gibt es allerdings keine Überlieferung; es kann sich auch um eine Vorstufe zur *Hauspostille* handeln). Die vorliegende Sammlung stellt die erste größere Kollektivarbeit von Brecht und seinen Freunden dar.

Zur sogenannten »Brecht-Clique« gehören während der Entstehungszeit: Hanns Otto Münsterer, Georg Pfanzelt (Orge), Ludwig Prestel (Lud), Caspar Neher (Cas), Georg Geyer, Otto Müller bzw. Müllereisert (Hei oder Heigei) und Otto Bezold (Bez); hinzu kommen vor allem wechselnde Freundinnen. Die Texte entstehen weitgehend spontan, wenn die »Clique« – Brecht mit Gitarre – durch Augsburg zieht, wenn sie sich in »Gablers Taverne« trifft oder vor der Stadt am Lech lagert. Von allen Beteiligten wird dabei rückblickend die dominierende Rolle Brechts betont, so daß die Texte weitgehend Brecht selbst zugeschrieben werden können. Der Anteil der Freunde ist im einzelnen nicht bestimmbar; die Überlieferung erfolgt allein durch Brechts Handschrift. Die Musik, häufig von den Freunden beigesteuert oder gemeinsam aus bekannten Melodien entwickelt, spielt für die Entstehung der *Lieder zur Klampfe* eine wichtige Rolle: sie bestimmt durch Rhythmus und Melodie häufig im voraus Umfang und Art des Textes. – Angaben zur Entstehung der einzelnen Gedichte erfolgen hier wie bei allen Sammlungen jeweils im Zeilenkommentar.

Text/Fassungen

Ein Druck der Sammlung ist zu Lebzeiten Brechts nicht erfolgt. Die einzige Überlieferung im Notizbuch bleibt unvollständig, weil das letzte Gedicht, *Der Jüngling und die Jungfrau*, nur mit Titel und einer Notenskizze vorhanden ist. Die übrigen Gedichte sind mit Noten und Text überliefert. Auf Blatt 16 des Notizbuchs findet sich noch der Vierzeiler (in Bleistift geschrieben) *Als ich einst im Flügelkleide*, der nicht in die Sammlung der *Klampfenlieder* integriert ist. Auf der Rückseite dieses Blatts stehen überdies eine Notenskizze und ein Textbruchstück zu *Baals Lied*. – Im vorliegenden Band werden die Gedichte nach der Überlieferung des Notizbuchs gedruckt; der Text von *Der Jüngling und die Jungfrau* folgt einem Typoskript der Zeit (1918).

9,1 *Baals Lied]* Brecht schreibt das Lied, der Melodie folgend, in Langzeilen. Die Fassungen im *Baal*, die alle leicht voneinander abweichende Texte haben, weisen vierzeilige Strophen auf. Eine weitere Überlieferung nennt das Gedicht *Kabarettlied* und enthält die Anmerkung »Nach dem Manuskript. Kabarettszene im Urbaal«. Hanns Otto Münsterer dokumentiert in seinen Abschriften der frühen Gedichte denselben Text unter dem Titel *Kabarettlied aus dem Urbaal* (Nachlaß Münsterer, Bayerische Staatsbibliothek München). Beide Fassungen sind mit dem entsprechenden Lied im *Baal* von 1918 textidentisch.

9,1 *Lied der müden Empörer]* Dem Gedicht geht ein sechsstrophiges *Philosophisches Tanzlied* (1917) voraus, dessen letzte drei Strophen 1918 zu einem gesonderten Gedicht isoliert werden. Brecht überschreibt dieses dreistrophige Gedicht, in dem die Strophen 2 und 3 in umgekehrter Reihenfolge angeordnet sind, zunächst mit *Tanzlied* (zwei Überlieferungen; eine im Nachlaß Münsterer, Bayerische Staatsbibliothek München), um es dann für die vorliegende Sammlung noch einmal mit einem neuen Titel zu versehen.

9,1 *Kleines Lied]* Dem Gedicht geht das Lied *Von der Schädlichkeit des Alkohols* (1917) voraus mit nur leicht abweichendem Text. Hanns Otto Münsterer (*Bert Brecht. Erinnerungen aus den Jahren 1917-22*, Zürich 1963, S. 77) überliefert auch die Titelvariante *Unschädlichkeit des Alkohols*.

11,1 *Ein bitteres Liebeslied]* Das Gedicht endet in der Handschrift mit einer Virgel, die Versbrechung anzeigt. Es muß deshalb als Fragment gelten. Vgl. *Wie dem auch sei, einmal*.

11,1 *Lied an die Kavaliere der Station D]* Nach Hanns Otto Münsterer (*Bert Brecht. Erinnerungen aus den Jahren 1917-22*, Zürich 1963, S. 96) hat das Lied ursprünglich drei oder vier Strophen umfaßt, die jeweils mit dem Refrain geendet haben sollen:

O diese Weiber, Himmelherrgottsakrament!
Arg schon die Liebe, aber ärger noch der Tripper brennt!

12,1 *Lied von Liebe]* Das Gedicht muß kein Fragment sein, obwohl es zu ihm eine weitere, womöglich abschließende Strophe gibt, die der Jugendfreund Rudolf Prestel überliefert hat (in: Werner Frisch / K. W. Obermeier, *Brecht in Augsburg*, Berlin und Weimar 1975, S. 133):

Tine Tippe ging in die Ehe
Und Heider Hei nach Amerika...

13,1f. *Der Jüngling...]* Der Titel folgt dem Typoskript des Gedichts. Im Manuskript der Sammlung heißt es nur *»Die Keuschheitsballade« oder »Der Jüngling und die Jungfrau«*, der Text selbst fehlt.

Zeilenkommentar

9,1 *Baals Lied]* E: 7. Juli 1918. »Geschrieben mit Lud am 7. VII. 18 nachts am Lech«, vermerkt Brecht unter dem Gedicht (gemeint ist Ludwig Prestel). Noch im gleichen Jahr geht das Lied in die Kabarettszene des *Baal* ein. Brecht tilgt es wieder für die Drucke von 1920 bzw. von 1922 und in den weiteren Überarbeitungen des Stücks von 1926 und 1953. Die ebenfalls im *Baal* zitierte 3. Strophe aus *Liebeslied* (»Und im Abendblau...«) wiederholt das Strophenmodell (als Vierzeiler) mit wörtlichen Anklängen, ohne zu *Baals Lied* zu gehören.

9,1 *Lied der müden Empörer]* E: 1917 (als *Philosophisches Tanzlied*, Strophen 4-6). Brecht parodiert Goethes Lied des Harfners (»Wer nie sein Brot mit Tränen aß...«) aus *Wilhelm Meisters Lehrjahre* (1777-1785) in Buch 2, Kapitel 13.

9,1 *Kleines Lied]* E: 1917 (als *Von der Schädlichkeit des Alkohols*). Das Gedicht parodiert Scherzverse, die nach der Erinnerung von Friedrich Mayer in Brechts Augsburger Jugendzeit Kindern und Jugendlichen geläufig gewesen sind: »Es war einmal ein Mann, / Der hatte einen Schwamm, / Der Schwamm war ihm zu naß, / Da ging er auf die Gaß.« (In: Werner Frisch / K. W. Obermeier, *Brecht in Augsburg*, Berlin und Weimar 1975, S. 104.) Die Verse können beliebig fortgedichtet werden; vgl. Brechts Lieder *Es war einmal ein Mann* und *Das Was-man-hat-hat-man-Lied* in: *Die Rundköpfe und die Spitzköpfe*.

10,1 *Lied der Galgenvögel]* E: 1918. Das Gedicht parodiert den christlichen Ritus (Stichworte: Brot, Wein, Abendmahl) und die (bürgerliche) Ehe, die nach katholischen Vorstellungen zu den Sakramenten zählt. Ohne daß es genauere Textanspielungen gibt, ist das Lied vor allem von François Villon angeregt; vgl. dessen Ballade *Grabschrift in Form einer Ballade, die Villon für sich und seine Kumpane machte, als er erwartete, mit ihnen gehängt zu werden* (*L'Epitaphe Villon*;

1461) in der Übersetzung von K. L. Ammer (d. i. Karl Klammer): François Villon, *Des Meisters Werke*, Berlin o. J. [1918], S. 22 f. Vgl. auch Brechts Gedicht *Vom François Villon*.

10,13 *Kyrieleis]* Das »Kyrie eleison!« (»Herr, erbarme dich!«) ist Bittruf der katholischen Messe und des evangelischen Gottesdiensts.

10,17 *Vater Eurer]* Brecht kehrt das *Vaterunser*, das Hauptgebet des christlichen Ritus, um: »Vater unser, der Du bist im Himmel«. Die Vorstellung vom »Tod Gottes« geht insgesamt auf Friedrich Nietzsches Philosophie zurück (z. B. *Also sprach Zarathustra*; 1883-1885), die Brecht als Jugendlicher rezipiert hat (vgl. *Journale*, 16. Oktober 1916).

11,1 *Ein bitteres Liebeslied]* E: 1918 (Fragment). Brecht schreibt über die Notenskizze: »Klagend und laut schallend«.

11,1 *Lied an die Kavaliere der Station D]* E: 2. November 1918 (Datierung im Manuskript). Brecht arbeitet als Militärkrankenwärter vom 1. Oktober 1918 bis 9. Januar 1919 auf der Station D (D für Dermatologie: Haut- und Geschlechtskrankheiten) des Augsburger Reservelazaretts.

11,4 *das Mensch]* Landschaftlich für: derbe Frau, liederliches Mädchen; auch Dirne.

12,1 *Lied von Liebe]* E: 1918. Zum möglicherweise fragmentarischen Charakter des Gedichts vgl. S. 291.

12,2 *Heider Hei]* Die Namengebung spielt auf Otto Bezold an.

12,2 *Tine Tippe]* Nicht identifiziert.

13,1 *Der Jüngling und die Jungfrau]* E: 1918. Das Lied geht 1919 als *Keuschheitsballade in Dur* in den Einakter *Die Hochzeit* (ab 1931: *Die Kleinbürgerhochzeit*) ein.

[PSALMEN]

Textgrundlage

[Psalmen], Manuskripte und Typoskripte aus dem Nachlaß. – Anhang: Zu den Psalmen gehörende Gedichte, Manuskripte aus dem Nachlaß.

Entstehung

Die größte Gruppe von Psalmen (18 Prosa-Gedichte) entsteht im Laufe des Jahres 1920. Brecht schreibt sie in den meisten Fällen spontan in ein Notizbuch und korrigiert wenig. Nur das Gedicht *Eisenbahnfahrt. 19. Psalm*, das nach Brechts nachträglich angebrachter Zählung zu dieser Gruppe gehört, steht in einem weiteren Notizbuch desselben Jahres. Die Numerierung und damit die Zusammenstellung zur Sammlung ist bei den Psalmen, die eine inhaltsbezogene Überschrift (z. B. *Vision in Weiß*) tragen, nachträglich und mit anderem Stift (Blei statt der üblichen Tinte) vorgenommen worden. Drei Psalmen weisen von vornherein nur Titel auf, die eine ordnende Zählung vornehmen: *6. Psalm*, *10. Psalm*, *12. Psalm*. Drei weitere Psalmen sind ohne Numerierung geblieben und haben einen inhaltsbezogenen Titel: *Gottes Abendlied*, *Psalm im Frühjahr* und *Morgen auf dem Berg Ararat*; ob sie die Lücken – zwischen 14. und 16. sowie zwischen 16. und 19. Psalm – schließen sollten, ist nicht auszumachen.

Für eine weitere Zusammenstellung von Psalmen schreibt Brecht einzelne Manuskripte des (ersten) Notizbuchs mit der Maschine ab. Drei Typoskripte sind überliefert von *Der siebente Psalm*, *Der elfte Psalm* sowie von *Der zwölfte Psalm* (später: *Der 3. Psalm*; nicht identisch mit: *12. Psalm*). In dieser (unvollständig gebliebenen) Fassung der Sammlung sollten offenbar die Doppeltitel der Notizbücher getilgt und die Psalmen neu durchgezählt werden.

Eine zweite Gruppe von Psalmen, die drei Gedichte umfaßt (*Der 1. Psalm* usw.), entsteht ebenfalls um 1920 (Typoskripte im Nachlaß) und ist zunächst als gesonderte Klein-Sammlung mit dem Titel *Drei Psalmen für die Zeit nach Lichtmeß* geplant; diese Sammelüberschrift trägt das Typoskript von *Der zwölfte Psalm*, dessen Titel Brecht jedoch in weiteren Abschriften entsprechend ändert in: *Der 3. Psalm*. Um 1922 schreibt er noch einen *4. Psalm*, der in einer Reinschrift der zwanziger Jahre dieser Psalmen-Gruppe ausdrücklich zugeordnet wird (Typoskripte im Nachlaß).

Zum autobiographischen Hintergrund der meisten Psalmen gehört Brechts Verhältnis zu Hedda Kuhn; in *Von He. 9. Psalm* und im

12. Psalm verwendet Brecht ihre Kosenamen. 16 Monate (gerechnet bis Mai 1920) wäre sie nach den Gedichten seine Geliebte gewesen, was die frühen *Journale* jedoch nicht bestätigen.

Der Titel *Psalmen* spielt parodierend auf den *Psalter* des *Alten Testaments* an, eine Sammlung von 150 Prosa-Psalmen, als deren Verfasser David gilt, obwohl sie nur etwa zur Hälfte von ihm stammt. »Psalm« heißt ursprünglich »Lied zum Saitenspiel«. Im christlichen Ritus handelt es sich um Lobgesänge zum Preis Gottes, um Gebete oder um Lehrgedichte in lyrischer Prosa. Brecht übernimmt sowohl den spezifischen »Ton« des *Psalters* (die stark rhythmisierte Sprache) als auch die Form (die stilisiert-poetische Prosa). Die vorherrschende rhetorische Figur, der Parallelismus membrorum (Gleichlauf der Glieder, Gedanken-Parallelismus), sowie die parataktische Reihung der Sätze (häufig durch stereotypes »und« verbunden) stellen auch die vorwiegenden Stilmittel bei Brecht dar. Inhaltlich jedoch kehrt er den ursprünglichen religiösen Gehalt in erotisch-sexuellem Sinn um. Die der Tradition verpflichtete Thematik »Vergänglichkeit/Tod« dagegen ist intensiv gewahrt, wie wiederum in Abgrenzung von der Tradition die Geliebte bei Brecht kein (individuelles) Gesicht gewinnt – im Gegensatz zur zweiten biblischen Quelle, zu *Das Hohelied Salomos*, das die Geliebte Sulamith auf durchaus sinnenfrohe Weise religiös preist (vgl. z. B. Das Hohelied 4 und 5). Brechts *Psalmen* bilden in ihrer Sachlichkeit, mit der sie die Sexualität bzw. die Partnerschaft zwischen Mann und Frau behandeln, einen Abgesang auf das ursprüngliche »Hohelied« der Liebe.

Eine weitere Quelle für die *Psalmen* stellt sowohl vom Thema (Sexualität) als auch vom Sprachduktus her Walt Whitmans Gedichtsammlung *Leaves of Grass* dar (zuerst 1855, dt.: *Grashalme*), die in der deutschen Übersetzung von Hans Reisiger verbreitet ist (Walt Whitman, *Grashalme. Neue Auswahl*, Berlin 1919). Es handelt sich ebenfalls um Gedichte in lyrischer Prosa oder um Lyrik im Langvers mit starkem Prosacharakter. Whitman feiert die erotisch-sexuelle Liebe.

Text/Fassungen

Die 19 *Psalmen* der ersten Gruppe sind mit zwei Ausnahmen nur in den beiden Notizbüchern von 1920 überliefert. Lediglich *Der siebente Psalm* und *Der elfte Psalm*, im Manuskript noch mit *Gesang von einer Geliebten. 7. Psalm* bzw. mit *Gesang von der Frau. 11. Psalm* überschrieben, liegen auch im Typoskript vor. Beide Psalmen sollten offenbar ursprünglich in die *Hauspostille* eingehen, da deren Inhaltsverzeichnis von 1922 in der 5. Lektion als Nr. 4 und 5 eben diese Titel ausweist; möglicherweise ist das dort als Nr. 6 vorgesehene Gedicht, von dem Brecht lediglich die Zeile: »... (In den eisern schallenden

Eisenbahnzügen)« notiert hat, identisch mit dem 19. Psalm *Eisenbahnfahrt.*

Im Gegensatz dazu sind die vier Psalmen der zweiten Gruppe mehrfach überliefert, meistens als Dreier-, in einer Reinschrift aber auch als Vierergruppe. Die Überschriften sind fast immer mit dem bestimmten Artikel versehen. Diese Gedichte stehen nicht nur zeitlich – mit Ausnahme von *Der 4. Psalm* –, sondern auch thematisch im Zusammenhang mit den übrigen Psalmen: *Der 2. Psalm* stellt eine Neufassung des 14. Psalms *Gesang vom Sommer* dar, und *Der 3. Psalm* weist sehr starke Anklänge an *Gesang von mir. 16. Psalm* auf (mit Übernahme einer ganzen Strophe). 1956 gliedert Brecht die ersten drei Psalmen der zweiten Gruppe in die »Vierte Lektion Nr. 1, 2, 3« (so die handschriftliche Notiz) der *Hauspostille* ein. Auf den frühen Typoskripten nimmt Brecht dabei noch einige handschriftliche Änderungen vor und benennt sie um: *1. Psalm* usw. Er ordnet diesem neuen Inhaltsverzeichnis jedoch keine Gedichttexte mehr zu. Ein Druck erfolgt zu seinen Lebzeiten nicht. Diese Neufassung der *Hauspostille* gehört – wie die Überarbeitungen der ersten Stücke – zu den Werkausgaben früherer Arbeiten, die Brecht in der DDR begonnen hat.

Eine endgültige Gestalt der Sammlung bzw. der beiden Sammlungen läßt sich dem Nachlaßmaterial nicht entnehmen. Die Zählung der ersten Gruppe ergibt 19 Gedichte, eben die Anzahl, die auch überliefert ist. Für eine Einordnung der drei nicht-numerierten Psalmen gibt es keine Anhaltspunkte. Die drei Typoskripte von *Der siebente Psalm, Der elfte Psalm* und *Der zwölfte Psalm* (*Der 3. Psalm*) als die *Drei Psalmen für die Zeit nach Lichtmeß* bilden einen Torso. Nach dieser Sachlage stellt die vorliegende Ausgabe zunächst die numerierten Psalmen aus den beiden Notizbüchern zusammen; es folgen die vier Psalmen der zweiten Gruppe nach den Typoskripten Brechts von 1922. Im Anhang sind die drei übrigen Gedichte aus dem Notizbuch in der dortigen Reihenfolge angefügt. Der Titel für die Sammlung in der vorliegenden Ausgabe orientiert sich an Brechts späteren Überschriften für das entsprechende Kapitel der *Hauspostille* (*Psalmen und Mahagonnygesänge*).

18,1 *Vom Schiffschaukeln. 4. Psalm]* Das Manuskript weist noch zwei weitere Zeilen auf, die Brecht jedoch nicht zugeordnet hat: »Man fliegt wie in den Himmel / und man fällt wie in Schlaf«.

19,8f. *Sie zu besänftigen...]* Brecht hat in dieser Strophe mit Strichen Umstellungen vorgenommen, die nicht eindeutig sind. Es ist auch folgende Lesung möglich: »Als sie es zu arg trieb, legte ich mich zu ihr, sie zu besänftigen, und wurde unrein.«

20,1 *Der siebente Psalm]* T: Typoskript (im Notizbuch mit *Gesang von einer Geliebten. 7. Psalm* überschrieben).

21,18 *4]* Die Doppelzählung der Strophe 4 entspricht dem Manuskript (einzige Überlieferung).

23,1 *Der elfte Psalm]* T: Typoskript (im Notizbuch mit *Gesang von der Frau. 11. Psalm* überschrieben).

25,4 f. *habe gestohlen]* Lücke im Text.

27,20 *4a]* Die Strophe ist wie die folgende (4b) nachträglich eingefügt worden; deshalb ist die Zählung nicht konsequent.

27,42 *meisten!)]* Die Klammer sollte höchstwahrscheinlich schon nach »Herbst!« geschlossen sein.

28,1 *Gesang von mir. 16. Psalm]* Es handelt sich um ein Fragment. Brecht hat eine Strophe 3 begonnen, sie dann jedoch wieder gestrichen. Die Strophe 5 fehlt ganz.

28,16 *Azorl]* Eine weitere Schreibung weist die früheste Fassung von *Der 3. Psalm* auf: »Asorl«; in späteren Abschriften steht »Azurl«.

30,1 *Der 1. Psalm]* Für die Überarbeitung der *Hauspostille* (1956) schließt Brecht die in den Strophen einzeln gesetzten Sätze zu Blöcken zusammen.

30,21 *That's-all]* Brecht ändert für die *Hauspostille* (1956) in »Vergeltsgott«.

31,1 *Der 2. Psalm]* Die ersten beiden Strophen sind 1956 bei Erhaltung des Textbestands völlig neu in Versform gefaßt: in der 1. Strophe sind Versgrenzen markiert nach »Mitternacht«, »Füssen bis« und »Lebenslust« (Strophenende); in der 2. Strophe nach »Passagieren«, »Donnernden«, »Mittag über« und »Feldern«.

31,5 *der sie]* In der Textgrundlage steht entgegen sonstiger Überlieferung: »die sie« (Nachlaß).

31,14 *Die Gestalten... lasterhafte]* Im Typoskript von 1956: »Die braunbrüstigen Gestalten«; in einem weiteren Typoskript dieser Zeit: »Die Gestalten in den Äckern, braunbrüstige Unholde, lasterhafte...« (Nachlaß).

32,1 *Der 3. Psalm]* Brecht bringt den Psalm 1956 teilweise in Verse (gemischt mit der ursprünglichen Prosa); in Strophe 3 setzt er Versgrenzen nach »es sind« und »kleine Lieder«, in Strophe 4 (wahrscheinlich) nach »Azurl« und »Männerliebe« sowie in Strophe 5 (eindeutig) nach »rote Unzucht« und »Beischlaf«.

32,1 *Der 4. Psalm]* Es liegt ein Typoskript (um 1922) vor, das in der Strophe 2 eine Variante aufweist. Zwischen den Zeilen 14 und 15 sind folgende Verse eingefügt:

Unsere Großväter gingen hinein mit Bibeln, Feuerwasser und Flinten
Sangen Nearer my God und rotteten alles aus –
Und *ich* habe die Urbewohner auf dem Hals!

34,6-16 *Der Schrei... schlecht geht.]* Dieser Passus bildet im Notizbuch ein gesondertes Gedicht mit dem Titel *Gottes Lieblingschoral*; Brecht fügt es durch einen Verweis in den Psalm ein.

Zeilenkommentar

17,6 *orangene Himmel]* Gehört zum Bildbereich, der typisch für den jungen Brecht ist. Der Himmel steht einerseits für Weite, andererseits, verbunden mit der Sexualmetapher »orangen«, für entleerte Transzendenz und damit für freie irdisch-sexuelle Liebe.

18,3 *Schiffschaukeln]* Brecht prägt den Amüsierbetrieb der Schiffschaukeln auf dem Augsburger »Plärrer« (Volksfest) als Sexualmetapher um; vgl. die frühen *Journale* z.B. 1920.

19,6 *Nischni Nowgorod]* Gebietshauptstadt an der mittleren Wolga (an der Einmündung der Oka); Geburtsstadt Gorkis, 1932 nach ihm umbenannt.

20,9f. *Gras stärker ist als der Stier]* Es handelt sich um eine Metapher (auch im sexuellen Sinn), die Brecht aus Walt Whitmans *Grashalme* übernommen hat. Whitman spricht u. a. von »Leibeshalmen«, die den Tod überwinden (*Duftendes Gras meiner Brust*). Die Metapher steht bei Whitman auch für die Dichtung: »Hier meine zartesten Halme und doch die am kräftigsten dauern« (*Hier meine zartesten Halme*).

20,18 *Wolke]* Ein Motiv der frühen Lyrik Brechts für Vergehendes, vor allem für vergessene Gesichter von Frauen (Geliebten). Das Motiv verbindet Momente der Einheit von Negation (Vergessen, Schwerelosigkeit, Verschwinden, Vereinzelung) und Bewahrung (erfüllter Augenblick, Zweisamkeit, Wandlung in neue Gestalten, Erinnerung); vgl. u. a. *Erinnerung an die Marie A.*, *Von He. 9. Psalm* und *12. Psalm*.

21,1 *Lied von meiner Mutter. 8. Psalm]* Der Psalm verarbeitet authentisches Material. Die Mutter litt an Krebs. Ihr Todestag ist der 1. Mai 1920 (vgl. Walter Brecht, *Unser Leben in Augsburg, damals. Erinnerungen*, Frankfurt a. M. 1984, S. 157 f. und 347-350).

21,12 *im Wald aufgewachsen]* Brechts Mutter, Sophie Brezing, stammt aus Bad Waldsee (Württemberg); vgl. das *Hauspostille*-Gedicht *Vom armen B. B.*

22,30 *Man kann sie mit den Fingernägeln]* Eine ähnliche Formulierung gebraucht Brecht im Gedicht *Auslassungen eines Märtyrers*.

22,1 *He]* Brechts Kosename für Hedda (Kuhn).

22,22 *Bi]* Brechts Kosename für Paula Banholzer, genannt die »Bittersüße« oder »Bittersweet«.

22,25 *5. Monat]* Es ist der Todesmonat von Brechts Mutter; Brecht ist weiterhin mit Hedda Kuhn befreundet (vgl. die frühen *Journale*).

23,16f. *5 /...]* Die Strophe 5 ist von Brecht markiert, aber lediglich mit neun Punkten versehen worden. Es ist möglich, daß Brecht sie »ohne Worte« gelesen wissen wollte, folglich das Gedicht nicht unbedingt Fragment sein muß.

25,1 *12. Psalm]* E: 22. Mai 1920. Brecht merkt auf dem Manuskript an: »22. 5. 1920 abends 10 h am Lech«.

25,4 *Orge]* Kosename für Georg (Pfanzelt).

25,13 *Autodafés]* (Portugiesisch; wörtlich: Handlungen des Glaubens, abgeleitet von lat. actus fidei.) Beschönigende Bezeichnung für die Urteilsverkündungen der Inquisition, zum Teil auch für die Verbrennungen von Ketzern durch die katholische Kirche selbst.

25,21 *Heh]* Hedda (Kuhn).

26,1 *Gesang vom Sommer. 14. Psalm]* E: 5. Juni 1920. Im Notizbuch ist am Ende des Gedichts vermerkt: »(am Tag nach Fronleichnam, Kimratshofen)«.

26,9 f. *teilen sich wie das gelbe Meer]* Anspielung auf 2 Mose 14,21: »und die Wasser teilten sich auseinander«; vgl. die variierte Aufnahme der Wendung in *Der 2. Psalm* (31,9 f.).

28,1 *Gesang von mir. 16. Psalm]* Dieses Fragment weist Anklänge an *Der 3. Psalm* auf; die jeweiligen Strophen 4 sind weitgehend identisch. Vgl. S. 295.

28,16 *Azorl]* Gemeint ist »Azurl« wie in: *Der 3. Psalm* (32,14).

31,5 *Leilich]* Auch: Leilach; schwäbisch für: Leintuch, Bettlaken.

32,1 *Der 4. Psalm]* Brecht hat diesen Psalm, weil er formal aus der Reihe fällt, im Gegensatz zu den drei vorangehenden Psalmen 1956 nicht mehr für die geplante Neufassung der *Hauspostille* berücksichtigt.

32,4 *Patiencen gelegt]* Durch Spielkartenlegen die Zukunft vorausgesagt (Aberglaube).

32,6 *Leviathan]* Ungeheuer der phönikischen Mythologie: im *Alten Testament* ist es der von Jahwe (Gott Israels) überwundene Chaosdrache (Psalm 74,14), als Schlange beschreibt ihn Jesaia 27,1. Im Christentum gilt der Leviathan als eine Erscheinungsform des Teufels.

33,9 *Hohe Lied]* Direkte Anspielung auf die parodierte christliche Tradition; vgl. *Das Hohelied Salomos* im *Alten Testament*.

33,18 *Gesetzestafeln]* Anspielung auf die Gesetzestafeln Moses (2 Mose 32,19). Die folgenden Verse beziehen sich teilweise auf die »Zehn Gebote« (2 Mose 20,2-17).

35,1 *Ararat]* Berg im türkischen Teil Armeniens, der sich aus der Wüste als riesiger Kegel mit einer Höhe von 5165 m erhebt. Nach dem *Alten Testament* soll Noah mit seiner Arche am 17. Tag des 7. Monats der Sintflut auf dem Gebirge Ararat gelandet sein (vgl. 1 Mose 8,4).

BERTOLT BRECHTS HAUSPOSTILLE

Textgrundlage

Bertolt Brechts Hauspostille. Mit Anleitungen, Gesangsnoten und einem Anhange, Berlin: Propyläen-Verlag 1927 (Ausgabe: Druck im Ullsteinhaus, Berlin).

Übersicht

1916-1925: Entstehungszeitraum der Gedichte.
Ende 1921: Vorläufiges Manuskript; erste Verbindung mit dem Kiepenheuer Verlag, Potsdam (Hermann Kasack).
Frühjahr 1922: Erste Zusammenstellung.
Juni 1925: Abschluß des Vertrags mit dem Propyläen-Verlag, Berlin.
Oktober 1925: Ablieferung des fertigen Typoskripts beim Kiepenheuer Verlag.
1926: Privatdruck unter dem Titel *Taschenpostille* im Kiepenheuer Verlag.
1927: Erstdruck der *Hauspostille* (zwei Ausgaben) im Propyläen-Verlag, Berlin.
1937: Überarbeitung für die Ausgabe der *Gesammelten Werke* im Malik-Verlag, London (nicht erschienen); Korrekturen von Margarete Steffin.
1951: Nachdruck der Propyläen-Ausgabe im Suhrkamp Verlag, Berlin/West (in der »Bibliothek Suhrkamp«).
Frühjahr 1956: Neuanordnung durch Brecht unter Verwendung der Fahnen von Band 3 der *Gesammelten Werke* (Malik-Verlag).
1956: Letzte Anordnung durch Brecht für eine geplante Neuausgabe der *Hauspostille*.

Entstehung

Die Gedichte der *Hauspostille* entstehen zwischen 1916 und 1925. Im Oktober 1925 liefert Brecht Hermann Kasack, dem Cheflektor des Kiepenheuer Verlags, das lange zuvor vereinbarte Typoskript ab. Ein Brief Brechts an Marianne Zoff belegt, daß er bis zum Liefertermin an der Sammlung gearbeitet hat: »ich habe den ganzen *Galgei* fertiggemacht und bin sehr erleichtert – auch *Dickicht* und *Hauspostille*« (Oktober 1925). Vorabdrucke einzelner Gedichte gibt es ab Jahresende 1924 (häufig mit dem Hinweis, daß sie aus der *Hauspostille* stammen).

Hermann Kasack berichtet, daß er im Spätherbst 1921, als Brecht das zweite Mal in Berlin ist, ein vorläufiges Manuskript in der Hand gehabt habe. Am 22. Oktober 1922 schreibt Brecht an Herbert Jhering, daß die *Hauspostille* Balladen enthalte und »noch nicht in den Druck gegangen« sei. Das Programmheft der Kammerspiele München für *Trommeln in der Nacht* (Oktober 1922) enthält eine Anzeige des geplanten Gedichtbandes. Auf der verlagsinternen Liste für Publikationsvorhaben bei Kiepenheuer von 1923 findet sich von Brecht – neben *Baal* und *Garga* (*Im Dickicht*) – die dort noch so genannte *Postille* (geplante Auflage: 1500 Exemplare). Zu dieser *Postille* existiert ein Inhaltsverzeichnis, das die geplante Sammlung mit dem später endgültigen Namen bezeichnet, die Unterteilung in *Lektionen* aufweist und für vier Lektionen die einzelnen Gedichte auflistet (die 4. Lektion fehlt). Die Überschriften lauten *Bittgänge*, *Exerzitien*, *Chroniken* sowie für die 5. Lektion *Anhang*. Handschriftliche Anmerkungen Brechts lassen darauf schließen, daß die damals vorgesehenen Gedichte bereits weitgehend fertiggestellt sind, aber auch noch Gedichte »fehlen« bzw. keinen endgültigen Titel haben. Brecht selbst hat diese *Hauspostille* hauptsächlich als Balladenbuch eingestuft (vgl. den Brief an Jhering, 22. Oktober 1922), zu diesem Zeitpunkt jedoch nicht als abgeschlossen empfunden. Zwei Gedichte, die an 6. und 7. Stelle der *Ersten Lektion* genannt werden, *Kleine Ballade von der Kälte* sowie *Die Ballade von der roten Rosa*, gelten ebenso als verloren wie drei – später ausgeschiedene – Gedichte der 2. Lektion: *Lied für Unmündige* (an 5. Stelle), *Ermahnung für die kleinen Leute* (an 7. Stelle) sowie *Vom Kalender* (an 13. Stelle).

Der Verlag erhält das ab 1923 immer wieder angekündigte Typoskript nicht, da sich Brecht längst anderen Projekten zugewendet hat. Kiepenheuer mahnt mehrmals vergeblich, die Satzvorlage zu liefern und den bereits bestehenden Vertrag (auf Vorschußbasis) zu erfüllen. Im September 1923 liegt ein Vorschautext über die Herbstnovitäten vor: »Endlich erscheinen die großen Balladen und kleineren Gedichte von Bert Brecht unter dem Titel *Hauspostille*. Der Einbandentwurf ist von Neher. Den einzelnen Balladen sind die Noten beigegeben. Brecht, dessen Ruhm als Dramatiker über allen Zweifel erhaben ist, zeigt in diesen balladenhaften Versen eine Masse [gemeint: ein Maß] von Ursprünglichkeit, das der gesamten Literatur der letzten Jahre fehlt.« Aber auch jetzt liefert Brecht nicht. Im Gegenteil belegen Hermann Kasacks Briefberichte (Verlagsarchiv Kiepenheuer, Leipzig und Weimar), daß Brecht noch im Juni 1924 die Sammlung nicht für druckreif hält. Außerdem sind ihm seine dramatischen Arbeiten – die ersten größeren Erfolge liegen bereits vor – sowie die Theaterarbeit (z. B. an den Münchner Kammerspielen) wichtiger. Im Sommer 1924 zählt Brecht das Werk nicht mehr zu den laufenden Arbeiten. Wiederum erhält der Verlag nichts, obwohl er den Herbst als Erscheinungstermin fest eingeplant hat. Brecht ist anderweitig beschäftigt (u.a. mit seinem

Umzug nach Berlin), sucht gleichzeitig nach anderen Möglichkeiten, seine Bücher verlegen zu lassen. Das zunehmend gespannte Verhältnis zum Kiepenheuer Verlag und die Tatsache, daß dieser Verlag in finanzielle Schwierigkeiten gerät, tragen dazu bei. Im Juni 1925 schließt Brecht mit dem Ullstein-Konzern für den Propyläen-Verlag in Berlin einen Vertrag ab, der auch die *Hauspostille* mit umfaßt.

Obwohl er im Oktober 1925 das fertige Typoskript doch noch an den Kiepenheuer Verlag liefert, kommt es nicht mehr zum Druck der Sammlung. Brecht läßt sich lediglich Exemplare für den Eigenbedarf herstellen, ändert dabei aber den Namen in *Taschenpostille* um. Die Ausgabe trägt die Jahreszahl 1926 (Gustav Kiepenheuer Verlag, Potsdam) und vermerkt auf der Rückseite des Titelblatts: »Diese Ausgabe wurde im Auftrage des Verfassers als einmaliger unverkäuflicher Privatdruck in fünfundzwanzig Exemplaren hergestellt.« Der Grund dafür ist, daß der Ullstein-Konzern auf der Erfüllung seines Vertrags mit Brecht besteht und der Kiepenheuer Verlag keine Möglichkeit sieht, seinerseits die Einhaltung seines Vertrags zu verlangen. Elisabeth Hauptmann begründet später die Zusammenhänge anders: »Deutschnationales Geld im Kiepenheuer Verlag widersetzte sich dem Abdruck der *Legende vom toten Soldaten*, die in der *Taschenpostille*, dem vorgesehenen Gedichtband, erscheinen sollte, die auch schon gesetzt war. Darüber ging der ganze Kiepenheuer-Vertrag in die Binsen. Der Propyläen-Verlag (Ullstein) nahm Brecht, der mehr und mehr Verlegern zu unangenehm politisch wurde, als Autor auf.« (Aufzeichnung *Für die Brecht-Biographie*, 1951; Typoskript im Nachlaß.) Die Dokumente im Kiepenheuer Verlag bestätigen diese Darstellung nicht.

Die *Hauspostille* erscheint – im Text gegenüber der *Taschenpostille* weitgehend unverändert, aber gänzlich anders aufgemacht – im Propyläen-Verlag Berlin (1927). An der endgültigen Textgestaltung hat Elisabeth Hauptmann wesentlichen Anteil. Sie hat nicht nur den Vertrag mit Ullstein vermittelt (über Julius Elias, den neuen Leiter des Propyläen-Verlags), sie hat auch versucht, Brechts Vorstellungen von einem »großen, leder- und goldgebundenen Buch« mit Zweispaltendruck durchzusetzen. Der Verlag besteht jedoch darauf, einen Gedichtband »gewöhnlicher Art« zu publizieren, wie es denn auch auf Grund der noch vorgenommenen Überarbeitungen weitgehend geschehen ist. Die Ausgabe von 1927 ist als Kompromiß zwischen Brechts bzw. Hauptmanns Vorstellungen und dem üblichen Druck von Gedichtbänden der Zeit anzusehen.

Als Vorbild für die Anlage und den »Gebrauchswert« der Sammlung gilt Martin Luthers *Hauspostille*, die in einer Bearbeitung von Veit Dietrich seit 1544 nachweisbar ist: *Haußpostil / D. Martin / Luther / Nürnberg / M.D.XLIIII. bei Johann vom Berg und Ulrich Neuber*; der Titelzusatz in späteren Auflagen lautet: *vber die Sontags, / vnd der fürnembsten Fest / Euangelia, durch das / gantze Iar.* Es ist sehr wahrscheinlich, daß Brecht den Titel nicht nach der Ausgabe (bzw. späteren Auflagen von ihr), sondern nach der üblichen Vorstellung von »Postillen« gewählt hat. Für diese »Postillen« war die Titulatur »Hauspostille« im mündlichen Sprachgebrauch geläufig, ohne daß der Titel der Ausgaben so gelautet hätte (meist »Kirchenpostille« u. ä.).

Der Name »Postille« bezeichnet ursprünglich eine »Erklärung des vorangestellten Bibeltextes«; post illa verba texta: (lat.) nach den eigentlichen Texten. Es handelt sich um Predigten und dabei wiederum vor allem um Texte zur moralisch-religiösen Erziehung, also um religiöse Gebrauchstexte. Brecht beschränkt sich jedoch ausdrücklich nicht auf das protestantische Vorbild: die Überschriften der *Lektionen* spielen auf den katholischen Ritus an und nicht auf Luther (er hat von *Episteln* gesprochen). So beziehen sich die *Bittgänge* auf die katholischen Gebräuche (Prozessionen) der »Fürbitte«, mit denen um gute Ernten, Abwehr von Unheil u. ä. gebetet wird. Die *Exerzitien* stehen in der Tradition des Ignatius von Loyola. Die *Exercitia spiritualia* sind die geistlichen Grundbücher des Jesuitenordens, Buß- und Andachtsbücher, die dem sündigen Menschen den Weg zu Gott eröffnen sollen. Die *Chroniken* der 3. Lektion verwenden – in diesem Zusammenhang – einen religiös geprägten Begriff. Die *Chroniken* des *Alten Testaments* berichten von exemplarischen menschlichen Taten und von Lebensläufen, die als Offenbarungsgeschichte Gottes gedeutet werden. Schließlich spielt auch die 5. Lektion mit *Die kleinen Tagzeiten der Abgestorbenen* auf den katholischen Ritus an. Tagzeiten sind die horae canonicae, die kanonischen Stunden, die – vor allem im Kloster – zur Andacht vorgeschrieben sind (in der Regel gibt es sieben solcher Stunden am Tag).

Das religiöse Vorbild der *Hauspostille*, ihre Ausrichtung auf unmittelbare Nützlichkeit, die Anordnung nach *Lektionen* und *Kapiteln* (die einzelnen Gedichte) sowie die konsequente Zählung der Strophen betonen den Gebrauchscharakter und damit die nicht-lyrische Anlage dieser Sammlung. Brecht verstößt bewußt gegen die zeitgenössischen Muster bürgerlicher Lyrik, die die Gedichte als Ausdruck einer Persönlichkeit verstehen und im Zyklus um ein thematisches Zentrum anordnen (vgl. z. B. Rilkes *Sonette an Orpheus*; 1922). Überdies persifliert die Sammlung in der Umkehr ihres ursprünglichen Sinns die religiösen Übungen und gibt ihnen profanen Sinn. Mit der Persiflage verbindet sich zugleich die Aufhebung des »heiligen Ernstes« der Vorlage. Die *Taschenpostille* von 1926 übernimmt zusätzlich den Spalten- und Abschnittsdruck, wie er in Bibel und Postille üblich (gewesen) ist. Die *Hauspostille* dagegen kommt zu einer großzügigen, für Lyrik-Sammlungen jedoch nicht ungewöhnlichen typographischen Gestaltung. Beide Sammlungen enthalten in einem Anhang *Gesangsnoten* für 14 Gedichte, wobei die Kolumnentitel in der *Taschenpostille* in Abweichung zur Sammlung »Hauspostille« lauten.

Die Vertonungen stammen nach Brechts Aussage ausnahmslos von ihm selbst (vgl. *Über reimlose Lyrik mit unregelmäßigen Rhythmen*), abgesehen von den Fällen, in denen Brecht Vorlagen verwendet, wie z. B. für die *Ballade von den Seeräubern*, wo er den Nachweis ausdrücklich führt. Nach der Überlieferung der Notenmanuskripte hat Franz S. Bruinier an der Endredaktion der Notenbeilage für die *Hauspostille* (nicht für die *Taschenpostille*, die charakteristische Abweichungen aufweist) teilgenommen oder sie auch selbst durchgeführt (Ende November 1925). Die Vertonung des *Alabama Songs* stammt danach ganz von Bruinier. Vorbild für die Einheit von Dichter, Komponist und Interpret ist Frank Wedekind. Die Lieder sind dem aufsässigen Ton der plebejischen Tradition verpflichtet: dem Bänkelsang, dem Kneipenlied, dem Gassenhauer, dem Küchenlied und in ironischer Brechung auch der Schnulze (*Erinnerung an die Marie A.*). Hinzu kommen die Parodien auf Choral (*Großer Dankchoral*) und amerikanischen Song (*Mahagonnygesänge*).

Text/Fassungen

Von der ersten Zusammenstellung der *Hauspostille* von 1922 liegt nur ein Inhaltsverzeichnis vor (vgl. Inhaltsverzeichnisse im Anhang des vorliegenden Bandes, S. 277f.); es läßt die spätere Aufteilung und Strukturierung der *Hauspostille* bereits deutlich erkennen, wenn auch die frühe Konzeption noch vorwiegend als »Balladenbuch« gedacht ist und entsprechend häufig der Gattungsname im Titel der Gedichte verwendet wird.

Obwohl der Text der *Taschenpostille* von 1926 weitgehend mit der Propyläen-Ausgabe identisch ist, gibt es doch Abweichungen in Einzelheiten. Außerdem hat der Druck von 1927 einige eindeutige (z. T. schwerwiegende) Fehler, die die *Taschenpostille* nicht enthält.

Eine einschneidende Überarbeitung erfährt die *Hauspostille*, als Brecht 1937 im dänischen Exil mit Margarete Steffin die *Gesammelten Werke* in vier Bänden für den Malik-Verlag zusammenstellt. Nach der Verlagsanzeige im Band 2 soll Band 4 die *Gesammelten Gedichte* enthalten und mit der *Hauspostille* beginnen. Tatsächlich läßt der Verleger Wieland Herzfelde dann einen Band 3, der jedoch offiziell als Band 4 zählen sollte, setzen. Er enthielt die *Gesammelten Gedichte* sowie die Stücke *Furcht und Elend des III. Reiches* und *Leben des Galilei*. Der Druck des Bandes kommt nicht mehr zustande, weil bereits im Januar 1939, noch vor der endgültigen Zerschlagung der Tschechoslowakei durch die Deutsche Wehrmacht (März 1939), der Malik-Verlag in Prag von den dortigen Faschisten liquidiert wird; die Druckstöcke werden beschlagnahmt und vernichtet. Brecht spricht im Januar 1939 von der »Hitlerinvasion«, die in die Tschechoslowakei kam, und bezeichnet ihre Folgen als »eine zweite Vernichtung meiner Bücher« (Brief an Hubertus Prinz zu Löwenstein). Erhalten sind die Fahnen, die 1938 von Margarete Steffin und 1956 noch einmal von Brecht korrigiert worden sind.

Die *Hauspostille* wird Brechts erster Gedichtband nach dem Krieg. Suhrkamp druckt 1951 die ursprüngliche Sammlung von 1927 in der »Bibliothek Suhrkamp« nach, allerdings (auf Brechts Anweisung hin) ohne den *Gesang des Soldaten der roten Armee* in der *Ersten Lektion.*

Ihre letzte Gestalt erhält die *Hauspostille* 1956 bei der Vorbereitung der *Gedichte*-Ausgabe im Suhrkamp Verlag bzw. im Aufbau-Verlag (erschienen postum ab 1960). Brecht benutzt für die Korrekturen die Fahnen der ungedruckten Ausgabe im Malik-Verlag. Die Veränderungen sind z. T. einschneidend. Die Korrekturen für die Neuanordnung in den Fahnen werden jedoch nicht bis zum Ende durchgeführt. Aus demselben Jahr ist ein weiteres Inhaltsverzeichnis überliefert, das teilweise eine Reinschrift nach den Korrekturen in den Fahnen des Malik-Verlags darstellt. Auch in diesem Inhaltsverzeichnis ändert Brecht die Anordnung der Sammlung noch einmal und legt damit ihre letzte überlieferte Fassung fest (vgl. die Inhaltsverzeichnisse im Anhang, S. 282-285).

Die *Hauspostille* von 1927 liegt in zwei verschiedenen Ausgaben vor, die in Paginierung und graphischer Aufmachung gleich sind, sich jedoch in Satz und Schrifttype unterscheiden. Die eine Ausgabe (gedruckt durch Jakob Hegner in Hellerau bei Dresden) weist gegenüber der anderen Ausgabe (gedruckt im Ullsteinhaus, Berlin) insgesamt zehn Abweichungen im Text (meist Druckfehler) auf. Welche Ausgabe Priorität zu beanspruchen hat, ist nicht auszumachen. Da die im Ullsteinhaus (Berlin) gedruckte Ausgabe eindeutig die verbesserte Textfassung aufweist, ist sie Textgrundlage für die vorliegende Ausgabe.

37 *Bertolt Brechts Hauspostille]* Die Textgrundlage trägt den Untertitel »Mit Anleitungen, Gesangsnoten und einem Anhange« und enthält Noten zu 14 Gedichten; die Noten sind in der vorliegenden Ausgabe nicht berücksichtigt.

39,3-40,36 *Diese Hauspostille ... Augsburg.]* Der Text der *Anleitung* wird für die verschiedenen Ausgaben teilweise neu gefaßt bzw. der neuen Gedichtauswahl angepaßt. In der *Taschenpostille* fehlen die ersten beiden Sätze (vgl. 39,3 f.); und es findet sich ein Schlußsatz, der in die *Hauspostille* nicht übernommen wird (vgl. 40,34-36): »Die stille Lektüre ist für denjenigen, welcher wenig Zeit hat, nicht unbedingt erforderlich.« (Dort S. VIII.) Die Fahnen des Malik-Verlags von 1938 behalten den Text von 1927 bei, ohne die neu aufgenommene *Vierte Lektion* der *Literarischen Sonette* zu berücksichtigen (vgl. 40,11-15). 1956 entfallen die Texte zum Villon-Gedicht (vgl. 39,16-18) und zur

Eisenbahntruppe von Fort Donald (vgl. 39,38-40,3); zu *Orges Wunschliste* (2. Lektion) kommt hinzu (vgl. 39,19-27): »Bei leisem oder lautem Lesen ist in *Orges Wunschliste* nach jedem Zweizeiler ein Zungenschnalzer hinzuzufügen.« Für die *Vierte Lektion* ergänzt Brecht lediglich den Titel *Psalmen* (vgl. 40,11), die zu den *Mahagonnygesängen* hinzugefügt werden. Bei den *Tagzeiten* fügt er zum Baal-Gedicht ein (vgl. 40,30-33): »Das erste Kapitel dient der Erinnerung an den Lyriker Joseph Baal aus Pfersee, eine durchaus asoziale Erscheinung.«

40,33 *Taschenpostille]* Es handelt sich offenbar um eine Übernahme aus der *Taschenpostille* im Kiepenheuer Verlag von 1926.

40,34 f. *Pfanzelt]* In der Textgrundlage steht »Pflanzelt«.

41,1 *Vom Brot und den Kindlein]* Im Erstdruck (Einzeldruck) von 1920 sind die Strophen 3-6 anders geordnet: 3=5, 4=6, 5=3, 6=4.

41,9 *Weil's... will.]* Im Erstdruck: »Und worden vor Kummer weiß.«

41,11 *still:]* Im Erstdruck: »leis:«.

42,17-21 *4]* Die Strophe 4 wird von Brecht 1956 gestrichen.

44,11 f. *Doch ihr... von allen.]* In der *Taschenpostille* sind die Refrains gesondert gezählt; vgl. 44,22 f. (usw.); das Gedicht erhält auf diese Weise 18 Strophen.

48,1 *des Soldaten]* In der *Taschenpostille* und im Erstdruck von 1919: »der Soldaten«.

53,93 *ein großer roter Bär]* In der *Taschenpostille*: »ein großer Lämmergeier«.

53,95 *überm Meer]* Bildet in der *Taschenpostille* einen gesonderten Vers, an den ein weiterer angeschlossen ist: »Doch der wußte Bescheid, und ging nicht auf jeden Teer«, so daß das Gedicht dort 42 Strophen umfaßt.

55,1 *Morgendliche Rede an den Baum Green]* 1956 bringt Brecht das Gedicht in eine völlig neue Gestalt, die er für die Neuausgabe vorsieht (in der Überschrift schreibt Brecht nun »Griehn« nach der deutschen Aussprache; das Typoskript enthält den handschriftlichen Eintrag: »1. Lektion Nr. 6«):

1
Griehn, ich muß Sie um Entschuldigung bitten.
Ich konnte heute nacht nicht einschlafen, weil der Sturm so laut war.
Als ich hinaus sah, bemerkte ich, daß Sie schwankten
Wie ein besoffener Affe. Ich äußerte das.

2
Heute glänzt die gelbe Sonne in Ihren nackten Ästen.
Sie schütteln immer noch einige Zähren ab, Griehn.
Aber Sie wissen jetzt, was Sie wert sind.
Sie haben den bittersten Kampf Ihres Lebens gekämpft.

Es interessierten sich Geier für Sie.
Und ich weiß jetzt: einzig durch Ihre unerbittliche
Nachgiebigkeit stehen Sie heute morgen noch gerade.

3
Angesichts Ihres Erfolgs meine ich heute:
Es war wohl keine Kleinigkeit, so hoch heraufzukommen
Zwischen den Mietskasernen, so hoch herauf, Griehn, daß
Der Sturm so zu Ihnen kann wie heute nacht.

55,17-21 *4]* Die Textgrundlage weist drei Setzfehler in Strophe 4 auf, die hier nach dem Erstdruck des Gedichts von 1924 und nach der *Taschenpostille* verbessert worden sind: die Verse 2 bis 4 sind versehentlich in jeweils zwei Verse gebrochen worden, so daß die Strophe in der Textgrundlage sieben statt vier Verse umfaßt.

55,1 *Vom François Villon]* Die Urfassung des Gedichts von 1918 umfaßt 12 Strophen, von denen Brecht die Strophen 1, 2, 5, 11 und 12 für die *Hauspostille* auswählt; die Urfassung ist als Einzelgedicht unter *Die Ballade vom François Villon* in Band 13 der vorliegenden Ausgabe abgedruckt.

56,1 *Bericht vom Zeck]* Brecht versieht das Gedicht 1938 in den Fahnen der Malik-Ausgabe mit dem lyrischen Motto:

Er hat ein Buch geschrieben
Des ich satt bin.
Es stehen sieben mal sieben
Gebote darin.

59,17 *fressen]* In der *Taschenpostille*: »sehen« (möglicherweise Setzfehler).

60,43 *Glück]* In allen sonstigen Überlieferungen, wie auch in der *Taschenpostille*: »Glied«.

61,14 *Wenn man erwachsen ist]* In der *Baal*-Fassung von 1919: »selbst in der Hochzeitsnacht«.

68,93 f. *meint-/es]* In der Textgrundlage sind Vers und Wort so getrennt: »mein-/te es«. Die vorliegende Ausgabe folgt anderen Überlieferungen, nach denen das »meinte es« zusammengezogen wird zu »meint'-/es« und so den Reim wahrt (zu »scheint«). Margarete Steffin verbessert 1938 entsprechend in den Fahnen der Malik-Ausgabe. In der *Taschenpostille* steht »meint / Es«.

68,12-16 *3]* In den Fahnen der Malik-Ausgabe streicht Margarete Steffin 1938 die Strophe; Brecht hat die Streichung 1956 anerkannt.

70,1 *Über die Anstrengung]* Der Erstdruck des Gedichts von 1923 enthält eine Strophe an vorletzter Stelle, die nicht in die *Hauspostille* eingegangen ist:

Die leichten Räusche (das Schnapsige laicht man
Als Schnaps schon hinaus) sind wohl keine Gefahr:
Wir gebären nur Welten. Es wächst uns nur leicht dann
Aus trunkenen Schädeln barbarisches Haar.

78,1 *Ballade von den Abenteurern]* Vgl. die Textvarianten der Ballade in den verschiedenen Fassungen des *Baal.*

79,42 *sie sagen... am Marterpfahl]* In den Fahnen der Malik-Ausgabe 1938 geändert in: »sie sagen von ihm: er hat sein Quartal.«

80,1 *Vom Tod im Wald]* Der Erstdruck von 1918 ist mit *Tod im Walde* überschrieben und weicht erheblich vom *Hauspostille*-Druck ab:

Und ein Mann starb im ewigen Wald
Wo ihn Sturm und Strom umbrauste.
Starb, wie ein Tier im Wurzelwerk verkrallt
Starrte hoch in die Wipfel, wo *über* dem Wald
Sturm seit Tagen über alles sauste.

»Wir tragen dich heim wie der Wind«
Schworen die schauernden Freunde.
»Was tu ich, wo alle gestorben sind?
Habe nicht Erde, habe nicht Liebste, noch Kind.«
Oh, das war's nicht, warum er so weinte.

Morsch sind dir die Zähne im Maul.
»Willst du nackt in ewiger Heide lungern?
Morsch sind Kleider, Hirn und Knochen, leer der Sack und tot der Gaul.
– Heide und Sonne, dir sind sie faul.
Warum willst *du* immer hungern?«

Aber das war's nicht, warum er so schrie
Lauter als der Strom, der unten brauste, lauter als der Sturm, der oben, oben sauste.
Über allem Sturm und Stromgesang schrie er lauter als ein Vieh.
Gott weiß, warum er so grauenhaft schrie
Daß es seinen *Freunden* grauste.

»Unnütz bist du und wild wie ein Tier.
Eiter bist du, Dreck du, Lumpenhaufen!
Sonne frißt du weg in ekler Gier.«
Hol der Teufel alle Sünde. Oh, trotz Hunger und Geschwür:
»Leben will ich! Eure Sonne schnaufen!«

Etwas war es, was kein Freund verstand:
Dies im Wurzelwerk verderben...
Schwache Erde hielt die nackte Hand:
Draußen lebt in Sonn und Wind das Land
»Und ich muß tief unten sterben«.

Ja, so hielt ihn seines Lebens Übermaß
Daß er seinen *Leichnam* in die Erde preßte.
Dann gen Morgen fiel er tot ins dunkle Gras.
Voll von Ekel gruben sie ihn, voll von Haß
In des Baumes dunkelstes Geäste.

Und sie ritten stumm aus dem Dickicht.
Spähten um noch einmal aus der Weite.
Fanden auch den Grabbaum drüben, aber fassen konnten sie das nicht:
Der Baum war oben voll Licht.
Und sie bekreuzten ihr junges Gesicht
Und sie ritten in Sonne und Heide.

Weitere Textvarianten weisen die Fassungen des *Baal* sowie die Fahnen der *Gesammelten Werke* (Malik-Verlag) von 1938 auf. Brecht überarbeitet 1956 diese Vorschläge noch einmal in den Malik-Fahnen, bleibt aber letztlich bei der Fassung der *Hauspostille*.

82,1 *Das Lied von der Eisenbahntruppe...]* Der Erstdruck von 1916, der den Titel *Das Lied von der Eisenbahntruppe vom Fort Donald* hat, weicht stark ab und hat deshalb als eigene Fassung zu gelten:

Die Männer vom Fort Donald – hohe!
Zogen den Strom hinauf, bis die Wälder ewig und seelenlos sind.
Aber eines Tags ging Regen nieder, und der Wald wuchs um sie zum See.
Sie standen im Wasser bis an die Knie:
Und der Morgen kommt nie, sagten sie
Und wir sterben vor Licht, sagten sie.
Und sie horchten ganz stumm auf den Wind.

Die Männer vom Fort Donald – hohe!
Standen im Wasser mit Pickel und Schiene und schauten zum dunkelnden Himmel hinauf;
Denn es *ward* dunkel, und Abend wuchs über dem plätschernden See.
Und kein Fetzen Himmel, der Hoffnung lieh!
Und wir sind schon müd, sagten sie.
Und wir schlafen noch ein, sagten sie.
Und uns weckt keine Sonne mehr auf.

Die Männer vom Fort Donald – hohe!
Rüttelten tappend einander: Du, schlaf nicht ein, noch, zuvor!
Denn Schlaf wuchs über Wasser und Nacht, und das Wachen tut weh!

Einer sagte: Ich weiß eine Melodie...
Das hält uns noch auf, sagten sie.
Ja, wir singen ein Lied, sagten sie.
Und es hob sich ein grausiger Chor.

Die Männer vom Fort Donald – hohe!
Tappten im dunklen Wasser Ohios wie Maulwürfe, blind
Aber sie sangen so laut, als ob ihnen ein herrliches Wunder geschah.
Ja, so wild aus heiseren Kehlen, so groß, so sangen sie nie:
Näher, mein Gott, zu dir, sangen sie
Näher zu dir, sangen sie.
Und der See wuchs drunten, und oben wuchs Regen und Wind.

Die Männer vom Fort Donald – hohe!
Sangen voll Hoffnung, wie zitternden Winds im Dunkel ein Kind.
Aber der See stieg schwarz in den Stämmen, und lauter als sie noch der Sturmwind schrie:
Sonne und Heimat, Mutter und Kinder, ade!
Näher mein Gott, zu dir, sangen sie.
Oh, wir ertrinken, ächzten sie.
Bis die Wasser weiterwachten für sie und ihr Lied sang weiter am Morgen der Wind.

Die Männer vom Fort Donald – hohe!
Modern unter den Zuggleisen, die tragen durch ewige Wälder zum sonnigen Tag.
Aber abends Musik um die sausenden Züge schrillt, seltsam drohend und weh.
Denn die Bäume rauschen und orgeln eine düstere Melodie:
Und der Morgen kam nie, rauschen sie.
Und sie starben vor Licht, rauschen sie.
Abends der Wind in den Wäldern Ohios singt einen Choral.

84,1 *Ballade von des Cortez Leuten]* Brecht überarbeitet 1956 das Gedicht in den Fahnen der *Gesammelten Werke* (Malik-Verlag) von 1938; die Änderungen betreffen vor allem das Tempus: konsequente Verwendung des Präteritums.

89,1 *Lied der drei Soldaten]* Vgl. die Textvarianten unter dem Titel *Der Kanonen-Song* in der *Dreigroschenoper* und in den *Songs der Dreigroschenoper*.

93,1 *Ballade vom Mazeppa]* Brecht überarbeitet das Gedicht mehrmals; zunächst umfaßt es acht Strophen im Einzeldruck von 1923 (ohne die späteren Strophen 6, 8 und 9), da allerdings ohne Zählung, dann neun und erst für die *Taschenpostille* elf.

94,51 *Pferd, mit Langmut]* Im Erstdruck: »Roß, mit Kummer«.

94,54 *Drei Tage lang ritt er]* Im Erstdruck: »Drei Tage, geflohen«.

94,57 *eintritt]* Es handelt sich wahrscheinlich um einen übersehenen Setzfehler; in allen anderen Druckfassungen: »einritt«.

99,41 *Weibes Rat]* Diese Lesart stellt sicherlich die Übernahme eines Abschreibfehlers (Typoskript) in die *Postille*-Ausgaben dar. Brecht ändert 1949 in »Weisen Rat« für *Mutter Courage und ihre Kinder*.

104,1 *Alabama Song]* Vgl. die Textvarianten in: *Aufstieg und Fall der Stadt Mahagonny* (Szene 2).

105,18 *Where is]* In der Textgrundlage: »Where ist«.

107,1 *Choral vom Manne Baal]* Vgl. die Textvarianten in den verschiedenen Fassungen des *Baal*. Die erste Fassung (1918) für den *Baal* umfaßt 18 Strophen. Der erste Einzeldruck weist elf Strophen auf, und zwar die ursprünglichen Strophen 1-4, 6, 9, 11, 16-18 und die spätere Schlußstrophe der *Hauspostille*. Die Fassung der *Taschenpostille* besteht aus zehn Strophen, und zwar den Strophen 1-4, 10, 11, 16-18 der ursprünglichen Fassung (1918) sowie der Schlußstrophe der *Hauspostille*. In der *Hauspostille* ist die Strophe 3 der *Taschenpostille* getilgt, die folgenden Strophen sind entsprechend neu gezählt.

108,1 *Von den verführten Mädchen]* Die einzige Handschrift, die von diesem Gedicht überliefert ist, weist eine zusätzliche Strophe an fünfter Stelle auf (dort nicht gezählt):

Alle, die ihr auf meine Kosten gestorben
Euch vermach ich zu guter Letzt noch mein Aas...
Wenn er schon fault, mein Leib, den ihr mir verdorben
Dann nehmt ihn noch einmal zu höllischem Spaß...

112,1 *Legende vom toten Soldaten]* Vgl. die Textvarianten in: *Trommeln in der Nacht* und in: *Lieder Gedichte Chöre*.

113,44 *Spielt... Marsch.]* Eine Variante lautet: »Spielt einen Marsch, der packt« (Nachlaß Münsterer, Bayerische Staatsbibliothek München).

113,46 *Schmeißt... Arsch]* Variante: »Schmeißt seine Beine im Takt.«. Vgl. zu 113,44.

116,10 *Das Leben...]* In der ersten Handschrift, in der *Taschenpostille* und im *Versuche*-Druck von *Aufstieg und Fall der Stadt Mahagonny*: »Daß Leben [...]«.

118,23 *Kaspar]* Die übliche Schreibung ist »Caspar«.

118,28 *Pfanzelt]* In der Textgrundlage: »Pflanzelt«.

118,1 *Von den Sündern...]* Vgl. den Abdruck der ersten Fassung *Die Sünder* in Band 13 der vorliegenden Ausgabe.

119,1 *Vom armen B. B.]* Vgl. die erste Fassung *Ich, Bertold Brecht* in Band 13 der vorliegenden Ausgabe.

Wirkung

Da die *Hauspostille* relativ spät erscheint, löst sie mit den vorwiegend frühen Gedichten bei den Rezensenten einige Verwirrung aus, kennen sie doch vom Stückeschreiber inzwischen andere, neue (politische) Themen und eine realistischere Ausdrucksweise. Die bürgerliche Presse sucht entsprechend nach dem »Kommunisten« Brecht, findet ihn aber – zur eigenen Beruhigung – nur sehr bedingt. Bernhard Diebold schreibt eine Rezension unter dem Titel *Baal dichtet*. Er kennt die beiden frühen Stücke (*Baal* und *Trommeln in der Nacht*) und ihre Lieder (*Choral vom Manne Baal*, das »religiöseste Gedicht«, und *Legende vom toten Soldaten*, das »politischste«), die nun auch in der *Hauspostille* enthalten sind; er meint, daß sie »der dichterische Extrakt des mehr oder weniger gelungenen szenischen Drum und Dran« seien. Die *Hauspostille* bestätige den Eindruck: die Gedichte stellten »die lyrische Keimzelle« dar, »für die wir Brecht gerne die ganzen Dramen schenken«. Brecht schreibe »aus heimlicher Romantik in die Gegenwart« hinaus, führt Diebold aus, bemängelt aber auch nachdrücklich Brechts »zerstörerischen Drang«, den er auf dessen »Kommunismus« zurückführt: »Die Romantik fordert von jeher fremde Masken und Kostüme. Allerdings: das romantische Heldentum hebt hier nur ungern einen einzelnen auf den Schild. Der kommunistische Brecht heroisiert die Gruppe, die Räuberbande, die Masse unter dem militärischen Motto ›Mann ist Mann!‹ Nicht ein Ritterstand führt, sondern der fünfte Stand der im Verbrechen von Staatsmoral Befreiten spielt den romantischen Helden.« Diebold verteidigt exemplarisch Goethes *Wandrers Nachtlied* vor der parodierenden Verunstaltung – Brecht habe sich ausgerechnet »das Allerschönste zum Zerstören« ausgewählt –, und er nimmt Goethe vor der Selbststilisierung durch den Dichter (als Baal, als BB) in Schutz, die er Brechts »eigene Heiligkeit« nennt (*Frankfurter Zeitung*, 20. April 1927).

Otto Zarek lobt unter dem Titel *Bert Brechts Balladen* ebenfalls den »romantischen Realismus« und tadelt die stilistischen Zugeständnisse an »rationales Abirren« in Richtung »Neue Sachlichkeit«. Vor allem die Songs seien von »mitleidserregender Unfertigkeit« (*Vossische Zeitung*, Berlin, 26. Mai 1927).

Die Kritik von kommunistischer Seite durch Alexander Abusch hält den Band innerhalb der bürgerlichen Stagnation für bedeutend und stellt gerade das »Anti-Sentimentale« heraus, freilich mit dem Tadel: es trete noch viel zu stark als »boheme Verherrlichung von alkoholischen Sensationen in Erscheinung, als Schnapsseligkeit«. Fast allen Gedichten fehle »jener Schuß Gesinnung, der erst einen Stoff zur *wahrhaft lebendigen* Gestaltung führen kann«. Brecht müsse sich noch die »Beziehung zum kämpfenden Proletariat« erarbeiten und die Gefahr abwenden, im Snobismus zu »versacken«. Allerdings habe die Sammlung in der »antimilitaristischen ›Legende vom toten Soldaten‹ einen *glänzenden Ansatz* zu einer Dichtung des Klassenkampfes«. Andererseits aber ist Abusch der *Gesang des Soldaten der roten Armee* Beispiel dafür, wie »schlimm die ›Verwirrung der Gefühle‹ Brechts ausarten kann«; der Autor habe die »Methode der Zersetzung des Bürgerlichen« auf die Rote Armee und das revolutionäre Rußland übertragen und das Gedicht sei damit offen antibolschewistisch (*Rote Fahne*, Berlin, 15. Oktober 1927).

Herbert Jhering benutzt seine Besprechung, *Drei Brecht-Bücher* (zu *Mann ist Mann*, *Im Dickicht der Städte* und *Hauspostille*), dazu, die frühen Balladen der *Hauspostille* gegen Brechts neusachliche »Umschichtung« abzugrenzen. Er schlägt die Lyrik der Gedichtsammlung unter Berufung auf *Im Dickicht* der Zeit des »Chaos« zu, der »besten Zeit«: »Brecht hat das Chaos aufgebraucht. Es war seine beste Zeit, weil sie den trächtigen Boden abgab für seine Entwicklung.« Und weiter heißt es unter Anspielung auf Einzelgedichte, die Brecht zur Publikationszeit der Sammlung veröffentlicht hat: »Seine herrlichen Balladen besangen noch Abenteuer. Jetzt wird auch seine Lyrik Darstellung der Arbeit; nicht als Problem, sondern als soziale Tatsache. Brechts Lyrik, wie seine Dramen, sind anwendbar, sie geben Sachdarstellungen, Gebrauchsgehalt.« (*Berliner Börsen-Courier*, 30. April 1927.)

Kurt Tucholsky lobt 1928 unter dem Pseudonym Peter Panter Brecht als »sehr beachtliches Talent« und meint, daß die Gedichte »den stärksten Eindruck« vermittelten, »den unsereiner in der letzten Zeit in deutscher Lyrik gefunden hat«. Tucholsky sucht sich seine »Lieblingsstücke« heraus und bespricht sie einzeln, z. B. *Morgendliche Rede an den Baum Green*: »Dieser Zusammenklang aus Keßheit, Scham, Kameradschaft, großer Stadt und ganz simpler Natur, der unwägbare Rhythmus, der durchgeht, das ist echte Kraft, hier wird nicht geprotzt, hier spricht ein Meister. Da öffnet sich die Faust eines Boxers und streichelt; die Liebkosung ist etwas hornig, aber wenn du genau hinfühlst, ist sie viel zarter als die einer Frau.« Auch bei Tucholsky hinterläßt die *Legende vom toten Soldaten* den stärksten Eindruck, eine »lyrische Leistung großen Stils« nennt er sie. Die Besprechung schließt mit dem Satz: »Er [Brecht] und Gottfried Benn scheinen mir die größten lyrischen Begabungen zu sein, die heute in Deutschland leben.« (*Die Weltbühne*, Berlin, 28. Februar 1928.)

Walter Benjamin berücksichtigt die *Hauspostille* in seinen *Kommentaren zu Gedichten von Brecht* (1938). Die »Quelle ihrer Inspiration« sei die bürgerliche Gesellschaft: »Wenn Anarchie Trumpf ist, so denkt der Dichter, wenn in ihr das Gesetz des bürgerlichen Lebens beschlossen ist, dann soll sie wenigstens beim Namen genannt werden.« (In: Walter Benjamin, *Gesammelte Schriften II,2*, hg. v. Rolf Tiedemann und Hermann Schweppenhäuser, Frankfurt a. M. 1977, S. 541.) In den verschiedensten Liedformen der bürgerlichen Gesellschaft schildere Brecht »ohne falsche und ohne echte Scham« das »Wesen ihrer Herrschaft« (ebd.). Benjamin kommentiert die *Mahagonnygesänge*, *Gegen Verführung*, *Die Sünder in der Hölle* und *Vom armen B. B.*; zu letzterem schreibt er: »Wer dieses Gedicht gelesen hat, ist durch den Dichter hindurchgegangen wie durch ein Tor, auf dem in verwitterter Schrift ein B. B. zu lesen ist«, und: »Am besten wird der zu seiner Sache stehn, der den Anfang damit gemacht hat, sich selbst fallen zu lassen« (ebd., S. 554); mit »seiner Sache« meint Benjamin den Klassenkampf.

Zeilenkommentar

39,38 *Gummimensch]* Meint den Typus des (gummiartigen) Anpassers, der sich gerade dadurch als widerstandsfähig erweist; vgl. die Thematik der Anpassung u. a. im Gedicht *Morgendliche Rede an den Baum Green*.

40,7 *L'Etendard de la Pitié]* Die genannte Melodie ist bisher nicht identifiziert.

40,25 f. *Franz Diekmann und Frieda Lang]* Die Namen sind nicht historisch verbürgt.

40,27 f. *Christian Grumbeis]* Der Name ist nicht historisch verbürgt.

40,34 *gewidmet]* Die Widmung gilt drei Jugendfreunden Brechts.

41,1 *Vom Brot und den Kindlein]* E: 1920. ED: *Das Dreieck*, Berlin, 1925, Heft 4/5, S. 11 (als *Ballade vom Brod* [!]).

42,1 *Apfelböck...]* E: August 1919. ED: *Das Bordell*, Berlin, 1920, Heft 1 (nicht überliefert). Die erste Typoskript-Niederschrift ist »Frau Dr. Feuchtwanger«, Lion Feuchtwangers Frau Marta, »in Dankbarkeit gewidmet«. Der Kriminalfall geht vom 19. bis 21. August 1919 durch die Zeitungen. Der Mord geschieht am 29. Juli 1919, und zwar durch Revolverschüsse. Der historische Joseph (nicht: Jakob) Apfelböck ist 1903 und nicht 1906 geboren, wie es in der *Anleitung zum Gebrauch der einzelnen Lektionen* heißt. – Das Heft des Erstdrucks ist das einzige der Zeitschrift *Das Bordell* geblieben. Die Staatsanwaltschaft beschlagnahmt die Exemplare des ersten Hefts noch vor der Auslieferung und klagt den Herausgeber wegen »Verbreitung unzüchtiger Schriften« an. Die Hefte werden eingestampft (vgl. die Erinnerungsnotiz des Herausgebers Hardy Worm in: Werner Frisch / K. W. Obermeier, *Brecht in Augsburg*, Berlin und Weimar 1975, S. 185 f.).

42,1 *Die Lilie auf dem Felde]* Anspielung auf Matthäus 6,28: »Schauet die Lilien auf dem Felde, wie sie wachsen« (Symbol für unschuldiges Gottvertrauen, dann auch für Unschuld allgemein).

43,56 *Zum Grabe seiner armen Eltern]* Anspielung auf das Lied

Am Elterngrab (1874) von Marie Eichenberg: »Der liebste Platz, den ich auf Erden hab, / Das ist die Rasenbank am Elterngrab«.

44,1 *Von der Kindesmörderin Marie Farrar]* E: 1922. Das Gedicht ist im Stil eines Polizeiberichts gehalten, obwohl ein historisches Vorbild nicht nachgewiesen ist. Das Thema, daß eine ledige Mutter ihr Kind umbringt, hat in der deutschen Literatur Tradition; vgl. Heinrich Leopold Wagners Drama *Die Kindermörderin* (1776) und ihm folgend Goethes *Urfaust* (1772-1775) bzw. *Faust I* (1806) mit der Gretchentragödie.

44,4 *rachitisch]* Die Rachitis, die sogenannte englische Krankheit (zuerst in England beschrieben), ist eine typische Proletarierkrankheit (hervorgerufen durch Vitaminmangel, schlechte Wohnverhältnisse u. a.).

46,1 *Das Schiff]* E: Um 1919. Das Schiffs-Motiv ist Arthur Rimbauds Gedicht *Le Bateau ivre* (1871, dt.: *Das trunkene Schiff*) verpflichtet. Es gibt einen Entwurf Brechts, in dem er Rimbauds *Bateau ivre* nach eigenen Vorstellungen umdichtet: *Liquidation vom trunkenen Schiff* (in der vorliegenden Ausgabe in Band 13).

48,1 *Gesang des Soldaten der roten Armee]* E: 1919. ED: *Das Kunstblatt*, Berlin, 1925, Heft 100, S. 101 f. Die russische »Rote Armee« wird 1918 nach der sozialistischen Oktoberrevolution von 1917 als Armee der Arbeiter und Bauern unter Leo Trotzki organisiert und zu einer schlagkräftigen Armee ausgebaut. Nachdem sich im Frühjahr 1918 Truppen der sogenannten »weißen« Russen aus Offizieren und bürgerlichen Soldaten der alten Armee gegen die Bolschewiken formiert haben, kann sich die Rote Armee 1918/19 in langwierigen Kämpfen, auch gegen ausländische Interventionen, weitgehend militärisch behaupten; im November 1920 hat sie sich in der späteren Sowjetunion überall militärisch durchgesetzt. – Alexander Abusch, der in seiner Kritik dieses Gedicht scharf angegriffen hat (vgl. Abschnitt Wirkung, S. 311 f.), berichtet, Brecht habe ihm 1928 erklärt, daß sein Gedicht »sich auf die Rote Armee der gescheiterten Münchner Räterepublik bezogen habe, nicht auf die Sowjetunion« (*Auskunft über Brecht* in: *Neue Deutsche Blätter*, Berlin/DDR, 1978, Heft 1, S. 90). Die bayrische »Rote Armee« bestand nur wenige Wochen (April/Mai 1919); historische Bezüge zu ihr lassen sich im Gedicht nicht verifizieren. Brecht streicht den Gesang in allen späteren Ausgaben.

49,1 *Liturgie vom Hauch]* E: 1924. Das Gedicht parodiert Goethes *Wandrers Nachtlied* (»Über allen Gipfeln ist Ruh...«; 1780), das – weil ein zweites Gedicht die gleiche Überschrift hat – von Goethe mit *Ein Gleiches* überschrieben worden ist. Brecht zitiert das Gedicht unvollständig, mit Umstellungen und veränderter Zeilenbrechung sowie mit dem Austausch von »Wipfeln« und »Gipfeln«. – Brechts Gedicht läßt sich nicht auf konkrete historische Ereignisse beziehen (z. B. der »rote Bär« auf den russischen Bären: in der *Taschenpostille* steht an seiner Stelle ein »Lämmergeier«).

53,1 *Prototyp eines Bösen]* E: Um 1918. Vorbild sind François Villons »Fürbitten« aus *Das große Testament* (*Le Testament*; 1461/62); in der Übersetzung von K. L. Ammer, die Brecht benutzt hat, z. B. die Nummern CXXXIX, CXL, CXLIV, CXLV (François Villon, *Des Meisters Werke*, Berlin o. J. [1918]).

54,19 *guten Hirten]* Als »Hirte« bzw. »guter Hirte« bezeichnet die Bibel Gott (vgl. Psalm 23,1) und Christus (vgl. Johannes 10,11).

54,21 *Frau Marie]* Gemeint ist die Gottesmutter (Jungfrau) Maria.

54,40 *um Erbarmen]* Brecht parodiert das »Miserere«, das katholische Kirchengebet, das fester Bestandteil der Messe ist (vgl. Psalm 57,2); Luther übersetzt »Sei mir gnädig«; die Katholiken »Erbarme dich (meiner)«.

55,1 *Morgendliche Rede an den Baum Green]* E: 1924. ED: *Das Dreieck*, Berlin, 1925, Heft 4/5, S. 11. Zur Neufassung von 1956 vgl. S. 305 f. Das Baummotiv (vgl. z. B. *Der Geierbaum*), später auch mit sozialer Komponente (vgl. *Der Pflaumenbaum*; 1934), ist für Brechts Lyrik kennzeichnend. Es verbindet sich hier mit der Thematik des »Einverständnisses« (Widerstand durch »Anpassung«); vgl. die ähnliche, aber sozial begründete Thematik in *Das Badener Lehrstück vom Einverständnis* und u. a. in der späten Elegie *Eisen*.

55,1 *Baum Green]* (Engl.) Baum Grün; Brecht schreibt später »Griehn«.

55,1 *Vom François Villon]* E: 1918 (als *Die Ballade vom François Villon*). Das Gedicht verarbeitet den Lebenslauf des Dichters Villon und steht unter dem Einfluß seiner autobiographisch orientierten Dichtung *Das große Testament* (*Le Testament*; 1461/62) in der Übersetzung von K. L. Ammer. Eine Entsprechungsfigur bei Brecht ist Baal (möglicherweise auch von Villon beeinflußt).

56,1 *Bericht vom Zeck]* E: 1919. Vorbild ist das Kinderlied *Das buckliche Männlein* aus der Volksliedsammlung *Des Knaben Wunderhorn* (1804-1808). Vgl. auch das Motto von 1938, S. 306.

56,1 *Zeck]* Kurzform für Zecke, einen blutsaugenden Parasiten; hier wird im Bild eines Klerikers die christliche Ethik bzw. deren Gottesvorstellung angegriffen.

56,6 *Mann in Violett]* Violett ist eine Farbe des Priesterornats und zugleich Symbolfarbe für die christliche Kirche.

59,1 *Vom Mitmensch]* E: 1920 (als *Ballade vom Mitmensch*).

61,1 *Orges Gesang]* E: 1919. Brecht schreibt das Lied im Zusammenhang mit der zweiten Ausarbeitung des *Baal*. Baal singt es in der Szene *Branntweinschenke*. Orge (Georg Pfanzelt) ist auch die Fassung des *Baal* von 1922 gewidmet.

61,7 *Der liebste Ort]* Anspielung auf das Lied *Am Elterngrab* (1874) von Marie Eichenberg.

62,1 *Über den Schnapsgenuß]* E: 1920 (Entwurf der ersten beiden Strophen im Notizbuch).

62,10 *Josef, den Keuschen]* Brecht spielt auf die Josef-Episode der Genesis an (1 Mose 39,11-23).

62,25 *Ach du Schwan ... bedankt]* Anspielung auf Richard Wagners Oper *Lohengrin* (1845-1848; I,3).

63,1 *Vorbildliche Bekehrung...]* E: 1920. Elisabeth Hauptmann übernimmt das Lied in veränderter Form als *Das Lied vom Branntweinhändler* in ihr Stück *Happy End* (1929).

65,1 *Historie vom verliebten Schwein...]* E: 8. März 1921 (laut *Journal*; als *Ballade vom verliebten Schwein*). ED: *Die Neue Zeit*, Dresden, 1927, Heft 4, S. 42-47; möglicherweise bildet auch ein nicht identifizierter Druck (Nachlaß) mit dem Titel *Vom verliebten Schwein* den Erstdruck. Brecht zielt mit diesem Gedicht auf den Fabrikanten Recht, der zur gleichen Zeit wie er Liebhaber von Marianne Zoff gewesen, von dem aber sonst wenig bekannt ist. Brecht führt mit ihm heftige Auseinandersetzungen (vgl. *Journale*, 1921/22).

65,1 *Malchus]* Der Name geht auf Johannes 18,10 zurück.

66,56 *Algier]* Brecht spielt wie mit dem späteren »Afrika« auf nicht näher bekannte Geschenke Rechts für Marianne Zoff an (»Afrika« steht z. B. in *Trommeln in der Nacht* allgemein für Exotisches; vgl. *Journale*, Februar-Mai 1921).

68,1 *Von der Freundlichkeit der Welt]* E: 1921 (als *Lied gegen die Ansprüche!*). Das Gedicht spielt vielfältig auf christliche Vorstellungen an und steht in der Tradition der Contemptus-Mundi-Literatur (der Weltverachtungsliteratur), wie sie vor allem zur Zeit des Barock ausgeprägt gewesen ist. 1956 schreibt Brecht ein *Gegenlied zu »Von der Freundlichkeit der Welt«*.

69,1 *Ballade von den Selbsthelfern]* E: 1920 (ohne Titel; fragmentarisch). ED: *Berliner Börsen-Courier*, 24. Februar 1924 (als *Ballade von den Männern im Holz*).

70,1 *Über die Anstrengung]* E: 1920 (als *Ballade über die Anstrengung*). ED: *Die Neue Rundschau*, Berlin, 1923, S. 1131 f. Der Druck enthält die Widmung »für Gerda Müller geschrieben« (Brecht hat die Schauspielerin in München kennengelernt).

70,24 *Zobelfleischen]* Gemeint sind (edle) Pelze.

71,38 *Nankingpapier]* Besonders dünne, leicht zerreißbare Papiersorte, die nach der chinesischen Stadt Nanking benannt ist.

71,43 *befleckten Empfängnis]* Anspielung auf die »unbefleckte Empfängnis« der Gottesmutter Maria.

71,1 *Vom Klettern in Bäumen]* E: 1919. ED: *Das Tagebuch*, Berlin, 1926, Heft 48, S. 1799 (mit dem Vermerk: »Aus dem Gedichtband *Hauspostille*, der demnächst im Propyläen-Verlag erscheint.«).

72,1 *Vom Schwimmen in Seen und Flüssen]* E: 1919. ED: *Der Neue Merkur*, Berlin, 1921, Heft 8/9, S. 637. Es liegt noch ein weiterer (früherer?), nicht identifizierter Druck vor (Nachlaß).

73,1 *Orges Antwort...]* E: 1917. Die letzte Strophe ist in die Fassung des *Baal* von 1918 aufgenommen (Szene *Schenke*, Watzmann singt); die Fassung des *Baal* von 1919 zitiert zusätzlich noch die Strophe 5, die von 1922 nur noch die Strophe 5 (die Szene heißt dort *Branntweinschenke*).

74,1 *Ballade von den Geheimnissen...]* E: 28. August 1920. Brecht schreibt: »Abends, auf den Kirchhof laufend« (*Journale*, 28. August 1920).

76,1 *Lied am schwarzen Samstag...]* E: Um 1920. Es handelt sich um eine Persiflage auf Christi Höllenfahrt (im *Neuen Testament* vorausgesetzt, aber nicht geschildert) und Auferstehung; beliebtes Thema der mittelalterlichen Kunst.

77,1 *Großer Dankchoral]* E: Um 1920. ED: *Die Literarische Welt*, Berlin, 8. Januar 1926. Brecht parodiert das Kirchenlied *Lobe den Herren, den mächtigen König der Ehren* (1680) von Joachim Neander, aus dem auch die Wendung »Kommet zuhauf« stammt. – Die Erstpublikation erfolgt unter dem Titel *Dichter und Richter* zusammen mit einem Gedicht von Felix Holländer und einem Auszug einer Kritik des *Berliner 8-Uhr-Abendblatts*, die feststellt: »Aber der Poet unserer Tage wird er niemals sein – so wenig wie der Genosse *Bronnen*. Dazu mangelt es beiden an Güte des Herzens, an Humor und Einfall. Sie sind, ich möchte beinahe sagen, zu klug und geschäftstüchtig, zu wenig naiv, um unmittelbar wirken zu können. Sie erhitzen sich, geraten in Furor, ohne daß es ihnen gelänge, ihre Hörer zu erwärmen. / *Der Schrei nach dem Dichter wird immer lauter.* Alle Tore sind ihm geöffnet, alle Kränze gewunden. Wir bereiten ihm am besten damit den Boden, daß wir vor falschen Propheten eindringlich warnen...« Brechts Kirchenliedparodie ist seinerseits wieder parodiert worden durch Helmut Huber mit seinem *Großen Lobgesang* (1935). Leo Dankner kommentiert den Abdruck unter dem Titel *Brecht redivivus*: »Der augenfällige Unterschied zwischen den Schöpfern des Großen Lobgesanges und des Großen Dankchorals (die divergierenden Titel beweisen bereits, daß es sich um zwei völlig wesensverschiedene Gedichte handelt) ist wohl der, daß der eine ein ›Jasager‹, der andere ein ›Neinsager‹ ist, beides bekannt als zwei Lehrstücke von Helmut Huber.« (*Das Neue Tagebuch*, Berlin, 1935, S. 958.)

78,1 *Ballade von den Abenteurern]* E: 1917. Die Ballade ist mit unterschiedlich vielen Strophen in die Fassungen des *Baal* (ab 1919) eingegangen.

78,1 *Ballade auf vielen Schiffen]* E: Zwischen 19. und 24. Juli 1920 (vgl. *Journale*, 19.-24. Juli 1920).

80,1 *Vom Tod im Wald]* E: Frühjahr 1918. ED: *Der Erzähler*, Beilage zu *Augsburger Neueste Nachrichten*, 12. März 1918 (als *Tod im Walde*; vgl. S. 307f.). Das Gedicht gehört zur Fassung des *Baal* von 1918.

80,3 *Hathourywald]* Offenbar handelt es sich um einen Phantasienamen; möglicherweise nach einer literarischen Quelle.

82,1 *Das Lied von der Eisenbahntruppe...]* E: 1916. ED: *Der Erzähler*, Beilage zu *Augsburger Neueste Nachrichten*, 13. Juli 1916. Vgl. S. 308 f. Im Erstdruck steht folgende Erläuterung zu Fort Donald: »Ausgangspunkt für die Truppe, die quer durch amerikanische Wälder Schienen legte«.

83,22 *»Johnny über der See«]* Populärer Song der Zeit; in der Erstfassung singen die Männer den Choral *Näher, mein Gott, zu dir*, der bekannt wurde durch den Untergang der Titanic 1912, als ihn die Passagiere im Angesicht des Todes gesungen haben sollen.

84,1 *Ballade von des Cortez Leuten]* E: 1919. Die Quelle ist nicht bekannt; die überlieferten Erinnerungen und Reiseberichte von Cortez, der 1519 das Aztekenreich (Mexiko) erobert hat, enthalten keine entsprechende Passage.

85,1 *Ballade von den Seeräubern]* E: 1918. ED: *Berliner Börsen-Courier*, 1. April 1923. Die Ballade entsteht unter dem Eindruck der Lektüre von Arthur Rimbauds *Le Bateau ivre* (1871, dt.: *Das trunkene Schiff*). Der Erstdruck stellt den Refrain dem Gedicht voran, berücksichtigt ihn aber auch bei jeder Strophe.

85,14 *um Sankt Marie]* Anruf der Gottesmutter (»um der heiligen Maria willen«).

89,1 *Lied der drei Soldaten]* E: Um 1924. Angeregt durch Rudyard Kiplings Gedicht *Screw-Guns* (um 1890, dt.: *Kanonen*), aus der Sammlung *Barrack-Room Ballads* in der Übersetzung von Marx Möller (Rudyard Kipling, *Balladen aus dem Biwak*, Berlin-Charlottenburg 1911, S. 105-110). Das Gedicht geht später als *Der Kanonen-Song* in die *Dreigroschenoper* ein (vgl. *Die Songs der Dreigroschenoper* im vorliegenden Band und den zugehörigen Kommentar).

90,1 *Ballade von der Hanna Cash]* E: 1921. ED: *Die Neue Zeit*, Dresden, 1927, Heft 4, S. 15-17. 1922 wird das Gedicht in einem Manuskript Esther und Frank Warschauer gewidmet. Von 1921 stammt ein Entwurf zu einer *Hanna Cash*-Filmgeschichte, die allerdings mehr an den Lebenslauf der Dirne Evlyn Roe erinnert als an die Hanna des Gedichts (vgl. *Journale*, 18. März 1921). Die Strophen 4 und 5 gehen als Motto des 5. Kapitels in den *Dreigroschenroman* ein.

91,66 *Kar]* Mundartlich für: Topf, Pfanne (wird auch »Kaar« geschrieben).

92,1 *Erinnerung an die Marie A.]* E: 21. Februar 1920 (laut Manuskript). ED: *Junge Dichter vor die Front!*, Berlin, Heft 3, 15. Dezember 1924; auch: *Das Dreieck*, Berlin, 1925, Heft 4/5, S. 11. Brecht schreibt das Gedicht mit dem Titel *Sentimentales Lied No. 1004* ins Notizbuch und versieht es mit der Bemerkung: »21. II. 20, abends 7 h im Zug nach Berlin« (Manuskript im Nachlaß). Unter dem Text steht noch der Zusatz: »Im Zustand der gefüllten Samenblase sieht der Mann in jedem Weib Aphrodite. Geh. R. Kraus.« – Quelle und Anregung ist der französische Schlager *Tu ne m'aimais pas* von Léon

Laroche mit der Musik von Charles Malo. Die deutsche Fassung *Verlor'nes Glück* von Leopold Sprowacker ist am Anfang des Jahrhunderts in unzähligen Arrangements verbreitet. Brecht wird damit vermutlich durch Karl Valentins Szene *Tingel Tangel* bekannt (ab 1915 fest in dessen Repertoire). Valentin parodiert den Schlager als sentimentalen Kitsch. Die Niederschrift der Melodie enthält das Notat: »Brecht/Bruinier, nach einer alten Melodie«. – Der Titel der ersten Niederschrift verweist auf Don Juan, der in seinem »Liebesregister« allein für Spanien 1003 Frauen verzeichnet hat (vgl. die Arie des Dieners Leporello in Mozarts Oper *Don Giovanni* von 1787, Libretto von Lorenzo Da Ponte, I,5; Da Ponte beruft sich seinerseits auf den mit ihm befreundeten Giacomo Casanova, der in seiner Lebensgeschichte ebenfalls mit 1003 Geliebten prahlt). – Brecht überarbeitet das *Sentimentale Lied* geringfügig für die *Hauspostille* und wählt den neuen Titel.

92,1 *Marie A.]* Anspielung auf Marie Rose Aman, eine Jugendliebe Brechts in Augsburg.

93,1 *Ballade vom Mazeppa]* E: 1922. ED: *Berliner Börsen-Courier*, 8. Juli 1923. Quelle ist die Erzählung *Mazeppa* von Gustav Nieritz im *Volks-Kalender 1842* von Karl Steffens (S. 120-136). Sie schildert einen historischen Fall: Der Ukrainer Iwan Stepanowitsch Mazeppa (1644 bis 1709) erhält diese Strafe, als er bei der Frau eines polnischen Adligen entdeckt wird; der historische Mazeppa überlebt den Ritt. Die *Hundert Gedichte* enthalten die Anmerkung zum Titel: »Iwan Stepanowitsch, 1645[!]-1709. Ein polnischer Adliger ließ Mazeppa nackt auf den Rücken eines wilden Pferdes binden und in die Steppe jagen.« (Bertolt Brecht, *Hundert Gedichte. 1918-1950*, Berlin/DDR 1951, S. 70.)

95,1 *Ballade von der Freundschaft]* E: 27. Juli 1920 (vgl. *Journale*, 28. Juli 1920). ED: *Europa-Almanach 1925*, Potsdam, 1925, S. 21-23.

98,1 *Die Ballade von dem Soldaten]* E: Um 1921/22. Quelle ist ein Lied von Rudyard Kipling am Ende der Kurzgeschichte *Love-O'Women* (1888, dt.: *Frauenlieb*) in der Übersetzung von Leopold Lindau (*Mylord der Elefant. Mancherlei neue Geschichten von Rudyard Kipling*, 5. Aufl., Berlin 1913, S. 234). Das Gedicht geht als Song in *Mutter Courage und ihre Kinder* ein und wird dort umbenannt in *Das Lied vom Weib und dem Soldaten*. Franz S. Bruinier vertont es 1925; verbreitet wird es allerdings in der Vertonung von Hanns Eisler (1928).

98,6 *Sagte ... Soldaten]* Der jeweilige Schlußvers aller Strophen folgt fast wörtlich der Quelle.

98,23 *Mongefluß]* Indischer Fluß; Name nach der Quelle.

98,27 *Ihr vergeht wie der Rauch]* Es handelt sich um ein altes Bild, das schon in der barocken Emblematik verbreitet ist (von der Erdkugel steigt Rauch auf; steht als Zeichen für Vergänglichkeit). Brecht kennt das Bild sicherlich aus Friedrich Nietzsches Gedicht *Der Freigeist*

(1884), das in älteren Ausgaben unter dem Titel *Vereinsamt* geführt wird.

99,41 *Ach ... scheut!]* Fast wörtlich nach der Quelle.

100 *Mahagonnygesänge]* E: Um 1924/25. Die Entstehungsgeschichte der Songs ist widersprüchlich überliefert. Nach der Erinnerung von Jakob Geis haben er und Brecht bereits 1919 während eines Aufenthalts am Ammersee die Gesänge und damit auch den Begriff »Mahagonny« erfunden (*Erinnerungen an Brecht*, zusammengestellt v. Hubert Witt, Leipzig 1964, S. 329). Zwei frühe Typoskripte, überschrieben mit *Mahagonnysong* (das ist *Mahagonnysong Nr. 3*) und *Mahagonnysong No 4* (in der vorliegenden Ausgabe in Band 13), legen eine Datierung um 1920 nahe. Arnolt Bronnen meint, Brecht habe den Begriff 1923 angesichts einer Hitler-Kundgebung als Wort für »Spießers Utopia« gefunden, »jenen zynisch-dummen Stammtisch-Staat, der aus Anarchie und Alkohol die bis dahin gefährlichste Mixtur für Europas Hexenkessel zusammenbraute« (Arnolt Bronnen, *Tage mit Bertolt Brecht*, Wien/München/Basel 1960, S. 143 f.). Kurt Weill und Caspar Neher schreiben im Vorwort zu einem Regiebuch der Oper *Aufstieg und Fall der Stadt Mahagonny*: »Der Name ›Mahagonny‹ bezeichnet lediglich den Begriff einer Stadt. Er ist aus klanglichen (phonetischen) Gründen gewählt worden« (Kurt Weill, *Schriften*, hg. v. David Drew, Frankfurt a. M. 1975, S. 59). Der Begriff hat von vornherein eine pejorative Bedeutung und dürfte deshalb nicht auf »Großstadt« schlechthin, sondern vor allem auf »Vergnügungen« und »Vergnügungsviertel« der zweifelhaften Art anzuwenden sein (Hitler tritt 1923 im Zirkus auf; Feste der Nationalsozialisten werden in der Regel als große Gelage gefeiert – mit entsprechendem Vandalismus). Verbindungen des Namens zum Amerikanismus ergeben sich sowohl über die herausfordernde Primitivität der Gesänge, ihre »triviale« Sprache, ihr »Milieu« und ihre Melodien als auch dadurch, daß zwei als Songs in bewußt »primitiv« gehaltenem Englisch verfaßt sind. Dieses Englisch entspricht keinem gebräuchlichen Slang, es handelt sich vielmehr um eine Kunstsprache. – Die drei Gesänge und zwei Songs der Lektion bilden mit einem Epilog das Libretto für das Songspiel *Mahagonny* von 1927, aus dem dann die Oper *Aufstieg und Fall der Stadt Mahagonny* hervorgeht.

100,6 *Pokertisch]* Runder Tisch zum Pokern, einem Kartenspiel um (Geld-)Einsätze, bei dem es vor allem darauf ankommt, dem Gegner zu suggerieren, man habe bessere Karten als er. Poker wird vor allem in den USA gespielt.

100,23 *Zi-zi-zi-zi-zivilis]* Kunstwort mit Anspielung auf »civilis« (lat.: bürgerlich) und Syphilis.

101,1 *Mahagonnygesang Nr. 2]* In die *Mahagonny*-Oper gehen nur die ersten beiden Strophen ein.

102,40 *Gottesmühlen... mahlen]* Die Redewendung geht zurück auf die Schrift *Gegen die Mathematiker* (um 200) von Sextus Empiricus. Sebastian Franck übernimmt sie 1541 in seine *Sprichwörter* (»Der Götter Mühl machen langsam Mehl, aber wohl«) und Friedrich von Logau 1654 in sein Sinngedicht *Göttliche Rache* (»Gottes Mühlen mahlen langsam, mahlen aber trefflich klein«).

104,1 *Alabama Song]* E: 1925. Elisabeth Hauptmann übersetzt den Song ins Englische (vgl. das Zitat des Songs in *Aufstieg und Fall der Stadt Mahagonny*; Szene 2).

104,8 *Alabama]* Südstaat der USA, an Mexiko grenzend.

104,8-12 *Oh! Moon... know why.]* Der Refrain wird zitiert in *Aufstieg und Fall der Stadt Mahagonny* (Szene 11).

105,1 *Benares Song]* E: 1925. Die englische Übersetzung stammt von Elisabeth Hauptmann. Benares ist eine indische Stadt am Ganges.

106,28 *ajar]* (Engl.) halb offen, angelehnt.

107,1 *Choral vom Manne Baal]* E: 1918. Der Choral gehört zur Fassung des *Baal* von 1918 und ist im Zusammenhang mit dem Stück entstanden. – Der Name »Baal«, der »Herr« oder »Besitzer« bedeutet, geht zurück auf das *Alte Testament*, das Baal als bösen Götzen und Abgott der Destruktion beschreibt. Elia verspottet den Gott vor dem Volk, das ihn anbetet, mit den Worten: »Rufet laut! denn er ist ein Gott; er dichtet oder hat zu schaffen oder ist über Feld oder schläft vielleicht, daß er aufwache« (1 Könige 18,27; die Kapitel 18 und 19 des Buchs handeln von Baal). Auch (böse) Lokalgötter heißen in der Bibel »Baal«. Züge von Brechts literarischen Leitbildern, von Frank Wedekind, von Paul Verlaine und François Villon, aber auch eine Selbststilisierung Brechts gehen in die Figur ein. Den Lyriker Joseph Baal aus Pfersee, von dem die überarbeitete *Anleitung* von 1956 spricht, gibt es nicht. Als weiteres Vorbild nennt Brecht selbst im Aufsatz *Das Urbild Baals* (ein fingierter historischer Bericht von 1926; Nachlaß) einen Monteur Josef K., der 1911 seinen mit ihm herumvagabundierenden Freund in Augsburg erstochen haben soll.

108,33 *Jammertal]* Die Welt gilt nach christlichen Vorstellungen als »Jammertal«, durch das der Mensch zu gehen hat, um in ein besseres Jenseits zu gelangen (vgl. Psalm 84,7).

108,39 *Was ist Welt für Baal noch?]* Die verkürzten Fassungen (vgl. S. 310) haben den Topos von der »Frau Welt« nur noch indirekt erhalten (vgl. Strophen 5 und 6 der ursprünglichen Zählung: »das große Weib Welt«). Brecht nimmt die mittelalterliche – im Barock erneuerte – Allegorie auf, wonach die »Welt« eine verführerische, zum Bösen, zum Frevelhaften anstiftende Frau sei; bei Brecht wird der Topos freilich in sein Gegenteil gewendet.

108,1 *Von den verführten Mädchen]* E: 1920. Das Gedicht ist ursprünglich versehen mit dem Motto: »Zum Dank dafür, daß das Licht sie bescheint, werfen die Dinge Schatten.« Angeregt ist es durch Arthur

Rimbauds *Ophélie*-Gedicht (1869), das wiederum auf Shakespeares Gestalt Ophelia im *Hamlet* (um 1600) zurückgeht; vgl. auch S. 310.

109,1 *Vom ertrunkenen Mädchen]* E: Um 1919. ED: *Die Weltbühne*, Berlin, 1922, S. 577 (als *Ballade vom ertrunkenen Mädchen*). Mit der Titel-Variante *Vom erschlagenen Mädchen* und entsprechender Variante im ersten Vers bezieht sich das Gedicht ursprünglich auf Rosa Luxemburg und ihre Ermordung. Es übernimmt wiederum das Ophelia-Motiv aus Rimbauds Gedicht *Ophélie* (1869). Eine frühe Überlieferung liegt mit der Fassung des *Baal* von 1919 vor. Dort singt Baal das Lied in der Szene *Landstraße. Weiden*, und zwar die Fassung, die später in die *Hauspostille* eingeht. Ein weiteres Gedicht, die *Ballade von der roten Rosa* von 1919, ist verschollen; es hat ebenfalls die weibliche Wasserleiche zum Thema. – Das Gedicht der *Hauspostille* geht 1926 in den *Lebenslauf des Mannes Baal* ein (8. Bild). Auch die Fassung des *Baal* von 1953 enthält es (Szene *Landstraße. Weiden*).

110,1 *Die Ballade vom Liebestod]* E: 29. August 1921 (vgl. *Journale*, 29. August 1921). Brecht schreibt über das Gedicht in den *Journalen*: »das bedeutet eine Auflockerung der Sprache und einen Marsch in die Mitte. Läßt man sich mit der Sprache ein, ist es bald, als kaue man Gummi. Aber der Zynismus sprengt das Gestein auf«. Das Gedicht ist eine Parodie auf den Tristan-Isolde-Stoff (Tapetengruft statt Liebesgrotte u. a.; vgl. Gottfried von Straßburg, *Tristan*; um 1200).

110,5 *Mullstors]* Store: (franz.) Fenstervorhänge aus Mull (leichtes, glattes Baumwollgewebe); vgl. 111,34.

111,46 *Tapetengruft]* Anspielung auf Heinrich Heines Begriff der »Matratzengruft« (s. Heines *Nachwort zum »Romanzero«*; 1851).

112,1 *Legende vom toten Soldaten]* E: 1918. ED: Bertolt Brecht, *Trommeln in der Nacht*, München 1922, S. 96-99 (als *Die Ballade vom toten Soldaten*; gehört zu Akt 4 und wird vom Destillateur Glubb gesungen). Nach Brechts autobiographischen Aufzeichnungen ist das Gedicht im »Kriegesjahr 1917« entstanden (*Journale*, 1935). Eine andere Version gibt das Frühjahr 1918 an: »Die Ballade vom toten Soldaten wurde während des Krieges geschrieben. Im Frühjahr 1918 durchkämmte der kaiserliche General Ludendorff zum letzten Mal ganz Deutschland von der Maas bis an die Memel, von der Etsch bis an den Belt nach Menschenmaterial für seine große Offensive. Die Siebzehnjährigen und die Fünfzigjährigen wurden eingekleidet und an die Fronten geschickt. Das Wort k v, welches bedeutet kriegsverwendungsfähig, schreckte noch einmal Millionen von Familien. Das Volk sagte: Man gräbt schon die Toten aus für den Kriegsdienst« (Typoskript im Nachlaß). Die Zeitangaben des Gedichts sprechen für das spätere Entstehungsdatum. – Zu den zeitgenössischen Bezügen kommt bei diesem Gedicht das Balladen-Motiv vom Grenadier hinzu, der aus dem Grab steigt und in den Kampf zurückkehrt (bei Gottfried August

Bürger, Heinrich Heine, Börries von Münchhausen u. a.). Brecht fingiert bereits im Erstdruck einen »historischen Fall«, indem er unter das Gedicht schreibt: »Zum Gedächtnis des Infanteristen Christian Grumbeis, geboren den 11. April 1897, gestorben in der Karwoche 1918 in Karasin (Süd-Rußland). Friede seiner Asche! Er hat durchgehalten.« – 1933 übernimmt Brecht die Legende als Eingangsgedicht in: *Lieder Gedichte Chöre* mit der Jahresangabe 1918. – George Grosz hat 1919 eine Karikatur publiziert (*Die Pleite*, Berlin, 1919, Heft 3, S. 3), die eine militärärztliche Kommission bei der Musterung eines – noch von Fleisch- und Haarresten behangenen – menschlichen Skeletts zeigt mit dem Fazit »KV«. Die Übereinstimmung mit Brechts Gedicht ist frappierend. Brecht singt die Legende im Dezember 1921 im Berliner Kabarett *Wilde Bühne* zur Klampfe und verursacht dabei einen Skandal, der weitere Auftritte ausschließt. 1923 wirft der *Berliner Lokalanzeiger* dem Deutschen Theater in Berlin »grobe Taktlosigkeit« vor, weil es das Gedicht in seinen Heften abgedruckt hat (Pressenotiz der *Bayrischen Staatszeitung*, 6. Februar 1923).

114,54 *schwarz-weiß-rot]* Genannt sind die Farben der Flagge des deutschen Kaiserreichs, unter der die Soldaten in den Krieg gezogen sind.

115,94 *Es kommt ein Morgenrot]* So lautet auch der Titel von Akt 4 in *Trommeln in der Nacht*.

116,1 *Gegen Verführung]* E: 23. September 1918 (als *Luzifers Abendlied*, mit Noten). Brecht fixiert das Entstehungsdatum im Manuskript. 1929 übernimmt er das Gedicht in die Rede von Paul Ackermann in: *Aufstieg und Fall der Stadt Mahagonny* (Bild 11).

117 *Anhang]* Die Textgrundlage enthält vor dem folgenden Gedicht, zwischen den Seiten 136/137, die Zeichnung *Der Wasser-Feuer-Mensch* von Caspar Neher, ein allegorisches Brecht- (oder Baal-) Porträt von 1925. Es zeigt eine riesenhafte Gestalt im Anzug, mit Kragen und Hut (Bowler), sitzend vor einer Gebirgskulisse. Das Bild trägt eine lateinische Inschrift, die übersetzt etwa so lautet: »Das war der Wasser-Feuer-Mensch (Hydatopyranthropos) / lebend in Augsburg / während eines Jahrhunderts / 1898-1998 / dem Jahrhundert der Gesänge und Maschinen / größer als der Himalaya / oder zumindest der Montblanc / ein Mensch von Integrität und guten Willens / immer gleich dienend dem Verstand / Freund der Knaben und Mädchen / Schrecken der Feinde. / Zur Rechten die Erdkugel / zur Linken das Refugium der Armen und Mächtigen / in der Ferne der Himalaya / während der Mond über dem bitteren atlantischen Meer lacht / verehrt von Caspar Neher im Jahre des Herrn 1925.«

117,1 *Vom schlechten Gebiß]* E: 1921.

118,1 *Von den Sündern in der Hölle]* E: 1919 (als *Die Sünder*, vgl. Band 13 der vorliegenden Ausgabe). François Villons *Großes Testament* (*Le Testament*; 1461/62) in der Übersetzung K. L. Ammers regt diese Aufzählung von Freunden an; Villon freilich stellt sie in bissig-satirischer Absicht zusammen (vgl. die Strophen CXIII-CXXV und CLX-CLXV in: François Villon, *Des Meisters Werke*, Berlin o. J. [1918], S. 85-88, 113f.). Eventuell sollte das Gedicht, weil es zunächst von einem »George Garga« spricht (Figur aus *Im Dickicht*) »verfremdender« und ohne eindeutige biographische Bezüge angelegt werden (Typoskript im Nachlaß).

118,18 *Müllereisert]* Gemeint ist Otto Müller.

118,28 *Pfanzelt]* Georg (Orge) Pfanzelt.

119,33 *Marie]* Brechts Jugendliebe Marie Rose Aman.

119,1 *Vom armen B. B.]* E: 26. April 1922 (laut Manuskript). Das Manuskript trägt den Vermerk »nachts 1/2 10 im Dezug«. Die erste Fassung (»Ich, Bertold Brecht, bin aus schwarzen Wäldern...«) wird in der vorliegenden Ausgabe in Band 13 aufgenommen. Titel und Stilisierung gehen auf François Villon zurück, der ins *Große Testament* (1461/62) am Ende ein *Rondeau* eingeschoben hat, das K. L. Ammer mit *Rondeau für den armen Villon* übersetzt.

119,3 *schwarzen Wäldern]* Brechts Vater stammt aus Achern am Schwarzwald.

DIE AUGSBURGER SONETTE

Textgrundlage

Aus den »Sonetten« [Privatdruck], Typoskript aus dem Nachlaß. Korrekturabzüge von sieben Sonetten aus dem Nachlaß.

Entstehung

Die meisten der *Augsburger Sonette* entstehen in den Sommermonaten der Jahre 1925 bis 1927. Brecht hält sich in dieser Zeit (zwischen Juni/Juli und September) überwiegend in Augsburg auf. Er verfasse, »wie immer, wenn unbeschäftigt und verwaist, pornografische Sonette« (Brief an Helene Weigel, August 1927). Nicht alle jedoch sind in Augsburg entstanden; zwei schreibt Brecht, als er sich in Baden bei Wien mit Marianne Zoff und Tochter Hanne trifft (Juni/Juli 1925). Ein Sonett entsteht während eines Urlaubs am Walchensee.

Wie z. B. die Erstfassungen zu den Sonetten 5 (*Kuh beim Fressen*) und 6 (*Ein Mann bringt sich zu Bett*) zeigen, entwickelt Brecht das Sonett aus einer Gedichtform, die vier Strophen zu je vier Versen aufweist. Die Sonettform kommt dadurch zustande, daß Brecht die letzten beiden Strophen um je einen Vers verkürzt und mit einer Schlußpointe versieht. Die Vierzeiler läßt auch das *Lehrstück Nr. 2* noch erkennen (die Strophen sind vierzeilig mit angehängtem zweizeiligem Refrain), ein Gedicht, das dennoch ausdrücklich zu den Sonetten gezählt wird.

Mit der Sonettform wie auch mit den (z. T. ausgeprägt sexuellen) Inhalten greift Brecht auf eine italienische Literaturtradition zurück. Berühmt sind u. a. Dantes Sonette an Beatrice in *La vita nuova* (1292/93, dt.: *Das neue Leben*), die die ferne Geliebte besingen, sowie die *Sonetti lussuriosi* (1524, dt.: Luxuriöse Sonette) des Pietro Aretino, Sonette, die wegen ihres erotischen Inhalts in den zwanziger Jahren in deutscher Übersetzung als »Privatdruck« gehandelt werden. Von Aretino stammen auch die *Ragionamenti* (1533-1535, dt.: *Kurtisanengespräche*), die u. a. Verhaltensanweisungen für Prostituierte enthalten; sie werden unmittelbares Vorbild für das *Lehrstück Nr. 2*. Brecht bezieht sich damit auf eine – inzwischen zur literarischen Klassik gezählte – Tradition »vulgären« Sprechens, was zunächst hieß, in der Volkssprache zu schreiben. Dante hat z. B. in Italien mit seiner Schrift *De vulgari eloquentia* (1304-1308, dt.: *Über die Volkssprache*) die Sprache des Volkes als Dichtungs- und Wissenschaftssprache gerechtfertigt und gegen das gelehrte Latein durchgesetzt.

Text/Fassungen

Frühe Zusammenstellungen der *Augsburger Sonette* sind verlorengegangen. Überliefert sind eine Reinschrift im Typoskript mit zehn Gedichten, die Brecht »Privatdruck« genannt hat und die innerhalb einer Sammlung von *Unveröffentlichten Gedichten* das Kapitel 3 bildet, eine Abschrift dieses »Drucks« durch Hanns Otto Münsterer sowie die Korrekturabzüge von sieben Gedichten eines geplanten, aber nicht ausgeführten Drucks; diese Korrekturabzüge stammen aus dem Jahr 1927, der ganze Umfang des Projekts ist unbekannt. Überdies gibt es handschriftliche Überlieferungen von vier Sonetten durch Walter Benjamin (im Tagebuch von 1934; Nachlaß Benjamin, Frankfurt a. M.), und zwar von *Lehrstück Nr. 2*, von *Sechstes Sonett* (entspricht *Sonett Nr. 6*), von *Sonett Nr. 10* und *Sonett Nr. 14*. Benjamins Abschriften sind textidentisch mit der Textgrundlage, seine Vorlagen jedoch nicht bekannt.

Hanns Otto Münsterers Abschrift ist mit dem sogenannten »Privatdruck« (im Nachlaß Brechts) identisch. Münsterer schreibt dazu unter der Überschrift *Aus einem Sonettband »Meine Achillesferse«*: »Das Buch war vorgesehen als zweites Werk der Augsburger Presse bei Lampart u. Co. als Privatdruck. Die Ausgabe ist wahrscheinlich nie über die folgenden Gedichte, die Abschriften der Korrekturfahnen darstellen, hinausgekommen.« (Nachlaß Münsterer, Bayerische Staatsbibliothek München.) Der Titel *Meine Achillesverse* ist überliefert für ein Gedicht, das aus der Zeit um 1920 stammt; für eine Sammlung ist er nicht nachgewiesen. Welche Korrekturfahnen Münsterer für seine Abschrift benutzt hat, ist nicht bekannt. Münsterer spricht von »einem halbausgedruckten Bogen, den ich seinerzeit auf einen Tag geliehen bekam. Ich habe alles, was auf diesem Bogen stand, abgeschrieben, die anderen Teile habe ich nie gesehen, und die in Frage kommenden Personen leugnen, das Manuskript zu haben. Auch der Probeabzug des Bogens ist nicht mehr vorhanden.« (Münsterer an Brecht, 1. Dezember 1951; im Nachlaß Brechts.)

Die Zählungen beider Überlieferungen (wobei der sogenannte »Privatdruck« und Münsterers Abschrift als eine Überlieferung zu werten sind) stimmen nur teilweise überein: als Sonett Nr. 1 sind zwei verschiedene Gedichte eingeordnet; im »Privatdruck« ist das zweite Gedicht, das keine Sonettform hat, als »Lehrstück Nr. 2« gezählt. Brecht hat folglich zwei verschiedene Sammlungen konzipiert, wobei der »Privatdruck« Priorität hat. Er stammt wahrscheinlich aus dem Jahr 1926. Indizien sind das *Lehrstück Nr. 2*, das in einer erweiterten Fassung im Notizbuch von 1927 steht, die den Ausgang für die spätere Erweiterung des Gedichts bildet, sowie das Sonett *Über die Notwendigkeit der Schminke* (Nr. 10 bzw. Nr. 9), das im Korrekturabzug eine neue Strophe 2 erhält.

Die Korrekturabzüge (»Bürstenabzüge«) liegen als Einzelblätter vor (z. T. auf Rückseiten von Drucken). Es handelt sich um die Gedichte mit folgender Zählung: *Sonett Nr. 1* (»Zur Erinnerung an Josef Klein...«), *Nr. 2* (»Von Vorbildern«), *Nr. 9* (»Über die Notwendigkeit der Schminke«), *Nr. 10* (»Von der Scham beim Weibe«), *Sonett Nr. 11* (»Vom Genuß der Ehemänner«), *Sonett Nr. 12* (»Vom Liebhaber«) und *Sonett Nr. 15* (»Über den Gebrauch gemeiner Wörter«). Aller Wahrscheinlichkeit nach sollten die Gedichte in der Reihenfolge ihrer Zählung angeordnet werden, ohne daß es zu jeder Nummer ein Sonett geben mußte. Die Fassungen von Gedichten, die sowohl im »Privatdruck« als auch in den Korrekturabzügen stehen, weichen nicht oder nur unwesentlich voneinander ab, abgesehen von der genannten Ausnahme *Über die Notwendigkeit der Schminke*. Beide Überlieferungen stimmen in Kleinschreibung und Zeichensetzung (wenige Kommata) überein. Allerdings hat Brecht beim *Sonett Nr. 2* begonnen, die zunächst nicht durchgängige Großschreibung (auch am Versbeginn) handschriftlich zu korrigieren. In den Korrekturabzügen ist die Titelgebung uneinheitlich (mit und ohne Gattungsangabe). Die inhaltlich orientierten Titel sind wie Mottos über die Gedichte gedruckt.

Ein Veröffentlichungsverzeichnis der Werke Brechts von 1937 (*Das Wort*, Moskau, Heft 4/5, S. 159) sowie zwei weitere Verzeichnisse, die 1952 aus Anlaß der Verleihung des Nationalpreises angefertigt worden sind, führen *Die Augsburger Sonette* (mit dem Zusatz »Privatdruck«) ausdrücklich als Veröffentlichung an. Daher kann dieser Titel als authentisch gelten. Welche Zusammenstellung Brecht allerdings mit seiner Angabe gemeint hat, ist nicht auszumachen.

Die vorliegende Ausgabe bringt an erster Stelle den sogenannten »Privatdruck«. Dann folgen die Sonette, die als Korrekturabzüge vorliegen, soweit sie nicht schon im »Privatdruck« enthalten sind. Die übrigen Sonette, die zur gleichen Zeit (und weitgehend in Augsburg) entstanden sind, lassen sich keiner der beiden Überlieferungen zuordnen; einzig die Zählung gäbe Anhaltspunkte, sie ist aber weder konsequent, noch hat sich Brecht bei den Zusammenstellungen an die Reihenfolge der Zählung gehalten. Diese Sonette werden deshalb in der vorliegenden Ausgabe in Band 13 aufgenommen.

123,1 *Lehrstück Nr. 2...]* Im Notizbuch von 1927 (bis 1929) entwirft Brecht drei weitere Strophen (zwei als »7« gezählt), die dann – teilweise erheblich verändert – in die erweiterte Neufassung des Gedichts von 1927, die als Typoskript überliefert ist, eingehen. Die Strophen 1-6 der »Privatdruck«-Fassung und der Neufassung von 1927 sind identisch. Brecht streicht die Strophen 2 und 3 der »Privatdruck«-Fassung im Typoskript der Neufassung von 1927, ohne die Zählung der folgenden Strophen zu ändern. Die endgültige Fassung des Gedichts umfaßt danach 14 Strophen. Die neuen Strophen von 1927 lauten:

7
Sag ihm, es macht dich geiler, wenn der Herr
Dein Ohr leckt. Leckt er's, stöhn: »ich bin so scharf!«
Und glaubt er's, stöhn: »ich bitt, daß ich mich strecken darf!«
Und dann: »entschuldigen Sie, ich bin so naß parterre.«
Daß ihr ein Herz und eine Seele schient
Er zahlt dafür, daß er dich gut bedient.
8
Nicht immer ist es schmackhaft, ungesalzen
Sich einen bärtigen Schwanz ins Maul zu stecken
Und ihn, als wär es Lebertran, zu lecken
Doch oft ist's saubrer, ihn dort zu umhalsen.
Und er verlangt nicht nur, daß er genießt
Sondern auch, daß du selbst erregt aussiehst.
9
Wenn du es je nicht schaffst, dich aufgeregt zu stellen
Halt deinen Atem an, als sitzt du auf dem Topf
Dann scheint's, als steige dir das Blut zu Kopf
Bequemer ist's, als wie ein Fisch zu schnellen.
Auch einen sanften Mann kannst du empören
Denkst du an Dinge, die nicht hergehören.
10
Vergiß nie, daß es sich um Liebe handelt
Vergißt du's doch, so fall nicht gleich aufs Maul
Und mache aus dem Saulus einen Paul
Ein Finger im Arsch hat manchen schon gewandelt.
Du hast noch nicht erlebt, was ihrer harrt
Der Fohsen ohne Geistesgegenwart.
11
Für unsereinen ist es eine harte Nuß
Sieht sie, daß ihre Fotz zu weit wird (wie bei mir)
So daß ein Mann gar nichts mehr spürt bei ihr
Und er sich um den Schwanz ein Handtuch wickeln muß.
So eine muß beizeiten daran denken
Ob ihr die Gäule was fürs Vögeln schenken.
12
Die Bürgermädchen, die auf Gartentischen
Die älteren Brüder längst zusammenhaun
Machen die Fotze enger mit Alaun
Um sich für ewig einen Mann zu fischen.
Wo's angebracht ist, richte dich nach denen
Und: was ist eine Fohse ohne Tränen?
13
Sehr viele Männer vögeln gern Gesichter
Das Weib muß oben so wie unten naß sein
Bei einem solchen darf es für das Weib kein Spaß sein

Er selbst erscheint sich umso ausgepichter.
Vor diesen also heuchle ruhig Qualen
Wo's angebracht ist. Denn auch diese zahlen.

14
Der Herr weiß selber selten, was er will
Du mußt es wissen! Tritt er in die Kammer
Weißt du: ist er heut Amboß oder Hammer?
Werd *ich* gevögelt, hält Er heute still?
Die Menschen zu erkennen, ist die Kunst
Das muß so spielend gehn wie eine Brunst.

15
Die schlimmsten Leute sind die klugen Leute
Ich hätt oft lieber doch mit einem Hund geschlafen
Die klugen Leute, du, sind unsere Strafen
Die graben sich ein, das seh ich an mir heute
Ich selbst, obgleich ich nie, was ich tat, gern getan
Ich tat doch keinem etwas Kluges an.

16
Doch wisse, daß ich selber mich verachte!
Wenn du, nachdem du lustlos unter Männern lagst
Einmal nicht ganz im Dreck verrecken magst
So mach es anders, als ich selbst es machte.
Wenn du einmal was Kluges findst, dann tu's
Hab ich es nicht geschafft, vielleicht schaffst du's.

126,1 *Sonett Nr. 10...]* Brecht streicht im Korrekturabzug die Strophe 2, um eine neue Strophe einzufügen, die auf einem eigenständigen Typoskript des Gedichts überliefert ist; sie lautet:

Daß ihnen Wäsche, Rock und Pelz nicht fehle
Wurd abgetreten zwar, was drin verpackt
Doch fändet ihr kein Wort darüber im Kontrakt:
Ihr Leib stand nicht zu Markte, nur die Seele!

128,8 *blöckt]* So in der Textgrundlage (auch in Münsterers Abschrift).

128,9 *Kann]* Im Korrekturabzug handschriftlich zu »soll« geändert.

Zeilenkommentar

123,1 *Sonett Nr. 1...]* E: 1926. Das Gedicht heißt ursprünglich *Sonett über das Böse*; Brecht überarbeitet es 1926 für den »Privatdruck«.

123,5 *Timur]* (Osttürkisch) lahmes Eisen. Der Großkhan der Mongolen heißt Timur-Leng. Er ist eine der großen Eroberer-Gestalten der Weltgeschichte. Timur ist mit seinem Heer Ende des 14.

Jahrhunderts und Anfang des 15. Jahrhunderts durch Asien gezogen, hat ein Reich nach dem anderen zerstört und die Bevölkerung unterworfen (Persien, Indusland, Syrien, Kleinasien, Teile Rußlands). Er stirbt zu Beginn seines Eroberungszuges nach China.

123,1 *Lehrstück Nr. 2...]* E: Um 1926. Zur erweiterten Fassung von 1927 vgl. S. 327-329.

123,1 *Fohse]* (Süddt.) Dirne; bezeichnet eigentlich das weibliche Geschlecht selbst (verwandt mit »Fotze«); vgl. 125,1 (*Sonett Nr. 7*).

124,1 *Sonett Nr. 5...]* E: Juli 1925. Brecht vermerkt auf dem Typoskript Zeit und Ort (Baden bei Wien) der Entstehung. Es wird 1926 überarbeitet.

125,1 *Sonett Nr. 6...]* E: Juli 1925 (wie *Sonett Nr. 5*).

125,8 *schlürft]* (Süddt.) schlurft.

125,1 *Sonett Nr. 7...]* E: 1926.

125,6 *Chartreuses]* Kräuterlikör, benannt nach dem Kloster La Grande Chartreuse (Kartäuserorden) in den französischen Alpen, dessen Mönche ihn herstellen.

126,1 *Sonett Nr. 10...]* E: 1925.

126,6-9 *Sie geben schnell...nahm.]* Vgl. *Der Jüngling und die Jungfrau* (in: *Lieder zur Klampfe*) und *Über die Verführung von Engeln*.

126,1 *Sonett Nr. 11...]* E: 1926.

127,1 *Sonett Nr. 12...]* E: Um 1926.

127,1 *Sonett Nr. 14...]* E: 1926.

128,8 *blöckt]* Mundartlich für: blökt.

128,1 *Sonett Nr. 15...]* E: 1926.

129,1 *Sonett Nr. 1]* E: Juli 1927. Elisabeth Hauptmann hat Zeit und Ort (Walchensee) auf einem Typoskript festgehalten. Der 26jährige Landwirt Otto (nicht: Josef) Klein wird am 2. Juli 1927 wegen Mordes an seinem Knecht Albert Blau, den er beging, um in den Besitz von dessen Ausweispapieren zu gelangen, mit dem Fallbeil hingerichtet. Es handelt sich um die erste Hinrichtung in Augsburg nach dem ersten Weltkrieg. Die *Münchener Neuesten Nachrichten* schreiben am 3. Juli über die Hinrichtung und davon, daß Klein geistlichen Beistand erhalten und als letztes Johannes 16,33 zitiert habe: »Seid getrost, ich habe die Welt überwunden!«

129,12 *hat kein Z]* Die sprichwörtliche Redewendung lautet: »Er wird nicht bis zum Z kommen« (für: »nicht zum Ende kommen«).

129,1 *Sonett Nr. 2...]* E: 1925.

129,11 *Den Hunger...nähren]* Vgl. die ähnliche Formulierung in *Bericht anderswohin* (Strophe 2).

130,1 *Sonett Nr. 10...]* E: 1926.

DIE SONGS DER DREIGROSCHENOPER

Textgrundlage

Die Songs der Dreigroschenoper, Potsdam: Gustav Kiepenheuer Verlag 1928. – Anhang: Neufassung einzelner Songs von 1949, in: *Songs aus der Dreigroschenoper*, Berlin-Schöneberg: Gebrüder Weiss Verlag 1949, S. 19-21, 38-45, 64.

Übersicht

1924-1927: Entstehung von *Der Barbara-Song*, *Die Seeräuberjenny*, *Der Kanonen-Song*.
Juni/Juli 1928: Arbeit an der *Dreigroschenoper* mit Kurt Weill; es entstehen auch die meisten Songs.
August 1928: Während der Proben zur Oper schreibt Brecht die *Moritat von Mackie Messer*.
30. August 1928: Abschluß des Uraufführungsmanuskripts der *Dreigroschenoper*.
Oktober 1928: Erstausgabe im Kiepenheuer Verlag, Potsdam.
1929: Die zweite und dritte Auflage der *Songs* erscheinen im Kiepenheuer Verlag.
1933/34: Einfügung mehrerer Songs als Mottos in den *Dreigroschenroman*.
1937: Neufassung des *Salomo-Songs* (ursprünglich: *Die Ballade von den Prominenten*).
1946-1948: Neufassung mehrerer Songs; Entstehung neuer Songs nach den alten Melodien.
1949: Erscheinen der Neufassung *Songs aus der Dreigroschenoper* im Gebrüder Weiss Verlag, Berlin-Schöneberg.

Entstehung

Die Möglichkeit, die Songs als selbständige Lyrik zu behandeln, ist in der *Dreigroschenoper* selbst angelegt. Die Konzeption der »Anti-Oper« und ihre weitgehend epische Anlage zielen darauf, die Gesänge als gesonderte Einheiten von der Handlung zu trennen. Brecht fordert entsprechend 1928 bei der Einstudierung der Oper – auch gegen Einwände von Regisseur Erich Engel –, daß bei jedem Song das Bühnenlicht ausgeschaltet wird und Sänger und Musiker (bzw. Orgel) nur in Lichtspots stehen. Der Gesang, der ohnehin »künstlich« wirkt, soll als besonderer Gestus, als episches Element, deutlich abgesetzt und nicht etwa in die Handlung integriert werden. Die Fiktion einer in sich geschlossenen Handlung ist so von vornherein vermieden. Für die Songs bedeutet das: ihre Sonderstellung macht eine von der Oper unabhängige Zusammenstellung möglich.

Brecht vereinbart die Publikation der *Songs* unmittelbar nach dem großen Erfolg der *Dreigroschenoper* mit dem Kiepenheuer Verlag. Da es sich lediglich um 26 Seiten Text handelt, ist das kleine Heft schnell zu drucken. Viele Inkonsequenzen und Fehler im Satz lassen auch auf übereilte Herstellung schließen. Die einzelnen Songs entstehen – soweit sie nicht schon vorliegen wie *Der Barbara-Song*, *Die Seeräuberjenny* oder *Der Kanonen-Song* – vornehmlich im Juni/Juli des Jahres 1928, als Brecht und Kurt Weill in Le Lavandou (Südfrankreich) intensiv Text und Musik der *Dreigroschenoper* erarbeiten. Brecht benutzt dabei für die Songs, die dem Vorbild Villons folgen, die Übersetzung von K. L. Ammer (*Des Meisters Werke*, Berlin o. J. [1918]), der recht frei nachdichtet und für die beiden großen Werke Villons eigene Überschriften erfindet (*Le Lais*, eigentlich *Das Vermächtnis*, von Ammer *Das kleine Testament* genannt; *Le Testament*, eigentlich *Das Testament*, von Ammer *Das große Testament* genannt). Soweit er nicht den Text unverändert übernimmt, schreibt Brecht seine Änderungen handschriftlich in den Ammerschen Text hinein bzw. an den Rand mit entsprechenden Streichungen des Quellentextes.

Die *Moritat von Mackie Messer* verfaßt Brecht »über Nacht« während der Proben zur *Dreigroschenoper* im August 1928. Weitere Songs werden bei der Einstudierung verändert, gekürzt, erweitert oder verworfen, wie es die Bühnenmanuskripte der zunächst *Ludenoper* genannten Fassung (vom Frühjahr 1928) und der Uraufführung zeigen; vgl. die Entstehungsgeschichte der *Dreigroschenoper* in Band 2 der vorliegenden Ausgabe.

Neufassungen einiger Songs entstehen 1933/34, als Brecht den *Dreigroschenroman* schreibt und für seine Mottos auf die *Song*-Sammlung zurückgreift. Eine Neufassung des *Salomo-Song* schreibt Brecht 1937 als *Salomon-Song* für die *Gesammelten Werke* (Malik-Verlag). – Im Zusammenhang mit einer Überarbeitung der *Dreigroschenoper* für Inszenierungen der Nachkriegszeit dichtet Brecht zwischen 1946 und 1948 neue Songs und verändert einen Teil der alten. Sie erscheinen in einer Neufassung der Sammlung 1949 im Gebrüder Weiss Verlag, Berlin-Schöneberg.

Für Brechts Sammlung wird, soweit bekannt ist, der Begriff »Song« erstmals in Deutschland im Titel für ein Textbuch mit Liedern verwendet (parallel dazu spricht Kurt Weill 1929 vom *Song-Album*, als er die Songs der *Dreigroschenoper* mit Noten publiziert). Der aus dem Amerikanischen übernommene Begriff setzt sich in Deutschland durch, und zwar im Zuge der allgemeinen Amerikanisierung während der zwanziger Jahre und der mit ihr verbundenen Abkehr von der

Frankophilie (Song statt Chanson). »Song« heißt ursprünglich nur »Lied«, jedoch ist der Begriff gegenüber »Schlager« einerseits und »Chanson« andererseits deutlich abgrenzbar. Im »Song« hat der Text große Bedeutung – er erzählt meist eine Geschichte, ähnlich wie im Chanson –, während er im Schlager eine untergeordnete Rolle spielt. Wie der Schlager verwendet der Song relativ einfache Melodien, skandiert sie jedoch stark rhythmisch (Einfluß des amerikanischen Jazz) und unterstützt den Text gestisch (keine »Untermalung«, sondern Interpretation des Textes). Er unterscheidet sich insofern von der musikalischen Kunstfertigkeit (Hervorhebung des Melodischen) und vom musikalischen Anspruch des Chansons (Nähe zum Kunstlied). Die Neigung im Song, musikalisch und textlich zu parodieren, fehlt bei Schlager und Chanson in der Regel völlig. Auch unterscheidet er sich durch seine scharfe, schlagzeilenartig-anspielende Sprache von den beiden populären Liedgattungen, wie auch die weitgehend politisch-aggressiven oder sozialkritischen Inhalte nur für ihn typisch sind.

Brecht benutzt den Begriff »Song« spätestens ab 1920 für einzelne Gedichte: für den *Civilis-Song* und für die frühen *Mahagonnysongs*. In den zwanziger Jahren taucht er als Gedichttitel sporadisch auf. In den *Songs der Dreigroschenoper* selbst ist er keineswegs vorherrschend und steht weiterhin neben Gattungstiteln wie »Lied«, »Ballade«, »Moritat«. Daß Brecht jedoch den Begriff für alle – auch im einzelnen anders benannte – Lieder verwendet, gibt dem Begriff eine neue Qualität im lyrischen Werk.

Text/Fassungen

Die Textausgabe der *Songs* wird im Oktober 1928 in hoher Auflage (wohl 10 000 Exemplare) als kleines Heft im Taschenformat gedruckt; zwei weitere Auflagen erscheinen bei Kiepenheuer unter Verwendung des alten Satzes im Frühjahr und im weiteren Verlauf des Jahres 1929: sie haben jetzt als Erscheinungsort Berlin – statt Potsdam –, wobei die spätere Ausgabe »16.-20. Tausend« angibt.

Die *Songs* enthalten die im Opern-Text graphisch abgesetzten Lieder in der Reihenfolge des Stücks sowie zwei der drei »Finales«, die die pompösen Aktschlüsse der Barock-Oper kritisch parodieren. Die Songs, die Brecht nach Villons Vorlagen verfaßt hat, tragen den Vermerk »(nach F. Villon)«. Ausgelassen sind aus dem Akt 1, Ende Szene 2, das *Liebeslied*, das Polly und Mac singen, aus dem Akt 2 fehlen Pollys Lied (Szene 4) sowie *Die Ballade von der sexuellen Hörigkeit* des *Zwischenspiels* (deren 3. Strophe wird in Akt 3, Szene 7, gesungen). Diese Ballade fehlt in der *Song*-Ausgabe aus dem gleichen Grund, durch den sie schon in der Uraufführung der Oper ausfallen mußte: sie galt als anstößig und »unfein«.

Zwei weitere Drucke der Songs erscheinen ebenfalls 1928 und 1929. Es handelt sich um einen Klavierauszug der Oper (mit Texten) in der Universal-Edition (Wien und Leipzig) mit der Titelangabe: Kurt Weill, *Die Dreigroschenoper (The Beggar's Opera. Ein Stück mit Musik in einem Vorspiel und acht Bildern nach dem Englischen des John Gay)*, übersetzt von Elisabeth Hauptmann. Deutsche Bearbeitung von Bert Brecht. Die Lieder sind im Inhaltsverzeichnis sowie innerhalb der Partitur mit ihren Titeln benannt. Auch in dieser Ausgabe fehlt die *Ballade von der sexuellen Hörigkeit*. Der andere Druck erscheint in der »Notensammlung zur Pflege guter Hausmusik« *Musik für alle*, Heft 274, unter dem Titel *Die Dreigroschenoper von Kurt Weill*. Sie enthält – in anderer Zusammenstellung und weniger umfangreich als die Kiepenheuer-Ausgabe – die Noten und Texte zu zehn Songs sowie Noten zur Ouvertüre, und zwar: *Nr. 1. Moritat von Mackie Messer*, *Nr. 2. Liebeslied*, *Nr. 3. Seeräuberjenny*, *Nr. 4. Kanonensong*, *Nr. 5. Barbarasong*, *Nr. 6. Aus dem ersten Dreigroschenfinale*, *Nr. 7. Tangoballade* (*Zuhälterballade*), *Nr. 8. Ballade vom angenehmen Leben*, *Nr. 9. Lied von der Unzulänglichkeit menschlichen Strebens*, *Nr. 10. Aus dem zweiten Dreigroschenfinale* und *Nr. 11. Aus der Ouvertüre*. Brecht ist als Textdichter der Songs nur im Begleittext von Paul Wiegler, *Die Dreigroschenoper. Einst und jetzt*, genannt.

Mehrere Lieder und die beiden »Finales« der *Songs* gehen in stark veränderter Reihenfolge und mit anderen Gedichten als Mottos in den *Dreigroschenroman* von 1934 ein.

1948 stellt Brecht eine weitere Ausgabe der *Songs aus der Dreigroschenoper* – so der neue Titel – zusammen; sie erscheint 1949 im Gebrüder Weiss Verlag, Berlin-Schöneberg (Westsektoren). Sie ist völlig anders geordnet als die frühe Ausgabe, und sie enthält neue Strophen, abweichende Texte oder auch »Weiterdichtungen« der alten Songs. Zwar erinnert die Ausgabe noch an die *Dreigroschenoper*, sie löst sich jedoch zugleich von ihr, indem sie vor allem ihren ehemals kulinarischen Charakter weitgehend beseitigt (Streichung u. a. des *1. Dreigroschenfinales* und des *Eifersuchtsduetts*). Statt dessen präsentiert Brecht ein aktualisiertes politisches Textbuch, das die alten Lieder auf die Zeit des Faschismus und auf die Nachkriegszeit bezieht. Nach den Erfahrungen der unmittelbaren Vergangenheit erscheint Macheath nur mehr als der »kleine« Verbrecher, als überholter Typus einer beinahe gemütlich-kleinbürgerlichen Periode, der vom Typus der »großen« Polit-Gangster abgelöst worden ist: ihnen darf weder Vergessen noch Verzeihung gelten (vgl. *Ballade in der Macheath um Verzeihung bittet*).

Inhalt der Ausgabe 1949 bei Gebrüder Weiss (im Vergleich zur Kiepenheuer-Ausgabe von 1928):
Die Moritat von Mackie Messer (neue Strophenanordnung und zwei neue Strophen)

Die Seeräuber-Jenny oder Träume eines Küchenmädchens (Textabweichungen)
Der Kanonen-Song
Der neue Kanonen-Song (neu)
Die Ballade vom Nein und Ja (*Der Barbara-Song*; mit geringfügigen Textabweichungen)
Die Zuhälterballade (*Zuhälterballade*; mit der dritten Strophe)
Die Ballade vom angenehmen Leben (*Ballade vom angenehmen Leben*; Textabweichungen, neue Strophe)
Die Ballade vom angenehmen Leben der Hitlersatrapen (neu)
Dreigroschen-Finale (*2. Dreigroschenfinale*; Textabweichungen)
Das Lied von der Unzulänglichkeit menschlichen Strebens (*Ballade von der Unzulänglichkeit menschlichen Planens*; geringe Textabweichungen)
Salomon-Song (*Die Ballade von den Prominenten*; statt der letzten Strophe die Strophe vom »wissensdurstigen Brecht«)
Ballade in der Macheath um Verzeihung bittet (*Ballade, in der allen verziehen wird*; große Textabweichungen in den letzten beiden Strophen)
Schlußgesang (*Schlußchoral*; erheblich erweitert und aktualisiert)

In der vorliegenden Ausgabe bildet die erste Ausgabe der *Songs der Dreigroschenoper* von 1928 die Textgrundlage. Im Anhang sind dann die neuen Gedichte der Ausgabe von 1949 abgedruckt; neu hinzugefügte Strophen aus dieser Ausgabe sind im folgenden angeführt.

133,1 *Die Moritat von Mackie Messer]* In der Neufassung der *Moritat* von 1948 (für die Aufführung in den Münchner Kammerspielen) streicht Brecht die ursprünglichen Strophen 3 (»An der Themse...«) und 7 (»Wo ist Alfons...«) und fügt zwei neue Strophen an; sie bilden auch die Schlußstrophen der Moritat in der Neuausgabe bei Gebrüder Weiss.

Und die Fische, sie verschwinden
Doch zum Kummer des Gerichts:
Man zitiert am End den Haifisch
Doch der Haifisch weiß von nichts.

Und er kann sich nicht erinnern
Und man kann nicht an ihn ran:
Denn ein Haifisch ist kein Haifisch
Wenn man's nicht beweisen kann.

133,6 *Und]* In allen späteren Drucken: »Ach,«.
133,26 *gleich]* In allen übrigen Überlieferungen: »Glite«; »gleich«

findet sich jedoch sowohl im Typoskript als auch in den Korrekturfahnen zur ersten Ausgabe der *Songs* bei Kiepenheuer.

135,1 *Hochzeitslied]* Das Lied ist in der *Dreigroschenoper* in zwei gleiche Strophen geteilt.

136,30 *Und man fragt: ...]* Die Anführungsstriche werden wie in den nachfolgenden Versen entgegen der inkonsequent verfahrenden Textgrundlage ergänzt.

137,1 *Der Kanonen-Song]* Vgl. die abweichende Fassung der *Hauspostille* (*Lied der drei Soldaten*, 89,1-16).

139,2 *Polly:]* Die Doppelpunkte sind in einigen Fällen gegenüber der inkonsequent verfahrenden Textgrundlage ergänzt.

142,24 *3. Strophe]* Die ausgelassene Strophe lautet nach der Ausgabe der *Songs* von 1949:

»Zu jener Zeit, die nun vergangen ist«
»Die aber doch nicht ganz so trüb wie jetzt war«
»Wenn man auch nur bei Tag zusammenlag«
»Da ich ja, wie gesagt, nachts meist besetzt war«
»Nachts ist es üblich, doch geht's auch bei Tag«
»War ich ja dann auch einmal hops von dir.«
»Da machten wir's dann so: ich lag dann unter ihr«
»Weil er das Kind nicht schon im Mutterleib erdrücken wollte«
»Das aber dann doch in die Binsen gehen sollte.«
»Und dann war auch bald aus das halbe Jahr
In dem Bordell, das unser Haushalt war.«

142,2-5 *Ihr Herrn ... lebt angenehm.]* In der Ausgabe der *Songs* von 1949 läßt Brecht die vier Einleitungsverse aus.

143,15 *lebt angenehm.]* 1949 wird nach diesem Vers eine neue Strophe eingefügt:

Der Bischof von Saint John liebt seinen Nächsten
Doch sagt er selbst, er liebt auch seine Weine.
Und die Marie kriegt er durch eine feine
Bußpredigt, ich hol die Marie mit Äxten.
Und jeder nimmt, was er zu nehmen wagt.
Macht er euch andres vor, ist's blauer Dunst.
Für nichts tut es ja nicht einmal die Kunst.
Hut ab vor jedem, der das offen sagt.
Nur wer am meisten nimmt, gehört zur Creme.
Nur wer im Wohlstand lebt, lebt angenehm.

147,29 *sein Ende]* In den Ausgaben der *Dreigroschenoper*: »die Folgen«.

147,32-41 *Und jetzt seht ... frei davon!]* Im *Versuche*-Druck der *Dreigroschenoper* von 1931 ist Strophe 4 stark abgeändert und bezieht sich nur noch auf Macheath (Akt 3, Szene 7). In den *Gesammelten Werken* (Malik-Verlag; nicht gedruckt) von 1938 wird diese Strophe erneut verändert, als Strophe 5 gezählt und eine neue Strophe 4 eingefügt (so auch die folgenden Gesamtausgaben); die *Songs* von 1949 enden mit der neuen Strophe 4 (Fahnen im Nachlaß). Die letzten, aus der Zeit um 1949 stammenden Fassungen der beiden Strophen lauten (Typoskript im Nachlaß):

4
Ihr kennt den wissensdurstigen Brecht
Ihr sangt ihn allesamt.
Dann hat er euch zu oft gefragt
Woher der Reichen Reichtum stammt
Da habt ihr ihn jäh aus dem Land gejagt.
Wie wissensdurstig war doch meiner Mutter Sohn?
Und sieh, da war es noch nicht Nacht
Da sah die Welt die Folgen schon:
Sein Wissensdurst hat ihn so weit gebracht –
Beneidenswert, wer frei davon!

5
Und jetzt seht ihr den Herrn Macheath
Sein Kopf hängt an 'nem Haar!
Solang er folgte der Vernunft
Und raubte, was zu rauben war
War er ein Großer seiner Zunft.
Dann lief sein Herz mit ihm davon!
Und seht, jetzt ist es noch nicht Nacht
Da sieht die Welt die Folgen schon:
Die Sinnlichkeit hat ihn so weit gebracht.
Beneidenswert, wer frei davon!

Vgl. die Varianten zur Fassung in: *Mutter Courage und ihre Kinder.*

147,3 *Hagerdorn]* In den Fahnen heißt es noch »Hagedorn«.

148,1 *Ballade, in der allen verziehen wird]* Brecht übernimmt 1948 in die Neufassung der *Songs* (1949) die ersten beiden Strophen der alten Ballade (mit geringfügigen Änderungen) und ersetzt die letzte Strophe durch zwei neue Strophen:

Die Kerle, die in Häuser brechen
Dieweil sie keine Bleibe kennen
Die Lästermäuler, selbst die Frechen
Die lieber schimpfen, statt zu flennen;
Die Weiber, die den Brotlaib stehlen:
Sie könnten eure Mütter sein;
's mag ihnen nur an Härte fehlen –
Ich bitt euch, ihnen zu verzeihn.

Habt da mehr Nachsicht mit den kleinen
Und weniger mit den großen Dieben

Die euch in Krieg und Schande trieben
Und betten euch auf blutigen Steinen
Die euch gepreßt zu Mord und Raube
Und nunmehr winseln ihr »Vergib«! –
Stopft ihnen's Maul, und mit dem Staube
Der von eurn schönen Städten blieb!
Und die da reden von Vergessen
Und die da reden vom Verzeihn –
All denen schlage man die Fressen
Mit schweren Eisenhämmern ein.

148,2 *nach uns]* In den *Songs* von 1949: »auch gern«.

148,6 *Und flucht... gefallen]* 1949: »Ach ihr, die nicht fielt da, wo wir gefallen«.

148,9 f. *Hier, Menschen...]* 1949 jeweils: »Ihr Menschen«.

148,13 *zu gut]* 1949: »zu gern«.

148,15 *eure]* 1949: »uns jetzt«.

148,16 f. *Und niemals sind... Übermut!]* 1949: »Wir haben wahrlich uns zu hoch verstiegen / Jetzt hängen wir hier wie aus Übermut.«

148,20 *Warnung]* 1949: »Lehre«.

148,21 *Und bittet... verzeihn.]* 1949: »Ich bitte euch, uns freundlich zu verzeihn.«

149,30 *Nicht so die Polizistenhunde]* Mit diesem Vers sollte wahrscheinlich eine neue Strophe beginnen (so in den späteren Drucken).

149,38-41 *Man schlage... zu verzeihn.]* Müßte wahrscheinlich als gesonderte Strophe abgesetzt sein (so in den späteren Drucken).

Wirkung

Trotz ihrer Eigenständigkeit können die Songs nicht losgelöst von der *Dreigroschenoper* gesehen werden; für ihren Erfolg gilt weitgehend das, was der Kommentar zur Oper ausführt (s. Band 2 der vorliegenden Ausgabe). Die hohe Auflage – mindestens 20 000 Exemplare – beweist, daß die *Songs* das eigentliche Zentrum der Oper gebildet haben. Davon zeugt auch die Tatsache, daß der *Kanonen-Song* der Oper den Durchbruch verschafft hat beim Publikum der Uraufführung vom 31. August 1928. Die Songs gewinnen schnell als »Schlager« (im verpönten Sinn) ein Eigenleben, indem sie in die Tanz- und Unterhaltungsprogramme der Vergnügungsindustrie eingehen und so ihre gesellschaftskritische und satirische Funktion weitgehend verlieren. Auch die *Dreigroschenoper* bleibt nicht unberührt: sie verliert durch die unkritisch-kulinarische Aufnahme der Aufführung ihren Charakter, eine »Anti-Oper« zu sein.

Allerdings gibt es auch Kritiken, die bereits der *Dreigroschenoper* selbst, ihrer Musik und ihren Songs bloß Unterhaltungswert zugestehen. Die mit »er« gezeichnete Kritik in der *Roten Fahne*, Berlin (4. September 1928), bemängelt, daß von »moderner sozialer oder politischer Satire keine Spur« zu finden sei. Die Autoren hätten lediglich die komische Oper modernisiert, Balladen und Chansons eingestreut und moderne Musik (Jazz) hinzukomponiert. Zum Schluß werde »das Ganze in eine sehr billige und den Stil des Ganzen vertuschende Parodie auf die große Oper umgebogen«. Das Fazit der Kritik lautet: »Alles in allem aber ein abwechslungsreicher unterhaltsamer Mischmasch.«

Alfred Kerr zielt in eine ähnliche Richtung, wenn er zu den Liedern anmerkt: »Nun, Brecht hat eine Moriballade, vom tiefgesunkenen (aber netten) Verbrecher mit mehreren Brauten, reizvoll durch Gesänge belebt. Sein glücklicheres Element. / Weill hat es lieblich vertont, ja sehr fein in der Grobheit, mit Jazz und Kitsch und Orgelharmonium und Leierkasten. (War ein Musikkritiker, zufällig mein Freund, im Parkett? ich verstumme dann; armer Laie).« (*Berliner Tageblatt*, 1. September 1928.)

Völlig anders reagiert Theodor W. Adorno. Er stellt die Gebrauchsmusik und den Gebrauchswert der Songs heraus und urteilt: »Die völlige Destruktion der Opernform in Nummernbrocken ist dem höchst angemessen. Seit Bergs *Wozzeck* scheint mir die *Dreigroschenoper*, nach einmaligem Hören, das wichtigste Ereignis des musikalischen Theaters: tatsächlich beginnt so vielleicht die Restitution der Oper durch Wahrheit« (*Die Musik*, Berlin, 1928, Heft 3, S. 221 f.; zur Frankfurter Aufführung). Zu den Songs und ihrer Musik konstatiert er: »Die Oberfläche eines Lebens, das scheinhaft geschlossen war und verfiel, ist durchsichtig geworden, nachdem Leben entwich; die verwesende Gemütlichkeit jenes Bürgertums geistert als Angst in unseren Träumen; der Traumfetzen, wie wir sie einzig davon noch haben, vermag Kunst sich zu bemächtigen; sie darf ihren dämonischen Grund aufdecken, dem der Name noch fehlt, auf ihn als ihren Gegenstand sich richten, und ihn namenlos im Bild ergreifen, heißt bereits ihn deuten und zerstören. [...] Derart versteht sich die musikalische Gestalt; das fremde, beziehungslose Nebeneinander der banalen Klänge, deren Versetztsein mit falschen Tönen, die photographische, fast pornographische Glätte des rhythmischen Ablaufs; das beharrliche Aufgebot eines musikalischen Ausdrucks, der nichts möchte, als ins völlig Sinnleere sich ergießen.« Adorno ist sich dabei sicher, daß die unklassische Einfachheit der Songs »aushöhlend« sei und man deshalb mit ihnen nicht »Wiederaufbau spielen« könne. Würden sie in den Bars gespielt, so erleuchteten sie doch nur ihr Halbdunkel (*Die Musik*, Berlin, 1929, Heft 6, S. 424-428).

Der berühmte Plagiatsvorwurf von Alfred Kerr im *Berliner Tageblatt* (3. Mai 1929) reagiert merkwürdigerweise erst auf das Neuerscheinen des Textbuchs im Frühjahr 1929 (2. Auflage). Kerr hatte bereits in seiner Kritik der Uraufführung auf die Songs und ihre Vorbilder ausdrücklich hingewiesen. Mit der Textausgabe, die die Villon-Vorbilder ausdrücklich kennzeichnet, werden die Übernahmen überprüfbar. Kerr bemängelt die Kürze der Angabe: »nach F. Villon« und vermutet richtig, daß Brecht die Verse von Villon »kaum gesehen« habe: »Es gibt aber deutsche Verse des Villon in der Übertragung durch den treuen Dolmetsch K. L. Ammer. Dessen Arbeit ist verschollen, vergessen, im Buchhandel nicht zu haben.« In Gegenüberstellungen meint der Kritiker den vernichtenden Beweis zu führen, daß Brecht dem Wahlspruch gefolgt sei: »Nur wer von Fremdem lebt, lebt angenehm.« Kerrs an prominenter Stelle geäußerter Vorwurf trifft Brecht nicht sehr; die Songs werden im Gegenteil noch bekannter und die *Dreigroschenoper* wird noch häufiger gespielt. Überdies wird Kerrs Kritik Anlaß für Brecht, eine Neuausgabe der Ammerschen Übersetzung anzuregen. Er schreibt dazu – neben dem dann in die Ausgabe übernommenen *Sonett zur Neuausgabe des François Villon* – ein kurzes Nachwort, in dem er den unterschiedlichen Gestus von gesungenem Song und der Lektüre der Gedichte herausstellt und damit nochmals sein »Plagiat« rechtfertigt. Auch wenn er ganze Sprachkomplexe von Ammer übernommen habe, so habe doch der Zweck (und damit der Brechtsche Gestus) beim gesungenen Song zu einem völlig anderen Stil geführt. »Wer aber liest, und das werden hoffentlich sehr viele sein, wird dieses Buch nötig haben. Es ist eine klassische Nachdichtung« (Nachlaß). Das Nachwort Brechts wird nicht gedruckt, da K. L. Ammer keinen Wert auf dessen Beiträge in seinem Buch legt (auch das Gedicht stellt er zur Disposition; vgl. Brief von K. L. Ammer an den Kiepenheuer Verlag, 30. Mai 1930; im Kiepenheuer-Archiv).

Brechts Versuch nach dem Krieg, der unkritisch-kulinarischen Aufnahme der Oper entgegenzusteuern bzw. die Wirkungskraft der Songs für politische Aussagen zu nutzen, ist ohne (nachweisbares) Echo. Die Ausgabe mit den politisierten Neufassungen der *Songs* von 1949 bleibt in der Öffentlichkeit unbeachtet. Dafür sorgt vor allem die *Dreigroschenoper* selbst. Sie ist das erste Brecht-Stück, das nach dem Krieg in Deutschland gespielt wird. Die Versuche, die neuen Songs in Aufführungen zu integrieren, schlagen fehl: die Regisseure weigern sich, sie zu übernehmen. Mit Erfolg sorgen diese statt dessen für eine Renaissance der Vorkriegsoper, ihrer Songs und ihrer Unterhaltsamkeit.

Zeilenkommentar

133,1 *Die Moritat von Mackie Messer]* E: August 1928. Die Moritat ist erst während der Proben zur *Dreigroschenoper* entstanden; es gibt zwei Versionen der Entstehungsgeschichte. Zum einen soll der Darsteller des Macheath, Harald Paulsen, darauf bestanden haben, ein eigenes Erkennungslied (als Entrée) zu erhalten. Brecht habe sich den Wunsch mürrisch angehört, sei aber am nächsten Tag bereits mit den ersten Strophen gekommen und habe sie Weill zur Komposition vorgelegt (vgl. Lotte Lenja-Weill, *Das waren Zeiten!*, in: *Bertolt Brechts Dreigroschenbuch*, hg. v. Siegfried Unseld, Frankfurt a. M. 1960, S. 223 f.). Die andere Version von Ernst Josef Aufricht besagt: Paulsen habe wegen Einzelheiten seines Kostüms protestiert: »Ein ungeheuerliches Gebrüll ging los, das ganze verdichtete sich zu einer Katastrophe, da Paulsen bereits heiser wurde und die Aufführung gefährdet war. Jetzt hatte Brecht einen Einfall. ›Lassen wir ihn so süßlich und charmant‹, sagte er im Büro, ›Weill und ich führen ihn durch eine Moritat ein, die seine grausigen Schandtaten besingt, um so unheimlicher wirkt er mit seiner hellblauen Schleife.‹« (Ernst Josef Aufricht, *Erzähle damit du dein Recht erweist*, Berlin 1966, S. 72.) Tatsache ist, daß Kurt Gerron, der Darsteller des Brown und des Moritatensängers, die Moritat in der Aufführung gesungen hat. – Das Lied nimmt die Tradition des Bänkelsangs auf, den Brecht schon in seiner Kindheit auf dem Augsburger »Plärrer« (Jahrmarkt) kennen- und schätzengelernt hat. 1934 übernimmt er die *Moritat* in den *Dreigroschenroman* (2. Buch, vor Kapitel VII) als siebenstrophiges Motto, und zwar in der Reihenfolge: 1, 3, 5, 6, 7, 8, 2 (nach der Zählung der *Songs* von 1928). Die Überarbeitung und teilweise Neufassung von 1948 für eine Aufführung der *Dreigroschenoper* an den Münchner Kammerspielen geht als *Die Moritat vom Räuber Mackie Messer in die Songs aus der Dreigroschenoper* von 1949 ein (vgl. S. 335). – Weitere Strophen der *Moritat* entstehen 1930 für den Dreigroschenfilm *Die Beule*. Sie bilden als *Lied des Polizeichefs*, *Ein paar neue Verse einer soeben veralteten Moritat* sowie als Schlußstrophen des Films, *Und so kommt...*, lyrische Einheiten für sich (vgl. Band 19 der vorliegenden Ausgabe). Diese drei letzten Strophen aus der *Beule* sind auch in die von Brecht nicht autorisierte Verfilmung durch Georg Wilhelm Pabst (1930/31) eingegangen. Form und Melodie des Mackie-Messer-Songs übernimmt Brecht 1933 für *Die Moritat vom Reichstagsbrand*.

133,30 *Soho]* Stadtteil von London, der durch Bars und Bordelle geprägt ist. Vgl. 134,14.

134,1 *Morgenchoral für jedermann]* Das Lied – in der *Dreigroschenoper* heißt es *Morgenchoral des Peachum* – geht zwar aus der Quelle, der *Beggar's Opera* von John Gay, hervor (Eingangslied), weicht jedoch im Text stark ab.

134,1 *Der Anstatt-daß-Song]* Der Song wird zwar aus Gays Oper entwickelt, hat dort aber keine textliche Entsprechung. Er ist in der *Dreigroschenoper* ein Duett (Peachum, Frau Peachum).

135,1 *Hochzeitslied]* In der *Dreigroschenoper*: *Hochzeitslied für ärmere Leute*. Brecht spielt auf Kants Ehedefinition an: die »Geschlechtsgemeinschaft (matrimonium) ist der wechselseitige Gebrauch, den ein Mensch von eines anderen Geschlechtsorganen und Vermögen macht«, und die Ehe sei die »Verbindung zweier Personen verschiedenen Geschlechts zum lebenswierigen wechselseitigen Besitz ihrer Geschlechtseigenschaften« (*Die Metaphysik der Sitten*, 1797: *Erster Teil. Rechtslehre*, § 4); vgl. das Sonett *Über Kants Definition der Ehe in der »Metaphysik der Sitten«*.

135,1 *Die Seeräuberjenny]* E: 1927 (unabhängig von der *Dreigroschenoper*). Das Motiv des von einem Mädchen erwarteten Seeräubers erinnert an Richard Wagners Oper *Der fliegende Holländer* (1841/42) und weist zugleich (parodierte) messianische Züge auf. Das Drehbuch für den Dreigroschenfilm *Die Beule* sieht an gleicher Stelle den *Barbara-Song* vor. Das Lied geht mit dem Titel *Träume eines Küchenmädchens* als Motto des 10. Kapitels in den *Dreigroschenroman* ein. – Ernst Bloch schreibt 1938 über das Lied, man müsse »bis zu Gnostikern und Kirchenvätern zurück, um einer solchen Phantasmagorie von Inkognito, Rache und Auferstehung zu begegnen« (*Ein Leninist der Schaubühne*, in: *Erbschaft dieser Zeit*, Frankfurt a. M. 1962, S. 255).

137,1 *Der Kanonen-Song]* E: Um 1924 (als *Lied der drei Soldaten* ohne Refrain). Der Song ist bereits in die *Hauspostille* (1927) aufgenommen (vgl. zu 89,1). Macheath und Brown singen ihn zur Erinnerung an ihre gemeinsame Zeit in der englischen Kolonialarmee (Indien). Der Song hat in der Uraufführung den sensationellen Erfolg der Oper eingeleitet.

137,8 *Cap bis Couch-Behar]* Mit »Cap« ist wahrscheinlich das Kap Komorin, die Südspitze Indiens, mit »Behar« die nördlichste Provinz Indiens Bihar (mit der gleichnamigen Stadt) gemeint; Couch: (engl.) Lagerplatz.

138,1 *Der Barbara-Song]* E: Frühjahr 1927 (unabhängig von der Oper). In der *Dreigroschenoper* wird der Song als »ein kleines Lied« bezeichnet, hat aber keinen Titel. Polly rechtfertigt mit ihm ihre Heirat mit Mackie Messer. Er geht als *Lied der Polly Peachum* in den *Dreigroschenroman* (Motto zum 1. Kapitel) und als *Die Ballade vom Nein und Ja* in die Ausgabe der *Songs* von 1949 ein. Im Dreigroschenfilm, *Die Beule*, sollte er gegen die *Seeräuber-Jenny* ausgetauscht werden.

139,1 *1. Dreigroschenfinale]* Schließt den Akt 1 (Szene 3) ab und ist fast unverändert übernommen.

141,1 *Zuhälterballade]* In der Textgrundlage mit der Anmerkung »(nach F. Villon)« versehen. Quelle ist François Villons *Ballade de Villon de la Grosse Margot* (um 1456-1460, dt.: *Ballade von Villon und der dicken Margot*) aus dem *Großen Testament* in der Übersetzung von K. L. Ammer (d. i. Karl Klammer): François Villon, *Des Meisters*

Werke, Berlin o. J. [1918], S. 93 f. Brecht folgt Villon inhaltlich Strophe für Strophe (auch für die hier ausgelassene Strophe 3) und übernimmt den Text Ammers teilweise wörtlich.

142,9-12 *»Herr... Haushalt war.«]* Eng nach der Quelle formuliert.

142,1 *Ballade vom angenehmen Leben]* In der Textgrundlage mit der Anmerkung »(nach F. Villon)« versehen. Quelle ist die Ballade *Les contredits de Franc Gontier* (um 1461) im *Großen Testament* von François Villon in der Übersetzung von K. L. Ammer, deren Titel Brecht übernimmt. Er folgt der Quelle mit inhaltlichen Anlehnungen und mit teilweise wörtlichen Übernahmen (*Des Meisters Werke*, S. 86 f.).

142,24 *3. Strophe]* Vgl. S. 336.

142,2-5 *Ihr Herrn... angenehm.]* Brecht übernimmt das bei Villon der Ballade nachgestellte *Geleit* in der Ammerschen Übersetzung fast wörtlich (*Des Meisters Werke*, S. 87).

143,12 f. *Kein Vögelchen... Tag.]* Wörtlich nach der Quelle zitiert (Strophe 3).

143,15 *lebt angenehm.]* Vgl. S. 336.

143,21 *Mit kalter... geht]* Eng nach Quelle formuliert (Strophe 3).

143,34 *Dann löst... Glücksproblem:]* Eng nach der Quelle formuliert (Strophe 1).

143,1 *Eifersuchtsduett]* In der *Dreigroschenoper* gesungen von Polly und Lucy im Gefängnis (II,6).

144,11-23 *»So, das wäre... Lächerlich!«]* Nach Aufrichts Erinnerung stammt »die zweite Strophe vom Zankduett« von Karl Kraus, der während der Proben zugegen gewesen ist. Brecht habe das Geschenk gern akzeptiert (Ernst Josef Aufricht, *Erzähle damit du dein Recht erweist*, Berlin 1966, S. 73).

144,1 *2. Dreigroschenfinale]* Bildet in der *Dreigroschenoper* den Abschluß von Akt 2, verteilt auf Macheath und Jenny, ausgelassen ist die »Stimme hinter der Szene«.

145,1 *Ballade von der Unzulänglichkeit...]* Heißt in der *Dreigroschenoper* und im *Dreigroschenroman* (als Motto des 9. Kapitels; nur Strophen 1-3) *Lied von der Unzulänglichkeit menschlichen Strebens.*

146,20 f. *Denn alle... hinterher.] Das Beschwerdelied* von 1916 enthält die Verse: »Alle rennen nach dem Glück: / Das Glück rennt hinterher«, die hier aufgenommen werden.

146,1 *Die Ballade von den Prominenten]* In der Textgrundlage mit der Anmerkung »(nach F. Villon)« versehen. In der *Dreigroschenoper* heißt der Song zunächst *Salomo-Song*, ein Titel, der mit geringer Variante (*Salomon-Song*) für spätere Drucke der *Dreigroschenoper* beibehalten wird. Um 1939/40 schreibt Brecht eine vierstrophige Neufassung, die in *Mutter Courage und ihre Kinder* eingeht. Quelle ist François Villons *Double ballade sur le mesme propos* (um 1457/58) im

Großen Testament (schließt an das *Klagelied der schönen Helmschmiedin* an mit dem Thema: Folgen der Liebe bzw. der Torheit, die mit ihr verbunden sind). Ammer nennt sie *Ballade von den Torheiten der Liebe* (*Des Meisters Werke*, S. 55 f.).

146,2 *Salomon]* Auch Salomo (nach dem *Alten Testament*); vgl. *Die Sprüche*, *Der Prediger* und *Das Hohelied Salomos* im *Alten Testament* der Bibel; Brecht spielt in den *Psalmen* häufiger auf Salomo an und verwendet dessen Kreidekreis-Urteil im *Augsburger Kreidekreis* bzw. *Kaukasischen Kreidekreis*.

146,6 *daß alles eitel war.]* In Prediger 1,2 heißt es: »Es ist alles ganz eitel« (vergänglich).

146,11 *Beneidenswert, wer frei davon!]* Wörtlich nach der Quelle zitiert.

146,14 *Zwei Kaiser]* Gemeint sind Caesar, mit dem Kleopatra 48 bis 44 v. d. Z., bis zu dessen Ermordung, zusammenlebt, und Marcus Antonius, der ab 37 offiziell Gemahl der Pharaonin wird und bis zu seinem Tod im Jahr 30 ein nach späthellenistisch-orientalischem Muster geführtes Gottkönigtum in Alexandria errichtet. Antonius begeht Selbstmord, weil er sich von Kleopatra verlassen wähnt. Kleopatra nimmt sich ebenfalls das Leben, als sie ihre ehrgeizigen Pläne scheitern sieht.

147,27 *Auch du, mein Sohn!]* »Auch du, mein Sohn?«, soll Caesar gesagt haben, als er seinen Günstling unter den Mördern erkennt; nach Suetons Biographie *Gaius Julius Cäsar* (Kapitel 82) in: *De vita Caesarum* (119-121). Brecht benutzt die Ausgabe: *Die zwölf Cäsaren*, Berlin 1922.

147,32-41 *Und jetzt seht ... frei davon!]* Vgl. S. 336 f.

147,1 *Ballade aus dem Gefängnis]* In der Textgrundlage mit der Anmerkung »(nach F. Villon)« versehen. Nach Villons Gedicht *Epistre* (1461, dt.: *Epistel an seine Freunde, in Balladenform*) in der Übersetzung von K. L. Ammer (*Des Meisters Werke*, S. 19 f.). Elisabeth Hauptmann überschreibt in den Korrekturfahnen der Erstausgabe von 1928 mit *Ruf aus der Gruft*, ohne daß der Titel in den Druck eingegangen ist.

147,2-5 *Nun hört ... Zorn.]* Wörtlich nach der Quelle zitiert (Villon spricht von sich selbst).

147,6 *Gott geb ... hört]* Wörtlich nach der Quelle zitiert.

147,9 *Ist er ... Eierwein.]* Wörtlich nach der Quelle zitiert.

147,11 *Wollt ihr ... währt?]* Wörtlich nach der Quelle zitiert.

148,12 *Jetzt kommt ... geht]* Nach der Quelle formuliert.

148,17-19 *Ihr müßtet ... laufen.]* Die Formulierung orientiert sich an dem *Gebet*, das in der Ammerschen Übersetzung der Ballade nachgestellt ist (*Des Meisters Werke*, S. 20).

148,1 *Ballade, in der allen verziehen wird]* In der Textgrundlage mit der Anmerkung »(nach F. Villon)« versehen. In der *Dreigroschen-*

oper heißt der Titel *Ballade in der Macheath jedermann Abbitte leistet*. Brecht verwendet für die ersten beiden Strophen Villons *L'Epitaphe Villon* (um 1461, dt.: *Grabschrift in Form einer Ballade, die Villon für sich und seine Kumpane gemacht, als er erwartete, mit ihnen gehängt zu werden*) in der Übersetzung K. L. Ammers (*Des Meisters Werke*, S. 22 f.). In Brechts Strophe 1 ist teilweise wörtlich zitiert oder nach der Quelle formuliert, die Strophe 2 hat weniger wörtliche Übernahmen und löst sich teilweise ganz von der Quelle. Für die letzte Strophe verwendet Brecht vielfach wörtlich Villons *Ballade par laquelle Villon crye mercy à chacun* (um 1461, dt.: *Ballade in der Villon jedermann Abbitte leistet*) aus dem *Großen Testament*, wiederum nach K. L. Ammer (bei Villon Strophen 2 und 3; *Des Meisters Werke*, S. 109 f.). – Als Brecht 1946 seine Ballade abändert, nennt er zwei verschiedene Melodien, nach denen sie zu singen sei: »Ach Brüder, laßt euch uns zur Warnung sein / Und bitte Gott, er möge uns verzeihn« sowie »Die Mordgesellen, Abtrittsweiber / Ich bitte sie, mir zu verzeihn« (Typoskript im Nachlaß). Zur Neufassung von 1949 vgl. S. 337 f.

149,38-41 *Man schlage... zu verzeihn.]* Brecht zitiert wörtlich das *Geleit*, das Ammer der *Ballade in der Villon jedermann Abbitte leistet* nachstellt (*Des Meisters Werke*, S. 110).

149,1 *Schlußchoral]* Er bildet auch das Ende der *Dreigroschenoper*; formal ist er an Villons *Geleit*-Vierzeilern orientiert, die häufig die Balladen, aber auch das *Große Testament* insgesamt abschließen.

149,5 *Tale, das von Jammer schallt]* Anspielung auf den christlichen Topos vom Jammertal, das mit dem Leben durchschritten würde (vgl. Psalm 84,7).

150,1 *Der neue Kanonen-Song]* Das Gedicht spricht unter Verwendung von weitverbreiteten, typisch deutschen Namen die wichtigsten »Feldzüge« des zweiten Weltkriegs an. Es parodiert außerdem mit den insistierenden Ortsangaben, die hier (fast) die ganze Welt betreffen, *Das Lied der Deutschen* (1841) von August Heinrich Hoffmann von Fallersleben (»Von der Maas bis an die Memel / Von der Etsch bis an den Belt«).

151,34 *dritten Weltkrieg]* Brecht hat das Kriegsende skeptisch eingeschätzt; an Eric Bentley schreibt er z. B.: der Faschismus sei eigentlich noch nicht besiegt, sondern trete als ›Neo-Faschismus‹ auf; so erscheine »die Untergangszeit als eine ›Übergangszeit‹« (Brief an Bentley, August 1946). In Berlin zeichnet sich die Trennung von Ost und West bereits ab.

151,1 *Die Ballade vom angenehmen Leben...]* Das Gedicht widmet sich den wichtigsten Gefolgsleuten Hitlers (außer Goebbels); Brecht notiert auf einem Typoskript: »Ribbentrop – Treue / Schacht – Macht / Keitel – Pflicht / Streicher – Gesinnung«; Göring bleibt ohne »Attribut« (im Nachlaß).

151,1 *Hitlersatrapen]* Satrapen: (altpersisch) Statthalter, die der

Kaiser in den Provinzen einsetzt (»Satrapien«) und die dort unumschränkt herrschen.

151,2 *1]* Gemeint ist Hermann Göring, Reichsminister und Reichsmarschall, von Hitler zu seinem Nachfolger bestimmt. Der morphiumsüchtige Göring wird in den zwanziger Jahren als geistesgestört in eine Heilanstalt in Stockholm eingewiesen (vgl. *Braunbuch über Reichstagsbrand und Hitlerterror*, Basel 1933, S. 126-129). Er wird vom Internationalen Gerichtshof im Nürnberger Prozeß in allen Punkten der Anklage für schuldig befunden, entgeht jedoch dem Strang durch Selbstmord mittels Gift. Vgl. das Fotoepigramm Nr. 25 der *Kriegsfibel.*

151,13 *2]* Gemeint ist Joachim von Ribbentrop, Außenminister unter Hitler, ab 1940 als SS-Obergruppenführer verantwortlich für die sogenannte »Endlösung der Judenfrage«. Ribbentrop ist vor seiner politischen Laufbahn Vertreter der Firma Henkell (Sekt) und genießt als Geschäftsmann einen zweifelhaften Ruf (u. a. dadurch, daß er sich durch Adoption den Adelstitel erwirbt). Hitler stuft ihn »größer als Bismarck« ein, weil er ihm besonders willfährig ist. Er wird in Nürnberg durch den Strang hingerichtet.

152,24 *3]* Hjalmar Schacht, als Bankier u. a. Reichsbankpräsident und ab 1934 Reichswirtschaftsminister, ist wesentlich beteiligt an Hitlers »Aufstieg«, indem er für die Unterstützung der Nazis durch die Großindustrie sorgt. Er ist bis 1937 der Organisator der Hitlerschen Kriegswirtschaft. Als Beteiligter an den Ereignissen des 20. Juli 1944 (Hitler-Attentat) wird er in Nürnberg freigesprochen.

152,35 *4]* Julius Streicher, früher Parteigänger Hitlers, Herausgeber des Hetzblatts *Der Stürmer*, verficht maßgeblich den Massenmord an den Juden. Er wird von Hitler bereits 1933 als Bevollmächtigter gegen die Juden eingesetzt. Obwohl er durch seine Hetze, sein Verhalten, seine sexuellen Eskapaden und durch undurchsichtige Geschäfte in der Öffentlichkeit und auch von Parteiangehörigen verachtet wird, sieht Hitler in ihm einen Mann von Geist und Gesinnung. Er wird 1946 in Nürnberg zum Tod durch den Strang verurteilt und hingerichtet.

152,46 f. *5 / Und der La-Keitel...]* Mit Generalfeldmarschall Wilhelm Keitel bezieht Brecht die Generalität mit in die Reihe ein. Im Offizierskorps wird Keitel wegen seiner Unterwürfigkeit und Lobhudelei gegenüber Hitler spöttisch »Lakaitel« genannt (Wortspiel des Namens mit »Lakai«). Als Oberkommandeur der Wehrmacht ab 1938 ist er einer der verbissensten Verfechter von Hitlers »Endsieg«, den er bedenkenlos durchzusetzen versucht, auch indem er Kinder und Frauen ermorden läßt (alle Rücksichten seien »Verbrechen gegen das deutsche Volk«, so im »Rußlandfeldzug«). Er wird in Nürnberg als Kriegsverbrecher verurteilt und hingerichtet.

153,62-64 *Lohengrin... Parzifal... Gral]* Anspielungen auf Richard Wagners Opern *Lohengrin* (1845-1848) und *Parsifal* (1857 bis

1882), die beide alte (deutsche) Stoffe aktualisieren und »romantisch« bzw. als »Bühnenweihfestspiel« erneuern. Wagners Spielstätte Bayreuth ist auch von Hitler häufig besucht worden; vgl. das Fotoepigramm Nr. 28 der *Kriegsfibel*, der dazugehörige Vierzeiler spricht von der »Bayreuther Republik«.

153,65 *Walhall]* Im germanischen Mythos die »Totenhalle« für die gefallenen Helden; diese werden von den Walküren dorthin gebracht; vgl. den *Walkürenritt* (Akt 3) in *Trommeln in der Nacht*; zugleich eine Anspielung auf Wagners Opern-Zyklus *Der Ring des Nibelungen* (1851-1854).

AUS DEM LESEBUCH FÜR STÄDTEBEWOHNER

Textgrundlage

Aus dem Lesebuch für Städtebewohner, in: *Versuche*, Heft 2 (*Versuche 4-7*), Berlin: Gustav Kiepenheuer Verlag 1930, S. 116-122 (6. Versuch). – Anhang: Zum Lesebuch gehörende Gedichte, Erstdrucke oder Typoskripte bzw. Manuskripte aus dem Nachlaß.

Übersicht

1926/27: Entstehung der zehn Gedichte des *Lesebuchs* und weiterer, dazugehörender Gedichte.
1926-1928: Vorabdrucke einzelner Gedichte.
1927: Zusammenstellung der Teilsammlung *Aus dem Lesebuch für Städtebewohner* im Typoskript.
1928: *Proletarische Anekdoten aus dem Lesebuch für Städtebewohner*.
1930: Erstdruck der Teilsammlung in den *Versuchen*, Heft 2.
1938: Neue Zusammenstellung für den geplanten Band 4 der *Gesammelten Werke* (Malik-Verlag, London).

Entstehung

Die Gedichte des *Lesebuchs* stehen im Zusammenhang mit den Städte-Gedichten, die Brecht zwischen 1921 und 1926 schreibt. Sie knüpfen an die Tradition einer »Großstadtlyrik« an, die seit dem Naturalismus, verstärkt seit dem Expressionismus, in der deutschen Literatur breiten Raum einnimmt: die neuen Wirklichkeiten verlangen nach der ihnen gemäßen Poesie. Gedichte, die ähnliche Symptome wie die Brechts formulieren, das Großstadtleben und seine Menschen kritisch befragen, schreiben zur gleichen Zeit etwa Kurt Tucholsky, Walter Mehring oder Erich Kästner.

Nach dem Tagebuch von Elisabeth Hauptmann (8. Juni 1926) will Brecht seine Städte-Gedichte in die *Hauspostille* aufnehmen (z. B. *Vier Aufforderungen an einen Mann zu verschiedenen Zeiten von verschiedener Seite*, Nr. 9 des *Lesebuchs*). Mitte der zwanziger Jahre beabsichtigt Brecht, das Gedicht *Über die Städte*, zu dem dann sicher noch weitere Gedichte gekommen wären, in die *2. Lektion* der *Hauspostille* als 14. Gedicht einzugliedern (tatsächlich kommt es erst 1956 in die Sammlung). Über dieses Gedicht stellt sich eine direkte Verbindung zwischen *Hauspostille* und *Lesebuch* her, da ein weiteres Gedicht, das eventuell für die Aufnahme ins *Lesebuch* vorgesehen ist, denselben

Titel erhält und mit der Nummer 2 versehen wird. Gleichzeitig aber äußert Brecht, daß das Gedicht *8000 arme Leute ziehen vor die Stadt* in eine »andere Sammlung« müßte, nämlich eine, »die sich mit dem neuen Menschen befaßt«.

1926 entstehen – sicherlich schon im Hinblick auf die geplante neue Sammlung – die Gedichte Nr. 2, 3, 7, 8, 9 des *Versuche*-Drucks und wahrscheinlich auch weitere zum *Lesebuch* gehörende Gedichte, die dann aber nicht in die Teilsammlung von 1930 eingehen. Zwei Gedichte, nämlich Nr. 2 und 3, werden noch 1926 unter den Titeln *Vom fünften Rad* und *An Chronos* ohne Verweis auf die Sammlung publiziert. Die Publikation der Gedichte 7 und 8 vom Januar 1927 ist *Aus einem Lesebuch für Städtebewohner* überschrieben, zählt sie aber als Nummer 1 und 2. Die übrigen Gedichte entstehen alle 1927, wie auch der Entschluß, die Teilsammlung mit dem Hinweis auf eine (umfassendere) Sammlung des *Lesebuchs* zu versehen, ins Jahr 1927 fällt. Es gibt mehrere identische Reinschriften dieser Teilsammlung, von denen eine die Satzvorlage gebildet hat. Brecht korrigiert eines dieser Typoskripte nach dem Druck nochmals handschriftlich, ändert den Titel der Teilsammlung in *Aus einem Lesebuch für Städtebewohner* und notiert dazu »Titel des Kapitels!« (analog zu den Abschnitten in der *Hauspostille*). Es handelt sich offenbar um die Satzvorlage für die nicht realisierte Malik-Ausgabe der *Gesammelten Werke* von 1938 (Band 4; die Anzeige in Band 2 kündigt das ursprüngliche *Lesebuch* als Bestandteil an).

Weitere Stadt-Gedichte, die möglicherweise zum *Lesebuch* gehören, aber nie in die Sammlung aufgenommen worden sind, schreibt Brecht 1928. Es gibt keine Hinweise darauf, daß er alle als zugehörend gekennzeichneten Gedichte in einer größeren Sammlung vereinigen wollte. Zum *Versuche*-Druck heißt es allerdings: »Der sechste Versuch: *Lesebuch für Städtebewohner* enthält Texte für Schallplatten.«

Um 1928 entstehen außerdem *Proletarische Anekdoten aus dem Lesebuch für Städtebewohner* in Prosa, die auf eine gattungsübergreifende Sammlung hinweisen; sie sollte den »Einzug der Menschheit in die großen Städte« gestalten wie die Oper *Aufstieg und Fall der Stadt Mahagonny*. Das 2. Heft der *Versuche*, das neben der *Mahagonny*-Oper das *Badener Lehrstück vom Einverständnis* enthält, vermittelt von der geplanten Sammlung einen Eindruck. Thematische Zusammenhänge ergeben sich außerdem zu Brechts Stück *Im Dickicht* bzw. *Im Dickicht der Städte*.

Die Gedichte setzen Brechts erste Großstadterfahrungen in München voraus. Die Suche nach der Poesie der Großstadt geht bis ins Jahr 1921 zurück, als Brecht unter dem Eindruck der Kipling-Lektüre notiert, daß »die große Stadt als Dschungel« noch nicht beschrieben sei, und fragt: »Wo sind ihre Helden, ihre Kolonisatoren, ihre Opfer?« (*Journale*, 4. September 1921.) Aber erst die Erfahrung der Metropole

Berlin schafft die reale Voraussetzung, daß Brecht in diese außerordentlich kalte, »objektivierte« und inhumane Sprache findet, die – wie das Abschlußgedicht besagt – die Sprache der »Wirklichkeit selber« ist (bzw. sein soll).

Der Begriff Lesebuch bestimmt die Sammlung als Buch für den Unterricht, hier als Fibel für die Erfahrung der Großstadt. Im Gegensatz zum traditionellen Lesebuch vermeidet es Brecht, moralische Zwecke zu formulieren oder humane Werte zu propagieren.

Obwohl die Gedichte kein Metrum aufweisen, sind sie relativ streng geregelt; sie verwenden vor allem rhetorische Figuren der Wiederholung und reihen syntaktisch ähnliche Glieder. Zugunsten der unverbundenen Satzreihung läßt Brecht mit Vorliebe die (nicht erforderlichen) Konjunktionen weg (vor allem »daß«). Überdies herrschen logisch verknüpfte, häufig negierte Satzverbindungen vor.

Text/Fassungen

Wie der Titel besagt, handelt es sich bei den 1930 gedruckten Gedichten nur um eine Teilsammlung, die allerdings streng durchkomponiert ist und im wesentlichen bei künftigen Publikationen unverändert bleibt. Auch die Ausgabe der *Gesammelten Werke* (Malik-Verlag) von 1938 sollte wohl nur den bereits publizierten Text enthalten.

Neben den Erstdrucken von Einzelgedichten aus der Teilsammlung gibt es weitere Publikationen von Gedichten, die dann nicht in den *Versuche*-Druck des *Lesebuchs* aufgenommen worden sind, und zwar *Anleitung für die Oberen*, *Anrede*, *Hätten Sie die Zeitungen* sowie *700 Intellektuelle beten einen Öltank an* (erschienen 1927 bzw. 1928 mit dem Hinweis, daß sie dem *Lesebuch für Städtebewohner* zugehören). Acht weitere Gedichte tragen im Typoskript, meist als Überschrift, den Hinweis »Aus dem/einem Lesebuch für Städtebewohner«. Sie sind, da ihre Zuordnung außer Zweifel steht, der Teilsammlung in der vorliegenden Ausgabe im Anhang nachgeordnet worden (in der Reihenfolge ihrer Entstehung). Weitere Zuordnungen im Nachlaß-Material können nicht als authentisch angesehen werden; die Gedichte werden in der vorliegenden Ausgabe in Band 13 aufgenommen.

157,31 *gesagt]* 1938 für die *Gesammelten Werke* (Malik-Verlag): »gelehrt«.

167,45 *zu sein scheint]* In der Textgrundlage: »zu scheint«; die Ergänzung ist handschriftlich von Elisabeth Hauptmann eingefügt.

167,57 *Gemeinwesens]* In der Textgrundlage: »Gemeinswesens« (einzige Überlieferung).

169,6 *angebracht]* Die einzige Textüberlieferung weist diese Schreibung auf; vom Sinn her liegt »umgebracht« näher, so daß es sich um einen Tippfehler handeln kann.

170,15 *Mentscher]* Alle Überlieferungen haben diese Schreibung statt der üblichen »Menscher«.

172,1 *Blasphemie]* Vgl. die geringen Textabweichungen in: *Aufstieg und Fall der Stadt Mahagonny* (Szene 11).

172,6 f. *Schlage ihn... Geld]* Vgl. die Textabweichungen in: *Aufstieg und Fall der Stadt Mahagonny*; ebenfalls 172,12 f. (»Wenn die Frau...«) und 172,19 f. (»Kostet er...«).

172,13 *Beherberge]* In der Textgrundlage: »Beherge«.

173,14 *unbekannten Mann]* In einer anderen Niederschrift des Gedichts mit dem Titel *Brief an die berühmten Hauptstädte*: »Unbekannten Arbeiter« (Typoskript im Nachlaß); desgl. 173,25.

176,59 *Fordschritts]* So in der Textgrundlage; vgl. zu 176,59 (S. 355).

Wirkung

Öffentliche Besprechungen des *Lesebuchs* sind nicht bekannt. Nur Herbert Jhering thematisiert innerhalb seiner Besprechung *Drei Brecht-Bücher* die Wandlungen des Dichters und verweist dabei indirekt auf die vorpublizierten *Lesebuch*-Gedichte: »Eine Umschichtung hat sich bereits vollzogen. Er ist Revolutionär, weil er in einer schon geänderten Welt lebt. Jetzt wird auch seine Lyrik Darstellung der Arbeit; nicht als Problem, sondern als soziale Tatsache. Brechts Lyrik wie seine Dramen sind anwendbar, sie geben Sachdarstellungen, Gebrauchsgehalt. Sie sind gleichzeitig Kunstwerke, geformt, gestaltet. Sie sind Tatsachen, Dokumente. Die Zeit baut an ihnen. Brechts Werk ist das einzige Beispiel einer Gebrauchs- und Kunstdichtung im hohen Sinne.« (*Berliner Börsen-Courier*, 30. April 1927.)

Drei Gedichte des *Lesebuchs* übernehmen die Herausgeber Robert Seitz und Heinz Zucker für die als repräsentativ bezeichnete Großstadt-Anthologie *Um uns die Stadt* (Berlin 1931), und zwar *Trenne dich von deinen Kameraden...* (Nr. 1), *Laßt eure Träume fahren...* (Nr. 8) und *Er ging die Straße hinunter...* (Nr. 6). Die Anthologie will »ein Spiegelbild der baulichen und seelischen Besonderheit ›Großstadt‹« geben, »wie sie sich dem heutigen Menschen darbietet«. Die Gedichte sind unter dem Aspekt einer Tagesreise durch die Großstadt angeordnet und wollen dem auf die Spur kommen, was »mit ihr los« ist, »wenn sich niemand auf die Dauer von ihr trennen kann« (Vorwort, S. 10). Beiträger sind u. a. Johannes R. Becher, Ernst Blass, Hans Friedrich Blunck, Lion Feuchtwanger, Erich Kästner, Walter Mehring, Erich Weinert.

Ohne damit an die Öffentlichkeit zu gehen, hat Walter Benjamin – allerdings erst in der Emigration – reagiert; er überliefert dabei eine Stellungnahme von Arnold Zweig, der mündlich geäußert haben soll, daß die Sammlung durch Faschismus und Emigration »einen neuen

Sinn« gewonnen habe. »Sie stelle die Stadt vor, wie der Emigrant sie im fremden Land erfährt.« Benjamin stimmt dieser aktualisierenden Umdeutung zu, ergänzt allerdings, daß der Kämpfer für die Ausgebeuteten bereits im »eigenen Land ein Emigrant« sei, nämlich in der »Krypto-Emigration« (Walter Benjamin, *Gesammelte Schriften II,2*, hg. v. Rolf Tiedemann und Hermann Schweppenhäuser, Frankfurt a.M. 1977, S. 556). »Die Krypto-Emigration war die Vorform der eigentlichen; sie war auch eine Vorform der Illegalität«, die unvermutet zum Anschauungsunterricht in der Emigration geworden sei (ebd.). Überdies grenzt er die Gedichte von den Großstadtgedichten der Zeit ab. Die »Fühllosigkeit für den städtischen Dekor, verbunden mit einer äußersten Feinfühligkeit für die spezifischen Reaktionsweisen des Städters« sei neu, und Brecht »wohl der erste bedeutende Lyriker, der vom städtischen Menschen etwas zu sagen hat« (ebd., S. 557). Benjamin analysiert in seinen *Kommentaren zu Gedichten von Brecht* (1938) die Gedichte Nr. 1, 3 und 9 der publizierten Teilsammlung. Zu Nr. 9 schreibt er, es habe mit dem gesellschaftlichen Prozeß zu tun. Das Gedicht illustriere »in ganz kurzen Zügen, was Verarmung in der Großstadt heißt«. Beachtenswert sei dabei die »freundliche Indifferenz, die allen vier Aufforderungen eigen ist. Daß die Härte der Zumutung für diese Freundlichkeit Raum läßt, daran erkennt man, daß die gesellschaftlichen Verhältnisse den Menschen von außen als ein ihm Fremdes entgegentreten. Die Freundlichkeit, mit der ihr Verdikt ihm von seinen Nebenmenschen übermittelt wird, zeigt, daß diese sich nicht mit ihnen solidarisch fühlen. Nicht nur der Angeredete scheint hinzunehmen, was er zu hören bekommt; auch die, die sich an ihn wenden, haben sich mit den Verhältnissen abgefunden. Die Unmenschlichkeit, zu der sie verurteilt sind, hat ihnen die Höflichkeit des Herzens nicht nehmen können. Das kann zu Hoffnung oder Verzweiflung berechtigen. Der Dichter hat sich darüber nicht ausgelassen.« (Ebd., S. 559 f.)

Benjamins Hinweise auf Arnold Zweigs Meinung über das *Lesebuch* werden durch einen Brief Zweigs an Brecht (18. August 1935; im Nachlaß Brechts) bestätigt. Er berichtet, daß er die Gedichte mit geänderten Überschriften Mitemigranten vorgelesen habe. Der Eindruck der Zuhörer sei »betäubend« gewesen: »Sie hatten niemals geahnt, daß ein Dichter die Wirklichkeit des bürgerlichen Lebens [in der Emigration] gestalten könnte, bevor sie selber diese erfahren hatten. Sie sollten, lieber Brecht, unseren Freund Herzfelde veranlassen, unter dem Titel *Bertolt Brecht gestaltet die Erlebnisse der Emigration vor der Emigration* diese Gedichte [...] wieder abzudrucken; die neuen Titel sollen Sie selber finden und das Erscheinungsjahr von Heft 2 der *Versuche* immer mit anführen.«

Zeilenkommentar

155 *Aus dem Lesebuch...]* Brecht verwendet den Titel auch mit dem unbestimmten Artikel (*Aus einem Lesebuch...*). In der Werbung für die *Gesammelten Werke* im Malik-Verlag (1938) lautet der Titel: *Aus dem »Lesebuch für Städtebewohner«.*

157,1 *1]* E: 1926.

158,1 *2]* E: 1926. ED: *Berliner Börsen-Courier*, 7. November 1926 (als *Vom fünften Rad*).

159,1 *3]* E: 1926. ED: *Berliner Börsen-Courier*, 5. Dezember 1926 (als *An Chronos*).

159,2 *deinem Haus]* Angesprochen sind in einem verallgemeinerten »Du« die Väter. Brecht aktualisiert den antiken Mythos vom Göttervater Chronos (auch »Kronos«), der von seinem Sohn Zeus entmachtet und für seine Gigantenherrschaft bestraft wird. Chronos verschlang alle seine Kinder bis auf Zeus, um die ihm prophezeite Entmachtung durch seinen Sohn zu verhindern. Der »Vatermord« (s. Arnolt Bronnens gleichnamiges Drama von 1920) ist seit dem Expressionismus in Deutschland immer wieder Thema.

159,6 *Rauch im Himmel]* Es handelt sich um einen alten Topos der Vergänglichkeit; vgl. *Die Ballade von dem Soldaten* in der *Hauspostille*.

160,1 *4]* E: 1927.

160,1 *5]* E: 1927.

161,22 *gekokst]* Umgangssprachlich für: Kokain nehmen.

162,1 *6]* E: 1927.

162,1 *7]* E: Ende 1926. ED: *Berliner Börsen-Courier*, 1. Januar 1927 (als *Nr. 1*).

163,1 *8]* E: Ende 1926. ED: *Berliner Börsen-Courier*, 1. Januar 1927 (als *Nr. 2*).

163,2 *Laßt eure Träume fahren]* Anspielung auf Dantes *La Divina Commedia* (um 1306-1321, dt.: *Die göttliche Komödie*), die über das Tor zur Hölle den Spruch setzt: »Ihr, die ihr hier eintretet, laßt alle Hoffnung fahren« (3. Gesang, Vers 9).

164,1 *9]* E: 1926 (vor Juni).

165,1 *10]* E: 1927. Unter dem Titel *Me-tis Strenge* ist das Gedicht ins *Buch der Wendungen (Me-ti)* eingegangen.

166,1 *Über den Ohm]* E: 1926. Versehen mit der Bemerkung: »Dem Angedenken an A. K..r gewidmet«. Alfred Kerr hat bereits 1922 die Berliner Aufführung von *Trommeln in der Nacht* heftig kritisiert. Brecht setzt dem überaus geschäftigen Kritiker sozusagen einen lyrischen Grabstein. Ohm: veraltet für: Oheim (Onkel).

166,17 *Olm]* Gehört zu den Lurchen; langgestreckte, im Wasser lebende, fast blinde Tiere mit Stummelbeinen und Schwanzflosse.

166,19 *Karstes]* Bezeichnet die dinarischen Alpen bzw. das Gebirgssystem des westlichen Teils der Balkanhalbinsel.

167,1 *Warum esse ich Brot]* E: 1926 (wahrscheinlich im Zusammenhang mit dem geplanten Stück *Weizen*, später auch *Joe Fleischhakker* genannt).

167,2 *Illinois]* Bundesstaat der USA, ein Zentrum des Weizenanbaus. Den Zusammenhang zwischen spekulativen Hortungen von Weizen in den USA und damit verbundenen Hungersnöten und Entlassungen in Europa und Asien kennt Brecht aus dem Roman von Frank Norris *The Pit* (1903, dt.: *Die Getreidebörse*).

167,5 *Irkutsk]* Hauptstadt des ostsibirischen Industriegebiets der UdSSR.

168,1 *Ich will nicht behaupten]* E: Ende 1926. Das Gedicht ist sicherlich im Zusammenhang mit der Lektüre von *The History of Great American Fortunes* (1916, dt.: *Die Geschichte der großen amerikanischen Vermögen*) von Gustavus Myers entstanden. Brecht empfiehlt die entlarvend-kritische Darstellung als eines der besten Bücher des Jahres (Antwort auf eine Rundfrage für *Das Tagebuch*, 4. Dezember 1926).

168,3 *Standard Oil]* John D. Rockefeller gründet 1870 die Standard Oil Company und baut sie bis Ende des Jahrhunderts zum größten amerikanischen Öltrust aus (Trust: Zusammenfassung mehrerer Unternehmen des gleichen Wirtschaftszweiges, um ein Monopol zu erreichen); Rockefeller gilt zu Beginn des 20. Jahrhunderts als reichster Mann der Welt und stilisiert sich in den zwanziger Jahren durch Stiftungen zum Philanthropen.

169,1 *Hätten Sie die Zeitungen...]* E: Um 1926/27. ED: *Die Neue Bücherschau*, Berlin, 1928, 3. Heft (März), S. 131.

169,1 *Unbezahlbar ist]* E: Um 1926/27.

170,1 *Es war leicht, ihn zu bekommen]* E: Um 1926/27.

170,15 *Mentscher]* (Süddt.) derbe Frauen, liederliche Mädchen, auch Dirnen; Singular: »das Mensch«; von Brecht in *Trommeln in der Nacht* und in der *Dreigroschenoper* u. a. gebraucht.

171,1 *Immer wieder]* E: Um 1926/27.

171,22 f. *Der Regen ... oben]* Häufiges Motiv Brechts; auch in der Prosa und in den Schriften (steht für: unumkehrbares »Naturgesetz«); vgl. z. B. *Das Lied vom Klassenfeind* in: *Lieder Gedichte Chöre*.

172,1 *Blasphemie]* E: 1927. Übernommen in die Szene 11 von *Aufstieg und Fall der Stadt Mahagonny*; Paul Ackermann spricht das Gedicht (ohne Titel) unmittelbar nach dem *Hauspostille*-Gedicht *Gegen Verführung*.

173,1 *Anleitung für die Oberen]* E: 1927. ED: *Die Neue Bücherschau*, Berlin, 1927, 2. Schrift, S. 71.

173,1 *Anrede]* E: Ende 1927. ED: Programmheft der Berliner Volksbühne zu *Mann ist Mann* (Premiere: 5. Januar 1928). Das Gedicht ist dort versehen mit dem Vermerk »Nach einem russischen Vers«, der nicht identifiziert werden konnte.

174,1 *700 Intellektuelle...]* E: Ende 1927. ED: *Prisma im Zenith. Der 10. Kostüm-Künstler-Karneval am 3., 4., 7., 8. Februar 1928. Fest-Almanach*, hg. v. Erich Engel und Paul Hamann, Hamburg 1928, S. 31 f.

175,28 *Sachlicher]* Anspielung auf die »Neue Sachlichkeit«, die ab 1925 den Expressionismus verdrängt und statt dessen die neuen Wirklichkeiten, besonders die Technik, verherrlicht. »Sachlich zu sein« bedeutete bei ihren Vertretern, »Respekt vor den Tatsachen« zu haben.

175,29 *Lösche aus unser Ich!]* Mit der neuen Technik verbindet sich ein Kollektivismus, der das bürgerliche (autonome) Individuum in Frage stellt. Brecht hat sich in seinen theoretischen Schriften der Zeit häufiger mit dieser Thematik auseinandergesetzt (vgl. z. B. *Individuum und Masse* von 1929/30).

176,57 *Und erlöse uns von dem Übel]* Brecht zitiert eine Formel des »Vaterunser«.

176,59 *Fordschritts]* Brecht spielt an auf Henry Ford, den amerikanischen Automobilfabrikanten, der in den zwanziger Jahren das Fließband nach Europa exportiert. Ford propagiert Rationalisierung, die es ermöglicht, die Arbeiter besser zu bezahlen und sie so als Konsumenten zu gewinnen. Über den Konsum läßt sich die Produktion absichern. Der »Fordismus« wird Vorbild für die Massenproduktion und Massenkonsumtion in den kapitalistischen Gesellschaften (sogenannte »Entfeudalisierung des Daseins unter dem Kapitalismus«; vgl. seine Erinnerungen: *Mein Leben und Werk*, Leipzig 1923).

GESCHICHTEN AUS DER REVOLUTION

Textgrundlage

Geschichten aus der Revolution, in: *Versuche*, Heft 7 (*Versuche 15/16*), Berlin: Gustav Kiepenheuer Verlag 1933, S. 79-82 (16. Versuch).

Entstehung

Ende 1932 stellt Brecht drei Gedichte zusammen, überschreibt sie mit *Erzählungen aus der Revolution* und läßt sie für die *Versuche* setzen. In den Korrekturfahnen streicht er das an dritter Stelle plazierte Gedicht, *Die Internationale*, und nennt die nur mehr aus zwei Gedichten bestehende Zusammenstellung in *Geschichten aus der Revolution* um.

Beide Gedichte verarbeiten historische Ereignisse. Zum *Teppichweber*-Gedicht schreibt Brecht 1932: »Das Gedicht über die Ehrung Lenins in Kujan Bulak stammt aus einem Zyklus von Episoden aus der Geschichte des Proletariats. Es zeigt eine der vielen großen neuen Gesten des durch seine Revolution befreiten russischen Proletariats« (autobiographische Aufzeichnung im Nachlaß). Nach dieser Notiz hat Brecht einen größeren Zyklus geplant; von ihm gibt es aber keine weiteren Zeugnisse. Die *Geschichten aus der Revolution* werden 1933 im Heft 7 der *Versuche* zusammen mit dem Schauspiel *Die Mutter* nach Maxim Gorki publiziert.

Das *Smolny*-Gedicht entsteht 1931 während der Studien zum Stück *Die Mutter*. Das Gedicht über die Teppichweber schreibt Brecht bereits Ende 1929 bis Januar 1930. Es ist zunächst als Gedicht zur Wiederkehr von Lenins Todestag (21. Januar 1924) vorgesehen.

Text/Fassungen

Das *Smolny*-Gedicht findet relativ schnell die endgültige Gestalt: die Änderungen für den Druck betreffen gegenüber dem Typoskript lediglich einige Verseinteilungen. – Im Gegensatz dazu weist das *Teppichweber*-Gedicht eine sehr reichhaltige Überlieferung in den Handschriften und Typoskripten auf. Ein Typoskript stellt durch eine Strophe, die später in die *Kantate zu Lenins Todestag* eingeht, eine unmittelbare Verbindung zwischen beiden Gedichten her.

181,5 *Städte ... Sprachen]* In den übrigen Drucken handelt es sich stets um zwei Verse (Grenze nach »Kinder«, wobei das Komma wegfällt).

Wirkung

Das *Teppichweber*-Gedicht gehört mit zum Grundbestand sozialistischer Lyrik, indem es immer wieder zum Anlaß von Lenins Todestag gedruckt, in Schulbücher aufgenommen und häufig zitiert worden ist; es hat durch die Schilderung einer produktiven Art, Lenin zu ehren, eine große Verbreitung erfahren, jedoch ohne daß einschlägige Äußerungen zu dokumentieren wären. Das Gedicht ist ein Musterbeispiel politischer Lyrik geworden, das Lehre, Verhalten, historische Aktion und zugleich Sentiment miteinander verbindet. – Im Gegensatz dazu ist das *Smolny*-Gedicht unbeachtet geblieben.

Zeilenkommentar

179,1 *Die Bolschewiki...]* E: 1931. Quelle ist eine Episode, die Leo Trotzki in: *Mein Leben. Versuch einer Autobiographie*, Berlin 1930 (S. 303), erzählt. Sie spielt im Juli 1917, als sich neben den demokratisch-bürgerlichen Kräften die Revisionisten zu etablieren suchen (Mehrheit der Menschewiki in den »Sowjets«, den Räten) und offen die Bolschewiki bekämpfen. Lenin und Sinowjew verbergen sich, weil sie mit Verhaftung rechnen müssen. Trotzki, der zu diesem Zeitpunkt noch nicht Mitglied der Partei ist, übernimmt es in Petrograd (heute: Leningrad), die Sache der Bolschewiki zu vertreten. Er berichtet in diesem Zusammenhang davon, daß er den ganzen Haß der »›revolutionären‹ Philister«, wie er die Menschewiki nennt, zu spüren bekommt; der Weg zur Kantine sei »ein kleines Golgatha« gewesen. Brecht hält sich oft wörtlich und bis in Einzelheiten hinein an seine Quelle. Der entsprechende Passus bei Trotzki lautet: »Büfettier im Exekutivkomitee war der Soldat Grafow. Als die Hetze gegen uns am stärksten war und Lenin, den man als deutschen Spion erklärt hatte, sich in einem Zelt verborgen hielt, entdeckte ich, daß Grafow ein möglichst heißes Glas Tee und ein besser belegtes Brot für mich auswählte; es mir hinhaltend, schaute er an mir vorbei. Es war klar: Grafow sympathisierte mit den Bolschewiki und verbarg es vor den Vorgesetzten. Ich beobachtete nun weiter. Grafow war nicht allein. Das gesamte untere Personal des Smolny, die Wächter, Kuriere, die Posten, neigten sichtlich zu den Bolschewiki. Da sagte ich mir, unsere Sache ist zur Hälfte gewonnen.«

179,1 *Smolny]* Es handelt sich um einen Palast in Petrograd, der nach der Februarrevolution als Sitz des (revolutionären) Exekutivkomitees der Sowjets benutzt wird; die Bolschewiki sind um diese Zeit in der Minderheit und haben keinen Vertreter im Vorstand. In Konkurrenz zu den Sowjets gibt es darüber hinaus die bürgerliche Regierung Kerenski, die zur Zeit, von der das Gedicht handelt, eine Terrorherrschaft ausübt.

181,1 *Die Teppichweber von Kujan-Bulak]* E: Ende 1929 - Januar 1930. Quelle ist der nicht gezeichnete Artikel *Ein Denkmal für Lenin* in der *Frankfurter Zeitung*, 30. Oktober 1929 (im Nachlaß), dem Brecht teilweise wörtlich folgt, nachdem er die ihm wichtigen Teile unterstrichen hat. Die Quelle ist wesentlich ausführlicher als das Gedicht, da sie weitere Einzelheiten von den Krankheiten, der Herkunft der Leute, ihrer Arbeit, ihrer Leiden u. a. erzählt. Sie hat das Motto: »Viele fruchtbare Steppen gab es einst in Fergana. / Am Syr-Darja breiteten sich fette Felder aus. / Weizen, Gerste, Hafer und Reis blühten dort.« Der Artikel berichtet im wesentlichen von den Ereignissen, von denen das Gedicht handelt. Sie spielen sich an der Station Kujan-Bulak (Ferghana) ab, die von Rotarmisten bewacht wird, weil es immer wieder zu Übergriffen durch Weißgardisten kommt. Das Gebiet sei ehemals Schauplatz großer Völkerwanderungen gewesen, jetzt aber breite sich der Sumpf aus, und die Mücken seien mächtiger als Raubvögel. Es gibt in Brechts Gedicht einige Abweichungen zur Quelle: Der Vorschlag, die Gipsbüste zu kaufen, stammt ebenfalls von Stepa Gamaleew. Die Finanzierung der Büste geschieht über den Verkauf von Waren in der Stadt. Die Tafel, die an der Bahnstation errichtet ist, enthält folgenden Text: »An dieser Stelle sollte das Denkmal Lenins stehen, aber statt des Denkmals kaufte man Petroleum und goß es über den Sumpf. So hat Kujan-Bulak zum Andenken und im Namen Lenins die Malaria erstickt.« Kujan-Bulak wird in der Quelle mit »Hasenquell« übersetzt; es liegt in der Sowjetrepublik Usbekistan. – Das Gedicht geht in die *Gedichte im Exil* (Malik-Verlag 1938; nicht erschienen), in die *Svendborger Gedichte* (1939) und in die *Kalendergeschichten* (1948) ein.

[SONETTE]

Textgrundlage

[Sonette], Typoskripte aus dem Nachlaß. – Anhang: Zur Sammlung gehörendes Sonett, Typoskript aus dem Nachlaß.

Entstehung

Die 13 überlieferten Sonette richten sich an Margarete Steffin. Brecht lernt sie 1931 kennen, als sie in der Inszenierung von *Die Mutter* (Wallner-Theater; später: Komödienhaus in Berlin) in der Rolle des Dienstmädchens mitwirkt. 1932 beginnt die Freundschaft zwischen beiden, die bald in eine enge Liebes- und Arbeitsbeziehung übergeht. Brecht schreibt die ersten zwei dieser Sonette noch Ende 1932 oder Anfang 1933 in Berlin. Margarete Steffin ist krank, muß in die Charité und verbringt anschließend einen Erholungsurlaub in Italien. Da sie sich zur Zeit der Machtübernahme durch die Nazis noch dort aufhält (Januar 1933), kehrt sie nie wieder nach Deutschland zurück. *Das dritte Sonett* schickt Brecht mit einem Brief vom 16. März 1933. Er merkt an, daß es »sehr schlimm« sei, und rät: »Du mußt es mit einem Bleistift lesen und das letzte Reimwort eintragen.« Die bis einschließlich »acht« zählenden Sonette sind 1933 entstanden; Steffin bestätigt ihren Eingang (Steffin an Brecht, undatierter Brief von 1933; im Nachlaß). Die weiteren Sonette schreibt Brecht noch Ende des Jahres bzw. Anfang 1934. *Das elfte Sonett* verfaßt er im Herbst 1934, als Steffin nach Moskau abreist. *Das zwölfte Sonett* ist (weitgehend) identisch mit *Über die Gedichte des Dante auf die Beatrice*, das 1938 in die *Studien* übernommen wird; es gehört wie *Das dreizehnte Sonett* ins Jahr 1934 und spiegelt im historischen Fall das Verhältnis Brecht–Steffin zu dieser Zeit wider. Die Sonette entstehen als eine Art Kompensation für die ferne Geliebte (Ähnliches gilt für *Die Augsburger Sonette*).

Text/Fassungen

Es handelt sich um eine offenbar geschlossene Gruppe von 13 Gedichten. Sie liegt in einer Reinschrift vor, in der lediglich das *Achte Sonett* fehlt. Brecht nimmt die endgültige Numerierung erst nachträglich vor: er läßt auf den frühen Typoskripten, die er an Margarete Steffin schickt, entsprechend im Titel Platz. Möglicherweise hat Brecht später noch eine Erweiterung der Sammlung vornehmen wollen, denn er sucht bei den Sonetten, die in den späten dreißiger Jahren entstehen, nach einer weiteren Numerierung, die diese Sammlung voraussetzt. Eine genauere Zuordnung oder Integration dieser Sonette ist jedoch nicht möglich; sowohl die zeitliche Differenz spricht dagegen als auch die Numerierung, die keinen direkten Anschluß erkennen läßt. Diese Sonette werden deshalb in der vorliegenden Ausgabe als Einzelgedichte behandelt.

Aus der Zeit von 1933/34 liegen noch drei weitere Sonette vor, die nicht numeriert sind und auch nicht Brecht zugeschrieben werden. Es handelt sich um Gedichte mit weiblichem lyrischen »Ich«. Eins von ihnen enthält handschriftliche Korrekturen Brechts und ist von Elisabeth Hauptmann auf den 11. April 1933 datiert. Die beiden übrigen Sonette stammen sicherlich von Margarete Steffin, sind aber deutlich von Brecht angeregt und entsprechen in Ton und Bauart ganz seinen Gedichten.

Im Nachlaß sind relativ wenige Niederschriften der Sonette überliefert; es kann daher angenommen werden, daß Brecht ihre endgültige Gestalt in der Regel schnell gefunden hat. Ihre Formgebung ist freier und variantenreicher als bei den strenger verfahrenden *Augsburger Sonetten*.

186,1 *Das dritte Sonett]* Zu diesem Sonett gibt es frühe Niederschriften, die noch die Frage, ob »denn die Wörter schrecklich [seien] oder die Dinge, die sie bezeichnen«, ins Zentrum stellen (Nachlaß).

187,1 *Das fünfte Sonett]* Es gibt zwei, mit den Nummern 1 und 2 versehene Strophen, die nicht in die vorliegende Fassung der Reinschrift eingegangen sind (Nachlaß):

Es dauerte lange, bis ich damit versöhnt war
Daß meine Liebe zu dir erstarkte
Und wichtig, als ich an dich gewöhnt war
Warst du immer noch auf dem Markte.

Du lauerst und wirst belauert
Du fischst noch und wirst gefischt
Während die Flamme noch dauert
Wünsche ich, daß sie erlischt.

190,4 *vögeln]* Für die *Studien* 1938: »haben« (vgl. 269,3), zunächst noch unter Beibehaltung des alten Titels.

191,1 *Achtes Sonett]* Zu diesem Gedicht liegt keine Reinschrift vor; sein Titel ist der Reihe der übrigen Sonette nicht angepaßt.

Zeilenkommentar

185,1 *Das erste Sonett]* Margarete Steffin antwortet Brecht mit folgendem Sonett:

Dir zugeeignet und dir ganz gewogen
Bin ich, seit ich den Mut zum »Du« gefunden.
Was immer mir auch fehlt, ich muß gesunden
Solang mir deine Liebe nicht entzogen.

Das kleine Wort, das damals wir ernannten
Das unauffällig machte das Berühren
(Unwiderstehlich machte das Verführen)
Durch Monde ist es Hort deiner Verbannten.

Das Wort ist mir Umarmung, ist mir Kuß.
Die ich so lange auf dich warten muß
Ich küsse es in jedem deiner Briefe.

Und weine ich, wenn ich es lese, ist
Es nur, weil du dann wieder bei mir bist
Und ich bin ohne Wunsch, als ob ich bei dir schliefe.

185,4 *unauffällig Wort]* Das Wort heißt »Grüß Gott«; Brecht erwähnt das *Erste Sonett* und spricht von der »festgesetzten und der Ewigkeit überantworteten Formel«, die er in Steffins Briefen vermisse (undatierter Brief an Margarete Steffin). Vgl. das Akrostichon des Gedichts *Als der Klassiker am Montag, dem siebenten Oktober 1935, es verließ, weinte Dänemark*, dessen Buchstaben am Versanfang (von oben nach unten gelesen) ergeben: »Gruess Gott Bidi« (Bidi ist ein Kosename Brechts).

185,7 *Soldat]* Brecht nennt Margarete Steffin als »(meinen) Soldaten der Revolution«; Steffin war überzeugte Kommunistin, die Brecht als seine Schutzbefohlene angesehen hat; vgl. die Gedichte *Reglement für den Soldaten M. S.* und *Vom Glück des Soldaten der Revolution* u. a.

186,5 *vulgären]* Indirekte Anspielung auf Dante; vgl. zu 190,5.

186,15 *tatst, war]* Brecht zwingt den Leser – des Reimes wegen –, das Wort aus eigenem Wissen zu ergänzen.

187,1 *Das fünfte Sonett]* Vgl. auch S. 360.

187,8 *Der Männer ... leiden.]* Der Vers steht fast wörtlich bereits im *Sonett für Trinker* von 1925.

189,2 *Muck]* Brechts Kosename für Margarete Steffin.

189,1 *Das elfte Sonett]* Margarete Steffin fährt im Herbst 1934 zu einem Erholungsurlaub in die Sowjetunion.

190,1 *Das zwölfte Sonett]* Brecht bezieht sich auf Dantes *La vita nuova* (1292/93, dt.: *Das neue Leben*). Die Gedichte sind in den Sinnzusammenhang der Erzählung eingegliedert. Dante schildert seine unerfüllte Liebe zu Beatrice Portinari, die von ihren Eltern an den Adligen Simone de'Bardi verheiratet wird und früh stirbt.

190,1 *Das dreizehnte Sonett]* Das Gedicht fällt wie das 12. thematisch aus der Reihe und wäre ebensogut bei den *Studien* denkbar. Umgekehrt zeigt sich, daß die *Studien* einen ganz konkreten biographischen Ausgangspunkt haben. Das Gedicht knüpft unmittelbar an *Das dritte Sonett* an, das das inkriminierte Wort als letztes Reimwort fordert.

190,4 *Fica]* Die Ableitung des Wortes aus dem Italienischen ist pseudoetymologisch. Brecht benutzt sie, um an Dantes Sonettkunst und dessen Durchsetzen der Volkssprache, nämlich des Italienischen gegenüber dem gelehrten Latein, anknüpfen zu können.

190,5 *Dante]* Dante hat das Wort nicht verwendet (auch kein italienisches Äquivalent). Die Unterstellung ist jedoch gerechtfertigt durch Dantes Gebrauch der Volkssprache.

190,8 *Paris wegen Helenas]* Anspielung auf den griechischen Mythos, wonach der Troer Paris Helena aus dem Hause ihres Gemahls, des Griechen Menelaos, raubt und damit den zehnjährigen trojanischen Krieg auslöst. Helena hegt ihrem Räuber gegenüber keinerlei Abneigung. – Der Satz selbst ist auf provokative Weise unvollständig: nach »Helenas« ist gedanklich zu ergänzen: »Fica«. Auf diese Weise zwingt Brecht den Leser, das inkriminierte Wort aktiv zu gebrauchen; vgl. denselben Effekt in *Das dritte Sonett.*

190,13 *Machiavelle]* Brecht denkt hier nicht an den Verfasser des *Il Principe*, sondern an den Komödienschreiber Niccolò Machiavelli und dessen Anfang des 16. Jahrhunderts geschriebene, 1518 in Florenz uraufgeführte Renaissancekomödie *Mandragola.*

191,1 *Achtes Sonett]* Margarete Steffin bestätigt den Empfang dieses Gedichts (als Fortsetzung der vorher zugesandten sieben Sonette) mit der Mitteilung, sie habe ebensolche Sonette geschrieben, aber weggeworfen, »und mich geschämt, als ich das Deine sah«; Brecht habe »den Wagen« vergessen (Steffin an Brecht, undatierter Brief von 1933; Nachlaß).

ENGLISCHE SONETTE

Textgrundlage

Englische Sonette, Typoskripte aus dem Nachlaß.

Entstehung

Brecht schreibt die drei Sonette, als er sich von Oktober bis Dezember 1934 in London bei Karl Korsch aufhält. Er versucht ohne Erfolg, Filmstories zu verkaufen. Die Entfernung von seiner Geliebten Margarete Steffin überbrückt er wiederum dadurch, daß er Liebessonette auf sie verfaßt. Nach der Rückkehr stellt er sie als *Englische Sonette* zusammen, die den Doppelsinn von »aus England stammend« sowie »vom Engel handelnd« ausnutzen.

Text/Fassungen

Zwei Sonette entwirft Brecht im Notizbuch des Jahres 1934: *Der Orangenkauf* und *Liebesgewohnheiten*; er fügt sie dann mit dem 3. Gedicht zu einer Kleinsammlung zusammen. In der Reinschrift ist jedes Gedicht mit dem Sammlungstitel überschrieben.

195,7 *schreibt]* So in der Textgrundlage (einzige Überlieferung); möglicherweise Tippfehler.

Zeilenkommentar

195,1 *Orangenkauf]* Die Orange (orangen) ist Sexualsymbol in der frühen Lyrik Brechts; vgl. z. B. *Vision in Weiß. 1. Psalm.*

195,15 *Du bist ja gar nicht da...]* Brecht erinnert sich an Gewohnheiten von 1933, als er mit Margarete Steffin in Paris gelebt hat.

Textgrundlage

Bertolt Brecht / Hanns Eisler, *Lieder Gedichte Chöre. Mit 32 Seiten Notenbeilage*, Paris: Editions du Carrefour 1934.

Übersicht

1918-1933: Entstehungszeitraum der Gedichte.
April/Juni 1933: Vereinbarung einer Sammlung antifaschistischer Gedichte mit dem Verleger Willy Münzenberg.
Ende 1933: Redaktion einer Zusammenstellung von Margarete Steffin durch Eisler und Brecht.
Frühjahr 1934: Erstausgabe von *Lieder Gedichte Chöre* im Verlag Editions du Carrefour.
1937/38: Satz und Korrektur von *1933. Lieder Gedichte Chöre* für Band 3 der *Gesammelten Werke* im Malik-Verlag, London (nicht gedruckt).
1948: Satz und Korrektur von *Teil 1: 1933-1934. Lieder, Gedichte, Chöre* für *Gedichte im Exil* im Aufbau-Verlag, Berlin (nicht gedruckt).

Entstehung

Willy Münzenberg gründet 1933 den Verlag Editions du Carrefour, der ausschließlich dem Kampf gegen den Faschismus gewidmet sein soll. Brecht vereinbart mit dem Verleger, als er sich im April und Juni wegen der Aufführung des Balletts *Die sieben Todsünden* in Paris aufhält, eine antifaschistische Gedichtsammlung, die vor allem für die Verbreitung in Deutschland gedacht ist. Da Brecht sich durch die Singbarkeit der meisten Gedichte größere Verbreitungsmöglichkeiten verspricht, liegt es nahe, Hanns Eisler an dem Band zu beteiligen. Die Noten sollen einen festen Bestandteil des Buchs bilden. Damit knüpfen Brecht und Eisler an ihre erfolgreiche Zusammenarbeit in Deutschland vor 1933 an. Margarete Steffin wird beauftragt, eine Zusammenstellung vorzunehmen. Brecht und Eisler überprüfen und redigieren ihre Vorschläge, als Brecht im September 1933 wieder nach Paris kommt. An der endgültigen Redaktion, die im Oktober oder November 1933 stattfindet, wird auch Elisabeth Hauptmann beteiligt.

Brecht und Eisler zeichnen gemeinsam als Verfasser. Brechts Name steht nach ausdrücklicher Verabredung an der ersten Stelle. Alexander

Abusch lektoriert den Band bei Münzenberg in Paris. Die Werbung spricht von *dem* »Liederbuch der Antifaschisten« und lobt seinen »Gebrauchswert«, der durch die beigegebenen Noten erhöht werde.

Die Sammlung greift, mit Ausnahme der Gedichte des Kapitels *1933* und des *Deutschland*-Gedichts, auf vorliegende Gedichte zurück und zeichnet Deutschlands Weg in den Faschismus kritisch nach. Sie beginnt mit der *Legende vom toten Soldaten*, die Brechts Namen bereits 1923 auf die schwarze Liste der Nazis gebracht hat, und sie endet mit dem *Deutschland*-Gedicht, das im Bild der bleichen und blutbesudelten Mutter die von den Faschisten zugerichtete Heimat erfaßt.

Im ersten Kapitel *1918-1933* werden die Ursachen und Zusammenhänge aufgedeckt, die die Weimarer Republik in den Faschismus geführt haben, wobei Brecht die Kontinuität der preußisch-militaristischen Tradition und das Fortbestehen der Klassengegensätze betont. Das zweite Kapitel *1933* verweist auf die herrschenden Zustände in Deutschland, auf Verfolgung, die Konzentrationslager (KZs), aber auch auf den antifaschistischen Widerstand. Die darauffolgenden *Lieder und Chöre aus den Stücken »Die Mutter« und »Die Maßnahme«* verweisen auf die Arbeiterbewegung der Weimarer Zeit, rufen zur revolutionären Lösung auf und erinnern an die möglichen Wege, den Umsturz im geheimen vorzubereiten. Der Anhang erweitert durch das Amerika-Gedicht *Verschollener Ruhm der Riesenstadt New York* die Thematik, indem er die führende kapitalistische Macht in ihrer Hohlheit brandmarkt und als historisch bereits überholt vorstellt. Überdies reflektiert Brecht im Anhang in zwei satirischen Gedichten die Rolle der »tuistischen« (intellektuellen) Jasager und Anpasser, die mit dafür gesorgt haben, daß der Faschismus in Deutschland hat siegen können.

Seinem holländischen Verleger Gerard de Lange gegenüber spricht Brecht vom »aktuell politischen Charakter« der Anthologie und bittet darum, sie im *Dreigroschenroman* anzuzeigen: »Da meine bisherigen Bücher durch die Ihnen bekannten Umstände buchstäblich in alle Winde zerstreut wurden, liegt mir besonders viel daran, daß man aus jedem Buch erfährt, wo die übrigen zu erhalten sind.« (Brief an Gerard de Lange, 20. September 1934.) Daß Brecht sich allerdings über die Wirkung des Bandes keine Illusionen gemacht hat, beweist seine Antwort an Sergej Tretjakow. Gefragt, warum er nicht in der »Antifaschistischen Aktion« hervortrete (von Ernst Thälmann bereits im Mai 1932 vorgeschlagen und vorbereitet), schreibt er: »Die Zeit der glänzenden Aufrufe, Proteste usw. ist bis auf weiteres vorüber. Nötig ist jetzt eine geduldige, zähe, mühsame Arbeit der Aufklärung, auch des Studiums.« (Brief an Sergej Tretjakow, Dezember 1933.)

Stilistisch sind die Gedichte und Lieder der Sammlung beherrscht vom Prinzip der Wiederholung. Brecht nimmt die Leitthemen Hunger, Klassenkampf sowie Notwendigkeit des revolutionären Umsturzes auf insistierende Weise immer wieder auf und verzichtet auf die Formulierung idealistischer (Wunsch-) Alternativen. Die Sprache ist geprägt durch die rhetorischen Figuren der Anapher und Epipher, die Wiederaufnahme von Wörtern am Beginn bzw. Ende eines Verses oder einer Strophe, sowie durch die Gemination, die Verdopplung von Wörtern und Wendungen. Dadurch werden die Gedichte leicht einprägsam und erhalten überdies appellativen Charakter.

Während die *Hauspostille* ausschließlich Noten von Brecht (bei Mitarbeit von Franz S. Bruinier) enthalten hat, berücksichtigt der Notenanhang dieses politischen Liederbuchs nur Vertonungen von Hanns Eisler. Sie stammen entweder aus der Zeit der früheren Zusammenarbeit (so aus den Stücken *Die Mutter* und *Die Maßnahme*) oder entstehen im ersten Jahr des Exils, häufig in enger Zusammenarbeit mit Brecht. Offenbar hat Eisler auch versucht, ein eigenes Gedicht, *Requiem über den Tod des unbekannten Soldaten*, (mit Noten) in die Sammlung einzubringen. Brecht hat umgekehrt die Noten teilweise als Bestandteil der Gedichte angesehen; so fordert er die Redaktion von *Internationale Literatur* (Moskau) auf, im Fall der *Wiegenlieder* die Musik mitzudrucken, »damit die Gedichte Gebrauchswert erhalten« (Brief an die Internationale Vereinigung revolutionärer Schriftsteller, 13. Juli 1933). Wenige Gedichte bleiben unvertont (z. B. *Adresse an den Genossen Dimitroff...*), zu anderen liegt bereits Musik vor. Es handelt sich – neben Brechts eigener Vertonung (*Legende vom toten Soldaten*) – dabei vor allem um Brechts Rückgriff auf seine Lieder aus dem *Berliner Requiem* von Kurt Weill (1928/29; aufgeführt 1929). Mit dem Requiem werden Verknüpfungen zwischen diesem Liederbuch und bestimmten Ereignissen der Weimarer Republik hergestellt, und zwar durch die Ermordung Rosa Luxemburgs (10. Jahrestag 1929; im Requiem gedenkt die *Ballade vom ertrunkenen Mädchen* der Toten; in *Lieder Gedichte Chöre* ist es die *Grabschrift 1919*), durch brutale Polizeieinsätze in Berlin und Potsdam (*Zu Potsdam unter den Eichen*, das Abschlußgedicht des Requiems) und durch den Militarismus (die beiden Gedichte vom Unbekannten Soldaten, die der Toten des ersten Weltkriegs gedenken).

Das politische Liederbuch von 1934 soll einen wichtigen Gegenpol zur Vereinnahmung des Volksliedguts durch den Nationalsozialismus in Deutschland bilden. Deshalb steht das klassenbewußte Kampflied, zu dem auch die Liedtypen wie z. B. die *Wiegenlieder* umgebildet werden, im Zentrum des Buchs: »Das Kampflied ist das eigentliche Volkslied des Proletariats« (Hanns Eisler, *Einiges über das Verhalten der Arbeitersänger und -musiker in Deutschland*, 1935, in: Hanns Eisler, *Musik und Politik. Schriften 1924-1948*, hg. v. Günter Mayer, Leipzig 1973, S. 253).

Text/Fassungen

Es gibt ein Typoskript (Vorstufe zur Satzvorlage), das teilweise mit der Textgrundlage übereinstimmt, im Vergleich mit ihr aber insgesamt unvollständig ist. Aus dem ebenfalls fragmentarischen Inhaltsverzeichnis geht hervor, daß Brecht das *Deutschland*-Gedicht zu einem späteren Zeitpunkt angefügt hat. Im Briefwechsel zwischen Eisler und Brecht finden sich Andeutungen, wonach die Aufnahme dieses Gedichts noch bis zuletzt in Frage steht. Auch moniert Eisler, daß der Titel nicht, wie verabredet, *Lieder Chöre Balladen* lautet. Das Lied *Die Partei ist in Gefahr* aus der *Mutter* fällt weg, obwohl es im Inhaltsverzeichnis und auch im Typoskript enthalten ist. Eisler lastet die Umbenennung des Titels und die Auslassung des Lieds dem Verleger Münzenberg als unzulässige Eingriffe in die Abmachungen an (Eisler an Brecht, 16. April 1934). Da jedoch Brecht und seine Mitarbeiter die Korrekturen gelesen haben, können die Änderungen an der Sammlung nicht ohne ihr Wissen vorgenommen worden sein. Ein Versehen kann schon deshalb nicht vorliegen, weil das Lied auch im Notenanhang der Ausgabe nicht enthalten ist. Brecht muß die Eingriffe jedenfalls toleriert haben. – Vorabdrucke gibt es im Herbst 1933 von den *Wiegenliedern* und im Januar 1934 von zwei *Hitler-Chorälen.*

Eine Überarbeitung der Sammlung erfolgt für den dann nicht gedruckten Band 3 der *Gesammelten Werke* im Malik-Verlag 1938. Der Titel lautet nun historisierend *1933. Lieder Gedichte Chöre* (so von Margarete Steffin in den Fahnen geändert). Brecht streicht die *Legende vom toten Soldaten.* Zwischen den *Hitler-Chorälen* und der *Ballade vom Baum und den Ästen* fügt er die *Moritat vom Reichstagsbrand* ein, stellt das *Deutschland*-Gedicht ans Ende des zweiten Kapitels *1933* und tilgt sein Motto. Der *Anhang* mit den drei verbleibenden Gedichten heißt nun *Chroniken.* Die meisten Eingriffe in Anordnung und Text stammen von Margarete Steffin; sie sind aber sicherlich von Brecht autorisiert. Die Neuordnung berücksichtigt die Tatsache, daß die Sammlung 1938, als der Faschismus den Krieg längst offen vorbereitet, keine direkte propagandistische Aufgabe mehr erfüllen kann. Das *Deutschland*-Gedicht ist angesichts des bevorstehenden äußeren Kriegs mit seiner Darstellung des inneren Kriegs vorübergehend zu einseitig geworden, um die Sammlung noch wirksam abschließen zu können. Die prinzipielle Überwindbarkeit des Faschismus sollen die *Chroniken* aber zumindest andeuten.

1948 soll die Sammlung in die neue Anthologie *Gedichte im Exil* eingehen; sie bildet deren *1. Teil: 1933-1934. Lieder, Gedichte, Chöre* und ist stark gekürzt. Alle Kapiteleinteilungen entfallen, und im Zentrum steht der geschlagene Faschismus in Deutschland. Die Lieder und Chöre aus der *Mutter* und der *Maßnahme* entfallen ganz. Die *Hitler-Choräle* heißen jetzt *Choräle der Bekenntniskirche.* Das

Deutschland-Gedicht rückt erneut ans Ende (vgl. das Inhaltsverzeichnis im Anhang von Band 12).

Die *Gedichte im Exil*, die im Aufbau-Verlag (Berlin/DDR) erscheinen sollen, werden, obwohl der Satz fast vollständig vorliegt, nicht gedruckt. Der Aufbau-Verlag übernimmt eine Zusammenstellung, die bereits vom Aurora Verlag (New York) 1946 mit dem Titel *Neue Gedichte* angekündigt worden ist. Nach einer Mitteilung des Berliner Verlags vom 26. Oktober 1948 an Wieland Herzfelde, den Leiter des Aurora Verlags, lehnt Brecht die Publikation der schon gesetzten Gedichtsammlung deshalb ab, weil sie »speziell für New York zusammengestellt« sei und für Deutschland nicht tauge.

199,1 *Legende vom toten Soldaten]* Die *Hauspostille*-Fassung des Gedichts hat teilweise abweichenden Text und abweichende Schreibungen (vgl. S. 112-115).

203,1 *Zweites Gedicht...]* Das Gedicht ist noch in einer späten Abschrift in der Ich-Form geschrieben.

206,1 *Wiegenlieder]* Ein nicht identifizierter Druck von 1938 (Nachlaß) stellt aus allen vier Teilgedichten ein Gedicht zusammen, und zwar aus Teil 1 die Strophen 1 und 2, aus Teil 2 die Strophen 1, 2 und 4, aus Teil 3 die Strophen 1 und 3 sowie aus Teil 4 die Strophen 6 und 7.

207,32-35 *Sah ich sie im Auto...]* Die Strophe wird von Brecht zunächst korrigiert (der 4. Vers heißt: »Daß du Räuber nicht mehr fährst«) und in den Fahnen zu den *Gesammelten Werken* (Malik-Verlag) von 1938 ersetzt durch:

Und sie holten seinen Vater
In den Krieg, und ist nicht heimgekehrt
Den ich trage, sagt ich, der wird sorgen
Daß ihm das nicht widerfährt.

207,56-208,57 *Und gegen Tanks...]* In der Textgrundlage von 1934 fehlt die Leerzeile zwischen diesen beiden Versen.

209,1 *Das Lied vom SA-Mann]* Im Erstdruck von 1931 umfaßt das Gedicht zwölf Strophen (die letzte ist nur zweizeilig); acht Strophen sind mit den Strophen 1-8 der *Lieder Gedichte Chöre*-Fassung (weitgehend) identisch; die Strophen 4 und 5 sind jedoch ausgetauscht und rücken durch eine andere Strophe 4 an die Plätze 5 und 6, so daß sich insgesamt folgende Reihenfolge ergibt: 1, 2, 3, 4 (1931), 5, 4, 6, 8 (1931), 7, 8, 11 (1931) und 12 (1931), wobei die Strophe 9 entfällt. Die zusätzlichen Strophen des Erstdrucks lauten:

Strophe 4 (1931):

Ich war vor Hunger mager.
Und der Herr war wohlbeleibt.
Ich wollte, daß alles anders wird
Und er, daß alles so bleibt.

Strophe 8 (1931):
Und dieses Dritte Reich war
Für ihn ein Paradies.
Er wollte es sich erobern
Und sagte zu mir: Schieß!
Strophe 11 (1931):
Da sagt ich zu meinem Bruder:
Bruder, ich war ein Tor.
Da ging mit mir mein Bruder
Gegen die Herren vor.
Strophe 12 (1931):
Jetzt geh ich mit meinen Brüdern
Gegen die Herren vor.

209,2 *schlief ich]* Im Druck von 1931 gehört dieser Satzteil bereits zum 2. Vers; vgl. S. 375, zu 209,2.

210,1 *Das Lied vom Klassenfeind]* Die Überlieferung bezeugt Brechts intensive Arbeit an diesem Lied, das zunächst nur zehn Strophen umfaßt und mit acht plus vier Versen je Strophe regelmäßig gebaut ist.

216,1 *Hitler-Choräle]* In der geplanten Publikation *Gedichte im Exil* von 1948 reduziert Brecht die Choräle auf fünf (Tilgung von Nr. 6) und stellt den 2. Choral an die 5. Stelle; die Zählung ändert sich entsprechend.

217,57 *2]* Der Titel des Kirchenlieds, dessen Melodie der Choral folgt, ist im Vorabdruck der *Neuen Deutschen Blätter* im Gegensatz zur Textgrundlage korrekt mit *Lobe den Herren, den mächtigen König der Ehren* angegeben; die *Gedichte im Exil* von 1948 behalten den vorliegenden Text bei.

222,207 *unserer]* In den späteren Drucken immer: »unsrer«; (es handelt sich wahrscheinlich um einen Setzfehler; »unsrer« ist metrisch adäquater).

228,24 *ihr, ... der Arbeit]* Steffin ändert in den Fahnen zu den *Gesammelten Werken* (Malik-Verlag) in: »ihr, die Arbeiter«.

229,14 *Voller Geiz...]* Die Strophengrenze ist nach der Satzvorlage (Typoskript) für die Erstausgabe markiert worden; die Textgrundlage (Erstausgabe) beginnt hier mit einer neuen Seite ohne graphische Auszeichnung der Strophengrenze.

231,8 *der Pfennig]* In der Fassung der *Mutter*: »die Kopeke«; ebenfalls 231,13 und 232,37.

233,17-19 *Wenn man ... drum]* Brecht setzt für die späten Drucke der *Mutter* diese Verse in die 2. Person Plural.

234,12 *Rätsel]* In der Fassung der *Mutter*: »Chaos«; die Änderung erfolgt handschriftlich im Typoskript, das als Satzvorlage für die Ausgabe von 1934 gedient hat.

234,13 *Lösung]* In der *Mutter*: »Ordnung«; vgl. zu 234,12.

234,2-235,22 *Wer aber ist...]* In *Die Maßnahme* ist der Text dialogisch aufgeteilt; den ersten Teil spricht der Junge Genosse (234,2 bis 235,5), ihm antworten die drei Agitatoren (235,6-22).

235,15f. *...von uns! / Wir können...]* In der Textgrundlage fehlt die Leerzeile für die Strophentrennung; sie ist hier nach den übrigen Drucken und nach der Satzvorlage (Typoskript) für die Erstausgabe eingesetzt.

236,17 *...Schweigen?]* Der Text der *Maßnahme* hat nach Vers 17 die folgenden drei Verse:

Aber es lädt der ärmliche Esser die Ehre zu Tisch
Aus der engen und zerfallenden Hütte tritt
Unhemmbar die Größe.

Vers 18 schließt dann mit »Und« statt »Denn« an. Diese Verse sind auch in der Satzvorlage (Typoskript) enthalten.

236,1 *Bericht über den Tod eines Genossen]* In der *Mutter* beginnt der Text mit den Zeilen:

Genossin Wlassowa, dein Sohn
Ist erschossen worden. Aber

Das »Aber« in 236,2 fehlt entsprechend. Brecht schreibt den Bericht 1945 um; diese Version wird in der vorliegenden Ausgabe unter den Einzelgedichten abgedruckt.

236,10 *dem Genossen, doch]* Im Notenanhang der Erstausgabe: »dem Genossen, und er, der dies begriff, begriff es auch nicht. Doch«.

236,16 *Und noch wuchs.]* Im Notenanhang der Erstausgabe folgt: »Ihn aber führten seinesgleichen zur Wand jetzt und er, der es begriff, begriff es auch nicht.«

237,2-4 *Viele sind...]* Die *Versuche* und die Malik-Ausgabe weisen im Text von *Die Mutter* folgende Verse als 1. Strophe auf:

Wenn die Unterdrückung zunimmt
Werden viele entmutigt
Aber sein Mut wächst.

237,22 *...die Unruhe doch.]* Hier sollte das Gedicht *Die Partei ist in Gefahr* aus *Die Mutter* folgen. Überdies findet sich in der Satzvorlage für die Ausgabe von 1934 noch das dreistrophige Gedicht *Sie haben Gesetzbücher und Verordnungen* aus *Die Mutter* (Szene 7), das gegenüber der Fassung im Stück einen neuen 3. Refrain aufweist. Nach den vorliegenden Inhaltsverzeichnissen hat Brecht das Gedicht nicht in die Ausgabe von 1934 aufnehmen wollen; der neue Refrain ist aber sicherlich in ihrem Zusammenhang entstanden (in der vorliegenden Ausgabe in Band 14).

241,66 *Diebstahl]* In der geplanten Ausgabe *Gedichte im Exil* (1948): »Habgier«.

241,77 *16]* Die Strophe fehlt in *Gedichte im Exil* (1948); die Strophenzählung ändert sich entsprechend.

242,97 *20]* Die Strophe fehlt in *Gedichte im Exil* (1948); die Strophenzählung ändert sich entsprechend (ab hier um zwei Nummern; vgl. zu 241,77).

242,103 *Ich sah ... Steißbeintrommler]* In *Gedichte im Exil* (1948): »Sah Lehrer, die zu kurz gekommenen Monster«.

246,75 f. *So eiferten ... vorwärts brachte!]* Für die Ausgabe der *Gesammelten Werke* im Malik-Verlag (Fahnen-Exemplar) von 1938 sind beide Verse in Klammern gesetzt.

247,111 *das bestmögliche]* In den *Gesammelten Werken* (1938): »unvergleichlich«.

247,114 *Leider]* In den *Gesammelten Werken* (1938): »Allerdings«.

247,117 *Aber]* In den *Gesammelten Werken* (1938): »Denn«.

248,133 *Er fährt]* In *Gedichte im Exil* (1948): »*Als führen sie*«.

248,143 *Ganze Familien]* In *Gedichte im Exil* (1948): »Ratlose Eltern«.

249,158 *unseres Kontinents]* In den *Gesammelten Werken* (1938) und in *Gedichte im Exil* (1948): »der alten Welt«.

249,177 f. *Ihre Heiterkeit ... sehen.]* Beide Verse entfallen in *Gedichte im Exil* (1948).

250,183 *Bänken]* In den *Gesammelten Werken* (1938): »Parkbänken«.

250,184 *besonderen]* In den *Gesammelten Werken* (1938): »unerlaubten«.

250,190 *aufweist]* In den *Gesammelten Werken* (1938) ins Präteritum gesetzt.

252,60 *euch]* In den *Gesammelten Werken* (1938) und in *Gedichte im Exil* (1948): »uns«.

Wirkung

Ein größerer Teil der 3000 Exemplare umfassenden Auflage soll auf geheimen Wegen über das Saargebiet nach Deutschland gebracht und im antifaschistischen Widerstand verbreitet werden. Welchen Erfolg die Aktion hat und wer sie durchführt bzw. ob sie überhaupt durchgeführt worden ist, bleibt nach der Lage der Zeugnisse unbekannt. Insgesamt sind die Chancen einer weiten Verbreitung des Bandes in Hitler-Deutschland gering einzuschätzen. Mit der Vorbestellung von 700 Stück – sicherlich meist von deutschen Mitemigranten – ist Hanns Eisler sehr zufrieden. Er schreibt im April 1934 an Brecht: »Das Buch wird allgemein günstig aufgenommen.« Gewisse Rückschlüsse auf das Interesse und eine entsprechende Wirkung auf deutsche Emigranten lassen die relativ vielen Vorab- oder Nachdrucke von Einzelgedichten oder Gedichtgruppen in Exilzeitschriften zu. Ankündigungen des Bandes oder entsprechende Hinweise bei Teildrucken finden sich in zahlreichen Zeitschriften des Exils.

Gewichtige und ausführliche Rezensionen erscheinen von Klaus Mann (anonym) in seiner Zeitschrift *Die Sammlung*, Amsterdam,

1934, Heft 9 (Mai), S. 506 f., von Werner Türk in: *Die Neue Weltbühne*, Prag, 1934, S. 780-782, und von Arnold Zweig in: *Neue Deutsche Blätter*, Prag, 1934/35, Nr. 2 (Dezember 1934), S. 122-124. Sie alle würdigen die Sammlung als antifaschistisches Liederbuch von hohem Gebrauchswert und kommen zu einem allgemein positiven Urteil (freilich nicht ohne Einwände).

Klaus Mann vergleicht *Lieder Gedichte Chöre* mit der *Hauspostille* und sieht darin, daß Brecht alle subjektive Thematik und Ausdruckskunst zurückstellt, einen wesentlichen dichterischen Fortschritt angezeigt. Er lobt – beinahe hymnisch – die überaus gelungene Verbindung von Poesie und Politik. Das *Deutschland*-Gedicht nennt Mann, »mit einigen Essays von Heinrich Mann zusammen, die stärkste Formulierung, die unsere Empörung, unser Gram bisher gefunden haben«.

Auch Türk betont Brechts positive Weiterentwicklung vom bürgerlichen Anarchismus weg und zu politischem Engagement hin, bemängelt jedoch vom Standpunkt des »sozialistischen Realismus« aus die doch nur in geringem Maß verarbeitete politische und soziale Thematik. Deshalb bleibe Brecht in der »bloßen Wiedergabe« stecken und komme nicht zum »Erlebnis einer geschauten, gedachten und gefühlten Wirklichkeit« (gemeint sind vor allem die Lieder und Chöre aus den Stücken).

Arnold Zweig dagegen beurteilt den Band ohne Einschränkungen positiv. Er sieht in Brecht den »geistesverwandten Schriftsteller«, der bereits »klassischen Wert« gewonnen habe. Zweig stellt wie Mann die glückliche Verbindung von politischem Einsatz und poetischem Anspruch heraus und betont die Kommunikationsfähigkeit der Gedichte. Er nennt die Sammlung »ein bleibendes Denkmal deutscher Dichtung« und meint, daß es in der deutschen Literatur – außer im Schaffen Heinrich Heines – kein zweites Werk gäbe, das »so ganz befeuert wird von einer bestimmten Anschauung der Welt, und zwar einer kämpferischen«. »Mit dem einfachsten Sprachton stellt Brecht diese soziale Durchsichtigkeit einer Haltung her und entfaltet so eine wirkliche Wesensschau, eine aktivische, die der passivischen Wesensschau der Rilke und Hofmannsthal weit überlegen ist.« »Denn diese Gedichte von Bertolt Brecht haben die Brauchbarkeit von Werkzeugen, und sie setzen voraus, daß die Welt im Fluß ist, veränderbar von Männern und Frauen, einzeln oder in Massen auftretend. Und sie haben die Schönheit von Werkzeugen, aber (da sie Kunstwerke sind, in besonnenem Abstand vom realen Tageswort gehalten) die Schönheit von jenen, die aus Gräbern entnommen werden.« Zweig erkennt die Sprache des Alltags als »Sprachstoff« der Gedichte, die aber durch den neuen Zusammenhang und die poetische Fügung »wie neu geboren« erscheine. Das Buch habe »klassischen Wert, um unsere Epoche zu bezeugen«.

Über diese drei Rezensionen hinaus gibt es noch eine kurze Würdigung durch den dänischen Dichter und Kritiker Kaj Friis Møller, der den Abdruck des Gedichts *Verschollener Ruhm der Riesenstadt New York* im *Extrabladet* (Kopenhagen) vom 20. April 1934 mit einer Einleitung versieht, in der es heißt: »Wie Chaplin in dem Film *Chaplin joins Arms* [*Shoulder Arms*, 1918; dt.: *Gewehr über*] behauptet, er habe fünf bierbäuchige Bayern umzingelt, so kann Brecht von sich sagen, ganz allein das nazistische Deutschland eingekreist zu haben.«

Zeilenkommentar

199,1 *Legende vom toten Soldaten]* Vgl. zu 112,1.

202,1 *Gedicht vom Unbekannten Soldaten...]* E: 1926. Dieses Gedicht bildet mit dem folgenden das Zentrum des *Berliner Requiems* von Kurt Weill (1928/29). Es handelt sich um ein weltliches Requiem, das den Blick von den Opfern auf die Täter lenkt, zugleich aber mit seinen Anspielungen satirischen Charakter hat.

202,1 *Triumphbogen]* Das Gedicht bezieht sich auf den Arc de Triomphe de l'Etoile in Paris (1836). Unter dem Triumphbogen ist 1921 ein Grabmal des Unbekannten Soldaten errichtet worden.

202,6 *Marseille]* Brecht wählt den Ort, um auf die Marseillaise und damit auf die Französische Revolution anspielen zu können; der »Aufbruch der Freiwilligen von 1792« in Marseille ist als Relief am Arc de Triomphe dargestellt; es erinnert an dic erfolgreiche revolutionär-bürgerliche Tradition, die Deutschland nicht hat.

202,11 *vier Jahre lang]* Gemeint ist der erste Weltkrieg (1914 bis 1918).

202,25 *Der Schoß sei ihr ausgerissen!]* Pelagea Wlassowa sagt zu den Frauen, die an der »Vaterländischen Kupfersammelstelle« Kupfer für den Krieg und seine Verlängerung abliefern: »Euch gehört der Schoß ausgerissen.« (*Die Mutter*; 1933, Szene 13.)

202,28-203,45 *Als wir ihn... Zur Gerechtigkeit.]* Die Grablegung des Unbekannten Soldaten sowie die Maßnahmen, seine Auferstehung zu verhindern, spielen an auf die Grablegung und Auferstehung Christi (Markus 15,42-47 und 16,1-8).

202,32 *Menschen Sohn]* »Menschensohn« und »des Menschen Sohn« heißt Christus in den Evangelien; vgl. z. B. Matthäus 24,30.

203,40 *Tag des Gerichts]* Bezieht sich auf die Vorstellung vom Jüngsten Gericht im jüdischen Glauben und im Christentum (Matthäus 10,15); vgl. 203,17.

203,42 *Wandelte vor Gott]* Es handelt sich um eine biblische Wendung; vgl. 1 Mose 17,1.

203,1 *Zweites Gedicht vom Unbekannten Soldaten...]* E: Ende 1927.

205,1 *Zu Potsdam unter den Eichen]* E: Zwischen Mai und Juli

1927. ED: *Der Knüppel*, Berlin, Heft 4, 5. August 1927 (als *Die Ballade vom Kriegerheim*). Das Gedicht beschreibt den Demonstrationszug des Roten Frontkämpferbundes, der im Rahmen eines Treffens im Mai 1927 in Potsdam stattfindet und dessen Teilnehmer von der Polizei (grüne Uniform; vgl. 205,24) zusammengeschlagen werden. Der Zug trägt einen Sarg mit, an den die Parole »Jedem Krieger sein Heim!« angeheftet ist (205,13). Ein Dokumentarfoto des Ereignisses befindet sich im Textheft der Schallplatte *Es kommt der Tag* (Rote Reihe 8, Berlin 1927). Ursprünglich handelt es sich bei dieser Parole um ein Versprechen der Obersten Heeresleitung des Kaiserreichs, den Soldaten nach Beendigung des Krieges Grund und Boden zuzuteilen, damit jeder sein eigenes Heim errichten könne. Die Parole wird von Hindenburg als Durchhalteappell mißbraucht (1917). – Kurt Weills Musik (*Berliner Requiem*) zitiert am Ende das preußische Lied *Üb' immer Treu und Redlichkeit*, die Glockenspielmelodie der Potsdamer Garnisonkirche. Hanns Eisler übernimmt das Gedicht in seine *Deutsche Symphonie* (als *Erinnerung*).

205,9 *Eichenlaub]* Das »Ritterkreuz« des ersten Weltkriegs (Kriegsauszeichnung) ist mit zwei sich überkreuzenden Zweigen (Eichenlaub) versehen. Helm und Eichenlaub sind zugleich die Versatzstücke der meisten Kriegerdenkmäler seit 1918; die deutsche Eiche ist ein deutschnationales Symbol.

205,10 *Mennigerot]* Rote Malerfarbe aus einer Bleiverbindung (Rostschutz).

205,17 *Chemin des Dames]* (Franz.) Damenweg; für die Töchter Ludwigs XV. angelegt auf dem Höhenrücken zwischen Aisne und Ailette in Nordfrankreich. Der Chemin ist im ersten Weltkrieg Schlachtengebiet; vgl. den *Song des Krans Milchsack 4*, in dem ein Mann aus Hamm am Chemin des Dames »verschütt« geht.

205,18 *mit Herz und Hand]* Die Formel erscheint im Burschenschaftslied *Ich hab' mich ergeben* (1820) von H. F. Maßmann: »Ich hab' mich ergeben / mit Herz und mit Hand, / dir, Land voll Lieb' und Leben / mein deutsches Vaterland.« Auch eine Anspielung auf die 3. Strophe von *Das Lied der Deutschen* (1841) von August Heinrich Hoffmann von Fallersleben ist möglich: »Danach laßt uns alle streben / Brüderlich mit Herz und Hand!«

205,1 *Grabschrift 1919]* E: Januar 1929. Gemeint ist Rosa Luxemburg, die im Januar 1919 von Freikorpsleuten in Berlin ermordet und dann in den Landwehrkanal geworfen worden ist. Eine handschriftliche Notiz auf einem Typoskript der Satzvorlage für die Ausgabe von 1934 fragt nach dem Todesjahr Luxemburgs: »starb die Rosa 1919, ich glaube, oder schon 18« (Nachlaß).

206,1 *Wiegenlieder]* E: 1932. ED: *Internationale Literatur*, Moskau, 1933, Heft 4, S. 56-58 (als *Kinderlieder für proletarische Mütter*). Die Lieder entstehen im Zusammenhang mit *Die Mutter*; Brecht widmet sie in einem gesonderten Exemplar Helene Weigel (Typoskript im Nachlaß). Wiegenlieder gehören zum traditionellen Bestand volkstümlichen Liedguts und zeichnen sich normalerweise durch »Herzinnigkeit«, Naivität, Unschuld, allenfalls auch durch neckischen Witz aus; die Melodien dieser Lieder pflegen von schaukelnd sanftem und anmutig einlullendem Rhythmus zu sein. Eislers Musik setzt dem Widerstand entgegen, indem sie falsch betont und zwischen Tonalität und Atonalität schwebend gehalten ist: die Lieder sollen aufwecken. – Die ersten beiden *Wiegenlieder* läßt Brecht auch in der Tarnschrift *Deutsch für Deutsche* publizieren (Paris 1935).

206,15 *2]* Das Lied ist nach der Art des Bänkelsangs monoton und mit falschen Betonungen komponiert, um auf den Trübsinn und die Schwierigkeiten der Arbeiter während der Wirtschaftskrisen aufmerksam zu machen. Es geht in Paul Dessaus *Deutsches Miserere* (1947) ein.

207,40 *3]* Eislers Musik lehnt sich an Franz Schuberts *Winterreise* (»Fremd bin ich ausgezogen«) an.

207,45 *Der Moltke und der Blücher]* Auf Helmuth von Moltke werden die Sprüche »Getrennt marschieren, vereint schlagen« sowie »Glück hat auf die Dauer nur der Tüchtige« zurückgeführt. Für Gebhardt Leberecht von Blücher, wesentlich am Sieg über Napoleon (Waterloo 1815) beteiligt, wird nach der Völkerschlacht bei Leipzig 1813 sprichwörtlich: »rangehen wie Blücher«; die Russen nennen ihn damals »Marschall Vorwärts«.

208,61 *4]* Eislers Musik zitiert am Ende sein Kampflied *Der heimliche Aufmarsch*.

209,1 *Das Lied vom SA-Mann]* E: Oktober/November 1931. ED: *Illustrierte Rote Post*, Berlin, 6. Dezember 1931. Vgl. auch S. 368 f. Der Erstdruck hat den Titel *Lied vom SA-Proleten* und trägt den Vermerk: »Aus der Roten Revue der ›Jungen Volksbühne‹ ›Wir sind ja sooo zufrieden...‹«. Die Revue hat am 20. November 1931 in Berlin Premiere; das Lied singt Ernst Busch. Eislers Musik vollzieht die vollständige Integration des Mitläufers nach, indem sie das Eintauchen des Individuums in die willenlose Masse am Ende durch schwerfälligen Marschrhythmus umsetzt.

209,1 *SA-Mann]* SA ist die Abkürzung für »Sturmabteilung«, von Hitler zunächst als »Ordnerdienst« deklariert, dann als bewaffnete politische Parteigruppierung unter Ernst Röhm, ab 1930 unter Hitler selbst zur Bürgerkriegsarmee und Schlägertruppe ausgebaut (1932 ca. 200 000 Angehörige); die SA macht in den letzten Jahren der Weimarer Republik auf gesetzlose Weise Jagd auf Kommunisten, z. B. am Altonaer Blutsonntag (17. Juli 1932).

209,2 *schlief ich]* Dieser Teil des Verses, der metrisch eigentlich in die folgende Zeile gehörte, wird durch Eislers Musik gegen das Gedicht-Metrum eng an den ersten Vers gebunden.

209,5 *Deutschland erwache!]* Die Formel stammt vom nationalsozialistischen Dichter Dietrich Eckart; sie wird 1932/33 zum »Weckruf« für die Nazis und ihre angebliche Revolution.

209,7 *dritte Reich]* Nach der Zählung ist Hitlers »Reich« das 3. deutsche Reich nach dem »Heiligen Römischen Reich deutscher Nation« (962-1806) und dem deutschen Kaiserreich (1871-1918). Die Dreizahl selbst stellt eine alte heilige Zahl der Vollkommenheit dar (»Dreieinigkeit«). Sie verbindet sich mit der Vorstellung von verheißenen kommenden Reichen, die den Zwiespalt von Idee und Wirklichkeit aufheben sollen. Joachim von Fiore hat mit seiner Verkündigung eines 3. Zeitalters (um 1260), das die Freiheit des Geistes bringen und die Welt zur Vollkommenheit bekehren werde, innerhalb des Christentums die Erwartung einer – ewigdauernden – Friedensperiode am nachhaltigsten ausgeprägt (Herrschaft des Heiligen Geistes nach der des Vaters und des Sohnes). Von ihm ausgehend ist die Vorstellung sowohl in der Literatur (Stefan George z. B.) als auch in der Philosophie (Nietzsche z. B.) immer wieder erneuert und modifiziert, z. T. auch sozial umgedeutet worden (Henrik Ibsen z. B.). Dietrich Eckart hat den Begriff 1919 nationalistisch eingeengt und Arthur Moeller van den Bruck 1923 in seinem Buch *Das dritte Reich* mit der Vorstellung eines »ewigen« bzw. »tausendjährigen« Reiches verknüpft. Hitler übernimmt den Begriff, indem er den auf »Volksgemeinschaft« und Herrschaft der NSDAP beruhenden Einheitsstaat als »Drittes Reich« definiert (Nürnberger Parteitag, 1. September 1933). Der Begriff wird ab 1933 in der Bevölkerung auch ironisch verwendet, indem ihm sein Anspruch genommen und einfach weitergezählt wird (»im Vierten Reich regieren wir«). Am 10. Juli 1939 erfolgt ein offizielles Verbot des Begriffs durch die Nationalsozialisten (»Anweisungen der Pressekonferenz der Reichsregierung«).

209,14 *Staf]* Abkürzung für die Standartenführer der SA.

209,17 *In gleichem Schritt und Tritt]* Brecht übernimmt die Formel aus *Ich hatt einen Kameraden* (1809) nach Ludwig Uhlands *Der gute Kamerad*: »Die Trommel schlug zum Streite, / er ging an meiner Seite / in gleichem Schritt und Tritt.«

210,1 *Das Lied vom Klassenfeind]* E: 1933.

210,14 *Von oben nach unten]* Es handelt sich um einen materialistischen Topos von Brecht; vgl. z. B. das Gedicht *Immer wieder/wenn ich diesen Mann ansehe*.

210,21 *Der ging ihnen auf den Strich]* Die Verbindung von Zuhälterei und Nationalsozialismus stellt Brecht häufiger her; die reale Parallele ergibt sich über Horst Wessel, der etwa im *Braunbuch über Reichstagsbrand und Hitlerterror* (Basel 1933, S. 162) als Zuhälter beschrieben wird; vgl. Brechts Schrift *Horst-Wessel-Legende*.

211,32 *Plätzlein an der Sonn]* Mit der Schönfärberei vom »Platz an der Sonne« (Wilhelm II.) werden bereits im Kaiserreich imperialistische Politik und Militarismus gerechtfertigt; Brecht münzt sie hier auf die »Lebensraum«-Politik des Nationalsozialismus um.

211,43 *Republik]* Die Weimarer Republik gilt Brecht – ganz im Sinn Lenins – nur formal als Demokratie; ihre Freiheiten sind für die Arbeiter Scheinfreiheiten gewesen.

211,56 *Waffen]* Brecht meint die Entmachtung der Arbeiter und Bauern 1918/19 in der – durch die SPD-Führung – »verratenen« Revolution (Pakt zwischen Friedrich Ebert und General Wilhelm Groener 1918 zur Niederschlagung der Revolution).

212,72-75 *Pfaffen Brüning ... Schleicher die Reih.]* Mit Heinrich Brüning, Franz von Papen und Kurt von Schleicher benennt Brecht die letzten drei Reichskanzler vor Hitler. Brüning kommt als Zentrumsabgeordneter (katholisch-christliche Ausrichtung) ins Staatsamt, Papen gilt als Prototyp des erzkonservativen »Herrenreiters« und zeichnet sich als der eigentliche »Steigbügelhalter« Hitlers aus, Schleicher ist schon im ersten Weltkrieg im Generalstab, wird 1932 Reichskanzler und später unter Hitler Reichswehrminister, bis er im Zuge der Röhm-Affäre ermordet wird.

214,134 *Zinksarg]* Vgl. das Gedicht *Begräbnis des Hetzers im Zinksarg* (S. 227 f. und den zugehörigen Kommentar).

214,145 *Trommler]* »Trommler« heißt ab 1933 eine Zigarettenmarke (Sturm-Zigaretten GmbH, Dresden), die für SA, SS (Schutzstaffel), HJ (Hitlerjugend) und Militär wirbt; der Name ist von einem der kennzeichnenden Aufmarschinstrumente abgeleitet. Brecht überträgt auf Hitler; hier konkret als »Kriegshetzer« gemeint; vgl. 211,29.

214,154 *Anstreicher]* Brecht kennzeichnet Hitler häufig so; er spielt damit auf dessen triviale Malereien an (Hitler ist zweimal von der Wiener Kunstakademie wegen mangelnder Befähigung abgelehnt worden) sowie auf die Tatsache, daß Hitler als Anstreicher gearbeitet hat. Brecht hat sicherlich John Heartfields Fotomontage *Hitlers Programm* gekannt, die einen großen Pinsel vor einer Hausfassade zeigt und erläutert: »Das Volk wäre glücklich angeschmiert, jetzt müssen die Häuser angeschmiert werden!« (*Arbeiter-Illustrierte-Zeitung*, Berlin, 18. Mai 1933.) Heartfield bezieht sich auf eine Rede Hitlers zum 1. Mai 1933, nach der zur »Behebung der Arbeitslosigkeit« die Häuser »wieder in Ordnung gebracht« werden sollen; vgl. *Das Lied vom Anstreicher Hitler* (215,1-25).

215 *1933]* Brecht erwägt für diesen Abschnitt auch den Titel *Fibel 1933 (Gedichte und Choräle)*, der möglicherweise der ursprüngliche Titel für die ganze Sammlung sein sollte.

215 *Motto]* E: 1933. Die Verse, die Brecht zunächst mit *Der Hungerhaken* überschrieben hat, sind als 3. Strophe in den *Kälbermarsch* von *Schweyk im zweiten Weltkrieg* sowie als 2. Strophe in *Die deutsche Heerschau*, die den Szenen von *Furcht und Elend des III. Reiches* vorangeht, eingegangen. Gemeint sind das Hakenkreuz (schwarzes Kreuz auf weißem Rund) und das Rot des Fahnentuchs; Schwarz-Weiß-Rot sind auch die Flaggenfarben des deutschen Kaiserreichs.

215,1 *Das Lied vom Anstreicher Hitler]* E: 1933. Das Lied, das zunächst *Ballade vom Anstreicher Hitler* heißt, bezieht sich direkt auf Hitlers Programm der Häuserrenovierung vom 1. Mai 1933; vgl. zu 214,154. Es bildet das Komplementärgedicht zum 1930 geschriebenen *Lied von der Tünche*, das in das Stück *Die Rundköpfe und die Spitzköpfe* eingegangen ist (Zwischenspiel vor Szene 3).

216,1 *Hitler-Choräle]* E: 1933. Choräle sind fester Bestandteil der christlichen Liturgie; es handelt sich in der Regel um Preislieder Gottes, die Brecht in provokativer Weise parodiert. Hitler rückt als selbsternannter »Führer« in die Rolle Gottes und läßt sich von seinem kritiklosen Volk gottgleich verehren (Bild des Kalbes, das sich den eigenen Metzger sucht). Brecht übernimmt Tonfall und Ausdruckselemente seiner Quellen, zum Teil bis ins Einzelwort und in Besonderheiten des Reims hinein. Es handelt sich dabei mit einer Ausnahme um protestantische Kirchenlieder des 16. und 17. Jahrhunderts. – Zugleich greift Brecht mit den *Hitler-Chorälen* auf die literarisch-politische Agitation der Nazis selbst zurück. So verbindet Dietrich Eckart Antisemitismus mit epigonaler Weihe- und Gelöbnislyrik, die Hitler als verkannten Messias preist und das dumme Volk, als dem jüdischen Verräter hörig, brandmarkt (vgl. sein Lied nach dem gescheiterten Hitler-Putsch von 1923: *Blödes Volk! Du verschmähtest jeden*). – 1948 nennt Brecht die Lieder in *Choräle der Bekenntniskirche* um; er will damit die christlichen Erneuerungsbewegungen in den Westzonen (nach dem Krieg) treffen, nicht aber die Aktivitäten der »Bekennenden Kirche« verunglimpfen, die sich im antifaschistischen Kampf hervorgetan hat.

216,2 *1]* Das Lied *Nun danket alle Gott* (1636) stammt von Martin Rinckart.

216,11 *han]* Alte Wortzusammenziehung von »haben«, die auch im Kirchenlied vorkommt; vgl. 217,56.

216,28 *machte tausend satt]* Anspielung auf die »Speisung der Fünftausend« durch Christus; vgl. Johannes 6,1-15.

217,57 *2]* ED: *Neue Deutsche Blätter*, Prag, 1934, Nr. 6 (Februar), S. 334 (dort als Nr. 2 gezählt). Das Kirchenlied *Lobe den Herren, den mächtigen König der Ehren* (1680) stammt von Joachim Neander. Die Strophen 1, 2, 5 und 7 des zweiten Hitlerchorals sind leicht verändert als *Hymne des erwachenden Jahoo* in *Die Rundköpfe und die Spitzköpfe* (Szene 2) eingegangen.

218,69 *Siedlungsgedanken]* Brecht bezieht sich auf die Siedlungspolitik des Nationalsozialismus, die unter Berufung auf den Geographen Karl Haushofer ihre »Lebensraum-Politik« (vor allem) im Osten Europas mit der Überlegenheit der »arischen Rasse« begründet hat. Die genannten ostelbischen Junker sind die überbliebenen Nutznießer früherer Expansionspolitik im Osten.

219,93 *3]* Quelle ist das 1653 entstandene Kirchenlied von Paul Gerhardt.

219,96 *Kalb]* Vgl. den *Kälbermarsch* in: *Schweyk im zweiten Weltkrieg*.

219,97 f. *Der allertreusten Pflege / Des, der]* Wörtlich nach der Quelle zitiert.

219,101 *Der wird ... finden]* Wörtlich nach der Quelle zitiert.

221,157 *4]* ED: *Neue Deutsche Blätter*, Prag, 1934, Nr. 6 (Februar), S. 333 (dort als Nr. 1 gezählt). Der Choral (1862) stammt von Julie Hausmann.

221,163 *Thyssen]* Fritz Thyssen, Inhaber eines der größten Stahlkonzerne in Deutschland (Oberhausen), ist einer der maßgeblichen Finanziers von Hitlers Aufstieg; er setzt sich 1932/33 nachdrücklich für dessen Ernennung zum Reichskanzler ein.

221,168 f. *kann ... einen Schritt]* Wörtlich nach der Quelle zitiert.

221,173 *Krupp]* Gustav Krupp von Bohlen und Halbach, Inhaber der Krupp-Werke (führende deutsche Schwerindustrie) in Essen, ist einer der maßgeblichen Finanziers von Hitler und stellt sein Werk ganz in den »Dienst« der faschistischen Kriegspolitik (»Rüstungsschmiede« Deutschlands); er wird in den Nürnberger Prozessen 1948 als Kriegsverbrecher verurteilt.

221,174 *Volksgenosse]* Es handelt sich um einen verbrämenden Begriff der Nationalsozialisten, mit dem versucht wird, den Begriff des »Genossen« (als »Parteigenosse«) aus der Arbeiterbewegung zu okkupieren. Vgl. *Furcht und Elend des III. Reiches* (Szene *Volksgemeinschaft*).

222,185 *5]* Die Quelle (1528) stammt von Martin Luther.

222,188 *Ein gute Wehr und Waffen]* Wörtlich nach der Quelle formuliert.

222,192 *Kommune]* Gemeint ist die KPD; vgl. 223,234.

222,193f. *Vernunft ... Rüstzeug ist]* Eng nach der Quelle formuliert.

222,214 *schwarz auf weiß]* Brecht übernimmt die von Goethe in *Faust I* (Vers 1966) geprägte Redewendung (im Sinn von »etwas aufschreiben und so vor Vergessen sichern«); vgl. 223,220.

223,236 *6]* Das angegebene Kirchenlied existiert nicht. Aus einem Typoskript geht hervor, daß Brecht auch hier die Melodie von *Ein feste Burg ist unser Gott* unterlegt haben will; sie paßt allerdings nur teilweise.

224,1 *Die Ballade vom Baum und den Ästen]* E: 1933. ED: *Unsere Zeit*, Paris/Basel, 20. Januar 1934. Nach den satirischen Parodien folgen nun die Elegien, die Klagelieder der Sammlung. Mit dem »Baum« nimmt Brecht ein schon früh ausgeprägtes und häufig verwendetes Motiv auf; vgl. vor allem das *Lied vom Geierbaum*.

224,3 *Schirting]* Abgeleitet von shirt: (engl.) Hemd; bezeichnet den festen Baumwollstoff der SA-Hemden.

224,9 *tausend Jahr]* Vgl. zu 209,7. Hitler spricht von der »deutschen Revolution«, die »für Jahrhunderte das Gesicht der deutschen Zukunft prägen« werde (Rede auf der SS- und SA-Führertagung in Bad Reichenhall, 1. Juli 1933). Auf dem Nürnberger Parteitag (4. September 1934) sagt Hitler u. a.: »Die deutsche Lebensform ist für das nächste Jahrtausend endgültig bestimmt«, und: »In den nächsten tausend Jahren findet in Deutschland keine Revolution mehr statt.«

225,40 *schalteten alles gleich]* Der Begriff »Gleichschaltung« wird nach dem 1. Gleichschaltungsgesetz der Länder (31. Januar 1933) allgemein durchgesetzt als Bezeichnung für die nach dem »Führerprinzip« geordnete Organisationsform der Nationalsozialisten und für die Organisation des gesamten »Reiches«. Sie bedeutet: Aufhebung des Pluralismus, Zentralisierung, strenge Hierarchisierung, Vereinheitlichung nach nationalsozialistischen Vorstellungen (u.a. in der Kultur).

225,1 *Sonnenburg]* E: 1933. ED: *Der Gegen-Angriff*, Prag, 21. April 1934. Erste offizielle Mitteilungen über die Errichtung von Konzentrationslagern (KZs) liegen seit dem 20. März 1933 vor. Das früh eingerichtete KZ Sonnenburg in der Nähe von Küstrin (Preußen) wird im *Braunbuch über Reichstagsbrand und Hitlerterror*, Basel 1933 (S. 285-289) als »Hölle von Sonnenburg«, als das (damals) schlimmste KZ, dargestellt; in ihm sind u. a. Erich Mühsam und Carl von Ossietzky inhaftiert gewesen. 1933 wird das Lager noch von SA-Einheiten bewacht.

226,1 *Ein Bericht]* E: 1933. Das Gedicht experimentiert mit der Form des Lakonismus.

227,1 *An die Kämpfer in den Konzentrationslagern]* E: 1933. ED: *Die Neue Weltbühne*, Prag, 1934, S. 525.

227,28 *Führer]* Hitler hat sich zunächst als »Führer« seiner Partei, dann als der »Führer« aller Deutschen stilisiert; 1934 gibt er die Parole aus: »Führer befiehl! Wir folgen.«

227,1 *Begräbnis des Hetzers im Zinksarg]* E: 1933. Der Zinksarg ist ein Sarg zur Wiederverwendung für Arme, eingesetzt u. a. beim Leichentransport nach Verbrechen. Hier sind vor allem die verschlossenen Särge gemeint, in denen die durch den Nazi-Terror verstümmelten Leichen abtransportiert worden sind. Brecht erfährt davon durch das *Braunbuch über Reichstagsbrand und Hitlerterror*, Basel 1933 (S. 307): »Der Mord geht durch Deutschland. Aus SA-Kasernen werden in geschlossenen Särgen verstümmelte Leichen abtransportiert.«

228,13 *Das da]* Brecht wendet im Abschlußgedicht der *Kriegsfibel* (Nr. 69) diese menschenverachtende Sprachfloskel, die die Nationalsozialisten mit Vorliebe gebraucht haben, auf Hitler selbst an; vgl. 228,22.

229,1 *Adresse an den Genossen Dimitroff...]* E: September 1933. Der Bulgare Georgi Dimitroff, Sekretär der Kommunistischen Internationale, wendet im »Reichstagsbrandprozeß« die gegen ihn erhobene Anklage, den Brand (mit-)gelegt zu haben, gegen die Nationalsozialisten, insbesondere gegen Göring, um. Dimitroff wird damit zur Hauptfigur des Prozesses und vom antifaschistischen Widerstand als Held gefeiert, der mutig und rhetorisch geschickt mitten in Nazi-Deutschland vor der gesamten Weltöffentlichkeit – und dazu noch mit Sprachschwierigkeiten – um sein Leben kämpft. Dieses Auftreten verhindert seine und der anderen bulgarischen Angeklagten Verurteilung. Der Prozeß findet vom 22. September bis zum 24. Dezember 1933 in Leipzig statt und endet mit der Verurteilung des holländischen Kommunisten van der Lubbe, für dessen Ermordung (Hinrichtung) ein Extra-Gesetz erlassen wird (»Lex van der Lubbe«), das auch Brandstiftung unter Todesstrafe stellt. Für Dimitroff und seine bulgarischen Mitangeklagten ist das gleiche »Schicksal« vorgesehen. Göring darf vor dem (angeblich noch bürgerlichen) Gerichtshof ungestraft den Angeklagten beleidigen, bedrohen und ihm Sätze sagen wie: »Sie sind ein Gauner, der an den Galgen gehört.« Schon im April 1934 liegt bei Editions du Carrefour in Paris das (zweite) Braunbuch vor, das die Hintergründe und den Prozeßverlauf dokumentiert: *Dimitroff contra Göring. Enthüllung über die wahren Brandstifter*. Dem antifaschistischen Widerstand gilt damit das inszenierte Verbrechen der Nazis als erwiesen. Viele sind wie Brecht nach dem Reichstagsbrand ins Exil geflohen. Die Nationalsozialisten veranstalten noch in der Brandnacht des 27. Februar eine vorbereitete Jagd auf Kommunisten (über 4000 Verhaftungen).

231 *Lieder und Chöre...]* Brecht schreibt die Gedichte und Lieder für die Stücke *Die Maßnahme*, entstanden zwischen Februar und Mai 1930, und *Die Mutter*, entstanden im Herbst 1931. Ihr Erstdruck erfolgt in der Regel im Kontext der Stücke: *Die Maßnahme* in Heft 4 der *Versuche*, Berlin 1931, und *Die Mutter* in Heft 7 der *Versuche*, Berlin 1933. Ihre Integration in die vorliegende Sammlung gibt ihnen, nun losgelöst von den Stücken, großes Gewicht innerhalb der literarischen Reaktionen des antifaschistischen Widerstands: die Antwort auf den Faschismus ist schon vor seiner Etablierung gefunden worden. Die Gedichte stehen jetzt in neuer Reihenfolge (allerdings sind die Umstellungen nicht einschneidend), und zugleich sind die Gedichte und Lieder beider Stücke ineinander verwoben. Sie erhalten in der Sammlung einen neuen Sinnzusammenhang. Zunächst behandeln sie Not und Sorge und Kämpfe des Proletariats; dann benennen sie den Ausweg, nämlich den kommunistisch-revolutionären Zusammenschluß aller Ausgebeuteten, um anschließend die revolutionäre Arbeit zu propagieren (die offene und die illegale). Den Abschluß bildet das *Lob der Dialektik* aus *Die Mutter*, gleichsam als (theoretisch-praktische) Zusammenfassung mit optimistischem Ausblick auf den kommenden Sieg der »Besiegten von heute«, die »die Sieger von morgen« sein werden. – Zur Erstaufführung der *Mutter* in der DDR nach dem Krieg 1951 (Regie: Ruth Berlau) stellt die Volksbühne Leipzig einen

Sonderdruck mit den »Liedern und Chören« her, der allerdings nicht alle Gedichte enthält.

234,1 *Lob des Kommunismus]* Weiterer Druck in: *Der Gegen-Angriff*, Prag, 3. Dezember 1933.

236,1 *Bericht über den Tod eines Genossen]* Die Darstellung ist zunächst in *Die Mutter* bezogen auf Pawel; die Gedichte werden durch den neuen Kontext allgemeiner und stellen direkte Kampfliteratur dar.

237,1 *Lob des Revolutionärs]* Das Gedicht geht innerhalb der *Svendborger Gedichte* (1939) als Teil 8 in die *Kantate zu Lenins Todestag* ein.

239,1 *Ballade von der Billigung der Welt]* E: 1932. Das Gedicht ist u. a. formal verwandt mit der *Legende vom toten Soldaten* von 1919 sowie mit *Der anachronistische Zug* von 1947. Zwei Typoskripte tragen den Vermerk: »(als ihre Mißbilligung durch eine Notverordnung verboten wurde)«. § 48 Absatz 2 der Weimarer Verfassung, der sogenannte »Diktaturparagraph«, gibt dem Reichspräsidenten für »Notfälle« weitreichende Befugnisse und setzt zugleich Grundrechte außer Kraft. Franz von Papen benutzt den Paragraphen am 14. Juni 1932 zum Abbau sozialer Leistungen bei gleichzeitiger Erhöhung der Sozialabgaben.

241,78 *Zauberberg]* Anspielung auf den 1924 publizierten Roman *Der Zauberberg* von Thomas Mann. Er schildert die abgelegene Welt eines Lungen-Sanatoriums in den Schweizer Alpen unmittelbar vor dem ersten Weltkrieg. Vgl. auch die diversen Auseinandersetzungen Brechts mit Thomas Mann in den *Journalen*, *Schriften* und *Briefen*.

243,1 *Verschollener Ruhm...]* E: Ende 1929. ED: *Die Sammlung*, Amsterdam, 1934, Heft 7 (März), S. 355-360. Brecht reagiert auf den Börsenkrach von New York am 24. Oktober 1929, der die »Goldenen Zwanziger«, die Zeit der Prosperität, beendet und die Weltwirtschaftskrise auslöst. Das Gedicht ist eine Satire auf den »Amerikanismus«, der auch das Deutschland der zwanziger Jahre erfaßt hat. Es steht thematisch und in der Verwendung »gehobener« Sprache in direktem Zusammenhang mit *Die heilige Johanna der Schlachthöfe*. – George Grosz, der bereits im USA-Exil ist, meint zu Brechts USA-Darstellung: sie sei »ein bißchen danebengehauen«: »im Vergleich zum angsterfüllten Europa herrscht hier ein tolles Leben«; die USA hätten große Ähnlichkeit mit Rußland und seien »sozialistisch im Vergleich zu den feudalen europäischen Ländchen und Provinzen« (Grosz an Brecht, 13. August 1934; Nachlaß).

243,5 *Jahrzehnt]* Gemeint sind die Jahre von 1919 bis 1929, also die »Goldenen Zwanziger«.

243,7 *Becken]* Anspielung auf den »Schmelztiegel New York« (»melting pot«), der die vielen verschiedenen Nationen und Rassen zu einer neuen, aber lediglich behaupteten Einheit zusammengeschlossen hat. Der amerikanische Dollar trägt den Spruch »E pluribus unum«: (lat.) Aus vielen eine Einheit (bilden). Die Amerikaner feiern diese Eigenart in der Sprache antiker Heldenepen, den neuen Typus damit zum Helden der neuen Zeit stilisierend. Brechts Verssprache ist dementsprechend gewählt: Anklänge an den antiken Epenvers des Hexameters (sechshebiger daktylischer Vers) sind immer wieder gezielt eingesetzt. Vgl. auch 244,13.

244,8 *God's own country!]* (Engl.) Gottes eigenes Land, so die Selbststilisierung der Amerikaner, die sich als (neues) auserwähltes Volk fühlen.

244,11 *Jugendfreund]* Anspielung auf Adolf Hitler, der in der Wendung »Unser Seliger Adolf« ebenfalls die Anfangsbuchstaben »USA« hat.

244,23 *Wie ein guter Sauerteig]* Anspielung auf das Gleichnis Christi vom Himmelreich, das einem Sauerteig gleiche; Matthäus 13,33; auch als Redensart üblich.

244,26 *Welch ein Ruhm...]* Anspielung auf den Ausruf Ulrich von Huttens im Brief vom 25. Oktober 1518 an Willibald Pirckheimer: »O seculum! O literae! Juvat vivere«, (lat.) »O Jahrhundert! O Wissenschaften! Es ist eine Lust zu leben«. Der Ausruf ist »geflügeltes Wort« für das neue Lebensgefühl der Neuzeit (gegenüber dem Mittelalter) geworden; Brecht überträgt es sinngemäß auf die USA. Vgl. 245,56 und 247,112.

245,49 *Mit homerischem Ausmaß]* Gemeint sind die antiken Heldenepen *Ilias* und *Odyssee*, die Homer als Verfasser zugeschrieben werden. Mit ihren Helden, Achill, Hektor oder Odysseus u. a., verbindet sich in der griechisch-abendländischen Kultur die Vorstellung von Erhabenheit, Größe und Gottgleichheit. Vgl. die durchgängige Verarbeitung des antiken Heroenmythos in *Die heilige Johanna der Schlachthöfe*.

246,64 *Beechnut]* (Engl.) Buchecker; Kaugummi-Marke der USA.

246,68 *»poker face man«]* (Engl.) Mann mit dem Poker-Gesicht; das Gesicht muß beim Pokern undurchschaubar (starr, unbeweglich, scheinbar konzentriert) sein, weil sonst Rückschlüsse auf die Karten möglich wären. Der Typus bildet sich im amerikanischen Gangsterfilm der zwanziger Jahre aus und führt zu einem neuen Schauspielverhalten (Unterdrückung aller Gefühle, kühle Sachlichkeit und kalte Unerbittlichkeit in den Entschlüssen sowie ihrer Ausführung).

246,80 *Zeugungspropaganda]* Anspielung auf den »Fordismus« des Autofabrikanten Henry Ford, der durch rigorose Arbeitsteilung (Einführung des Fließbands) die Massenproduktion von Autos eingeleitet hat. Sein System bedeutet indirekte (aber eigentlich doppelte) Ausbeutung: Ford zahlt höhere Löhne, sorgt aber dafür, daß die Arbeiter und Angestellten seine Produkte kaufen, so daß das Geld doch wieder in seine Tasche zurückfließt. Vgl. das Gedicht *700 Intellektuelle beten einen Öltank an* (S. 174-176).

247,106 *1000 Jahre]* Anspielung auf das biblische tausendjährige Reich (Offenbarung des Johannes, 20), zugleich auf Hitlers Reichsideen und ihre Dauer; vgl. zu 224,9.

247,108 *auf Felsgrund gebaut]* Anspielung auf den Ausspruch Christi: »Du bist Petrus, und auf diesen Felsen will ich bauen meine Gemeinde«; Matthäus 16,18. Brecht vergleicht New York mit Rom, dessen erster Statthalter Petrus gewesen sein soll; das römische Papsttum leitet aus dieser Bibelstelle seinen (absoluten) Anspruch zur Führung des Christentums ab (Petrus als Nachfolger Christi auf Erden). Zugleich ist auch konkret das kristalline Felsgestein gemeint, auf dem New York errichtet ist.

247,111 *bestmögliche]* Anspielung auf die *Theodizee* (1710) des Gottfried Wilhelm Leibniz, wonach die Welt von Gott als »die beste aller möglichen Welten« geschaffen worden sei.

247,115 *knappe acht Jahre]* Gemeint ist der Zeitraum zwischen 1921 und 1929, der in den USA einen großen Wirtschaftsaufschwung bringt (Technisierung am Arbeitsplatz und im Haushalt, Ausbau des Straßensystems u. a.).

249,160 *Weltmeisterschaftskämpfe]* Vgl. Brechts ironisches Gedicht aus den zwanziger Jahren *Gedenktafel für zwölf Weltmeister.*

249,176 *Regen]* Vgl. das Bild des Regens u. a. in *Das Lied vom Klassenfeind* (210-214).

250,181 *Weizen ... schüttet]* Gemeint sind die Überproduktionskrisen der Zeit, die mit der Vernichtung der Produkte bekämpft werden, obwohl Menschen hungern; vgl. die entsprechende Thematik in *Die heilige Johanna der Schlachthöfe* sowie das Gespräch in der S-Bahn in *Kuhle Wampe.*

250,1 *Lied der Lyriker]* E: 1930. Brecht rechnet mit der gängigen Lyrik der Zeit ab; seine Kritik fällt allerdings schärfer aus als die Verurteilung der bürgerlichen Lyrik im Lyrikwettbewerb von 1927, als Brecht, den die *Literarische Welt* als Juror eingesetzt hat, alle eingesandten Gedichte als preisunwürdig ablehnt. Der Vermerk, daß nichts mehr für Lyrik bezahlt werde, verweist indirekt auf die »lyrische Ausdruckskunst« der Bourgeoisie, die jeglichen Gelderwerb mit Lyrik als zu banal für die »hohe Kunst« ablehnt. Das Gedicht entlarvt diese Kunst, die sich gänzlich unpolitisch wähnt, als Steigbügelhalter des Faschismus, die sich mit seiner Etablierung selbst überflüssig macht.

251,32 *7]* Brecht reiht typische Bilder und Themen der bürgerlichen Lyrik aneinander (Naturverherrlichung, Liebe, Transzendenz, Tod); gezielt ist u. a. auf die Lyrik Rainer Maria Rilkes, Gottfried Benns und Stefan Georges.

251,39 *auf die goldenen Stühle gesetzt]* Das Bild stammt aus Rudyard Kiplings Gedicht *When Earth's Last Picture is Painted* (um 1892, dt.: *Als der Erde letztes Bild gemalt worden ist*); Elisabeth Hauptmann übersetzt das Gedicht in den späten zwanziger Jahren. Es handelt von einem Künstlerparadies, in dem die Künstler nicht mehr für Geld oder Ruhm arbeiten und u. a. auf »goldene Stühle« gesetzt sind: »they shall sit in a golden chair« (sie sollen auf einem goldenen Stuhl sitzen). Brecht übernimmt das Bild auch kritisch in das Gedicht *Die Literatur wird durchforscht werden.*

252,58 *Drogen]* Der Vergleich der Literatur mit einer Droge und ihres Marktes mit dem »bourgeoisen Rauschgifthandel« ist in Brechts Kritik der bürgerlichen Literatur üblich (vgl. die Vorrede zu *Kleines Organon für das Theater*; 1948).

253,1 *Deutschland]* E: 1933. Vgl. die weiteren Deutschland-Gedichte *Deutschland, du Blondes, Bleiches* sowie die gleichnamigen Gedichte von 1942, 1945 und 1952.

CHINESISCHE GEDICHTE

Textgrundlage

Sechs chinesische Gedichte. Übertragungen, in: *Das Wort*, Moskau, 1938, Heft 8, S. 87-89, 157 (*Anmerkungen*). – *Chinesische Gedichte*, in: *Versuche*, Heft 10 (*Versuche 22-24*), Berlin/West: Suhrkamp Verlag vorm. S. Fischer 1950, S. 139-144, 145 (*Anmerkungen*) (Teil des 23. Versuchs).

Entstehung

Die *Chinesischen Gedichte* entstehen zwischen 1938 (sieben Gedichte) und 1949 nach englischen Nachdichtungen von Arthur Waley. Brecht benutzt die Ausgabe *A Hundred and Seventy Chinese Poems* (New York 1938), in deren Zentrum der Lyriker Po Chü-yi steht. Eine chinesische Ausgabe zieht er nicht zu Rate. 1938 schätzt Brecht die Qualität seiner englischen Vorlage sehr hoch ein, kommt in den vierziger Jahren aber zu einer kritischeren Beurteilung.

Die erste Publikation der Gedichte ist im Zusammenhang mit den Auseinandersetzungen von 1937/38 um das (bürgerliche) Erbe zu sehen, die in der sogenannten »Expressionismusdebatte« geführt werden. Brecht sucht bewußt andere Traditionsstränge auf als die, die Georg Lukács (u. a.) damals als literarische Vorbilder propagiert. Darüber hinaus zieht Brecht in den *Anmerkungen* Parallelen zwischen sich und Po Chü-yi.

Im November 1944 wird Brecht eine weitere Ausgabe von Waleys Übersetzungen geschenkt: *More Translations from the Chinese* (London/New York 1919), die andere Gedichte, z. T. auch andere Fassungen von Gedichten gegenüber der früheren Übersetzung enthält. Sie regt zu weiteren Nachdichtungen an: *Resignation*, *Der Hut, dem Dichter geschenkt* und *Des Kanzlers Kiesweg*, alles Gedichte von Po Chü-yi (vgl. *Journale*, 28.-30. November 1944). Sie bleiben außerhalb der Sammlung. Dagegen bilden die 1948/49 entstehenden Gedichte, *Ansprache an einen toten Soldaten des Marschalls Chiang Kai-Shek* und *Gedanken bei einem Flug über die Große Mauer*, zusammen mit den *Sechs Chinesischen Gedichten* von 1938 die neue Sammlung von 1950, die durch *Der Blumenmarkt* ergänzt wird, ein Gedicht, das ebenfalls 1938 entstanden, aber nicht in der damaligen Sammlung veröffentlicht worden ist.

Stilistisch ist es der karge, trockene, sachlich genaue Ton der Exillyrik, die dem chinesischen Vorbild nahekommt, ohne es imitieren zu können. Brecht verweist in den *Anmerkungen*, die den Gedichten beigegeben sind, auf die unregelmäßigen Rhythmen der *Deutschen Kriegsfibel* sowie auf die »chinesische Art« zu reimen, nämlich »auf Vokale«. Insgesamt jedoch bleiben die Gedichte von 1938 relativ nah am Original der englischen Übersetzung Waleys. Unterschiede ergeben sich dadurch, daß Brecht Waleys Zeilenstil (Zusammenfall von Syntax- und Versgrenze) meidet, die Syntax durch Zeilenbruch (Enjambement) aufrauht und damit deutlicher rhythmisiert. Die Neufassungen von zwei Gedichten für die Ausgabe von 1950, die teilweise auch auf neue Übersetzungen Waleys zurückgehen, entfernen sich deutlicher vom Original und suchen den »klassischen Ton«.

Text/Fassungen

Brecht verzichtet in der Sammlung von 1938 auf die Gewohnheit, am Versbeginn Großschreibung anzuwenden (in der vorliegenden Ausgabe vereinheitlicht), und er nennt als Verfasser die jeweiligen chinesischen Dichter, so seine Gedichte (überwiegend) als Übersetzungen ausweisend. In der Ausgabe von 1950 dagegen folgt er seinem sonstigen Usus der Großschreibung und stellt außerdem die chinesischen Verfassernamen und deren Lebensdaten jeweils in Kursivschrift den Gedichttexten nach. Diese Sammlung von 1950 ist in den 23. Versuch eingeordnet, zu dem die *Studien* (1938), die Schriften *Über reimlose Lyrik mit unregelmäßigen Rhythmen* (1939) und *Weite und Vielfalt der realistischen Schreibweise* (1938) sowie die *Buckower Elegien* (1953) gehören. Im Vorspruch heißt es: »Im 23. Versuch Chinesische Gedichte sind alte und neue chinesische Gedichte reimlos und mit unregelmäßigen Rhythmen ins Deutsche übertragen. / Mitarbeiterin: Elisabeth Hauptmann.« Die vorliegende Ausgabe druckt die beiden Fassungen der Sammlung von 1938 und 1950 jeweils in ihrem vollen Umfang ab. Die *Anmerkungen* haben 1950 folgenden Wortlaut:

> Anmerkungen
>
> Sämtliche Gedichte sind ohne Zuhilfenahme der chinesischen Originale übertragen, die ersten sieben aus der wörtlichen englischen Nachdichtung Arthur Waleys, die beiden letzten nach wörtlichen Übersetzungen von Wu-an und Fritz Jensen. Die Originale sind auf chinesische Art gereimt, das heißt auf Vokale. Die deutsche Übertragung benutzt die unregelmäßigen Rhythmen der Deutschen Kriegsfibel. Ein Teil der dichterischen Schönheit der Originale besteht im Schriftbild, der Auswahl und Zusammenstellung der symbolischen Schriftcharaktere; er kann natürlich nicht gerettet werden.
> Die vier Gedichte *Die große Decke*, *Der Blumenmarkt*, *Der Poli-*

tiker und *Der Drache des schwarzen Pfuhls* sind von Po Chü-yi, einem der größten Meister der chinesischen Lyrik. Er stammte aus einer armen Bauernfamilie und wurde selbst Beamter. »Wie Konfuzius betrachtete er die Kunst als eine Methode, Belehrung zu vermitteln« (Waley). Bei den großen Lyrikern Li Po und Tu Fu rügte er einen Mangel an Feng (Kritik an den Herrschenden) und Ya (Moralische Anleitung für die Massen). Von sich sagt er: »Wenn die Tyrannen und Günstlinge meine Lieder hörten, sahen sie einander an und verzogen die Gesichter.« Seine Lieder waren »im Mund von Bauern und Pferdeknechten«, sie standen geschrieben »auf den Wänden von Dorfschulen, Tempeln und Schiffskabinen«. Er wurde zweimal ins Exil geschickt. In zwei langen Denkschriften, betitelt »Über das Abstoppen des Krieges«, kritisiert er einen langen Feldzug gegen einen kleinen Tatarenstamm und in einem Zyklus von Gedichten satirisierte er die Räubereien der Beamten und lenkte die Aufmerksamkeit auf die unerträglichen Leiden der Massen. Als der Kanzler von Revolutionären getötet wurde, kritisierte er ihn, weil er nichts getan hatte, die allgemeine Unzufriedenheit zu lindern und wurde verbannt.

Sein zweites Exil verdankte er seiner Kritik des Kaisers, dessen Mißregierung er für die Umstände verantwortlich machte. Seine Gedichte sind in einfachen Wörtern, jedoch sehr sorgfältig geschrieben. Es geht die Sage, Po Chü-yi habe viele einem alten Bauernweib vorgelesen, um festzustellen, wie verständlich sie waren.

Das Gedicht *Gedanken bei einem Flug über die große Mauer* wurde von Mao Tse-tung geschrieben, als er zu politischen Verhandlungen nach Südchina flog.

257,1 *Die Decke]* Vgl. die weitere Fassung des Gedichts in *Der gute Mensch von Sezuan* (Szene 2).

259,1 *Bei der Geburt seines Sohnes]* Vgl. die Abweichungen in den *Svendborger Gedichten*.

266,17f. *spannen / Konnte auch er nicht.]* Beide Ausgaben der *Versuche* (Berlin/West 1950 und Berlin/DDR 1951) weisen diese Strophentrennung auf.

Wirkung

Obwohl die Gedichte schon 1938 auf ein relativ großes Publikum (unter den Exilierten) stoßen, sind keine Reaktionen dokumentiert, geschweige denn, daß die Gedichte auch in ihrer herausfordernden politischen Bedeutung erkannt worden wären. Das gilt auch für die Publikation von 1950.

Zeilenkommentar

257,1 *Die Freunde]* Die englische Fassung von Arthur Waley heißt: *Oaths of Friendship* (Freundschaftsschwüre). Mehrere Typoskripte dieses Gedichts enthalten folgenden Kommentar: »Die Zeit, aus der dieses Gedicht stammt, scheint von der unsrigen nicht sehr verschieden gewesen zu sein, da es als höchsten Beweis der Freundschaft anführt, daß sie sogar die sozialen Gegensätze überwinden könnte.« (Nachlaß.)

257,1 *Die Decke]* Nach Waleys Übersetzung *The Big Rug*.

257,1 *Der Politiker]* Nach Waleys *The Politician*.

257,8 *Gesicht: grau. Blick: gejagt.]* Stilistisch herausgehobene Stelle, die den epischen Ton verläßt und auch gegen die Quelle verfährt; sie lautet: »Whose face was pale with a strange look of dread.« Es entsteht so eine Art Momentaufnahme des Mannes.

258,19 *Yai-chou]* Ort im äußersten Süden der Insel Hainan.

258,1 *Der Drache des schwarzen Pfuhls]* Nach Waleys *The Dragon of the Black Pool. A Satire*.

258,1 *Pfuhls]* Im kaiserlichen China gelten die Teiche als Aufenthaltsorte von Drachen, die beschwichtigt werden müssen; Po benutzt den Aberglauben für eine Satire auf Kaiser (Drache) und Beamte (Füchse).

258,10-12 *gute Ernten ... Seuchen]* Brecht weicht von der Quelle ab, in der es heißt: »Prosperity and disaster, rain and drought, plagues and pestilences«.

258,17-21 *Gegrüßt seist ... Opferwein.]* Brecht weicht in dieser Passage von der Quelle ab:

When the dragon comes, ah!
The wind stirs and sighs.
Paper money thrown, ah!
Silk umbrellas waved.
When the dragon goes, ah!
The wind also – still.
Incense-fire dies, ah!
The cups and vessels are cold.

258,17 *Gegrüßt ... Gaben!]* Anspielung auf das *Ave Maria* (»Gegrüßet seist du, Maria, voll der Gnade!«), das katholische Gebet zur Lobpreisung der Gottesmutter; vgl. Lukas 1, 28.

258,18 *Heil Dir im Siegerkranz]* Beginn der preußischen Königshymne.

259,1 *Ein Protest im sechsten Jahre...]* Nach Waleys *A Protest in the sixth year of Ch'ien Fu*; Brecht übernimmt Ts'aos Lebensdaten von Waley, der sie später (in 830-910) korrigiert (*Chinese Poems, selected from 170 Poems, more Translations from the Chinese, the Temple and the Book of Songs*, 2. Aufl., London 1948). Mehrere Typoskripte enthalten die Anmerkung: »Wie man aus der Zahl zehntausend sieht, war die Zivilisation zur Zeit, wo dieses Gedicht entstand, noch wenig entwickelt. Die Reputation der Generäle war damals noch verhältnismäßig billig.« (Nachlaß.)

259,1 *Chien Fu]* Kaiser Ch'ien Fu regiert 874-880.

259,1 *Bei der Geburt seines Sohnes]* Nach Waleys *On the Birth of his Son.* In einem Typoskript schreibt Brecht unter den Text: »Dieses Gedicht ist so aktuell wie an seinem ersten Tag.« (Nachlaß.) Vgl. die Fassung in den *Svendborger Gedichten.*

261,1 *Die Freunde]* Vgl. erste Anmerkung zu 157,1.

261,1 *Die große Decke]* Vgl. zweite Anmerkung zu 257,1.

261,1 *Der Blumenmarkt]* Nach Po Chü-yi, in Waleys Übersetzung *The Flower Market.*

262,1 *Der Politiker]* Vgl. dritte Anmerkung zu 257,1.

262,1 *Der Drache des schwarzen Pfuhls]* Vgl. zu 258,1.

263,1 *Ein Protest im sechsten Jahre...]* Vgl. erste Anmerkung zu 259,1.

264,1 *Bei der Geburt seines Sohnes]* Vgl. dritte Anmerkung zu 259,1.

264,1 *Ansprache an einen toten Soldaten...]* Nach dem Gedichttext heißt es: »Kuan Chao. Nach einer wörtlichen Übersetzung von Wu-an und Fritz Jensen.« Es handelt sich um Kuan Chaos, eines Journalisten, Gedicht *Nun bist Du frei*, das Fritz Jensen und seine Frau Wu-an ins Deutsche übersetzt haben (in: *China siegt*, Wien 1949; Brecht benutzt ein Exemplar, das Berlin 1950 erschienen ist; dort S. 88-90). Das Gedicht beruht auf Tatsachenberichten aus dem chinesischen Bürgerkrieg zwischen den Kuomintangtruppen (den konservativen Nationalisten unter der Führung von Tschiang Kai-schek, die von den USA unterstützt worden sind) und den Kommunisten unter Mao Tse-tung, die sowjetische Unterstützung erhalten haben. Tschiang läßt während des Bürgerkriegs seine Truppen zwangsrekrutieren und hält sie unter erbärmlichsten Bedingungen.

265,1 *Gedanken bei einem Flug...]* Nach dem Gedichttext heißt es: »Mao Tse Tung. Nach einer wörtlichen Übersetzung von Wu-an und Fritz Jensen.« Brecht erhält Maos Gedicht Ende 1948 von Hanns Eisler (vgl. *Journale*, 29. Dezember 1948). Die Übertragung von Fritz Jensen und Wu-an (in: *China siegt*, Berlin 1950, S. 130 f.), unter dem Titel *Chinesische Ode* (eigentlich *Schnee*), gilt als sinnentstellend. Mao schreibt sein Gedicht 1936 und publiziert es erstmals 1945 beim Treffen mit Tschiang Kai-schek. Ein Typoskript, das überschrieben ist mit *Schnee* (»nach F. C. Weiskopf«) gibt Hinweise auf die genannten Herrscher: »Sie waren alle Eroberer, deren Kriegszüge den Wohlstand des Volkes untergruben. Tschao Kuang genoß den zweifelhaften Ruhm, der Poesie und den anderen schönen Künsten besonders verständnislos gegenüberzustehen.« (Nachlaß.)

266,12 *Tsch'in]* Tschin Schih-huang, chinesischer Kaiser 246-210 v. d. Z., genannt der »Erste Kaiser«, weil er das chinesische kaiserliche System begründet hat.

266,12 *Han]* Han Wu-ti, Kaiser (141-187) zur Zeit einer großen Machtausdehnung Chinas.

266,14 *Tang]* Tang Tai-tsung heißt der erste Tang-Kaiser (620 bis 649), der das »Goldene Zeitalter« Chinas eingeleitet hat.

266,14 *Sung]* Mit Sung Tai-tsu (960-976) beginnt die 300 Jahre währende Sung-Dynastie.

266,16 *Tschingis-Khan]* Der Mongole Dschingis-Khan fällt 1211 nach der Überwindung der Chinesischen Mauer mit seinem Heer in China ein und erobert 1215 Peking.

Textgrundlage

Studien, in: *Versuche*, Heft 11 (*Versuche 25/26/35*), Berlin/West: Suhrkamp Verlag 1951, S. 79-88 (Teil des 23. Versuchs).

Übersicht

1934: Entstehung von *Über die Gedichte des Dante auf die Beatrice*.
1938: Entstehung von sechs weiteren Sonetten.
1938: Zusammenstellung der sieben Sonette (außer *Über das bürgerliche Trauerspiel »Der Hofmeister« von Lenz*) zu den *Studien*.
1940: Entstehung von *Über das bürgerliche Trauerspiel »Der Hofmeister« von Lenz*.
1940: Reinschrift der endgültigen Zusammenstellung von acht Sonetten im Typoskript.
1951: Erstdruck in *Versuche*, Heft 11.

Entstehung

Die *Studien*, wie Brecht die Sammlung ab 1938 nennt, schließen unmittelbar an die *Sonette* von 1933/34 an. *Über die Gedichte des Dante auf die Beatrice* steht als *Das zwölfte Sonett* innerhalb der Reihe der 13 vorangegangenen Gedichte und ist schon 1934 entstanden. Es weist die noch überwiegend sexuelle Thematik auf. Überdies schließt *Über Shakespeares Stück »Hamlet«* an die noch früheren *Augsburger Sonette* (1925-1927) an, indem ein Vers aus dem gleichzeitig entstandenen *Sonett vom Sieger* fast wörtlich zitiert und damit das frühere Gedicht als *Hamlet*-Interpretation deklariert wird (dieses gehört nicht zu den *Augsburger Sonetten*). Die übrigen Texte – außer dem Sonett über Lenz' *Hofmeister*, das Brecht 1940 schreibt – entstehen 1938.

Den Auslöser für die *Studien* stellt die sogenannte »Expressionismusdebatte« dar, die 1937/38 unter den exilierten deutschen Antifaschisten in der Exil-Zeitschrift *Das Wort* geführt wird, an der sich Brecht aber nicht öffentlich beteiligt. Der kritisch angesprochene Partner ist in erster Linie Georg Lukács, dessen Aufsatz *Größe und Verfall des Expressionismus* von 1934 die theoretische Grundlage für die Debatte gebildet hat. Brecht notiert zum Sonett *Über Goethes Gedicht »Der Gott und die Bajadere«*, es möge »als ein Beispiel gelten, wie die Dichter verschiedener Epochen einander beerben. Mit Zorn sieht der Dichter einer späteren Epoche den Käufer der Liebe als Gott hingestellt. Sein Wunsch, geliebt zu werden, scheint ihm verurteilenswert und zum Lachen. Aber dem guten Leser wird das frühere Gedicht durch das spätere nicht verleidet. Es ist nicht weniger kämpferisch.« (Nachlaß; vgl. u. a. Brechts Aufsätze *Die Expressionismusdebatte*, *Über Realismus*.)

1938 löst Brecht drei Gedichte als *Literarische Sonette* aus der Sammlung heraus und fügt sie als neue *Vierte Lektion* in die *Hauspostille* der *Gesammelten Werke* im Malik-Verlag ein. Es sind in der Reihenfolge: *Sonett über Schillers Gedicht »Die Bürgschaft«*, *Sonett über Goethes Gedicht »Der Gott und die Bajadere«* und *Das zwölfte Sonett (Über die Gedichte des Dante auf die Beatrice)*. Für diese neue Lektion verfaßt er folgenden »Gebrauchs«-Text: »Die vierte Lektion (Literarische Sonette) ist für die wenigen Leser bestimmt, welche niedrige Motive noch in den erlesensten Kunstgebilden zu schätzen wissen, für Leser, welche imstande sind, Werke der Vergangenheit nicht zu verstehen. Jedoch mag erinnert werden daran, daß, wie das Volk sagt, mit siebzehn auch der Teufel einmal schön war.« (Nachlaß.)

Der für Gedichte ungewöhnliche Titel *Studien* schließt an den Anlaß unmittelbar an: Brecht verbindet wissenschaftliche Kritik mit einer beerbten Kunstform, die er allerdings bereits durch seine früheren Sonette bewußt volkstümlich gewendet hat, und zwar im Anschluß an Dantes Sonette, die u. a. in der italienischen Literatur auf klassische Weise die Volkssprache durchgesetzt haben.

Es gibt weitere Sonette aus dieser Zeit, die eine ganz ähnliche Thematik aufweisen (teilweise nur in Entwürfen), die Brecht aber nicht in die *Studien* aufgenommen hat: *Sonett zu Dantes »Hölle der Abgeschiedenen«*, *Über Nietzsches »Zarathustra«* u.a.; sie werden in der vorliegenden Ausgabe in Band 13 aufgenommen.

Brecht merkt im *Versuche*-Druck an: »*Studien*, um 1940 geschrieben, gehören wie die *Chinesischen Gedichte* in Heft 10 zum 23. Versuch. Diese sozialkritischen Sonette sollen natürlich den Genuß an den klassischen Werken nicht vereiteln, sondern reiner machen.« Das Entstehungsdatum, das Brecht angibt, orientiert sich am Lenz-Sonett (Beaumarchais und Lenz erwähnt Brecht in den *Journalen*, 17. Oktober 1940, im Zusammenhang mit der *Ersten Nacht* von *Der Messingkauf*).

Text/Fassungen

1938 stellt Brecht sieben (der acht 1951 publizierten) *Studien* zusammen, und zwar in hektographierten Exemplaren, die er u. a. Walter Benjamin zur kritischen Beurteilung überläßt. Diese Sammlung weist bei einigen Gedichten Varianten zu den 1940 festgelegten Texten auf. Bei einem Gedicht, *Über die Gedichte des Dante auf die Beatrice*, ändert Brecht handschriftlich, macht jedoch die Änderungen wieder rückgängig. Alle Gedichte haben das Titelmuster *Sonett über...*, das Brecht bei der Drucklegung verwirft.

Der erste vollständige Text der Sammlung stammt aus dem Jahr 1940 (Reinschrift im Typoskript), der dann auch die Grundlage für die Publikation von 1951 bildet (es gibt nur wenige, unbedeutende Textabweichungen). Der Druck rechnet die *Studien* zum 23. Versuch, zu dem außerdem die *Chinesischen Gedichte* (1938), die Schriften *Über reimlose Lyrik mit unregelmäßigen Rhythmen* (1939) und *Weite und Vielfalt der realistischen Schreibweise* (1938) sowie die *Buckower Elegien* (1953) gehören.

269,3 *haben]* Vgl. die Fassung in den *Sonetten*, S. 190.

Wirkung

Walter Benjamin würdigt 1938 in seinen (zu Lebzeiten nicht gedruckten) *Kommentaren zu Gedichten von Brecht* die Sammlung als Frucht eines »otium cum dignitate« (Hasses mit Würde). »Dem Dichter geschieht es, von seiner Arbeit aufschauend, über die Gegenwart ins Vergangene hinzublicken.« Benjamin vergleicht die *Studien* mit der *Hauspostille* und sieht sie »besonders nahe verwandt«, da sie wie die frühe Sammlung gegen Überkommenes Vorbehalte formulierten, die den literarischen Dokumenten und Dichtungen »gegenüber am Platze sind«. »Indem sie aber gleichzeitig deren Inhalt in die Form des Sonetts überführen, machen sie die Probe auf sie. Daß sie es vertragen, auf diese Art resümiert zu werden, das erweist ihre Haltbarkeit.« Der Vorbehalt sei nicht ohne Reverenz: »Die vorbehaltlose Huldigung, die einem barbarischen Begriff von Kultur entspricht, ist einer Huldigung voller Vorbehalte gewichen.« (Walter Benjamin, *Gesammelte Schriften II,2*, hg. v. Rolf Tiedemann und Hermann Schweppenhäuser, Frankfurt a. M. 1977, S. 562.)

Zeilenkommentar

269,1 *Über die Gedichte des Dante...]* Vgl. erste Anmerkung zu 190,1.

269,1 *Über Shakespeares Stück »Hamlet«] Hamlet, Prince of Denmark* (um 1600) geht auf einen historischen Stoff zurück. Brecht nimmt eine der üblichen Deutungen Hamlets als des zaudernden, trägen, des Lebens überdrüssigen »Helden« auf, der zeitweise Tatendrang entwickelt (Widersprüchlichkeit der Figur).

269,7 *Fortinbras]* Figur aus *Hamlet*, norwegischer Prinz, der sich die desolate Lage Dänemarks zunutze macht und die Herrschaft für sich beansprucht (Besetzung des Landes durch die Norweger). Vgl. das *Sonett vom Sieger.*

269,9 *»Zu klein ... zu fassen«]* Brecht meint Hamlets Entgegnung, die auf Fortinbras' Kriegspläne reagiert (IV,4):

[...] Ich seh indes beschämt
Den nahen Tod von zwanzigtausend Mann,
Die für 'ne Grille, ein Phantom des Ruhms,
Zum Grab gehn wie ins Bett: es gilt ein Fleckchen,
Worauf die Zahl den Streit nicht führen kann;
Nicht Gruft genug und Raum, um die Erschlagnen
Nur zu verbergen. [...]

269,14f. *Er hätte sich ... bewährt.]* Fortinbras sagt über den toten Hamlet: »denn er hätte, / Wär er hinaufgelangt, unfehlbar sich / Höchst königlich bewährt« (V,2).

270,1 *Über Kants Definition der Ehe...]* Diese Ehedefinition formuliert Kant in *Die Metaphysik der Sitten* (1797), *Erster Teil. Rechtslehre*, § 4: »*Geschlechtsgemeinschaft* (commercium sexuale) ist der wechselseitige Gebrauch, den ein Mensch von eines anderen Geschlechtsorganen und Vermögen macht«, und: »die *Ehe* (matrimonium), d. i. die Verbindung zweier Personen verschiedenen Geschlechts zum lebenswierigen wechselseitigen Besitz ihrer Geschlechtseigenschaften«. Vgl. ihre Verwendung durch Brecht in *Der Hofmeister* (V,15).

270,1 *Über das bürgerliche Trauerspiel...]* Das Stück *Der Hofmeister oder Vorteile der Privaterziehung* (1772/73) vom Sturm-und-Drang-Autor Jakob Michael Reinhold Lenz gilt als paradigmatische Gestaltung des angepaßten und unterwürfigen deutschen Intellektuellen, der bereit ist, die äußeren Zwänge so zu verinnerlichen, daß er schließlich selbst Hand an sich legt. Brecht bearbeitet das Stück nach dem Krieg (1949/50).

270,2 *Figaro]* Gemeint ist die französische Komödie *La folle journée, ou Le mariage de Figaro* (1778-1781, dt.: *Figaros Hochzeit oder Der tolle Tag*) von Pierre Augustin Caron de Beaumarchais. Sie verbindet die »Komödie des Sexualtriebs« mit der politisch-revolutionären Thematik der Zeit vor der Französischen Revolution; Mozart hat den Stoff 1784 für seine Oper *Die Hochzeit des Figaro* verwendet.

270,8 *Gordischen Knoten]* Der Sage nach hat sich der Gordische Knoten in der phrygischen Stadt Gordion im Zeustempel befunden; er ist so kunstvoll verschlungen, daß ihn niemand lösen kann. Alexander soll ihn 333 v. d. Z. einfach mit dem Schwert durchhauen haben.

271,1 *Über Schillers Gedicht »Die Glocke«]* Gemeint ist *Das Lied von der Glocke*, nach mehrjähriger Arbeit im September 1799 abgeschlossen und erstmals 1800 im *Musenalmanach* gedruckt. Brecht isoliert aus Schillers Gedicht das Motiv des Feuers. Schiller sieht in der

Glocke das Meisterwerk, das den rohen, die Ordnung störenden Elementen abgetrotzt ist, und deutet es zum Friedenssymbol der bürgerlichen Welt um.

271,2 *Ich les...]* Gemeint sind folgende Verse (155-166):
Wohltätig ist des Feuers Macht,
Wenn sie der Mensch bezähmt, bewacht,
Und was er bildet, was er schafft,
Das dankt er dieser Himmelskraft,
Doch furchtbar wird die Himmelskraft,
Wenn sie der Fessel sich entrafft,
Einhertritt auf der eignen Spur
Die freie Tochter der Natur.
Wehe, wenn sie losgelassen
Wachsend ohne Widerstand
Durch die volkbelebten Gassen
Wälzt den ungeheuren Brand!

271,12 *Mit roter Mütze]* Anspielung auf die rote Mütze der revolutionären Jakobiner in Frankreich und Deutschland zur Zeit der Französischen Revolution.

271,1 *Über Schillers Gedicht »Die Bürgschaft«]* Schillers Gedicht ist 1798 entstanden und 1799 im *Musenalmanach* erstmals publiziert worden; es bezieht sich auf Fabeln des Hyginus (römischer Fabeldichter des 2. Jahrhunderts).

272,1 *Über Goethes Gedicht...]* Goethes Gedicht ist 1797 entstanden nach dem Reisebericht von Sonnerat (*Reise nach Ostindien und China*, Zürich 1783). Bei Goethe läßt sich die Bajadere (üblicher Ausdruck für indische Tempeltänzerin, hier Hure) mit dem toten Gott verbrennen, als ob er ihr angetrauter Ehemann gewesen wäre (indischer Ritus der Witwenverbrennung). Brecht hat Goethes Gedicht bereits in seiner Schulzeit kennengelernt und zur Klampfe gesungen. Es gibt außerdem mehrere Entwürfe zu einer Prosa-Erzählung des Stoffs, wahrscheinlich aus derselben Zeit.

272,2 *Mahadöhs]* Schreibung wie bei Goethe für »Mahadeo«; vom Hinduismus übernommener Name für den »großen Gott« bei den indischen Völkern der Gond und Baiga.

272,1 *Über Kleists Stück...]* Das Stück, 1809-1811 entstanden, verarbeitet eine Legende über den jungen Friedrich II. (1633-1708), Landgraf von Hessen-Homburg, der 1675 entscheidend zum Sieg Friedrich Wilhelms, des »Großen Kurfürsten«, über die Schweden bei Fehrbellin beigetragen haben soll.

272,2 *Garten]* Anspielung auf Akt 1, Szene 1 des Stücks von Kleist; spielt in einem Garten von Fehrbellin.

272,3 *Geistersehn]* Gemeint ist der Scherz, den sich die Gesellschaft des Kurfürsten mit dem traumwandelnden Prinzen erlaubt; dieser hält seine Traumvision für Wirklichkeit und handelt entsprechend.

272,4 *Todesfurcht ins Knien]* Anspielung auf die Szene, in der der Prinz vor dem Kurfürsten, seinen Todeswillen gestehend, auf die Knie fällt (V,7).

273,8 *Nike]* Griechische Göttin, Personifikation des Sieges; meist als geflügelte Götterbotin mit Lorbeerkranz, Binde und Palmzweig dargestellt (römisch: Victoria).

273,15 *Mit allen Feinden Brandenburgs ...]* Leicht verändertes Zitat des Schlußverses von Kleists Drama (V,11).

ANHANG: INHALTSVERZEICHNISSE

Textgrundlage

Typoskripte und Korrekturfahnen aus dem Nachlaß.

Die Inhaltsverzeichnisse geben einen Überblick über die verschiedenen Anordnungen, die Brecht von der *Hauspostille* und von *Lieder Gedichte Chöre* geplant bzw. vorgenommen hat, und zwar abweichend von den Abdrucken in der vorliegenden Ausgabe. Die Schreibung der Gedichttitel erfolgt nach der Textgrundlage und ist folglich nicht immer identisch mit den in der vorliegenden Ausgabe gedruckten Überschriften. Mehrere dazugehörige Gedichttexte liegen nicht vor (z. B. für die *Hauspostille* von 1922 oder 1956); wichtige Textvarianten in den Neuanordnungen, zu denen Gedichttexte überliefert sind, werden im jeweiligen Kommentar zu den Sammlungen im Abschnitt Text/Fassungen nachgewiesen, die Entstehungsgeschichte und die Bedeutung der Zusammenstellungen im Abschnitt Entstehung beschrieben.

Inhalt

Anhang

Kommentar

Zu dieser Ausgabe

Die Große kommentierte Berliner und Frankfurter Ausgabe der Werke Bertolt Brechts ist eine Gemeinschaftsausgabe des Aufbau-Verlags Berlin und Weimar und des Suhrkamp Verlags Frankfurt am Main; sie erscheint gleichzeitig in beiden Verlagen. Die Edition basiert auf den zu Lebzeiten Brechts publizierten Texten und auf dem Nachlaß im Bertolt-Brecht-Archiv der Akademie der Künste der DDR.

Innerhalb der Gruppierungen nach Gattungen sind die Werke in der Chronologie ihrer Entstehung angeordnet. Bei Stücken und Romanen werden die Fragmente gesondert behandelt; innerhalb der Gedichte und der Prosa wird zwischen Sammlungen und Einzeltexten unterschieden; bei den Schriften sind die Texte zu Stücken und die Theatermodelle jeweils in einem gesonderten Band versammelt.

Die Ausgabe enthält grundsätzlich die autorisierten und wirksam gewordenen Erstdrucke oder geht bei postum erschienenen Werken auf die Texte aus dem Nachlaß zurück. Ohne die Normen einer historisch-kritischen Ausgabe anzustreben, dokumentiert sie gegebenenfalls durch Varianten und Druck mehrerer Fassungen Hauptstufen der weiteren Umformung eines Werkes. Diese erscheinen jeweils im Anschluß an die frühe Fassung.

Sämtliche Texte sind anhand der Drucke und des Materials im Nachlaß überprüft worden. Die Orthographie ist unter Erhaltung des Lautstandes modernisiert. Auch die Interpunktion ist, bei Bewahrung einiger charakteristischer Eigentümlichkeiten Brechts, den heute gültigen Regeln angeglichen. Alle Zusätze der Herausgeber, z. B. bei Titeln, stehen in eckigen Klammern.

Der Kommentar beschreibt jeweils knapp Quellen, Entstehungs- und Textgeschichte sowie die Wirkung bis zu Brechts Tod. Der Zeilenkommentar beschränkt sich auf Sacherläuterungen. Allgemeine Angaben zu den erwähnten Personen bietet das kommentierte Gesamtregister. Im Kommentar sind folgende Siglen verwendet worden: E für Entstehung, ED für Erstdruck, T für Textgrundlage.

Ein ausführlicher Editionsbericht erscheint in Band 30.

Der vorliegende Band wurde von Jan Knopf (Universität Karlsruhe) und von Gabriele Knopf bearbeitet.

Bertolt Brecht Werke

Band 1
Stücke 1: Die Bibel · Baal (1919) · Baal (1922) · Lebenslauf des Mannes Baal · Trommeln in der Nacht · Die Hochzeit · Der Bettler oder Der tote Hund · Er treibt einen Teufel aus · Lux in tenebris · Der Fischzug · Prärie · Im Dickicht · Im Dickicht der Städte

Band 2
Stücke 2: Leben Eduards des Zweiten von England · Mann ist Mann (1926) · Mann ist Mann (1938) · Die Dreigroschenoper · Mahagonny · Aufstieg und Fall der Stadt Mahagonny

Band 3
Stücke 3: Der Flug der Lindberghs · Das Badener Lehrstück vom Einverständnis · Der Jasager · Der Jasager. Der Neinsager · Die Maßnahme (1930) · Die Maßnahme (1931) · Die heilige Johanna der Schlachthöfe · Die Ausnahme und die Regel · Die Mutter (1933) · Die Mutter (1938)

Band 4
Stücke 4: Die Spitzköpfe und die Rundköpfe · Die Rundköpfe und die Spitzköpfe · Die sieben Todsünden der Kleinbürger · Die Horatier und die Kuriatier · Die Gewehre der Frau Carrar · Furcht und Elend des III. Reiches

Band 5
Stücke 5: Leben des Galilei (1938/39) · Galileo · Leben des Galilei (1955/56) · Dansen · Was kostet das Eisen?

Band 6
Stücke 6: Mutter Courage und ihre Kinder · Das Verhör des Lukullus · Die Verurteilung des Lukullus · Der gute Mensch von Sezuan · Herr Puntila und sein Knecht Matti

Band 7
Stücke 7: Der Aufstieg des Arturo Ui · Die Gesichte der Simone Machard · Schweyk im zweiten Weltkrieg · The Duchess of Malfi

Band 8
Stücke 8: Der kaukasische Kreidekreis · Die Antigone des Sophokles · Die Tage der Kommune · Der Hofmeister des J. M. R. Lenz · Biberpelz und Roter Hahn von Gerhart Hauptmann

Band 9
Stücke 9: Coriolanus · Anna Seghers' Der Prozeß der Jeanne d'Arc zu Rouen 1431 · Turandot oder Der Kongreß der Weißwäscher · Don Juan von Molière · Pauken und Trompeten

Band 10
Stücke 10: Stück-Fragmente. Darunter: Hans im Glück · Galgei · Hannibal · Dan Drew · Joe Fleischhacker · Untergang des Egoisten Fatzer · Der Brotladen · Der böse Baal der asoziale · Das wirkliche Leben des Jakob Gehherda · Leben des Konfutse · Der Wagen des Ares · Büsching

Band 11
Gedichte 1: Sammlungen 1918-1938: Lieder zur Klampfe von Bert Brecht und seinen Freunden. 1918 · Psalmen · Bertolt Brechts Hauspostille · Die Augsburger Sonette · Die Songs der Dreigroschenoper · Aus dem Lesebuch für Städtebewohner · Geschichten aus der Revolution · Sonette (1933/34) · Englische Sonette · Lieder Gedichte Chöre · Chinesische Gedichte · Studien

Band 12
Gedichte 2: Sammlungen 1938-1956: Svendborger Gedichte · Steffinsche Sammlung · Hollywoodelegien · Gedichte im Exil · Kriegsfibel · Deutsche Satiren (Zweiter Teil) · Kinderlieder. Neue Kinderlieder · Buckower Elegien · Gedichte aus dem Messingkauf. – Gedichtverzeichnis zu den Sammlungen (Band 11-12)

Band 13
Gedichte 3: Gedichte, Gedicht-Fragmente, Gedichte aus Stükken. 1912-1926

Band 14
Gedichte 4: Gedichte, Gedicht-Fragmente, Gedichte aus Stükken. 1926-1945

Band 15
Gedichte 5: Gedichte, Gedicht-Fragmente, Gedichte aus Stükken. 1945-1956. – Gedichtverzeichnis zu den Gedichten (Band 11 bis 15)

Band 16
Prosa 1: Dreigroschenroman

Band 17
Prosa 2: Roman-Fragmente: Das Buch Gasgarott · Die Rothaut · Flucht Karls des Kühnen nach der Schlacht bei Murten · Das Renommee · Tatsachenreihe · Der Tuiroman · Die Geschäfte des Herrn Julius Caesar

Band 18
Prosa 3: Geschichten (Sammlungen) und Dialoge: Geschichten vom Herrn Keuner · Buch der Wendungen (Me-ti) · Kalendergeschichten · Flüchtlingsgespräche · Mies und Meck

Band 19
Prosa 4: Geschichten, Filmgeschichten. 1918-1941

Band 20
Prosa 5: Geschichten, Filmgeschichten. 1941-1956

Band 21
Schriften 1: 1914-1933

Band 22
Schriften 2: 1933-1941

Band 23
Schriften 3: 1941-1956

Band 24
Schriften 4: Texte zu Stücken

Band 25
Schriften 5: Theatermodelle (Aufbau einer Rolle. Laughtons Galilei · Antigonemodell 1948 · Couragemodell 1949) · »Katzgraben«-Notate. – Register zu den Schriften (Band 21-25)

Band 26
Journale 1: 1920-1941: Tagebücher 1920-1922 · Autobiographische Schriften 1920-1941 · Journale 1938-1941

Band 27
Journale 2: 1941-1956: Journale 1941-1956 · Autobiographische Schriften 1941-1956. – Register zu den Journalen (Band 26-27)

Band 28
Briefe 1: 1919-1941

Band 29
Briefe 2: 1941-1956. – Register zu den Briefen (Band 28-29)

Band 30
Registerband: Editionsbericht · Gesamtinhalt der Bände 1-29 · Brecht-Titelregister · Personenregister (kommentiert)

Einbandgestaltung: Heinz Hellmis
Satz in Linotype Garamond-Antiqua:
Wagner GmbH, D-8860 Nördlingen
Druck und Binden: Offizin Andersen Nexö,
Graphischer Großbetrieb,
Leipzig III/18/38
Printed in the German Democratic Republic
Lizenznummer 301.120/73/87
Bestellnummer 613 580 8 GG / 613 625 3 Hldr.
02480 GG / 04800 Hldr.

Brecht, Werke, Berliner u. Frankfurter Ausg.
ISBN 3-351-00601-2
Bd. 11
ISBN 3-351-00407-9 GG
ISBN 3-351-00875-9 Hldr.